MIREILLE CALMEL

Die verbotene Kammer

Buch

Dezember 1500 in der Auvergne: In einer mondhellen, klirrend kalten Nacht wird eine junge Frau den Wölfen vorgeworfen. Weil sie zu schön war und sich ihrem Lehnsherrn François de Chazeron verweigerte, hat der ihren Ehemann nach der Hochzeit hinrichten lassen. Danach warf er die junge Isabeau den Wölfen zum Fraß vor. Doch die hungrigen Bestien rühren sie nicht an. Denn, was de Chazeron nicht ahnt: Isabeau versteht die Sprache der Wölfe …

Alle glauben, Isabeau sei tot, aber sie hat überlebt. Versteckt in den Wäldern, an der Spitze des Wolfsrudels, flieht sie aus ihrem Heimatort. Gezeichnet durch die schlimmen Erfahrungen, aber dennoch von großer innerer Stärke, schafft es die stolze und mutige Isabeau, durch die unterirdischen Gänge einer Festung in der Auvergne in die erleuchteten Ballsäle des Louvre zu gelangen, wo sie die erste Wäscheschneiderin am Hof des Königs wird. Durch diese intime Stellung ist sie eingeweiht in die höfischen Intrigen, sie genießt aber gleichzeitig den Schutz eines Vertrauten des Königs, der sie liebt. Das anbrechende 16. Jahrhundert – auf der Schwelle zwischen Mittelalter und Renaissance – ist eine Blütezeit der Wahrsagekunst, der Geheimgesellschaften und der Alchemisten. Isabeau ist peinlich bedacht, ihr Geheimnis zun hüten. Denn sie will ihre magischen Kräfte eines Tages einsetzen, um sich an de Chazeron zu rächen …

Autorin

Mireille Calmel, geboren 1964 in Südfrankreich, begann mit acht Jahren während eines mehrmonatigen Krankenhausaufenthalts, Geschichten zu schreiben, um die lebensbedrohliche Krankheit zu besiegen. Sie veröffentlichte Gedichte, Erzählungen, Chansontexte und Theaterstücke, führt Regie und tritt als Sängerin auf. Mit ihrem ersten Roman »Die Nächte der Königin« wurde sie über Nacht berühmt. Auch »Die verbotene Kammer«, der erste Band ihres historischen Zweiteilers um die Heldin Isabeau stand wochenlang ganz oben auf den französischen Bestsellerlisten. Mireille Calmel lebt mit ihrem Lebenspartner und ihren beiden Kindern in Aquitanien.

Von Mireille Calmel bei Blanvalet außerdem lieferbar:

Die Nächte der Königin (35758)

Mireille Calmel

Die verbotene Kammer

Roman

Aus dem Französischen
von Julika Betz

BLANVALET

Die französische Originalausgabe erschien 2003
unter dem Titel »Le Bal des Louves, La Chambre maudite«
bei XO Éditions, Paris.

Umwelthinweis:
Alle bedruckten Materialien dieses Taschenbuches
sind chlorfrei und umweltschonend.

Der Blanvalet Verlag ist ein Unternehmen
der Verlagsgruppe Random House.

2. Auflage
Taschenbuchausgabe Mai 2005

Umschlaggestaltung: Design Team München
Umschlagmotiv: akg-images
Satz: Buch-Werkstatt GmbH, Bad Aibling
Druck: GGP Media GmbH, Pößneck
Verlagsnummer: 35966
LW · Heidrun Nawrot
Made in Germany
ISBN 3-442-35966-X
www.blanvalet-verlag.de

Prolog

Es war nicht im eigentlichen Sinne Furcht. Eher eine leichte Beklemmung, die von der Brust bis hinunter in die Waden kroch, welche er gegen die Flanken seines Esels presste. Ein Gefühl, das einen von Zeit zu Zeit bei Einbruch der Dämmerung beschleicht, wenn der Mond rund und voll ist, ab und an verdeckt durch einen schwarzen, von einem leichten Wind zerfaserten Dunstschleier. Es schien ihm, als würden ihm die dunklen, eindrucksvollen Türme dort auf den Felsen am Ende des Weges keine Zuflucht bieten.

Um diesen lächerlichen und absurden Schauer zu verscheuchen, bekreuzigte sich Abt Barnabé, zog seine Kapuze tiefer in die Stirn und umfasste entschlossen den Griff des goldenen Stabes, den er an seinem Gürtel trug.

Er lauschte gespannt in die Stille, vergewisserte sich der mannshohen Mauer, die entlang dieses Wegstücks errichtet worden war, um die Reisenden vor Wölfen zu schützen, und trieb sein müdes Reittier an.

»Es ist hier, Messire.«

François de Chazeron, Lehnsherr von Vollore und Montguerlhe, glitt mit mürrischem Gesicht von seinem Pferd. Seit der Profos am Morgen mit der Bitte nach ihm hatte schicken lassen, ihn zum Unglücksort zu begleiten, hatte er kein einziges Wort gesagt. Der Profos, der sich in seinem Auftrag um die rechtlichen Angelegenheiten seiner Besitztümer kümmerte, drang nicht näher in ihn und stieg ebenfalls vom Pferd. Nur einige Meter entfernt, machten sich zwei Mönche, vor sich hin grummelnd, auf dem Weg zu schaffen. Sie waren von einer immer größer werdenden Traube Schaulustiger umgeben, die von der schrecklichen Entdeckung angezogen worden waren.

Der Profos musste nicht erst die kleine Gruppe von Soldaten, die sie begleitet hatte, auffordern einzugreifen. Beim Auftreten der beeindruckenden und selbstsicheren Gestalt des Lehnsherrn dieser Ländereien löste sich die Menge von selbst auf, und man kehrte mit leerem Gesichtsausdruck zu den Gebeten zurück.

Der Vorsteher der Abtei von Moutier, Guillaume de Montboissier, empfing sie mit einem Kopfnicken, auf das François de Chazeron mit Unwillen antwortete. Die beiden Männer standen nicht gut miteinander, seitdem der Lehnsherr dem Abt die notwendigen Mittel für den Bau einer neuen Kapelle verwehrt hatte, den er als unnötig und vermessen erachtete. Der Abt hegte wegen dieser Sache noch immer Groll gegen ihn. So standen die Dinge.

Während der Profos auf das leblose Etwas zeigte, das auf dem gestampften Lehmboden lag, stellte er voller Mitleid fest: »Das ist nun schon der Fünfte …«

»Ich kann zählen, Huc!«, unterbrach ihn François de Chazeron barsch und schob mit dem Fuß das Leichentuch beiseite, mit dem man aus Pietät den toten Körper bedeckt hatte.

»Ein Wolf, ohne Zweifel.«

Huc de la Faye war sich sicher. Die durch Prankenhiebe zerfleischte Leiche, deren glasiger Blick noch immer das erlebte Grauen erahnen ließ, sprach für sich. Und dennoch machte ihn etwas stutzig: Kein Wolf, das wusste er, war imstande, die Mauern zu überwinden, die seit dem letzten Angriff vor drei Monaten in aller Eile errichtet worden waren.

»Weiß jemand, wer das ist?«, fragte Chazeron.

»Ein Bruder Exorzist aus Clermont«, antwortete Guillaume de Montboissier. »Wir hatten ihn darum gebeten, Nachforschungen über die Gräueltaten anzustellen, aber ganz offensichtlich war er ebenso erfolglos wie sein Vorgänger.«

François de Chazeron fixierte herausfordernd die dunklen Augen des Abtes von Moutier, ohne dass dieser jedoch seinem Blick nachgegeben hätte.

»Wirklich?«, bemerkte er spöttisch und ein leichtes Lächeln umspielte seine schmalen Lippen.

Huc de la Faye trat dazwischen:

»Ihr dürft die Gerüchte nicht ignorieren, Messire. Sie sind durch diese sonderbaren Umstände erst entstanden und ich gebe zu, dass mir selbst alles äußerst seltsam vorkommt. Warum nur Priester und immer bei Vollmond? Ich hatte darauf gehofft, dass mit den Mauern dieses abergläubische Gerede endlich mundtot gemacht werden würde, doch durch ihre verfehlte Wirkung verursachen sie genau das Gegenteil.«

»Nichts als Zufälle«, entschied François de Chazeron, sichtlich verärgert.

Guillaume ließ nicht locker:

»Nichtsdestotrotz beunruhigend, das müsst Ihr zugeben.«

»Nun, Abt, seien wir ehrlich ...«

»Schaut Euch diesen Mann an, Messire de Chazeron«, befahl Guillaume, indem er mit dem Finger in Richtung des aufgedunsenen Gesichts des Toten wies. »Schaut und sagt mir dann, ob der Ausdruck dieses Menschen, berufen, Geister auszutreiben, nicht das größte Entsetzen widerspiegelt. Das Entsetzen, diese Nacht Satan erblickt zu haben!«

François de Chazerons Aufmerksamkeit war jedoch nicht länger auf das entstellte Gesicht des Toten gerichtet, auf das man ihn mit Nachdruck hinwies, sondern vielmehr auf dessen geschlossene Faust. Ein weit ausholender Schritt nur, und er konnte sie fassen, um die Finger auseinander zu biegen. Was er erblickte, entlockte ihm einen Ausruf des Erstaunens: In der hohlen Hand, deren Fingernägel von geronnenem Blut befleckt waren, lag ein Büschel graues Wolfshaar, in das lange braune Haare eines Menschen verwoben waren.

Seit einigen Tagen war die Luft ein wenig frischer geworden, doch der Wald, der die Hügel der Auvergne bedeckte, hatte seine Farbe noch nicht verändert. Nur selten erblickte man Raureif entlag der Pfade, die von Clermont-Ferrand nach Thiers führten. Auf den Ländereien des Lehnsherrn von Chazeron ging das Jahr 1500 mit einem milden Dezember zur Neige, trotz einiger Regengüsse.

François de Chazeron hatte sich auf Montguerlhe niedergelassen, um die Maßnahmen, die sein Profos in die Wege geleitet hatte, zu überwachen. Seine Entdeckung hatte das abergläubische Gerücht erhärtet, ein Werwolf forderte die Kirche heraus. Und die Umstände wiederum könnten nur darauf schließen lassen, dass es sich bei diesem Werwolf um Satan selbst handeln müsse. Das Ausmaß, das diese ganze Sache inzwischen angenommen hatte, missfiel François.

Stolz, herrschsüchtig und selbstgefällig wie er war, lag es vor allem im Interesse dieses 21-jährigen Lehnsherrn, die Gunst seinesgleichen zu gewinnen. So würde er eine einflussreichere Stellung erhalten und gleichzeitig seine Besitztümer Vollore und Montguerlhe aufwerten können. Die Sicherheit seiner Leute kümmerte ihn wenig.

Im Moment jedoch befand sich François de Chazeron in Begleitung von Huc auf dem Weg zum Gut von Fermouly. Dort hatte, genau zwei Wochen nach der Ermordung von Abt Barnabé, ein junges Mädchen von elf Jahren behauptet, es habe einen grauen Wolf entlang der Mauer herumstreunen sehen. Da das Gut sich auf halber Strecke zwischen Thiers und Montguerlhe, also unweit des Tatorts, befand, wollte der Profos jegliche Zweifel ausschließen. Auch wenn es bereits mehrmals vorgekommen war, dass spontane Zeugenaussagen ganz und gar der puren Phantasie der Bauern entsprungen waren.

François hatte ihn begleitet. Diese zweifelhafte Jagd auf einen Werwolf ermöglichte es ihm zumindest, sich auf seinen Ländereien ein wenig sehen zu lassen. Seit das neue Jahrhundert angebrochen war, das seiner Arbeit als Alchemist aufregende Perspektiven eröffnen würde, hatte er seine eigentliche Pflicht vollkommen vernachlässigt. Im Verborgenen eines Turms auf Schloss Vollore waren bereits seit Monaten seine Destillierkolben in Betrieb, um Alkahest zu extrahieren. Dieser Stein der Weisen, von dem man behauptete, er könne Blei in Gold verwandeln, würde ihm den Ausbau seines Reichtums ermöglichen.

Er war knapp vor seinem Ziel, er wusste es, er spürte es. Was auch immer vonnöten wäre, es zu erreichen, der Profit, den er aus seinen Experimenten schlagen würde, heiligte alle Mittel. Es würde nicht mehr lange dauern, bis er am Hofe Frankreichs glänzen würde.

Daher langweilte ihn diese ganze Geschichte nur, entfernte ihn von seinen eigentlichen Beschäftigungen, von seinen Destilliergeräten und seiner unstillbaren Gier.

Noch immer versunken in den Gedanken an dieses verdorbene Vergnügen, erreichte François de Chazeron die Umfriedung des Gehöftes von Fermouly, wo ihn sein Meier Armand Leterrier erwartete. Dieser legte ihm die Rechnungsbücher des Gutes vor, während der Profos damit beschäftigt war, die Zeugenaussagen seiner jüngsten Tochter, einem Kind mit stahlblauem Blick, aufzunehmen.

Einige Zeit war der Lehnsherr von Vollore in diese Arbeit

vertieft, als er plötzlich die zarte und anmutige Gestalt einer Frau wahrnahm, die auf der anderen Seite des Fensters, im Hof, den Vorübergehenden Geflügelfett anbot. Er verspürte einen heftigen Stich in seinen Lenden.

»Wer ist das?«, fragte er unumwunden den Meier, indem er ihn mitten in einem Satz voller Zahlen, den er bereits vergessen hatte, unterbrach.

Armand Leterrier folgte dem Blick seines Herrn und, stolz über dessen plötzliches Interesse, antwortete er arglos:

»Meine Älteste, Isabeau.«

»Bei Gott, mein Freund, wie überaus hübsch und zart sie ist«, rief François, in dessen Pupillen ein begieriges Leuchten aufflackerte. »Wie ist es möglich, dass ich sie bisher nie zu Gesicht bekommen habe?«

»Ihr habt sie gewiss bereits gesehen, Messire, aber sie hat sich seit Eurem letzten Besuch ungeheuerlich verändert. Mit fünfzehn sieht sie jetzt ihrer verstorbenen Mutter zum Verwechseln ähnlich und verhält sich wie eine wahre Dame. Sie wird jedoch nicht mehr lange zu meiner Familie gehören, denn ich werde sie Freitag in zwei Wochen mit Benoît verheiraten, den Sohn des Klingenschmieds von Grimardie.«

»Du gibst sie jemandem zur Frau, sagst du? Ohne meine Zustimmung?«

Armand begann die Mütze in seinem Schoß zu kneten und stammelte: »Mitnichten, Messire, mitnichten! Euer verstorbener Vater selbst hat vor zwei Jahren die Verlobung dieses jungen Paares gesegnet und das Datum der Vermählung festgesetzt. Ich wusste nicht, dass ich auch Eure Zustimmung benötige.«

»Die meines Vaters genügt«, antwortete François bereits etwas ruhiger, ohne jedoch den Blick von den weichen Linien Isabeaus abwenden zu können, die durch ihr Kleid aus einem kühlen Mandelgrün noch unterstrichen wurden. »Aber du willst doch sicherlich nicht den Unmut deines Herrn erwecken!«

»Gewiss nicht, Messire! Uns fehlt es an nichts, hier auf Euren Ländereien, und ich wüsste nicht, über was mich beklagen. Im Gegenteil, es ziemt mir, Euch zu danken«, beeilte sich Armand hinzuzufügen, überaus erleichtert, dem Zorn von Chazeron entgangen zu sein.

Bei diesen Worten wandte der Lehnsherr von Vollore nun endgültig seine Augen vom Fenster ab, um mit durchdringendem Blick direkt ins Gesicht des armen Kerls zu schauen. Armands Erleichterung war mit einem Schlag wie weggewischt. François löste von seinem Gürtel einen ledernen Beutel, aus dem er zwei Silbertaler auf den Tisch fallen ließ, an dem sie sich unterhielten. Armand riss die Augen auf, während die Geldstücke mit einem verheißungsvollen hellen Klang in der Mitte des Tisches zum Liegen kamen.

»Du wirst schon wissen, wie sie den beiden Turteltauben von Nutzen sein können, mein Freund. Nimm! Mach schon! Nimm!«, insistierte François mit begierigem Blick.

Armand zögerte einen Moment, dann, unfähig zu widerstehen, griff er nach den Talern. Sein Gesicht färbte sich tiefrot.

»Ihr seid gar überaus gut zu den Kindern.«

»Und daher möchte ich, dass deine Tochter mir ihren Dank bezeugt! Ich erwarte sie auf Schloss Montguerlhe, sobald die Zeremonie vollzogen ist. Ich setze für diese Summe natürlich voraus, dass sie noch Jungfrau ist«, schloss François zynisch, ganz und gar unbeeindruckt von dem entsetzten Gesichtsausdruck Armands, der die beiden Geldstücke zwischen seinen Fingern hin und her drehte, als hätten sie plötzlich angefangen zu glühen.

»Vergesst dieses Kind, François, oder ein großes Unheil wird über Eure Ländereien kommen«, flüsterte hinter ihm eine verbrauchte Stimme.

François de Chazeron drehte sich zornig um und erblickte eine alte Frau, die sich durch ihre Witwentracht kaum vom Schwarz der Feuerstelle abhob und ihm daher beim Eintreten in die Küche nicht aufgefallen war.

»Wer bist du, dass du es wagst, gegen die Wünsche deines Herrn aufzubegehren?«, wetterte François ohne den geringsten Respekt gegenüber den runzligen Händen, die gefaltet auf einer unvollendeten Strickarbeit lagen.

»Das ist meine Schwiegermutter, Messire«, trat Armand dazwischen, als wolle er sie damit entschuldigen. »Ihr dürft auf ihr Geschwätz nichts geben …«

»Schweig, Sohn! Hast du schon vergessen, was du mir verdankst?«

Für den Bruchteil einer Sekunde war die Stimme scharf geworden. Armand erschauderte vor der Macht der Greisin und dem dunklen Blick seines Herrn.

»Ich bin Amélie Pigerolles, Tochter von La Turleteuche. Auch mich nennen sie La Turleteuche«, verkündete die Greisin und es klang wie eine Herausforderung.

François de Chazeron zuckte zusammen. La Turleteuche, jene Hexe, die 1464 von Notabeln ermordet worden war, fünfzehn Jahre vor seiner Geburt. Auch wenn die Strafe durch einen Bußgang nach Saint-Claude abgegolten worden war, wohin der Schuldige eine Wachskerze von vier Pfund Gewicht getragen hatte, traf ihn einige Wochen später die Verwünschung der Unglücklichen. Man fand ihn tot auf, das Gesicht aufgedunsen und von Schmerz verzerrt. Mehr als einmal hatte François in seiner Kindheit von dieser Geschichte gehört. Er hasste Hexen. So wie er alle hasste, die sich ihm widersetzten. Und dennoch zwang er sich, seinen Ton ein wenig zu mildern.

»Bist du auch eine Hexe?«

»Keineswegs, Messire, keineswegs. Nur der Beiname wurde mir überliefert. Nehmt den Irrsinn einer alten Frau jedoch nicht zu sehr auf die leichte Schulter …«

François brach in ein höhnisches Gelächter aus. Er musste nur mit dem Finger schnipsen und diese alte Verrückte würde auf dem Scheiterhaufen landen. Er erhob sich und trat zwischen die beiden, stolz und hart.

»Ich will die Jungfräulichkeit dieses Mädchens, also werde ich sie haben! Und es wäre besser, wenn dies mit Wohlwollen statt durch Gewalt geschehen würde!«

Mit diesen Worten eilte der Lehnsherr von Vollore hinaus, ohne Gruß an Isabeau vorbei, die soeben singend das Haus betrat und sich beeilte, ihm ihre Referenz zu erweisen.

Isabeau sank schluchzend in den Schoß ihrer Großmutter, ohne ihren Vater eines Blickes zu würdigen. Jener hatte ihr soeben, gesenkten Blickes, befohlen, sich dem Willen des Herrn zu beugen. Die Greisin strich mit ihrer schmalen Hand über den braunen Zopf, der die langen Haare Isabeaus über ihren vollen wohlgeformten Brüsten zusammenhielt.

»Hör auf zu weinen, Kind«, murmelte sie. »Gott wird dich vor diesem Dämon retten.«

Isabeau vertraute auf Gott und die Worte ihrer Großmutter, die sie aufgezogen hatte, seit ihre Mutter bei der Geburt der jüngeren Schwester Albérie gestorben war. Es wollte ihr jedoch nicht gelingen, die Furcht aus ihrem Kopf zu vertreiben. Eine Furcht, die schon an Grauen grenzte.

Bereits am nächsten Tag ging sie, um Benoît, ihren Verlobten, aufzusuchen, für den sie eine zärtliche Liebe empfand. Er war gerade damit beschäftigt, Messer am Schleifstein zu schärfen, und angenehm überrascht, Isabeaus Gestalt in Begleitung von Mirette, einer braunen kleinen Hündin, zu erblicken. Als er ihr tränenüberströmtes Gesicht bemerkte, zog er sie etwas abseits seiner Gesellen. Dort erstattete sie ihm zitternd Bericht. Einen Moment lang schwieg er, schluckte dann seine unbändige Wut hinunter und ergriff mit seinen erhitzten und rauen Händen die ihrigen. Für einen kurzen Augenblick fühlte sich Isabeau ein wenig ruhiger. Benoît atmete tief ein, kämpfte einen Moment mit sich und gab schließlich kläglich auf.

»Wir dürfen uns nicht widersetzen, Isabeau.«

Sie versuchte, sich von ihm loszureißen, als hätte sie sich an seinen Worten verbrannt, aber Benoît umschlang sie noch fester und fuhr ungeachtet ihres bleichen Gesichts traurig fort: »Du weißt genauso wie ich, dass das üblich ist. Es ist sein Recht, Isabeau; sich widersetzen bedeutet sterben!«, wiederholte er, als müsse er sich selber davon überzeugen.

»Dann will ich lieber sterben!«, entfuhr es Isabeau mit tonloser Stimme. »Er ist grausam und niederträchtig, trotz seiner stattlichen Erscheinung graut mir vor ihm!«

»Er ist der Herr, Isabeau. Wir gehören ihm, egal, was wir machen. Wir sind seine Bauern. Ich werde dich alles vergessen lassen! Unsere Kinder werden dich das alles vergessen lassen!«

»Unsere Kinder, Benoît?«

Verzweifelt blickte Isabeau in die Augen Benoîts.

»Wie sollte ich jemals vergessen können, wenn ich seinen Bastard austragen und großziehen müsste?«

»Deine Großmutter würde sich darum kümmern, dass du kein Kind von diesem Dämon bekämst«, zischte Benoît mit zusammengebissenen Zähnen.

Isabeau brach in Schluchzen aus, versuchte erneut, sich aus der Umklammerung zu befreien, aber Benoît zog sie an sich.

»Ich liebe dich, Isabeau. Mehr als alles auf der Welt. Aber sich widersetzen bedeutet den Tod! Den Tod!«, wiederholte er.

Seit seiner Kindheit hatte er nur diese Worte gehört, diesen wichtigen Satz, den alle ihr Leben lang nicht vergessen würden. Grenzenlose Unterwerfung bis hin zur Aufgabe der eigenen Wünsche, der eigenen Würde. Aber nun stand er ihr gegenüber, ihrer Verzweiflung, ihrer Schönheit, ihrem Glanz, ihrem Lachen, das vielleicht für immer verstummen würde, ihrer verlorenen Unschuld, und verriet ihr Vertrauen, indem er sie der Verderbtheit von François de Chazeron auslieferte.

Schließlich stieß er hervor:

»Wir fliehen, Isabeau! Sofort nach der Vermählung fliehen wir. Ich werde dich vor ihm retten, aber wir werden verloren sein!«

François de Chazeron hatte auf Isabeau gewartet und kochte nun innerlich vor Wut. Während der vergangenen trostlosen Tage war sie ihm nicht mehr aus dem Kopf gegangen und so hatte er sich bereits mit Genuss vorgestellt, was er von ihr alles verlangen würde. Auch die Untersuchungen über den Werwolf waren seit zwei Wochen erlahmt. Morgen sollte erneut Vollmond sein und der Profos plante, dem Tier eine Falle zu stellen. François hatte sich wohlweislich zurückgehalten, ihm diese Idee auszutreiben. Er hatte ihn jedoch davor gewarnt, Satan zum Besten zu halten, und ihn davon in Kenntnis gesetzt, dass er nach Vollore zurückkehren würde, egal wie diese Sache ausging. Selbst während der Treibjagden, an denen er, um sich abzulenken, zusammen mit seinen Schützen, die Fackel in der Faust, teilgenommen hatte, träumte er von der weichen Haut Isabeaus statt vom Pelz unauffindbarer Wölfe.

Und so hatte er, sobald er das Geläut der Kirchenglocken vernommen hatte, nur noch darauf gewartet, dass sie sich vor ihn niederknien würde. Er hatte ihr noch Zeit gewährt, sich den Ihrigen zu widmen, nach der Kirche, beim Festmahl, das von seinem Geld bezahlt worden war. Aber nun waren bereits drei Stunden vergangen, seit er das Brautpaar gesegnet hatte, und anstelle von Isabeau wurde Huc de la Faye hereingeführt.

»Sie sind unauffindbar, Messire.«

»Lass den Vater auspeitschen! Dann wird er uns schon sagen, wo seine Tochter ist.«

»Er schien ebenso überrascht wie erschrocken. Im Übrigen war er es, der mich holen ließ, als er die Flucht der Kinder entdeckte. Er erscheint mir zu feige, um das alles eingefädelt zu haben.«

»Lass ihn trotzdem auspeitschen!«, schrie François und schlug mit der Faust auf einen Tisch, der sich in seiner Reichweite befand. »Und sag ihm, wenn ich seine älteste Tochter nicht finde, werde ich die Jüngere den Wachen von Montguerlhe überlassen. Geh! Und hüte dich davor, meine Befehle anzuzweifeln. Dieses kleine Luder wird bezahlen, und wenn nicht sie, dann jemand aus ihrer Familie!«

Wortlos und ohne Freude dabei zu verspüren, ließ er in der weiten Halle der Wachtposten den Stock auf den Rücken von Armand niedersausen.

Er hatte sich bemüht, seine Schläge ein wenig zurückzuhalten, aber Armand blieb reglos am Boden liegen. Huc ließ den Körper nach Fermouly bringen und verbeugte sich respektvoll vor der Greisin. Sie sah ihn ohne Hass an. Vielleicht spürte sie, wie sehr es ihm zuwider war, diesem unwürdigen Nachkommen der früheren Lehnsherren von Vollore mit derselben Unterwürfigkeit, demselben blinden Gehorsam dienen zu müssen.

»Ich muss Albérie mitnehmen, aber ich werde darüber wachen, dass ihr kein Leid geschieht. Ihr habt mein Wort«, murmelte er, indem er sich räusperte.

Die Greisin antwortete nicht, saß reglos in der Ecke der Feuerstelle. Sie wartete ihre Stunde ab, die Stunde, in der das Monster von Montguerlhe zahlen würde.

Huc de la Faye nahm Albérie bei der Hand und gab ihr etwas, um ihre Tränen abzuwischen. Einen Moment lang machte sich Widerstand in ihr breit, ein gewaltiger Hass war in ihren stahlblauen Augen zu erkennen. Hass gegenüber dem, der ihren Vater soeben getötet hatte; dann biss sie die Zähne aufeinander, unterdrückte ihre Wut und ließ sich auf die mächtige steinerne Festung bringen.

Sie waren zunächst der Hauptstraße gefolgt, um den Abstand zu François de Chazeron und ihrem schrecklichen Schicksal so schnell als möglich zu vergrößern. Beide hatten sie es vermieden nachzudenken. Hatten sich vom Duft der Freiheit, diesem trügerischen Schein, betören lassen, zwei Wochen lang genährt von der zerbrechlichen Hoffnung, es sei möglich zu entkommen. Benoît hatte widerwillig die Ersparnisse seines Vaters entwendet und ihre armseligen Bündel vorbereitet, während Isabeaus Aufgabe darin bestand, ihre Familie hinters Licht zu führen. Sie hofften, bis nach Lyon zu gelangen, und hatten aus diesem Grund die kräftigsten Esel des Gutes mitgenommen. Sie waren auf ihren Rücken vorangeritten, bis die Tiere erschöpft waren und sie ihre Reise querfeldein fortsetzten, trotz der Gefahr durch Wölfe oder durch Überfälle von Strauchdieben und trotz ihrer Angst bei jedem Schritt.

Zwei Stunden lang hatten sie das Gefühl, allein auf der Welt zu sein, Gefangene ihres Wahnsinns und ihrer Liebe, dann hörte Benoît plötzlich das Geräusch mehrerer Stiefel. Sie versteckten sich in der Böschung entlang der Straße und kämpften sich, nachdem sie sich ihres Reisegepäcks entledigt hatten, durch dichtes Unterholz. Isabeau sagte nichts, beklagte sich nicht, trotz der Dornen, die ihre Haare zerzausten und ihre Beine zerkratzten, trotz der am Boden liegenden Äste, über die sie immer wieder stolperte. Sie lief ohne zu denken, mit keuchendem Atem und abwesendem Blick, der noch abwesender wurde, als sie das erste Hundegebell vernahmen.

Sie liefen schneller, durchquerten Wasserläufe, um ihren Geruch zu verwischen, den ihr Schweiß zu den Hunden trug, bis Isabeau vor Erschöpfung stolperte und sich weinend den Knöchel rieb. Benoît kniete sich zu ihr und befeuchtete vorsichtig ihre Lippen, die vom schnellen Laufen ausgetrocknet waren.

»Rette dich«, flüsterte sie. »Mich will er. Dich wird er in Ruhe lassen.«

»Niemals. Ihn herausfordern heißt sterben.« Er lachte schluchzend auf.

»Dann lass es nicht zu, dass sie mich fangen«, bettelte sie, während die Rufe der Häscher inmitten des Hundegebells sich näherten.

Benoît schluckte schwer, suchte im Blick seiner Geliebten nach einem noch so kleinen Zweifel, aber er erkannte darin nur den Widerschein seiner eigenen tiefen und reinen Liebe.

»Er wird keinen von uns beiden lebend bekommen«, versicherte er. Entschlossen erhob er sich und löste das lange Messer aus seinem Gürtel, das er selbst geschmiedet hatte mit dem Gedanken an diesen letzten Ausweg.

»Schließ die Augen, Liebste«, flüsterte er.

Isabeau schloss sie, aber der Tod kam nicht. Als sie beim Klang von Stahl auf Stein die Augen wieder öffnete, schwankte Benoît auf seinen starken Beinen, einen Pfeil zwischen seinen Schulterblättern. Isabeau erhob sich schreiend. Einige Meter hinter Benoît, eine Armbrust in der Hand, grausam und zufrieden, stand grinsend der Lehnsherr von Vollore.

Sie hatte aufgehört zu schluchzen, aufgehört Angst zu empfinden, aufgehört zu atmen und zu leben, auch wenn ihr

Herz entschlossen weiterschlug, ihre Augen weitersahen und ihr Blut sich mit jenem dieses Mannes vermischte.

Sie hatte aufgehört zu sein, seit sie Benoît vor ihren Augen und bereits sterbend gehängt hatten. Um ein Exempel zu statuieren, hatte François de Chazeron erklärt. Man hält seinen Herrn nicht zum Narren. Man widersetzt sich nicht den Befehlen des Herrn. Benoît hatte sich traurig dem Tod überlassen, ergeben in sein Schicksal. Er bezahlte. Das war normal.

Aber Isabeau wollte es nicht gelingen, all das zu akzeptieren. Daher war sie im gleichen Augenblick gestorben wie er. Ihr Atem hatte mit dem Zusammenziehen der Schlinge aufgehört. Kein Prozess, kein Recht. Einfach nur das Gesetz des Stärkeren. Das Gesetz des Herrn. Das niederträchtige Gesetz des Hochmuts.

Dann hatte sie alles vergessen, alles und noch viel mehr. Die Wut von François, seine Brutalität, seine verrückten Augen, seine Hände abwechselnd zärtlich und brutal, seine fleischigen Finger. Sie hatte nichts gespürt, nichts gehört, nichts empfunden. Sie war im letzten Blick von Benoît gestorben.

»Ihr braucht einen Köder für Euren Werwolf? Hier, bedeckt sie mit einer Mönchskutte und werft sie unterhalb der Türme von Montguerlhe in den Wald!«

Huc de la Faye schluckte seine Wut hinunter, die sein Blut zum Wallen gebracht hatte, seit er in das Zimmer getreten war, in dem François de Chazeron mehr als eine Stunde lang Isabeau vergewaltigt und misshandelt hatte. Da sie nicht geschrien hatte, glaubte er sie tot, doch entlang der fahlen Wangen liefen stumme Tränen. Er verspürte den Wunsch, sie weit weg zu bringen, sie gesund zu pflegen. Wie gut erinnerte er sich an das glückliche und schöne Mädchen, das sie vor diesem Tag gewesen war.

Er senkte den Kopf und schwieg. Sich widersetzen bedeutete den Tod. Auch er hatte verstanden. Sie hätte es verdient, für immer einzuschlafen, denn er konnte sich nicht vorstellen, wie man so etwas überleben konnte.

Er ging auf das blutverschmierte Bett zu und nahm den nackten Körper in seine Arme. Das Siegel der Chazeron, das auf der linken Brust Isabeaus, geschwollen durch das glühende Eisen, prangte, verhöhnte ihn, als wäre es ein Brandmal seiner Feigheit. Er biss sich auf die Lippen, um nicht zu schreien, und ging aus dem Zimmer, auf immer erfüllt von Schmach.

Nachdem er seinen Bogenschützen, die auf den Türmen als Wachen postiert waren, befohlen hatte, Isabeau den Gnadenschuss zu verabreichen, sobald sich ein Wolf ihr nähern würde, begab er sich schnellen Schrittes zu den Wirtschaftsgebäuden. Dort lag Albérie im Schoß von Jeanne, der üppigen Köchin, und weinte.

Er zog sie vorsichtig weg und überzeugte das Kind nach und nach davon, dass es am besten sei, sie außer Reichweite des wahnsinnigen Lehnsherren zu bringen, zumindest, solange er an diesem Ort verbleiben würde. Bereits auf dem Weg, sie in die Abtei von Moutier zu bringen, ließ ihn ein plötzlicher Gedanke innehalten. Was war mit der Großmutter? La Turleteuche, die François hasste?

Huc de la Faye unterdrückte einen Fluch. Er entledigte sich eiligst des jungen Mädchens, und während François de Chazeron, vom Westturm der Festung aus, den Schatten seines Opfers beobachtete, galoppierte er in Windeseile nach Fermouly, um sein Gewissen zu beruhigen.

Als er dort ankam, gab es jedoch keinen Zweifel mehr: von der Greisin war nichts zu sehen. Als habe sie sich in der Ecke der Feuerstelle in Luft aufgelöst. Beim Anblick ihrer Strickarbeit auf dem Boden, vor dem Stuhl, den man von der Feuerstelle weggezogen hatte, dachte er einen Moment lang,

François de Chazeron wäre ihm zuvorgekommen, aber er ließ diesen Gedanken sofort wieder fallen. Der Lehnsherr hätte niemand anderen mit dieser Sache beauftragt als ihn selbst. Und außerdem war er zu sehr damit beschäftigt, Isabeau zu strafen, als sich um ihre Angehörigen zu kümmern.

Als er später Albérie über das Verbleiben der Greisin befragte, antwortete sie mit einem verächtlichen Lächeln, als wäre sie die Hüterin eines unantastbaren Geheimnisses. Huc de la Faye drang nicht weiter in sie. Die Alte, dessen war er sich sicher, war außer Gefahr. Von da an dachte er nur noch daran, dies Waisenkind zu beschützen.

Isabeau hätte nicht sagen können, wann genau sie die Kälte zu spüren begann. Plötzlich und grausam. Schmerzhaft, unendlich schmerzhaft. Sie hob den Kopf. Inmitten schwarzer Wolken, die sich zusammenbrauten, um bald schon auf die Auvergne hinabzuregnen, lachte der Vollmond.

Isabeau bemerkte, dass sie auf dem Bauch im Schlamm eines Baches lag, außerhalb der letzten Umfriedung des Schlosses. Sie erinnerte sich an nichts weiter als an die grausamen Augen von François über den ihrigen, während er sich röchelnd über ihren Bauch hergemacht hatte.

Es war dieser Schmerz, der sie ins Leben zurückbrachte. Im gleichen Moment durchschnitt ein Blitz die tobende Nacht und erhellte eine Öffnung in der Felswand. Und mit dem Gewitter fiel fast gleichzeitig der Regen hinab auf ihre Wunden, als wolle er sie von diesem Fluch reinigen. Sie fühlte sich zerbrochen, zertrümmert, aber es kümmerte sie nicht.

Während sich ihre Finger in den Schlamm gruben und sie kriechend jenen Felsunterschlupf zu erreichen versuchte, milderte ein einziges Wort, ein einziges, den Schmerz ihrer Wunden.

Rache. Rache.

Ein wildes Geheul hatte die Aufmerksamkeit von François de Chazeron geweckt und er war aus dem Inneren des Wartturms herbeigeeilt, wohin er sich, als der Regen begann, zurückgezogen hatte. Er versuchte, die Dunkelheit mit seinen Augen zu durchdringen, sah jedoch nichts als den Wald, der von der Wut des Unwetters hin und her gepeitscht wurde.

Er ging wieder hinein, zufrieden darüber, dass er doch noch auf seine Kosten gekommen war. Ab morgen würde er wieder auf Vollore sein. Er strich mit einer Hand über seine triefenden Kleider und riss seine Augen auf. Dort, in seiner Handfläche, lagen, zwischen einigen braunen Haaren Isabeaus, graue Wolfshaare und verhöhnten ihn durch ihre mysteriöse Anwesenheit.

1

Die Dunkelheit schien ganz und gar aufgesaugt von einem Wirbel aus Knirschen, Ächzen, Rauschen und Krachen. Als ob nichts mehr ganz, kein Stein mehr auf dem anderen bleiben sollte auf dieser Erde, auf die seit Wochen bereits der Regen hinabfiel.

Gegen Abend war Wind aufgekommen, während die Nacht friedlich ihren Umhang mit Sternen bestickte. Dann waren sie von Wolken bedeckt worden und niemand mehr hatte es gewagt, der Wut des Allmächtigen Einhalt zu gebieten.

Die Wölfe hatten sich in den entlegensten Winkel der Berge von Thiers verkrochen und die Menschen verharrten ängstlich über ihren Rosenkränzen gebeugt, erschrocken zitternd bei jedem Knacken und Ächzen.

In dieser Oktobernacht des Jahres 1515 regierte das Unwetter. Nur einige Wochen lag die Schlacht von Marignano zurück, aus der Franz I., der junge König Frankreichs, als Sieger über den Herzog von Mailand hervorgegangen war.

»Hochziehen! Hochziehen, zum Teufel!«, erregte sich Huc de la Faye.

Er spuckte in seine rauen Hände und packte zusammen mit den Bauern und den Waldarbeitern an, die mit ihrer ganzen Kraft an dem dicken Hanfseil zogen, das um einen Baum geschlungen war, in der Hoffnung, diesen hölzernen Koloss endlich von der Stelle bewegen zu können. Sie waren zu zwanzig, die stärksten Männer aus der Gegend, die seit dem Morgengrauen damit beschäftigt waren, beschädigte Dächer von Ästen oder ganzen Baumstämmen zu befreien. Aber dieser war von einem besonderen Ausmaß. Die alte Eiche, mehrere hundert Jahre alt, war auf einen der Türme von Vollore gestürzt und hatte dabei Bedachung und Gebälk in einem ohrenbetäubenden Lärm hinuntergefegt. Das Abästen des alten Baumes hatte den ganzen Tag in Anspruch genommen und im Schloss klaffte ein gähnendes Loch, in das ein riesiger Pfahl eingerammt schien. Nun hieß es, den etwa dreißig Meter langen Stamm aufzurichten, um das Gebäude frei zu schaffen.

Huc de la Faye fluchte vor sich hin und nahm, unter den sorgenvollen Blicken der Schlossbewohner, die betend dem mühsamen Unterfangen beiwohnten, noch einmal all seine Kräfte zusammen.

»Er kommt, Messire, bei Gott, er bewegt sich!«, presste ein Hüne, dem eine blaue, klopfende Ader quer über die Schläfe lief, hinter zusammengekniffenen Zähnen hervor.

»Zieht hoch! Zieht hoch!«, tobte Huc anstelle einer Antwort, das Gesicht rot angelaufen und übersät von Schweißperlen.

Langsam, wie ein Segelmast, den man von seinen Wanten befreit, richtete sich der Stamm unter der Seilschaft der zwanzig Männer, die langsam zurückwichen, auf.

»Drehen! Drehen!«, schrie Huc, während die Waldarbeiter gleichzeitig mit einem Ruck das Aufsteigen der Eiche in eine andere Richtung umlenkten, um sie von dem Gebäude fern zu halten.

Sie ließen gleichzeitig das Seil los, und ihre Schreie mischten sich unter das Krachen des Holzes, als es auf den aufgeweichten Boden fiel. Huc de la Faye wischte sich mit seiner von den Seilen gezeichneten Hand über die feuchte Stirn und beglückwünschte mit einer Umarmung den Aufseher der Waldarbeiter.

»Gute Arbeit, Béryl, gute Arbeit!«

»Bei Gott, fast hätte mich das Ganze wirklich angestrengt und mir die Kehle ausgetrocknet«, entgegnete jener, indem er mit der Zunge in seinem übergroßen Mund schnalzte.

»Ihr dort vom Schloss«, rief Huc freudig aus. »Bringt unseren Leuten hier etwas zu trinken, und zwar schnell!«

Sofort machten sich einige Frauen davon, die Röcke geschürzt, um besser laufen zu können, während sich die Männer daranmachten, die Seile loszubinden, den Stamm beiseite zu schaffen und neben die anderen zu rollen, die im Schlosspark aufgereiht lagen.

»Trauriger Anblick!«, brummte Béryl und spuckte vor seine Füße.

Huc nickte nur mit dem Kopf. Von der Pracht des Schlosses blieb an diesem Morgen nichts weiter als ein Gebäude mit zerbrochenen Scheiben und durch mehrere Dutzend entwurzelter oder geborstener Bäume verwüstete Gärten. In der ganzen Auvergne sah es ähnlich aus. Der Wald erinnerte an einen zum Anzünden bereiten Holzhaufen, und zahlreiche Gebäude mussten neu aufgebaut werden; hinzu kamen verletzte oder tote Menschen, welche man zur Abtei von Moutier gebracht hatte, die wie durch ein Wunder verschont geblieben war.

Huc de la Faye ging einem Bediensteten entgegen, der auf einem Tablett Kannen und Becher trug, und setzte ohne Umschweife einen Krug an seine Lippen, um seine ausgetrocknete Kehle mit reichlich Wein zu laben. Dann reichte er den tönernen Henkel Béryl, der ihm gefolgt war und neidvoll beobachtet hatte, wie das rötlich schimmernde Getränk mit lautem Glucksen Hucs Kehle hinuntergeflossen war. Auch er löschte seinen Durst, während Huc den Rest der Dienerschaft zu den Waldarbeitern schickte, die bisher ohne Pause weitermachten.

»Ich muss meinen Bericht verfassen«, seufzte Huc, nachdem ihm ein Diener den leeren Krug abgenommen hatte.

»Ich begleite Euch. Einer mehr kann nie schaden«, bemerkte Béryl mit einem Grinsen.

Ein wenig belustigt bedankte sich Huc für die Fürsorge. Sie kannten sich schon seit so langer Zeit und die schwierige Wesensart ihres Herren war ihnen nur allzu gut bekannt. An diesem Morgen hatte er sich von seiner schlechtesten Seite gezeigt und sich nicht einmal blicken lassen.

»Lasst uns gehen, Béryl«, rief Huc, indem er auf den unbeschädigten Teil des Gebäudes zusteuerte.

François de Chazeron schritt indes in dem einzigen Zimmer, dessen Fenster unbeschädigt geblieben waren, auf und ab, die Hände auf dem Rücken gefaltet.

»Hört auf zu jammern, ich bitte Euch, Ihr macht mich rasend!«, tobte er und wandte sich ein weiteres Mal seiner jungen, verängstigten Gemahlin Antoinette zu.

Sie hatte in dieser Nacht bereits ihre letzte Stunde herannahen sehen und sich mit ihren Kammerfrauen unter den riesigen Tisch geflüchtet, der im Bergfried thronte. Dabei hatte sie vor Angst so laut geschrien, dass die Pagen, die sich im Keller verkrochen hatten, und ihr Gatte um ihre Ohren bangten. François hatte den Elementen vom Fenster seines Turmes aus getrotzt. Dabei waren ihm Glassplitter ins Gesicht geflogen, als die Eiche den Turm gestreift hatte.

Antoinette richtete den Blick auf ihren Mann, dessen Gesicht mit Spuren geronnenen Blutes bedeckt war, und brach in krampfartiges Schluchzen aus. François fühlte, wie die Wut sein Gesicht rot anlaufen ließ. Er konnte dieses weibische Getue nicht länger ertragen. Dennoch zwang er sich zur Ruhe.

»Wir sind am Leben, Antoinette, also fasst Euch, bei Gott!«, zischte er. »Ihr habt Euch Eurer Stellung würdig zu erweisen und einen Hofstaat zusammenzuhalten! Jetzt ist nicht der Augenblick für Klagen, das versichere ich Euch!«

»Ich beklage mich nicht, Messire!«, schluchzte Antoinette. »Ich versuche zu beten, oh ja, ich versuche ...«, insistierte die Unglückliche, von einem neuen Weinkrampf geschüttelt.

François stürzte auf den Sessel zu, in dem sie saß, umfasste die Armlehne und blickte ihr direkt ins Gesicht.

»Dann strengt Euch an, aber leise! Ihr haltet mich vom Nachdenken ab.«

Antoinette vergrub ihre Nase im Taschentuch und nickte, die Augen angefüllt mit Tränen. Ihr Gemahl hatte Recht, sicherlich, aber sie kam dagegen nicht an.

Genau in diesem Moment betraten Huc de la Faye und Béryl das Zimmer. François drehte sich um und stand direkt vor ihnen. Sie hatten erwartet, ihn wütend vorzufinden, aber seltsamerweise beruhigte ihn der Anblick der beiden Männer. Entschlossen ging er auf sie zu.

»Ihr kommt gerade richtig«, begnügte er sich zu bemerken. »Folgt mir!«

Und ohne seine hübsche Gemahlin, die er dank des Auftauchens seiner beiden Männer nun zurücklassen konnte, eines weiteren Blickes zu würdigen, verließ er das Zimmer und steuerte auf sein Kabinett zu. Der Profos und Béryl folgten ihm auf dem Fuß.

»Es wird mehrere Wochen in Anspruch nehmen, den Dachstuhl wieder herzurichten, danach werden wir uns den zerstörten Außenmauern und den Reparaturarbeiten im Inneren des Gebäudes widmen können«, beendete Béryl seine Ausführung, nachdem er eine detaillierte Beschreibung der Schäden am Schloss vorgelegt hatte.

»Wir dürfen nicht vergessen, dass zahlreiche Straßen blockiert sind und wir den Menschen mit unserer Hilfe zur Seite stehen müssen. Selbst wenn wir die besten Baumeister beschäftigen, Zimmermänner, Maurer, Dachdecker, Tischler, befürchte ich, dass wir die Frist nicht einhalten können, die uns der bevorstehende Winter setzt.«

Der Lehnsherr von Vollore nickte. All das langweilte ihn. Da er jedoch keine andere Lösung wusste, musste er sich den Vorschlägen dieser beiden Männer anschließen, die für ihn seit fünfzehn Jahren zur vollsten Zufriedenheit arbeiteten.

Da allein Montguerlhe und die Abtei von Moutier vom Unwetter verschont geblieben waren, mussten die Notleidenden dort untergebracht werden. Der Gedanke, seine Wohnstatt mit dem Pöbel teilen zu müssen, verursachte in ihm jedoch heftigen Widerwillen. Er wandte sich an Huc:

»Was ist mit Thiers?«, fragte er.

»Nach allem, was uns die Boten berichtet haben, scheint die Basilika in recht gutem Zustand zu sein, ebenso die Kirchen Saint-Jehan-du-Passet und Saint-Genès.«

»Gut, gut. Diejenigen, die es am schlimmsten getroffen hat, sollen auf diese Unterkünfte verteilt werden. Es kann nie schaden, ausreichend Leute zu haben, die beten. Montguerlhe bleibt, wie es sich gebührt, mir und meinen Leuten vorbehalten.«

Huc de la Faye hatte diese Entscheidung erwartet und seine Gemahlin Albérie bereits damit beauftragt, die Zimmer des Lehnsherrn dort vorzubereiten. Gegen seinen Willen verspürte er dennoch einen leichten Schauer.

Seit fünfzehn Jahren hatte François de Chazeron Montguerlhe nicht mehr betreten, als wolle er dadurch die schändlichen Schatten dieser Winternacht, in der er Isabeau der Wut der Wölfe ausgeliefert hatte, vertreiben. Als der Tag dämmerte, war von ihr nicht die kleinste Spur zurückgeblieben. Es war Huc, der seitdem für die Verfehlung seines

Herrn bezahlte, indem er, wie er es geschworen hatte, Albérie in seine Obhut genommen hatte. Er hatte sie sogar geheiratet, um sie vor jeglicher Fleischeslust seines Herrn zu bewahren. Huc hatte begonnen, sie zu lieben, trotz ihrer Zurückhaltung, trotz ihres kalten und stählernen Blickes, mit dem sie ihn seit diesem fluchbeladenen Tag ansah. Er hatte sie nicht oft lächeln gesehen, abgesehen von jenem Augenblick, als er ihr mitgeteilt hatte, er würde sie niemals zum Beischlaf zwingen und sie allein würde über die Frucht ihrer Verbindung entscheiden. Sie hatte sich ihm nie hingegeben und er hatte sich mit seiner Rolle als Vormund begnügt. Seine einzige Sorge war gewesen, ob François sein Recht als Lehnsherr einfordern würde. Aber Albérie war, ganz im Gegensatz zu ihrer älteren Schwester Isabeau, von unscheinbarer Gestalt und ihr harter Blick verlieh ihr darüber hinaus herbe Züge. François de Chazeron hatte ihre Vermählung gesegnet, ohne auch nur die geringste Frage zu stellen. Huc fragte sich sogar von Zeit zu Zeit, ob er sich überhaupt noch daran erinnerte, wer Albérie war. François de Chazeron interessierte sich nur für sich selbst.

»Noch etwas, Huc?«

Die Stimme seines Herrn schreckte ihn aus seinen Träumereien. Er schüttelte sich kräftig.

»Nein, Messire, alles wird bis heute Abend bereit sein.«

»Gut! An die Arbeit!«

Béryl und Huc verbeugten sich und entfernten sich eilenden Schrittes, um ihren jeweiligen Aufgaben nachzukommen.

Als es dämmerte, brach ein langer Wagenzug, beladen mit Schrankkoffern und Hausrat, vom herrschaftlichen Schloss Vollore zur Festung Montguerlhe auf. An der Spitze befanden sich François und seine Gemahlin, zusammen mit ihrer Gefolgschaft.

Albérie stach sich mit der Nähnadel in den Finger und unterdrückte dabei eine Verwünschung. Neben ihr, träge ausgestreckt in einem fein gearbeiteten Armsessel, stickte Antoinette de Chazeron, träumend und in Gedanken versunken.

Für nichts auf der Welt hätte die junge Frau die Stille brechen wollen. Albérie verabscheute es, sich mit der Schlossherrin unterhalten zu müssen, selbst wenn sie ihr zugestehen musste, dass sie durchaus etwas Sympathisches und Anziehendes an sich hatte. Sie hatte sich jedoch entschieden, alles, was mit François de Chazeron zusammenhing, zu hassen, und widmete sich seit fünfzehn Jahren tugendhaft dieser Aufgabe. Sie versteckte ihr Lachen und ihre stillen Momente des Glücks. Ihre Umgebung sah von ihr nichts als eine Maske, die durch die unerbittliche Ironie ihres abweisenden Blickes noch unterstrichen wurde. So schützte sie sich vor dem Irrsinn der Menschen, die ihr im Übrigen einerlei waren. Wie ihre Großmutter verstand sie sich besser mit den Wölfen als mit ihresgleichen.

»Ich erwarte ein Kind.«

Albérie reagierte nicht sofort auf die schüchterne und schwache Stimme Antoinettes. Erst nachdem sie sich geräuspert und den Satz noch einmal wiederholt hatte, hob Albérie den Kopf. Ihr Herz klopfte.

»Wirklich?«, zwang sie sich zu antworten.

»Ich glaube es zumindest«, fügte Antoinette hinzu, indem sie sich auf ihre Unterlippe biss. Sie bereute es sofort, sich ihr anvertraut zu haben.

In bestimmten Momenten flößte Albérie ihr auf unerklärliche Weise Angst ein. Dabei kümmerte sie sich vorbildlich um die Bewirtschaftung von Montguerlhe. In der Woche, in der sie nun auf der Festung wohnten, war weder an ihrer Arbeit noch an ihren Umgangsformen etwas auszusetzen gewesen. Antoinette hatte mehrere Male versucht, sie aus der Reserve zu locken, aber ihre Wortwechsel bestanden nur aus Höflichkeiten, als ob sich Albérie zu jeglicher Art von Kontakt zwingen müsste. Hinzu kam noch, dass sie sich regelmäßig entfernte, sobald François den Raum betrat, in dem sie sich gerade aufhielt.

»Unser Herr wird sehr glücklich über diese Nachricht sein«, meinte Albérie höflich, während sie sich wieder mit der Nadel in ihre eiskalten Finger stach.

»Er weiß es noch nicht. Er ist so missgelaunt durch die vergangenen Ereignisse, dass ich nicht wage, es ihm mitzuteilen.«

»Das ist weitsichtig, in der Tat.«

Diese trocken vorgebrachte Bemerkung verunsicherte Antoinette.

»Glaubt Ihr?«

Ein Angstschleier verdunkelte Antoinettes Miene und Albérie bereute sofort ihre Worte. Ihren Gesichtsausdruck durch ein mitfühlendes Lächeln etwas besänftigend, fügte sie hinzu:

»Seit dem Unwetter habt Ihr eine schwere Zeit durchgemacht, vielleicht ist Euer Unwohlsein auf dieses Durcheinander zurückzuführen, auf die berechtigten Ängste und die Sorgen, die Ihr Euch um diese Unglücklichen unter Eurem Fenster macht. Meiner Ansicht nach wäre es besser, noch ein wenig abzuwarten.«

Antoinette schaute sie noch einen Moment prüfend an und nickte schließlich. Daran hatte sie noch gar nicht gedacht.

»Ihr habt natürlich Recht. Es ist weiser zu warten, bis man Gewissheit hat … Ich würde ihm zu gern einen Sohn schenken …«

Albérie unterdrückte ihren Unmut. Sie wollte das Jammern dieser Frau nicht hören. Würde sie eine Fehlgeburt haben, könnte sie das allein ihrem Gemahl zuschreiben, seiner Grausamkeit, seinem Stolz, seiner Selbstgefälligkeit. Ein Fluch lag auf ihm und sie würde keinen Finger rühren, um dagegen etwas zu unternehmen.

Seit langem schon wartete ihre Familie auf den Moment der Rache, im Gedenken an ihren Vater, den François hatte ermorden lassen, und im Gedenken an ihre zerstörte Familie, die zu einem Leben im Verborgenen und in der Isolation gezwungen war.

Albérie schluckte schwer, so sehr hatte die Wut ihr Blut in Wallung gebracht. Nein, Antoinette war für diese Tragödie nicht verantwortlich, sie wusste von all dem nicht einmal etwas, da sie erst seit drei Monaten verheiratet war. Man hatte ihre Namen aus den Registern von Fermouly gestrichen und ihren Vater in der Erinnerung an die Größe der Lehnsherren von Vollore begraben. Aber auch François würde, wie die Ihrigen, ohne Nachkommen sterben. Und Antoinette würde diesem Schicksal ausgeliefert sein wie der gesamte Landstrich.

Albérie entschied, dass nun der geeignete Moment sei, sich zurückzuziehen. Ihr Fortgehen würde als schamhafte Rücksichtnahme ausgelegt werden. Sie legte ihre Handarbeit auf den Schemel an ihrer Seite und ging aus dem Zimmer, das Herz noch tauber als gewöhnlich.

Für einen kurzen Moment verspürte sie das Bedürfnis, weit fort zu fliehen, weit weg von diesen Mauern, die sie erstickten, von ihren alltäglichen Aufgaben als Verwalterin an der Seite von Huc, vor dem Respekt zu fliehen, den sein Name und sein Titel ihm in der Garnison und dem gesamten Land eingebracht hatten. Sie musste sich mit ihrem ganzen Gewicht gegen die Wand stützten, nachdem sie die schwere Tür wieder geschlossen hatte. Sie warf ihren Kopf in den Nacken und grub ihre Finger in die Spalten des Mauerwerks.

Ihr Atem ging schnell. Mit 26 Jahren fühlte sie sich bereits alt, so müde, so erschöpft.

Nein, es war nicht allein die Wut, wurde ihr plötzlich klar. Heute Nacht würde Vollmond sein.

Tränen stiegen ihr in die Augen. Sie kannte diesen schleichenden Schmerz in ihren Gliedern nur allzu gut, diesen teuflischen Hass, der nach und nach, Stunde um Stunde, von ihr Besitz ergriff, bis zu diesem Gefühl des Durstes nach Blut in ihrem Mund. Es würde also wieder so weit sein, an ihrem Bauch beginnen, der sich langsam mit Fell bedecken würde, dann an Füßen und Händen. Sie würde Schmerzen empfinden, brüllende Schmerzen, die ihren ganzen Körper durchbohrten. Und schließlich hätte sie sich so weit verwandelt, dass sie nichts Menschliches mehr an sich haben würde. Und dennoch würde sie nicht vergessen, wer sie war und warum sie lebte.

Albérie bohrte ihre Fingernägel noch tiefer in den Stein und wurde ein wenig ruhiger. Als Werwölfin würde sie die Ihrigen sehen. Und das allein zählte.

Huc de la Faye lehnte sich traurig an das mit Stabwerk verzierte Fensterkreuz des Turms. Der Tag neigte sich langsam über Montguerlhe und tauchte die Wasserstelle, in deren Nähe die Kühe und Schafe friedlich weideten, in ein glühendes Rot. Er war die letzten Wochen so sehr damit beschäftigt gewesen, Béryl und seinen Männern zu helfen, dass er fast vergessen hätte, was in dieser Nacht geschehen würde – so wie in allen Vollmondnächten seit zwölf Jahren. Seit er das schreckliche Geheimnis von Montguerlhe entdeckt und akzeptiert hatte, darüber zu schweigen.

Am Anfang stand die schicksalhafte Septembernacht des Jahres 1500. Nachdem er Albérie in der Obhut des Abts von Moutier gelassen hatte, war Huc nach Montguerlhe zurückgekehrt, in der abwegigen Hoffnung, das Gewitter könne die Wölfe fern gehalten und Isabeau vielleicht überlebt haben. Nachdem er sich vergewissert hatte, dass die Bogenschützen ihre Posten verlassen und François seine Tür hinter sich verriegelt hatte, war er durch den peitschenden Regen zu der Stelle geeilt, wo er ihren Körper niedergelegt hatte. Aber von Isabeau hatte es keine Spur gegeben außer eine von Blut getränkte Kutte am Fuße der Festungsmauer. Huc hatte die Büsche in der Umgebung noch eine gute Stunde lang durchsucht und dann schließlich aufgegeben. François de Chazeron war am frühen Morgen nichts anzusehen, was auf Gewissensbisse hätte schließen lassen. Unter dem Vorwand, er würde auf Vollore erwartet, ließ er seine Sachen für die Abreise herrichten und lehnte es ab, noch irgendetwas über die ganze Sache zu erfahren. Er bemerkte nur, dass er hinfort keinen Exorzisten mehr in der Umgebung zu sehen wünsche.

Einige Wochen später übergab er dem Abt von Moutier eine bedeutende Geldsumme für seine neue Kapelle, die in Gedenken, so befahl er, an jene durch die Pranken der Wölfe ums Leben Gekommenen errichtet werden sollte.

Mit Beginn des neuen Jahrhunderts hatte sich François de Chazeron hinter einer Mauer des Schweigens verschanzt und sich noch weniger als zuvor für seine Ländereien und Leute interessiert. Er verbrachte seine Zeit hinter verschlossenen Türen und verließ Vollore nur, um nach Clermont oder an den Hof des Königs zu reisen, an dem seine Familie über einen langen Zeitraum ein und aus gegangen war. Niemand wusste, was er in seinem Turm aufbewahrte und warum ab und an bei Tagesanbruch seltsamer, ekelhaft stinkender Rauch von dort aufstieg. Manchmal erhielt er Besuch von eigenartigen Gestalten, die ihre Gesichter unter riesigen Kapuzen versteckten und nie länger als eine Woche blieben.

Huc legte ihm nicht weiter Rechenschaft ab und verwaltete den Landstrich so weit er konnte mit Hilfe des Abts Guillaume de Montboissier. Zwei oder drei Mal im Jahr verschwanden die Kinder, ohne dass von ihnen jemals wieder die geringste Spur aufgefunden worden wäre. Der Abt von Moutier warnte, dass all jene, die sich in den Wäldern von Thiers herumtrieben, den Wölfen leichte Beute seien. In der Vergangenheit hätten sich bereits häufig Fälle solcher Art zugetragen und man solle nach keiner anderen Erklärung suchen. Aber Huc hatte das nicht überzeugt. Gerüchte gingen unter den Bauern um. Gerüchte, in denen behauptet wurde, François würde mit dem Teufel Geschäfte machen und ihm zum Tausch ihre Kinder opfern. Der Profos hatte Schwierigkeiten, an dieses abergläubische Geschwätz der Bauern zu glauben. Und doch versetzte ihn etwas in Unbehagen, sobald sein Blick die hohe Mauer des Turms von Vollore streifte, jenen verschlossenen Turm, in dem sich sein Lehnsherr einschloss.

Schließlich hatte er sich wegen seiner kindischen Ängste selbst verspottet und sich nur noch Albérie gewidmet. Die Gegend war die meiste Zeit friedlich und der Alltag wieder eingekehrt. So geriet die Geschichte um den Wolf in Vergessenheit.

Und plötzlich hatten diese furchtbaren Gräuel wieder begonnen. Genau drei Jahre nach dem schrecklichen Vorfall, auf der Straße nach Montguerlhe. In einer Vollmondnacht. Einen Tag nach dem Tod von Guillaume de Montboissier. Dann, beim nächsten Vollmond, ein weiteres Opfer. Albérie war vierzehn Jahre geworden. Huc hatte ihr ein gewundenes Armband aus Silber geschenkt, als Zeichen seiner Zuneigung zu ihr, zusammen mit einem großen Stück Nusstorte. Sie hatte ihn auf eine seltsame Weise gemustert, als blitzte hinter ihrer kalten Erscheinung ein anderes Ich hervor, dann die Augenlider niedergeschlagen und ihm kühl gedankt, bevor sie kehrtmachte und ihn, der unentschlossen war, ihr seine Liebe zu zeigen oder sich zurückzuhalten, einfach stehen ließ.

Er hätte nicht zu sagen gewusst, ob sie ihm die Schläge auf den Rücken ihres Vaters verziehen hatte, auch wenn er sie sich selbst noch immer vorwarf. Er verstand genauso wenig wie damals, warum Armand Leterrier tot zusammengebrochen war. Er war ein starker und robuster Mann gewesen, der vor harter Arbeit nicht zurückschreckte, und er selbst hatte seinen Schlag so gut er konnte gemäßigt. Wie konnte er Albérie nur verständlich machen, dass er den Tod ihres Vaters nicht gewollt, sondern nur seinem Lehnsherrn gehorcht hatte, aus Angst, er würde sonst selbst bestraft werden? Er hatte keine passenden Worte gefunden. Er hatte aufgegeben und bei sich gehofft, die Zeit würde das ihrige tun und Albérie würde vergessen können, wenn er sie nur mit Liebe umgab. Aber das Kind hatte nichts vergessen. Es hatte um sich eine Mauer aus Schweigen errichtet, erledigte alle Tätigkeiten, die man ihr in der Küche zuwies, ließ sich kaum im Gemeinschaftsraum blicken, wo die Wachen sie liebevoll neckten, um ihm, dem Profos, auch ja nicht zu missfallen, nachdem er sie geheiratet hatte. Sie hatte François de Chazeron nicht wiedergesehen, nie danach gefragt, ob man Isabeau oder ihre Großmutter jemals aufgefunden habe. Nur ihr Blick sprach, sobald er den seinen kreuzte. Da wandte Huc sich ab, denn auf dieses ständige Warum hätte er nur mit seiner eigenen Wut, dem eigenen Widerwillen gegenüber seinem Herrn zu antworten gewusst.

Vor allem Albérie um vor der angeblichen Bestie zu schützen, hatte er beschlossen, dem weit verbreiteten Gerücht ein Ende zu setzen und die Wahrheit herauszufinden. Er hatte sich nach draußen geschlichen, eingehüllt in einen dunklen Umhang, durch den er sich nicht von den Schatten unterschied, welche die Wolken auf die Festung warfen. Er hatte sich langsamen Schrittes, die Armbrust in der Hand, vorwärts bewegt, dicht an den Bäumen entlang, die die Straße säumten. Die gleiche Straße, welche die Reisenden in Richtung Clermont passierten und wo der Wolf bereits zweimal zugeschlagen hatte.

Er musste nicht lange warten. Das Tier war, wie es ihm schien, aus dem Nichts aufgetaucht, um sich ihm gegenüber aufzubauen, die Lefzen nach oben gezogen und mit Schaum vor dem Maul.

Ohne zu zögern, hatte Huc seine gespannte Armbrust auf das graue Fell gerichtet, um dem Grauen ein Ende zu setzen und in dem Glauben, das Tier würde sich im nächsten Moment auf ihn stürzen. Doch dann hatte er mit stockendem Atem seinen Arm sinken lassen. Dort, einige Schritte entfernt, zeichnete sich eine Gestalt ab, eingetaucht in das Mondlicht, gekrümmt und faltig. Sie ging auf den Wolf zu, der heulend vor der Waffe zurückgewichen war.

Als Tier und Mensch nebeneinander standen, erkannte Huc das runzlige Gesicht von La Turleteuche, die in seine Richtung einen mitfühlenden Blick sandte, während er wie gebannt den stahlblauen Blick des Wolfes fixierte. Dann fiel Dunkelheit auf dieses Bild und ein Grollen zerriss die Stille. Als der Mond zwischen zwei Wolken wieder hervortrat, war die Straße leer und Huc, mit trockenem Hals und zitternden Knien, atmete schwer.

Noch lange hatte er die Bewegungen der Kastanien und Eschen verfolgt, die der Wind des herannahenden Gewitters vom Stamm bis zu den Wipfeln zum Schwingen brachte, als wiegten sie sich nach einem langen Albtraum in den Schlaf. Dann, als die ersten Tropfen fielen, war er, nun ohne den Umhang, auf dem Weg zur Festung zurückgeeilt, bedrückt und ausgekühlt, ohne sich mit einem einzigen Wort an den

Wachtposten zu wenden, der sich beglückt zeigte, ihn lebend zu wissen.

Er war die Treppen hinaufgestiegen und hatte sich vor Albéries Zimmer aufgebaut, unentschlossen von einem Fuß auf den anderen wippend. Wollte er wirklich die Wahrheit dessen überprüfen, was er sich mit Grauen vorstellte? Als er sich entschieden hatte, drückte er die schwere Tür auf und ließ sich auf das Bett fallen, den Kopf zwischen beide Hände gestützt. Das Zimmer war leer und draußen in der Nacht, durch die geöffneten Fenster, vernahm man die Totenklage eines Wolfes.

Als der frühe Morgen den Frisierspiegel gegenüber dem Fenster golden färbte, war Albérie im Innern des Kamins aufgetaucht. Huc hatte nicht geschlafen. Das junge Mädchen war mit aufgelöstem Gesicht und dunklen Ringen unter den Augen vor ihm gestanden. Er biss sich auf die Lippen bei der Erinnerung an zwei vergangene Tage, als er sie in den Morgenstunden in einem ähnlichen Zustand angetroffen hatte. Dieses Mal jedoch zeugten ihre geröteten Augen nicht nur von Müdigkeit. Albérie hatte geweint. Als sie näher trat, hatte sich Huc erhoben und spontan die Arme ausgebreitet. Sie hatte einen Moment gezögert und sich dann schluchzend an seine Brust geworfen.

Schließlich hatte sie zu sprechen begonnen. Zum ersten Mal hatte sie die traurige Geschichte ihrer Familie erzählt: Ihre Urahnin, jene Hexe, die man La Turleteuche nannte und die von Bürgersleuten getötet worden war, praktizierte zur Sonnenwende im Verborgenen heidnische Riten, die auch darin bestanden, mit einem Wolf zu kopulieren. Ihre Großmutter, die aus dieser unnatürlichen Verbindung hervorgegangen war, hatte die Fähigkeit erhalten, Mensch und Wölfin in einem zu sein und an ihre Nachfahren die bessere dieser beiden Wesensarten weiterzuvererben. So hatte Amélie Pigerolles in jeder Vollmondnacht ihren Drang nach Blut an Ziegen oder Schafen gestillt. Bis zu jenem Moment, als diese Gräueltaten einsetzten, die man einem grauen Wolf zuschrieb. Und bis zu dem Moment, als sie, das Kind von Fermouly, ein kleines Kind, das nichts von dieser Verwünschung ahnte, das Tier erblickt und einen Fehler begangen hatte. Einen Fehler, der die Aufmerksamkeit von François de Chazeron auf die Familie lenkte. Sie, Albérie, hatte den Verlust ihrer Angehörigen verursacht. Sie hatte mit diesem Schuldgefühl gelebt, bis sich in den vergangenen Monaten ihre tot geglaubte Großmutter an einer Wegbiegung gezeigt hatte, als sie gerade Drosselfallen aufstellte. La Turleteuche hatte sie tief in die Berge hinein zu ihrer Schwester Isabeau geführt, die sie nach dem schrecklichen Vorfall geduldig gesundgepflegt hatte, und zu dem Kind, das sie inmitten von Wölfen im Sommer 1501 zur Welt gebracht hatte. La Turleteuche hatte ihr anvertraut, dass sie bald sterben würde und ihr, Albérie, ihre Macht übertrage. Isabeau hatte nur ein Knäuel grauen Fells am Nacken geerbt, direkt unter dem Haaransatz, und besaß nicht die Fähigkeit, sich zu verwandeln. Sie, Albérie, jedoch gehörte zu ihresgleichen. Das wusste sie seit ihrer Geburt und mit der Pubertät würde diese Herkunft sich zeigen. Nach der Freude über das Wiedersehen mit ihrer Schwester, ihrer Großmutter und sogar diesem wilden Kind, ihrer Nichte Loraline, die zwischen den Pfoten einer Wölfin mit Namen Cythar schlief, hatten Furcht und Schrecken sie erfasst. Aber La Turleteuche hatte ihr Mut zugesprochen. Die ersten drei Mal würde sie Menschenblut benötigen, dann würde sich ihr Durst mildern und es genügten ihr edle Tiere oder Schafe. Sie hätte nichts zu befürchten, denn nun habe sie eine Familie. Und Albérie hatte sich schließlich beruhigt, trotz dieses seltsamen Scheins, einer Mischung aus Hass und Wahnsinn, in den Augen Isabeaus.

Anschließend hatte La Turleteuche sie in die Geheimnisse der unterirdischen Gänge eingeweiht, die sich von diesem Zimmer bis in den nahen Wald erstreckten.

Huc hatte zugehört, ohne sie zu unterbrechen. Er spürte, wie sein Blut erstarrte und sich die Haare auf den Armen aufstellten, mit denen er die Schultern seiner Gemahlin umschlang. Sie hatte sich neben ihn auf das Bett gesetzt, das mit Kaninchenfellen bedeckt war, und der starke Geruch der Tierfelle rief ihm für einen Moment das Bild der Wölfin mit den hochgezogenen Lefzen in die Erinnerung zurück.

Als könnte sie seine Gedanken lesen, hatte Albérie sich ihm zugewandt und ihn mit verschämtem Blick angeschaut.

»Dein Geruch«, hatte sie gesagt. »Es war dein Geruch, der mich zurückgehalten hat, es gibt also etwas in mir, das stärker ist als der Instinkt. Seit dieser Nacht bin ich La Turleteuche, habe nun diesen Beinamen der Wolfsfrau, den sich meine Vorfahrin ausgesucht hat.«

In der Stille, die nach Albéries Erzählung entstand, schossen Huc tausende Fragen durch den Kopf, von denen er nicht eine einzige stellte. Dann erklang ihre zitternde Stimme:

»Töte mich«, hatte sie gesagt, »aber liefere meine Familie nicht dem Lehnsherrn von Vollore aus …«

In diesem Moment war ihm unendlich schwer ums Herz geworden und er hatte ihr Gesicht zwischen seine großen Handflächen genommen. Bis tief in seine Seele überzeugt davon, dass er das Richtige tat, hatte er sie auf die Stirn geküsst und ihr leise zugeflüstert:

»Niemals! Niemals! Solange ich lebe!«

»Messire Huc?«

Huc sprang auf. Ganz in seine Erinnerung versunken hatte er weder das Klopfen an der Tür vernommen noch das Hüsteln der Dienerin in seinem Rücken.

»Messire Huc?«, wiederholte sie, während er seine Gedanken beiseite schob und nach einem Lächeln suchte.

»Es ist wegen Messire François. Er lässt überall nach Euch schicken und scheint voll Zorn, dass Ihr noch nicht bei ihm seid«, leierte sie herunter.

Seltsamerweise freute sich Huc darüber und folgte der Dienerin mit einem nervösen Lachen. François de Chazeron war nach Montguerlhe zurückgekehrt und irgendetwas ließ den Profos ahnen, dass nun die Stunde der Abrechnung geschlagen hatte.

2

Antoinette de Chazeron rieb ihre weißen Hände aneinander, ohne dass es ihr jedoch gelungen wäre, damit auch nur die geringste Wärme zu erzeugen. Sie hatte Huc de la Faye und dem neuen Abt von Moutier, Antoine de Colonges, geholfen, Brot an die Ärmsten der Armen zu verteilen, das sie in großer Stückzahl hatte backen lassen. Sie widmete sich dieser Aufgabe, so gut es ihr möglich war, seit sie sich, gefesselt von der kühlen Schönheit François de Chazerons, dazu entschlossen hatte, auf sein Werben einzugehen. Er hatte ihr mit äußerstem Taktgefühl den Hof gemacht und schien – sehr zum Wohlgefallen seiner Umworbenen – nicht besonders an der Tatsache interessiert, dass ihr Vater mit dem Herzog von Bourbon verwandt war, und viel weniger noch daran, dass er Vermögen besaß. Antoinette war ein junges Mädchen von siebzehn Jahren und glücklich, die Gemahlin dieses stolzen Lehnsherrn zu werden.

Es dauerte jedoch nur einige Monate und sie musste ihren Irrtum erkennen. Der Landstrich um Thiers war düster, weit weg vom Prunk der Stadt Paris. Sie erinnerte sich an die dortigen Troubadoure, die Jahrmärkte, die Seiltänzer, die von der Gesellschaft verstoßenen Dichter, die mit ihren Pamphleten einen Hauch von Lasterhaftigkeit über der Stadt ausbreiteten, was den Hof teils amüsierte, teils verärgerte.

Vollore war traurig. Sie hätte gerne ein paar Festlichkeiten organisiert, aber ihre Freunde und Angehörigen waren gleich zu Beginn des Herbstes wieder fortgegangen, ein Herbst, der das Land inmitten der Vulkane der Auvergne völlig isolierte. Der einzige Glücksmoment war für sie das Wiedersehen mit ihrer Mutter und ihren Schwestern gewesen, denen sie einen Besuch abgestattet hatte, überdrüssig der unendlichen Stunden, die François allein im Burgfried verbrachte, den sie nicht betreten durfte.

Kaum war sie jedoch zurückgekehrt, hatte ihr Gemahl eine nochmalige Reise verboten. Autoritär und selbstgefällig wie er war, wollte er, dass ihre Familie sie glücklich über ihr Schicksal glaubte. Eines Abends, als sie sich nach einem kurzen ehelichen Stelldichein im Bett wiederfanden, schwanden auch Antoinettes letzte Illusionen, nachdem sie sich über François' geringes Interesse beklagt hatte.

»Madame, ich habe Euch aus zwei Gründen geheiratet«, hatte Chazeron bemerkt. »Zum einen wegen Eurer Reize, die meinem Temperament die Möglichkeit geben, meine Nachkommenschaft zu sichern, zum anderen wegen Eures Vermögens und Eurer Beziehungen. Ich habe bis zu diesem Tag weder die eine noch die andere Eurer Tugenden ausgeschöpft. Ihr werdet daher verstehen, dass ich sie Euch nicht vergelten kann. Sprechen wir also nicht mehr darüber.«

Und er hatte sie so zurückgelassen, einsamer und verzweifelter, als sie es jemals gewesen war. Um sich zu beschäftigen, erging sie sich seitdem im Gebet und im Dienst an den Armen. So auch an diesem Tag, obgleich der Frost auf ihrer Kapuze aus Hermelin weiße Spuren hinterließ und der Reif unter ihren dünnen Lederstiefeln knirschte.

Es wollte ihr nicht gelingen, den Blick von Huc de la Fayes breitem Rücken abzuwenden, der sich zu den Alten und Kindern mit wahrer Großmut und echter Hingabe hinabbeugte. Ebenso wenig wollte sich ein Schuldgefühl einstellen gegenüber dem Verlangen, das in ihr herangewachsen war, seit sie auf Montguerlhe Unterschlupf gefunden hatten. Mehrmals hatte sie sich bereits Gedanken gemacht über die seltsame Heirat des Profos. Trotz seines Alters – Huc war dreiundvierzig Jahre – war er von angenehmer Erscheinung. Er besaß regelmäßige Gesichtszüge, einen sinnlichen Mund und volles Haar, das bereits grau schimmerte. Es gab genug junge Mädchen mit fröhlichen Gesichtern in der Umgebung und doch hatte er Albérie geheiratet, deren Art sie wahrhaftig nicht verstand und die sie von Zeit zu Zeit auf eine unerklärliche Weise erschreckte.

Antoinette die Sanfte, die Folgsame, die Zarte. So wurde sie gesehen. Aber was würde sie nur dafür geben, sich unter die Armen mischen zu können, die in der Abtei von Moutier Obdach gefunden hatten, so dass Huc de la Faye sich um sie sorgen würde, um ihre Nöte und ihre Gefühle, die sie nicht länger verdrängte.

Sie seufzte tief, noch immer in diese Gedanken versunken, die sich für eine Ehefrau so gar nicht ziemten. Huc wandte sich ihr mit einem zufriedenen Lächeln zu, während er sich entschuldigte:

»Eine beißende Kälte, heute Morgen. Ich werde die nächsten Tage alleine gehen.«

»Nein!«

Sie hatte so schnell geantwortet, dass sie, etwas ruhiger, hinzufügte:

»Nein, ich mache das gern, glaubt mir. Ich habe wegen des traurigen Schicksals unserer Leute geseufzt, nicht wegen des meinigen. François berichtet mir wenig über den Fortgang der Arbeiten – wie über alles, nebenbei bemerkt«, konnte sie nicht umhin, verbittert anzumerken. »Und ich mache mir Sorgen darüber, wann diese Menschen wohl wieder in ihre Häuser zurückkönnen.«

Huc küsste ein schwächliches kleines Mädchen, dem er gerade einen Apfel gegeben hatte, auf die Stirn, richtete sich dann auf und zog Antoinette in den verwüsteten Garten der Abtei. Etwa fünfzig Notdürftige, denen das Gebet nicht mehr Wärme geben konnte als die zahlreichen Decken, blieben hinter ihnen zurück.

Im Schutze des Gebäudes, nahe eines großen Kastanienbaums, dessen Wurzeln aus dem Boden gerissen waren, wandte er sich ihr mit ernsthafter Miene zu:

»Der Winter steht vor der Tür. Béryl ist überall, teilt allen kräftigen Männern die notwendigsten Arbeiten zu, aber ich befürchte, dass dies nicht ausreichen wird. Die Wahrheit ist, dass Euer Gemahl den größten Teil der tüchtigen Arbeiter nach Vollore abzieht, so sehr verzagt ihn die Tatsache, dass er hier auf seine täglichen Beschäftigungen verzichten muss. Meine Angst ist, dass viele von ihnen«, er wies auf den Vorplatz der Kapelle, »den Winter bei diesen dürftigen Bedingungen nicht überstehen werden. Ein Feuer in der Abtei anzuzünden, daran ist leider nicht zu denken. Der Abt Antoine de Colonges tut sein Bestes, aber die Vorgaben seines Ordens sind streng und er kann für diese Unglücklichen keine Ausnahme machen, wenn seine Brüder in der gleichen Misere sind.«

»Aber es handelt sich um Frauen, Kinder und Alte«, entrüstete sie sich, die Augen voller Tränen.

»Es sind die Ärmsten der Armen, Antoinette«, antwortete Huc mit kaum vernehmbarer Stimme, wobei er ihre zarten behandschuhten Hände ergriff, die aus Wut und Mitleid zu zittern begonnen hatten. Wut auch gegen dieses erbarmungslose Naturgesetz, das die Stärksten überleben ließ und den anderen das Seelenheil und den ewigen Frieden beschied.

Sie sah ihn durch ihre Tränen an. Warum hatte sie plötzlich das Gefühl, er spräche nicht mehr von diesen Armen, sondern von ihr selbst, von ihrem zertrümmerten, erbärmlich unnützen Leben? Antoinette de Chazeron vergaß ihren Rang und drückte sich Schutz suchend gegen das Wams aus festem Leder, das Huc unter einem wollenen Mantel trug. Er blickte sich flüchtig um, sich vergewissernd, dass sie niemand beobachtete, und umarmte die junge Frau dann zärtlich. Gegen seinen Willen betörte ihn diese zerbrechliche und hilflose Gestalt, linderte er doch seine fleischlichen Gelüste seit er Albérie geheiratet hatte nur noch in einsamen Praktiken. Huc spürte, dass er seine Erregung nicht länger würde verstecken können, und schob daher den heißen Körper vorsichtig von sich weg. Er räusperte sich.

»Ich flehe Euch an, fasst Euch«, murmelte er und lächelte. »Diese Leute dürfen sich nicht der Hoffnungslosigkeit hingeben, die, mit Gewissheit, viel eher ihren Tod bedeuten würde als die Kälte. Aus unserer Kraft und unserer Hoffnung schöpfen sie die ihrige. Sie haben den Glauben bewahrt, verliert Ihr ihn nicht. Nehmt!«

Er zog aus seinem Hemd ein sauberes Stofftaschentuch hervor, das mit seinen Initialen bestickt war, und reichte es ihr.

Antoinette griff mit gesenktem Blick danach. Sie fühlte sich schuldig, ihrer Schwäche wegen. Aber auch, weil sie Gefallen darin verspürt hatte zu fühlen, wie Huc bei ihrer Berührung gezittert hatte. Sie wischte sich leicht über die Augen und putzte sich dann, von ihm abgewandt, die Nase, damit er ihre erhitzten Wangen nicht sehen konnte.

»Wenn Ihr die Natur herausfordern und diesen Armen eine Chance geben wollt«, beharrte die tiefe Stimme in ihrem Rücken, »dann übt Einfluss auf die Befehle Eures Gemahls aus, welche die Reparaturarbeiten auf Vollore betreffen. Zwei Wochen würden genügen, wenn Béryl über die gesamten Arbeiter verfügen könnte.«

Antoinette spürte, wie sich ihr Innerstes zusammenzog.

Sie drehte sich um, ihr Mund war zu einer höhnischen Grimasse verzogen.

»François' Befehle beeinflussen? Wer glaubt Ihr bin ich, dass ich meinem Gemahl meinen Willen aufdrängen könnte? Selbst die schlechteste Dienstmagd hätte mehr Talent dazu als ich. Was der Lehnsherr von Vollore wünscht, erhält er, mein Freund, und es liegt ihm weit mehr an dem, was er im Burgfried versteckt, als an meinem armseligen Dasein.«

Huc unterdrückte seine aufkommende Wut. Er hatte noch immer das Bild von Isabeaus verstörtem und verängstigtem Gesicht vor Augen, dort auf dem Bett des Lehnsherrn, während jener ihm unerbittlich befahl, sie den Wölfen vorzuwerfen.

»Ihr hasst ihn, nicht wahr?«

Bei dieser Frage wurde Huc klar, wie sehr sein Gesichtsausdruck seine Gefühle widerspiegeln musste. Für den Bruchteil einer Sekunde versuchte er, auch aus Antoinettes Blick die Empfindungen herauszulesen, konnte aber nur einen Schimmer der Freude erkennen. Und so schüttelte er den Kopf.

»Ich auch, glaube ich«, fügte sie hinzu, indem sie ihre Stimme senkte.

Sie seufzte tief.

»Gehen wir nach Hause, ja?«, warf sie ihm über die Schulter zu. Ihre Stimmte klang müde.

Statt einer Antwort folgte Huc ihr.

»Ich erwarte ein Kind!«

Antoinette hatte sich auf eine eisige Bemerkung eingestellt. Stattdessen war ihrer Nachricht jedoch nichts als Stille gefolgt. François de Chazeron hatte nicht einmal von seinem Buch aufgeschaut.

»Schon wieder eine Abhandlung über die Alchemie!«,

dachte sie bitter, indem sie ihren Blick auf die Flammen des Kamins richtete, um ihren Ärger zu verscheuchen.

Woraus schöpfte sie an diesem Abend ihre Kühnheit? Vielleicht aus dem Gefühl, dass sie zum ersten Mal in ihrem Leben jemand wirklich verstanden hatte, und zwar so weit, dass sie, den Bruchteil eines Augenblicks, das gleiche beglückende Empfinden hatten teilen können.

Auf dem Heimweg waren sie Albérie begegnet und sie hatte sich in keinster Weise schuldig ihr gegenüber gefühlt. Sie hatte sie sogar etwas genauer gemustert, während sie nach einer heißen Milch verlangte, einfach nur, weil sie das Gefühl gehabt hatte, Huc würde sich unwohl fühlen. Antoinette hatte sich sofort eingebildet, er empfinde für sie mehr als ein flüchtiges Verlangen, und das hatte ihr mit einem Mal Selbstvertrauen verliehen. Albérie hatte, wie gewöhnlich, keinerlei Gefühlsregung gezeigt, als interessierte sie nichts und niemand.

»Sie hätte François heiraten sollen«, kam Antoinette plötzlich in den Sinn. »Sie ist genauso verschlossen, gefühllos und egoistisch wie mein Gemahl!«

Mit dieser Feststellung ließ sie sich in einen Sessel gleiten, François genau gegenüber. Er brauchte sie nicht. Huc ja! Und so blieb sie beharrlich. Würde diese rebellische Anwandlung bis zu Ende gehen.

»Ich habe mit Euch gesprochen, mein Gemahl!«

»Und ich habe Euch gehört. Danke!«, fügte er hinzu, wie um das Gespräch zu beenden, ohne sie auch nur eines Blickes gewürdigt zu haben.

Antoinette atmete tief ein und fuhr unbeeindruckt mit gleichmütiger Stimme fort.

»Ich will dieses Kind nicht verlieren.«

»Gut.«

Der Ton war höflich, aber Antoinette hörte eine leichte Verärgerung heraus.

Das Buch muss sehr wichtig sein, folgerte sie. Und wenn! Das, was sie ihm zu sagen hatte, war es ebenfalls. Sie nahm all ihren Mut zusammen und zwang sich, eine feste Stimme zu behalten:

»Ich habe Albérie darum gebeten, mir ein anderes Zimmer herzurichten.«

Erneut trat Stille ein. Schließlich hob François den Kopf und sie wurde gewahr, dass das Feuer in seinen Augen noch wilder loderte als sonst. Sie schaute beiseite. Zitterte.

»Wie bitte?«, fragte er.

»Der Apotheker von Moutier hat mir während meiner Schwangerschaft von jeglicher fleischlicher Beiwohnung abgeraten. Er nimmt an, dies könne eine Fehlgeburt auslösen, und ich habe Euch gesagt, ich werde dieses Risiko nicht eingehen«, stotterte Antoinette. Ihr Herz klopfte so stark, dass sie sich fragte, ob François es wohl hören konnte.

»Und wenn ich Lust auf Euch habe?«

Nein!, wehrte sich in ihr eine leise Stimme. Nein, ich verbiete dir, ihm noch einmal nachzugeben, widersetze dich ihm! Widersetze dich ihm!, insistierte die Stimme, die auf einmal Ähnlichkeit mit jener des Profos hatte. Noch einmal nahm sie ihren ganzen Mut zusammen, blickte ihm direkt ins Gesicht und musterte ihn, wie sie zuvor Albérie gemustert hatte.

»Ihr werdet warten, Messire! Ihr werdet warten, bis ich Euren Sohn auf die Welt gebracht habe.«

Sie sah die Wut in ihm aufsteigen, und einen etwas milderen Ton einschlagend, fiel sie flehend auf die Knie:

»Ich habe mich immer Euren Wünschen unterworfen. Nicht ein einziges Mal, François, habe ich mich Euren Launen widersetzt, an Eurer Seite die beste und ergebenste Gemahlin zu sein. Heute sind meine Nerven auf eine harte Probe gestellt worden. Diese vor Kälte erstarrten Kinder, die ich jeden Tag sehe, lassen mich auf grausame Weise das Bedürfnis verspüren, Mutter sein zu wollen. Ich fühle mich so wehrlos, so zerbrechlich! Ihr habt mich geheiratet, weil Ihr einen Nachkommen wolltet, François, lasst mich ihn Euch schenken. Ich bitte Euch. Zügelt Euer Begehren bis zur Niederkunft und ich werde mich liebevoller als je zuvor zeigen.«

In der Stille, die nun folgte, erschien der unregelmäßige Atem ihres Gemahls wie ohrenbetäubender Lärm. Er war wütend auf sie, das wusste sie, und dennoch wäre das Abschlagen ihrer Bitte genau gegen seine Interessen und somit gegen die Gründe ihrer Vermählung gewesen. Der Lehnsherr von Chazeron benötigte einen Nachkommen, und François war nicht so dumm, diese offensichtliche Tatsache einfach zu übergehen. »Stolz wie ein Gockel«, dachte sie bei sich, während sie ihm in ihrer letzten Hoffnung einen zärtlichen Blick zuwarf.

»Geht in Euer Zimmer«, befahl er schließlich. »Solange Ihr schwanger seid und ich Eure Unpässlichkeiten und Euer Gejammer ertragen muss, werdet Ihr nur schwerlich mein Begehren wecken. Ich hätte es nicht gewagt, Euch aus meiner Bettstatt zu verdrängen, aber da Ihr es mir nun nahe legt, könnte ich Euch nur mit Widerwillen diesen Wunsch abschlagen. Wie Ihr Euch denken könnt, wird natürlich eine Eurer Zofen Euren Platz einnehmen«, fügte er zynisch hinzu.

»Ich werde damit umzugehen wissen, Messire. Ihr seid der Herr dieses Hauses«, schloss sie beflissen, damit er ihre Freude über den Sieg nicht erkennen und nicht ahnen konnte, welche Art von Wertschätzung auch sie ihm hinfort entgegenbringen würde.

Sie erhob sich und verließ, das anmutigste Lächeln auf den Lippen, das Zimmer François', um sich in das ihrige zurückzuziehen.

Albérie verriegelte sorgfältig die Türe hinter sich, wie immer, wenn sie Huc auf ihrem Bett sitzend erwartete. Er hatte das Feuer im Kamin ihrem Lager gegenüber angezündet, und das kleine, schmucklose Zimmer war in eine sanft schimmernde Wärme getaucht. Außerhalb der Mauern von Montguerlhe hatte ein eisiger Nordwind das Wasser zu Eis gefroren.

Morgen würde bereits bei Tagesanbruch eine dicke Schicht Raureif die langen Finger der Äste umhüllen, die vom Unwetter noch immer in Mitleidenschaft gezogen waren, und so die in Trauer versunkene Landschaft in ein prachtvolles Sternenmeer verwandeln. Albérie liebte die Stille, die sich während dieser winterlichen Zeit über den blauen Himmel spannte. Der Druck der ersten Wochen, in denen sie die Gegenwart von François auf der Festung hatte ertragen müssen, war ein wenig von ihr gewichen und so näherte sie sich lächelnd und mit Wohlwollen ihrem Gemahl.

Huc reichte ihr die Hand und sie setzte sich wie gewöhnlich neben ihn, den Kopf an seine Schulter gelehnt. Eine Weile verharrten sie in dieser Stellung, sanft getragen vom Knistern des Feuers, das auf die Wände tanzende Schatten malte. Huc fühlte sich wohl. Er hatte das Bedürfnis gehabt, Albérie in seiner Nähe zu haben, ihre Verbundenheit zu spüren, nachdem er Antoinette de Chazeron in seinen Armen gehalten hatte. Auch wenn er nicht wirklich Schuldgefühle verspürte wegen des Begehrens, das er dabei empfunden hatte. Die Zuneigung, die er Albérie entgegenbrachte, war eine gänzlich andere, etwas Unantastbares, das ihr gemeinsames Geheimnis noch einzigartiger machte.

»Ich liebe dich, Albérie«, brach es aus ihm hervor, ungewollt berührt durch den Zauber des Augenblicks, in dem sie sich im Blick des anderen verloren. Er wusste jedoch, dass auf sein Geständnis nichts als Schweigen folgen würde.

Albérie redete nie über ihre Gefühle, aber er wusste, dass sie ihn auch liebte, trotz allem.

»Ich brauche deine Hilfe, Huc.«

Das hatte sie noch nie gesagt. Huc wandte sich ihr mit überraschtem Gesicht zu. Albérie lächelte noch immer. Ein trauriges und zugleich zärtliches Lächeln. Befremdlich. Huc konnte nicht umhin, ein Unbehagen zu verspüren, wenngleich er sich über ihre Bitte freute.

»Was immer du willst«, hörte er sich aufrichtig antworten.

Er hatte so viel für sie getan, was sie nicht von ihm verlangt hatte. Und doch traf ihn die Nachricht wie ein Faustschieb:

»Isabeau ist tot!«

Albéries Stimme versagte. Huc schluckte schwer. Ein einziges Mal in den ganzen fünfzehn Jahren hatte er Isabeau wiedergesehen. Er war in den Wald gegangen, um einen seiner Hunde zu suchen, der nach einer Wildschweinjagd nicht mehr zurückgekommen war. Bauern hatten ihm bestätigt, sie hätten ein Tier bellen hören, nicht weit von der Stelle entfernt, wo er seine Spur verloren hatte. Es war der beste seiner Spürhunde. Er wollte ihn nicht den Wölfen überlassen. Plötzlich hatte er das Lachen einer Frau vernommen, zu tief im Wald, als dass es von irgendeiner Dirne hätte stammen können. Er band sein Pferd an einen Baum und schlich vorsichtig und mit klopfendem Herzen voran. Am Fuße des Felsens hatte eine Quelle eine natürliche Tränke geformt, von der aus das Wasser, zu einem Fluss angeschwollen, in Richtung der bebauten Äcker fortgetragen wurde. In der Tränke badete Isabeau mit einem lachenden Kind. Es hatte lange, nussbraune Haare und ein Gesicht, das so zart war, so unverkennbar in Huc Erinnerungen wachrief, dass er erschüttert war. Wenn auch das Kind von sieben oder acht Jahren der vergewaltigten jungen Frau von damals wie aus dem Gesicht geschnitten war, so schien Isabeau selbst jedoch eine vollkommen veränderte Person. Eine Frau ohne Alter, das Gesicht verhärtet, die Brüste bläulichrot und der Körper durch die vielen Entbehrungen schwer und verbraucht. Am Ufer, einige Meter von ihnen entfernt, lagen friedlich zwei Wölfe und wachten. Huc hatte sich eine ganze Weile zusammengekauert und den beiden beim Spielen und Lachen zugesehen. Dann, aus Angst, der Wind könne seinen Geruch zu den Tieren hinübertragen, war er schweren Herzens fortgegangen. Albérie hatte sich immer dagegen gewehrt, dass Huc Isabeau wiedersah, obwohl durch den Tod der Greisin das Verbot aufgehoben war. Isabeau hatte sich gänzlich von der Welt abgeschottet, überzeugt davon, niemand wusste, dass sie überlebt und Chazerons Kind zur Welt gebracht hatte.

»Sie weiß nicht, dass du weißt«, hatte Albérie ernst verkündet, als er sie eines Tages darum gebeten hatte, sie besuchen zu können. »Missachte niemals ihr Verbot. Isabeau ist nicht mehr die, die du gekannt hast, Huc.« Huc akzeptierte das, ohne weitere Worte darüber zu verlieren. Er hatte Albérie nichts erzählt von jenem flüchtigen Bild des Glücks, das er erhascht hatte. Denn er verstand, wie Recht sie hatte. Isabeau brauchte die Menschen nicht mehr.

Und doch schmerzte ihn die Vorstellung, dass sie tot war, genauso wie ihn lange Jahre die Vorstellung geschmerzt hatte, dass sie überlebt hatte.

»Wann ist das passiert?«, begnügte er sich zu entgegnen, hin und her schwankend zwischen einem inneren Schreien nach Gerechtigkeit und einer wahren Trauer, die plötzlich auf seinen Schultern lastete.

»Vor drei Tagen, nach Aussage von Loraline.«

»Kurz vor Vollmond«, schluckte Huc. »Oh, mein Gott! Albérie, du …«

Aber Albérie unterbrach ihn, indem sie ihm einen eiskalten

Finger auf seine Lippen legte. In ihren stählernen Blick mischte sich Melancholie. »Ich habe gewartet, dass der anbrechende Tag mich von der Gestalt befreit, die ich verabscheue. Dann habe ich meiner Nichte geholfen, sie an der Seite unserer Großmutter zu begraben. Es war eine seltsame Zeremonie. Ich musste mich im Wald verstecken, damit Loraline meine Verwandlung nicht sehen konnte, wie ich es meiner Schwester versprochen hatte. Es war das erste Mal, dass ich dabei ganz unerträgliche Schmerzen empfand. Aber nun ist alles vorbei und meiner Nichte und mir geht es gut. Ich möchte nicht, dass du dir Sorgen machst, Huc de la Faye.«

»Warum hast du mir nichts davon gesagt, als du vorgestern von der Höhle zurückgekommen bist?«

»Ich brauchte Zeit zum Nachdenken und du musstest erst zu dir kommen, wie jedes Mal, wenn du mich … anders weißt«, schloss sie zögernd, das passende Wort suchend, das sie beide am wenigsten verletzen würde.

Sie ahnte nur zu gut, was er empfinden musste. Ihr selbst graute es davor, wenn sie an das Monster dachte, das zusammen mit dem Körper einer Frau in ihrem Inneren hauste. An den Tagen nach Vollmond zwang sich Huc jedes Mal, ihr entgegenzutreten, sie zu berühren, sie zu umarmen, damit sie nicht spürte, wie sehr er diese Seite von ihr verabscheute. Aber sie war davon überzeugt, dass sie ihn in diesen Momenten abstieß, genauso wie sie sich selber hasste.

»Ich habe dich akzeptiert, wie du bist, Albérie. So wie du jetzt bist und zu Vollmond. Ich möchte, dass du endlich begreifst. Das möchte ich wirklich«, murmelte Huc und hielt ihrem Blick stand, bis sie ihre Augen abwandte.

Er schien so aufrichtig, wie jedes Mal, wenn sie einen Moment geneigt war, ihm zu glauben. Aber wie sollte es möglich sein, dass er sie liebte, wenn sie sich selbst niemals würde lieben können?

»Verzeih mir«, wusste sie nur zu antworten.

Gegen seinen Willen wurde Huc wütend. Er erhob sich und lief mit weit ausholenden Schritten im Zimmer umher, um seine verletzten Gefühle zu beruhigen. Vor dem Feuer blieb er endlich stehen und schürte die Glut neu.

»Das sagst du immer, Albérie. Jedes Mal! Ich habe weder Angst vor dem, was du bist, noch bereitet es mir Pein. Ich liebe dich so, wie du bist. Habe ich dir gegenüber jemals Abneigung gezeigt, oder Hass, oder selbst nur Gleichgültigkeit? Habe ich nicht vielmehr dein Vertrauen verdient? Ich habe dich niemals um etwas gebeten! Ich habe niemals etwas verlangt! Durch das, was ich auf mich genommen habe, gehöre ich dir mehr als jeder andere seiner Geliebten. Was muss ich also tun? Sag es mir, was muss ich tun, damit du aufhörst, um Verzeihung zu bitten, dass du existierst?«

In der Stille, die auf seinen Wutausbruch folgte, machte sich Huc weiter am Feuer zu schaffen, wobei er sich mit seinen großen Händen am Mantel des Kamins abstützte. Dann bemerkte er, dass Albérie lautlos vor sich hin weinte, und er vergaß all das, was er soeben gesagt hatte. Denn Isabeau war tot und Albérie brauchte ihn. Ohne zu überlegen, ging er auf sie zu, nahm sie in seine Arme und trat mit ihr ans Fenster, das er aufstieß, während seine Gemahlin ihr Gesicht in seinem ledernen Wams vergrub. Er ließ sie weinen, presste die zerbrechliche Gestalt gegen seinen warmen Körper, während er den eisigen Wind tief einatmete, der mit ganzer Kraft in das Zimmer drang und die Flammen im Kamin neu belebte. Aus Angst, ihr könne trotz der Hitze, die er ausströmte, kalt werden, stieß er schließlich das Fenster wieder zu und ließ sich in einen Sessel sinken, die junge Frau noch immer an sich gedrückt wie ein Kind. Er wiegte sie leicht und stellte ihr die Fragen, die ihm auf dem Herzen lagen:

»Wie ist es passiert? Was soll ich für dich tun?«

Albérie antwortete nicht sofort. Er war so zärtlich zu ihr, so aufmerksam. Was hätte sie darum gegeben, ein Mensch zu sein! Nur Mensch. Sie suchte nach den passenden Worten, um nicht zu viel zu verraten. Sie wollte ihn nicht hineinziehen in das, was geschehen würde. Sie musste ihn schützen, wie er sie bis heute geschützt hatte. Es gab so viele Dinge, die er noch nicht wusste. Sie biss sich verbittert auf die Lippen. Wenn doch nur François de Chazeron die Ihrigen in Ruhe gelassen hätte! Sie müsste nicht lügen, kein falsches Spiel spielen mit jenem Mann, den sie auf immer lieben würde. Sie festigte ihre Stimme:

»Ein unglücklicher Sturz, als sie zur Höhle zurückging. Gleich neben dem Eingang liegen zahlreiche Bäume übereinander, die dort das Erdreich aufgewühlt haben, als der Sturm sie umlegte. Ich habe ihr geraten, vorsichtig zu sein, aber durch den Regen und Frost war die Stelle äußerst gefährlich geworden. Sie ist erst nach einigen Tagen gestorben. Ich hätte sie nicht retten können, Huc, selbst wenn ich mich noch mehr beeilt hätte. Und das konnte ich nicht in den letzten Tagen mit dem Lehnsherr von Vollore hier auf der Festung.«

Huc nickte stumm. Wie unnötig, dachte er, während Albérie fortfuhr.

»Auch wenn man für sie, vor fünfzehn Jahren, als man sie tot glaubte, eine Messe gelesen hat, ist sie ohne einen Priester an ihrer Seite, ohne Beichte und Vergebung seitens der Kirche gestorben. Isabeau war eine strenge Katholikin, Huc, und hat ihre Tochter ebenfalls in diesem Glauben erzogen, auch wenn sie nicht getauft ist. Ich möchte, dass sie in Frieden ruhen kann.«

Huc wandte sich zärtlich zu ihr und fasste sie vorsichtig bei den Schultern.

»Du hast Recht. Wir müssen das Kind zu uns holen!«

»Nein!«

Albérie schrie fast.

Nein, er hatte nichts verstanden! Sie zügelte sich ein wenig, aber ihr Tonfall war schroff:

»Nein, Loraline ist kein Kind mehr, Huc, sie ist fünfzehn und ist jener Isabeau zum Verwechseln ähnlich, die François de Chazeron gekannt hat. Wenn er unglücklicherweise herausbekäme, dass es sie gibt ... Nur Gott allein weiß, was dann geschehen würde. Loraline ist unter Wölfen geboren, mit ihnen aufgewachsen und kennt ihre Sprache. Sie würde bei lebendigem Leib verbrannt werden, wie eine Hexe, wie meine Vorfahrin. Nein, Loraline ist gut aufgehoben, ich werde über sie wachen, hab keine Angst. Abt Antoine de Colonges hat Isabeau getroffen, als Großmutter gestorben ist. Ich konnte ihn dazu bringen, auf Loraline einzuwirken. Ich habe Angst, dass sie irgendwelche Sachen plant, um das Schicksal ihrer Mutter zu rächen. In der Tat stachelt sie die Anwesenheit von Chazeron hier auf Montguerlhe noch mehr auf. Ich will nicht, dass die Geschichte sich wiederholt, Huc. Ich selbst hatte zu große Schwierigkeiten, sie zu vergessen. Ich brauchte dreizehn Jahre, um zu lernen, dich zu lieben. Um in mir den Hass und jegliche Rachegefühle zum Schweigen zu bringen. Hilf mir. Halte Chazeron einige Tage von Montguerlhe fern. Die Zeit, die Antoine de Colonges dazu benötigt, die Wut und den Kummer Loralines zu mildern. Hilf mir!«

Das Gesicht von Huc verfinsterte sich. Der Abt von Moutier wusste alles! Er hatte Isabeau getroffen, während man ihm verboten hatte, sie zu sehen! Diese Vorstellung allein verletzte ihn, selbst wenn eine leise Stimme in seinem Innern ihm zuflüsterte, dass der Abt nur in seiner Funktion als Priester herbeigerufen worden war. Er beruhigte sich. Nein, er war nicht hintergangen und auch nicht beiseite gedrängt worden. Er war der Einzige gewesen, der das Schicksal dieser Unglücklichen wirklich geteilt, ihr Kreuz mitgetragen und versucht hatte, ihr Leid durch seine Liebe zu Albérie abzumildern.

»Wirst du mir helfen?«, insistierte die Stimme von Albérie, die genau wusste, dass ihr Geständnis ihn verärgert hatte.

Huc nickte.

»Das wird nicht leicht sein. Welchen Grund sollte ich nennen? Der Lehnsherr interessiert sich nicht für die Seinen und für seine Leute noch viel weniger!«

Albérie hatte nur auf diesen Moment gewartet. Seit dem Unwetter, seit François de Chazeron nach Montguerlhe zurückgekommen war und Antoinette sein Kind im Leibe trug.

Mit Isabeau zusammen hatte sie unaufhörlich auf Rache gesonnen. Und plötzlich war es so einfach geworden, so klar. Chazeron würde bezahlen. Bevor er starb, würde er leiden, von Furcht besessen sein, ohne zu wissen, wie sich davon befreien.

Das Herz plötzlich angefüllt von dem dringlichen Wunsch nach Blut, schaute Albérie ihren Gemahl mit ihren stählernen Augen an und legte ihm ihren Plan dar.

3

Antoine de Colonges rieb sich zufrieden die Hände, während er sich gleich darauf Vorwürfe machte über die hämische Freude, die er plötzlich empfand.

»Fasst Euch, Hochwürden! Niemand darf etwas davon wissen, vergesst das nicht, sonst ...«

Der Abt von Moutier nickte als Antwort auf die krächzende Stimme, die unter einer schwarzen Kapuze aus grobem Wollstoff ertönte, welche tief in ein verbrauchtes Gesicht gezogen war.

»Habt keine Angst, mein Kind. Seit so langer Zeit schon warte ich auf diesen Moment, dass ich – der Herr möge mir verzeihen – nur Mitleid mit mir selber wegen meiner Schändlichkeit verspüre.«

»Dann seid gesegnet im Namen all jener Kinder, die Ihr durch Euer Schweigen rettet.«

Antoine de Colonges nickte, führte sich erneut diese Tatsache vor Augen, um die Stimme seines Gewissens zu beruhigen. Zum ersten Mal in seinem langen Dasein im Dienste des Allmächtigen würde er ein Gebot brechen und es würde das höchste aller Gebote sein: »Du sollst nicht töten«. Natürlich würde er nicht selbst die ausführende Hand sein. Und dennoch machte er sich schuldig, indem er akzeptierte, dass eine Frau anstelle Gottes zu Gericht saß. Er nahm mit seinen rauen Händen ein hölzernes Kruzifix und einen mit Talern angefüllten Lederbeutel von einem Tisch, auf dem

Spuren langer Stunden der Lektüre zu erkennen waren. Er reichte beides seiner Besucherin:

»Mögen dich die Gedanken Gottes begleiten und dir helfen, endlich Frieden zu finden!«

»Erst wenn er den Tod gefunden hat, Hochwürden. Durch die Hand derjenigen, die er gezeugt hat. Dann werde ich vielleicht, wenn Gott es gefällt, wieder Mutter sein. Wenn Gott es so will, Hochwürden!«, keuchte die raue Stimme.

Antoine de Colonges wandte seinen Blick ab. Das Herz war ihm plötzlich schwer geworden. Es schien ihm so verachtenswert, diesen Hass dafür zu benutzen, den Landstrich von François de Chazeron und seinen Gräueltaten zu befreien. Denn selbst wenn er keine anderen Beweise dafür hatte als die Anschuldigungen von La Turleteuche – von denen auch Guillaume de Montboissier damals gewusst hatte –, war er doch davon überzeugt, dass der Lehnsherr für das mysteriöse Verschwinden der Kinder seit sechzehn Jahren verantwortlich war. Nicht zu vergessen den Tod der fünf Mönche, die sein Vorgänger ausgesandt hatte, um Untersuchungen über Chazerons merkwürdiges nächtliches Schaffen anzustellen. Was hätte er dafür gegeben, ihn öffentlich an den Pranger stellen zu können! Aber durch die Vermählung mit einer Anverwandten des Herzogs von Bourbon, der dem König Franz I. sehr nahe stand, hatte der Lehnsherr von Vollore an Macht gewonnen. Und mehr als früher noch konnte er über Leben und Tod auf seinen Ländereien bestimmen. Es war an der Zeit, dies zu ändern. Bürger und Bauern fürchteten ihn gleichermaßen; so blieb eine einzige Person übrig, die seiner Grausamkeit zu trotzen vermochte, die einzige, die durch ihn noch grausamer geworden war, als er selbst es war.

»Nur die Wölfe fressen sich gegenseitig auf«, dachte er bei sich, während er Isabeau anlächelte, deren klarer Blick durch die Jahre der Raserei einen Ausdruck erhalten hatte, der an

Wahnsinn grenzte. Wenn alles vorbei war, würde es Zeit werden, sich um sie und ihre Tochter zu kümmern, indem man sie für immer außer Landes schaffte.

»Geh nun«, flüsterte Antoine de Colonges. »In Paris fragst du nach Pater Boussart. Er ist ein langjähriger Freund. Er erwartet dich und wird sich um dich kümmern.«

Isabeau versteckte ihre Furcht hinter einer unmerklichen Geste der Zustimmung.

»Nach all diesen Jahren die Freiheit wiederfinden!«, dachte sie. Würde es ihr gelingen, sie auch festzuhalten?

Es hatte der ganzen Liebe Albéries bedurft, sie davon zu überzeugen, dass es besser so war. Sie hätte François mit ihren eigenen Händen gestraft! Aber in fünfzehn Jahren hatte sie kein einziges Mal den Mut gefunden, ihm entgegenzutreten. Sie hatte sich damit zufrieden gegeben, über ihr Leid zu grübeln und die Macht der Kräuter zu erlernen. Um zu heilen oder zu töten. Wie ihre Großmutter vor ihr hatte sie gehofft, das Geheimnis der Verwandlung der Körper entdecken zu können. Sie wollte Albérie erlösen, die gegenüber ihrer Andersartigkeit verbittert wurde. Die Stunde war gekommen, die zusammengebraute Flüssigkeit an dem einzigen Monster, das sie kannte, zu testen: François de Chazeron.

Seit fünfzehn Jahren sah sie das Kind des Teufels heranwachsen. Diese Kleine, die ihr die verlorene Jugend wie einen Spiegel vorhielt und sie Mutter nannte. Isabeau hatte schließlich entschieden, fortzugehen, sie zurückzulassen, um ihre eigene Vergangenheit zu sühnen. Das Herz wurde ihr schwer bei der Erinnerung an Loralines verzweifelten Kummer, angesichts ihrer angeblichen sterblichen Hülle.

Aber Isabeau fasste sich sofort. Sie zog die Kapuze ihres Umhangs noch tiefer ins Gesicht, um ihre Erregung zu verstecken. Dann berührte sie den Stein, der vor ihr aus der Mauer heraustrat, und vor ihr öffnete sich ein von flackernden Fackeln erleuchteter Gang. Entschlossen betrat sie das unterirdische Labyrinth, das die Abtei von Moutier mit Montguerlhe verband, Montguerlhe mit Vollore und Vollore, im Schutze der Berge, mit Thiers.

Als der Morgen des 11. Oktobers 1515 dämmerte, war Isabeau auf dem Rücken einer grauen Stute bereits in Richtung Paris aufgebrochen, im Herzen das Gefühl, sie wäre ihrem Henker nun endlich entronnen.

Antoinette ließ sich vor sich hin trällernd von ihrer Kammerzofe ankleiden. Das Wetter war am Vortag ein wenig milder geworden und seit ihrer flüchtigen Umarmung in Moutier zeigte sich Huc zuvorkommender und aufmerksamer ihr gegenüber. Das war sogar so weit gegangen, dass er ihr die Idee in den Kopf gesetzt hatte, von den Arbeitern auf Schloss Vollore zu profitieren und es gleichzeitig zu modernisieren, um dem Kind, das sie unter ihrem Herzen trug, mehr Behaglichkeit bieten zu können, sobald es auf die Welt gekommen wäre. Als sie sich über die rechtzeitige Fertigstellung Sorgen machte, hatte Huc mit Optimismus geantwortet, dass der von den Ältesten vorhergesagte Wärmeeinbruch es nun endlich erlauben würde, die Reparaturarbeiten in den Dörfern aufzunehmen. »Zudem«, hatte er hinzugefügt, »wird die Erweiterung von Vollore François zur Geduld zwingen. Unsere Leute können an anderen, wichtigen Stellen arbeiten, ohne dass er etwas mitbekommt, und Ihr bleibt in aller Ruhe bis zum Ende Eurer Schwangerschaft auf Montguerlhe.«

Antoinette hatte gespürt, wie sich ihr Herz mit Begeisterung füllte. Wenn Huc so sehr wünschte, sie an seiner Seite zu wissen, konnte das nur bedeuten, dass er sie auch liebte. Auch wenn er Recht hatte, was Vollore und das Wohlbefinden der Bauern betraf, so war es doch seine letzte Überlegung gewesen, die ihr schließlich das entscheidende Argument liefern würde. François dachte an nichts anderes, als so schnell wie möglich zu seinem Turm zurückzukehren. Während er ausharrte, beschäftigte er sich mit einer ungeheuren Menge an Büchern über Astrologie, Alchemie und Astronomie, die er von seiner letzten Reise aus Paris mitgebracht und nach Montguerlhe hatte transportieren lassen. Während der ersten Monate ihres gemeinsamen Lebens hatte sich Antoinette zahlreiche Male besorgt über seine fahle Gesichtsfarbe und seine dunklen Augenringe geäußert, die sich über den hervorstehenden Wangenknochen abzeichneten, wenn er Stunden über den Büchern verbracht hatte. Nun jedoch ließ sie das völlig gleichgültig. Bis zu diesem schrecklichen Unwetter hatte sie ihn öfters aufgefordert, sich Bewegung zu verschaffen. Und so hatte sich François auch tatsächlich überzeugen lassen und zu gesunden Vergnügungen zurückgefunden, die er bereits als Kind an der Seite seines Vaters gepflegt hatte.

Aber nun war es mit der Jagd nach Rehen oder Wildschweinen in den verwüsteten Wäldern vorbei und es bedurfte Hucs ganze Überzeugungskraft, François dazu zu bringen, seine Schützen zu trainieren und seinen steifen Körper durch Kämpfen, Fechten oder Bogenschießen geschmeidig zu erhalten. Dies hatte zur Folge, dass sich die Stimmung des Lehnsherrn von Vollore hob, selbst wenn er es schon ein wenig über hatte, gegen Quintane zu tjostieren, Hühner und Hammel zu verschlingen und sich mit der Theorie zu begnügen, wenn sein Sinn eigentlich nach den Flammen seines Destilliergerätes stand. Für Antoinette jedoch gab es nur einen einzigen Grund, warum Huc ihrem Gemahl eine solche Aufmerksamkeit entgegenbrachte: ihr Herz. Er sorgte sich nicht um die Gesundheit seines Lehnsherren, sondern vielmehr darum, dass seine Launen sich auf sie auswirken würden. Huc beschützte sie. Huc liebte sie. Es war also an der

Zeit, ihren erbärmlichen Ehemann von Montguerlhe zu entfernen, ihm das zu geben, was er so vermisste.

Daher war Antoinette de Chazeron an jenem 12. Oktober 1515 so fröhlich. Sie überzeugte sich in ihrem Spiegel davon, dass ihr heiterer und strahlender Gesichtsausdruck zu der Rolle, die sie sich ausgewählt hatte, perfekt passte. Dann entließ sie ihre Kammerfrau und schwebte regelrecht zu den Stufen, um sich unterhalb des Westturmes zu begeben, wo sich François und Huc wie jeden Morgen im Kampf übten.

Sie bewunderte eine längere Zeit den Zweikampf der Männer, ein wenig abseits, um das Geschehen besser beobachten zu können. Dann näherte sie sich unmerklich dem abgesteckten Kampffeld, in dem feiner Staub umherwirbelte. Huc machte es François nicht leicht. Er wich geschickt den Angriffen des um sieben Jahre jüngeren François aus, der jedoch durchaus eine gute Klinge führte.

»Wie gut er mir gefällt«, dachte sie bei sich, während sie unabsichtlich applaudierte, als François nicht mehr rechtzeitig ausweichen konnte und Huc sein Netzhemd touchierte.

Als er das Klatschen der Hände vernahm, das den wenig glorreichen Ausgang jedes freundschaftlichen Kampfes bezeugte, drehte sich François um und sah sie mit wütendem Blick an.

»Darf man erfahren, wie ich zu der Ehre komme, Euch hier zu wissen, Madame?«, erkundigte er sich ohne Freundlichkeit, während sich Huc mit seiner kräftigen Hand durch die Haare fuhr und den Schweiß, der auf seiner Stirn perlte, fortwischte.

Antoinette zwang sich, ihren Blick vom Profos abzuwenden. Sie überging die Arroganz ihres Gemahls und antwortete lächelnd, indem sie nach falschen Entschuldigungen suchte:

»Es gibt hier nur allzu wenige Ablenkungen, und Euch

beim Fechten zuzusehen, bereitet mir ein so außerordentliches Vergnügen! Verzeiht mir, mein Gemahl!«

François verzog seinen Mund zu einer Grimasse. Er war von Antoinette solche Koketterie nicht gewöhnt und seltsamerweise stachelte das seine Eifersucht an. Er bemerkte, dass ihr Gesicht von einer leichten Röte überzogen war, und so warf er einen versteckten Seitenblick auf Huc, der vollkommen gleichgültig schien und damit beschäftigt war, seinen Degen blank zu reiben, bevor er ihn in die Scheide zurücksteckte. Beruhigt, was die Absichten des Profos betraf, schrieb sich François, der Ehebruch nur in seinem eigenen Bett tolerierte, das wiedergekehrte Interesse ganz allein seinem eigenen Verdienst zu und legte seine schlechte Laune, zusammen mit seinem Degen, beiseite.

»Nun denn, Madame! Da Euch meine Gesellschaft gar überaus zu fehlen scheint, begleitet mich. Huc, lass zwei Pferde satteln«, warf er dem Profos über die Schulter hinweg zu, der sich nur allzu gern vom Kampfplatz entfernte. »Meine Gemahlin braucht heute Morgen etwas ganz Besonderes für das Gemüt.«

Antoinette ging zu ihrem Gemahl und wich geschickt seinem Vorschlag aus.

»Etwas nicht ganz so Besonderes, Messire. Ihnen durch Gestrüpp und Unterholz auf den Spuren von Rehen nachzufolgen, würde das Kind, das ich in mir trag, in Aufregung versetzen, und Ihr wisst, ich gebe darauf sorgfältig Acht. Gewährt mir vielmehr einige Schritte, ich möchte Euch über eine Sache unterrichten, die durchaus in Eurem Interesse liegen wird. Und wenn Ihr Gefallen daran findet, können wir in aller Ruhe den strahlenden Tag nutzen.«

Ungewollt angeregt durch den liebenswürdigen Ton seiner Gemahlin, ließ sich François zu diesem Vorschlag überreden. Dabei dachte er darüber nach, wie sehr die Launen einer

Frau sich doch änderten, sobald sich jemand anderes an ihrer Stelle im ehelichen Bett zu schaffen machte.

Huc de la Faye beobachtete sie schweigend, als sie davongingen, wobei sein Blick gegen seinen Willen auf den schwingenden Hüften von Antoinette verweilte. Eiligst sich abwendend, um nach einer anderen Beschäftigung zu suchen, streifte er, als er am Turm vorbeiging, das Fenster des ersten Stocks, aus dem Albérie neugierig auf ihn hinuntersah. Ein unangenehmes Gefühl beschlich ihn plötzlich und er lächelte ihr nur flüchtig zu. Sofort verschwand das Gesicht und Huc fragte sich, ob er sich das nur eingebildet hatte. Dann beruhigte er sich. Für sie tat er das alles. Nur für sie. Der Rest war belanglos.

Huc trat mit dem Fuß gegen einen flachen Stein, der seinen Weg versperrte, und ging auf die gewölbte Tür zu, hinter der ihm das Lachen der Schützen entgegenschlug. Wenn alles so klappte wie geplant, würden sie in zirka einer Stunde in Richtung Vollore reiten.

Loraline stützte sich auf ihre kleinen weißen Hände, die zitterten. Wie einsam fühlte sie sich, wie elend erschien ihr alles, seit es Isabeau, ihre Mutter, nicht mehr gab. Sogar die Höhle, wo sie doch so viele besondere Momente erlebt hatte.

Sie schob die Ärmel ihres Bliauds nach oben, über dem sie einen schweren Wolfspelz trug, der Wärme und einen beruhigenden Geruch verströmte. Dann bereitete sie in einem Gefäß aus Ton eine Grütze aus Wurzeln, Beeren und Gerste, die ihr als Mahlzeit diente. Seit sie auf die Welt gekommen war, hatte sie nichts anderes gegessen, verfeinert durch Milch, Niederwild oder Obst. Nun musste es weitergehen. Aber was sollte weitergehen? Albérie, ihre Tante, hatte ihr ohne Unterlass wiederholt, dass sie der Erinnerung ihrer Mutter verpflichtet war. Dass sie ihre verfolgte Familie rächen müsste, um endlich ein normales und sittsames Leben führen zu können. Aber Loraline hatte keine Ahnung, was das bedeutete, ein normales und sittsames Leben.

Sie lebte hier, im Herzen der Quelle von Montguerlhe, in Schwefeldämpfen, umgeben von Wölfen, und hatte sich bisher noch keinen einzigen Moment allein oder traurig gefühlt. Plötzlich nun bedrückten sie die vielen Stunden, und während sie die Zutaten für ihre Mahlzeit mit Hilfe des Wassers, das zu ihren Füßen sprudelte, geschmeidig knetete, ließ sie mit lauter Stimme die schönen Bilder von früher wieder aufleben. Erinnerungen, von denen ihre Mutter erzählt hatte, aus der Zeit vor ihrem Exil, vor ihrer Geburt: die breiten und schwieligen Hände ihres Großvaters, der das reife Getreide schnitt, sein lachendes Gesicht im Wind; die Erntefeste, zu denen man sich fein herausputzte und mit wilder Minze einrieb, bevor man nach der Musik von Dudelsack und Drehleier zusammen *Farandole* tanzte; die Beine Isabeaus, die hin und her baumelten auf dem Schoß des Vaters, und die blauen Augen von Albérie, die über alles und jeden lachte; die Großmutter, La Turleteuche, deren schmale Lippen beim Lachen einen zahnlosen Mund freigaben und die im Rhythmus der Musik klatschte; und die Possen von Benoît, die Isabeau zum Lachen brachten … Die Possen von Benoît. Die Sanftmut von Benoît. Die Zärtlichkeit von Benoît. Die Liebe von Benoît.

Als Loraline eines Tages mit der Unschuld einer Achtjährigen gefragt hatte, wer Benoît sei, hatte Isabeau sie lange angesehen und ihr schließlich kalt hingeschleudert:

»Er wäre dein Vater gewesen!« Und war weggegangen.

Loraline hatte es nicht gewagt, zu fragen, wer dann ihr Vater war, wenn nicht er. Denn der Blick ihrer Mutter hatte ihr Angst gemacht. Und außerdem hatte sie sich bis zu jenem Moment nicht vorstellen können, dass sie auch einen Vater haben musste, denn sie hatte ja eine Mutter, und viel weniger noch konnte sie sich vorstellen, wie ein Kind entstand.

Drei Mal jedoch hatte sie gesehen, wie ihre Mutter, gleich einer Wölfin geworfen hatte. Es waren seltsame, leblose Gnome gewesen, die Isabeau in Glasbehältern, angefüllt mit einer bernsteinfarbenen Flüssigkeit, aufbewahrt hatte. Isabeau besaß eine ganze Sammlung von Behältern, in denen Körperteile oder Organe von Tieren und Menschen schwammen. Loraline wusste nicht, woher diese kamen. Sie wusste nur, dass sie, zusammen mit den Büchern, die Albérie ihr besorgte, für Versuche verwendet wurden. Über lange Jahre hinweg hatte man sie aus diesem Bereich ausgeschlossen, dann, im letzten Sommer, hatte Isabeau sie plötzlich in ihre Arbeit eingewiesen. Loraline hatte sofort das Gefühl gehabt, ihr würde eine unendliche Macht in die Hände gelegt und sie wäre nun nicht länger ein Kind. Sie war fünfzehn geworden und damit würdig, das Erbe ihrer Familie anzutreten.

Ihr war das alles nicht seltsam vorgekommen. Sie war in dieser Kultur aufgewachsen. Ohne Begriffe von Gut oder Böse. Ihre Welt bestand allein aus ihrer Mutter, aus Cythar – ihrer Wölfin –, aus Albérie, der Greisin, an die sie sich noch erinnerte, dem Abt von Moutier, den sie mehrere Male zu Gesicht bekommen hatte, und einer grauen Wölfin, die jedes Mal bei Vollmond auftauchte. Sie hörte auf den Namen Stelphar, legte sich neben Loraline und wachte über sie und das Rudel. Doch nun war alles anders. Die letzten Worte Isabeaus gingen ihr nicht mehr aus dem Kopf:

»Der Lehnsherr von Vollore und Montguerlhe hat uns verjagt und Benoît, meinen Verlobten, gehängt. François de Chazeron ist ein Monster, Loraline. Er hat mich vergewaltigt und gepeinigt. Mehr noch als das: er hat uns unser Leben gestohlen. Vor allem deines. Und dennoch bist du seine einzige Erbin …«

Mit diesen schrecklichen Worten war Isabeau gestorben. Bestürzt hatte Loraline Albérie dabei geholfen, den Körper ihrer Mutter in eine kleine Höhle zu tragen, die neben der ihrigen lag und seit dem Tod der Greisin als Grabstätte diente. Albérie hatte einen Durchgang zur Totenkammer frei gemacht, in der Amélie lag. Sie hatte Loraline überzeugt, die schwere Arbeit ihr zu überlassen, hatte dann sorgfältig die Öffnung wieder geschlossen und somit das Grab von Isabeau versiegelt. Anschließend hatte sie ihre Nichte tief in den Wald, bis zu einem Felsvorsprung geführt, der sich zum Tal hin öffnete. Die Festung Montguerlhe zeichnete sich auf dem benachbarten Felsen ab. Diese Festung des Grauens, auf der François de Chazeron regierte. Dort, vor diesem beeindruckenden und gleichzeitig beängstigenden Hintergrund hatte Albérie das Geständnis von Isabeau vervollständigt:

»François de Chazeron ist dein Vater, Loraline, und doch würde er dich töten, sobald er erfahren würde, dass es dich gibt. Deine Mutter hat sich geopfert, um dich zu beschützen, indem sie das Geheimnis ihrer Jugend während all dieser Jahre tief in den Bergen eingeschlossen hat. Du bist ihrer Erinnerung verpflichtet, Loraline. Sie hatte sich geschworen, sich zu rächen, würde François jemals wieder den Fuß auf Montguerlhe setzen. Nun muss er sterben. Es ist die Strafe für seine begangenen Verbrechen und hinfort wirst du die Einzige sein, die sie ausführen kann. Damit.«

Albérie hatte ihr daraufhin die kleine Phiole gereicht, die Loraline so oft zwischen den Händen ihrer Mutter gesehen hatte. Sie wusste, dass sich ihr ganzes Dasein allein um diese Flüssigkeit gedreht hatte, von ihr erdacht, destilliert, verfeinert während der ganzen Jahre. Und sie hatte nicht gezögert, sie manchmal an sich selbst auszuprobieren. Isabeau hatte sich von Tag zu Tag mehr vergiftet, um das perfekte Gemisch herzustellen. Das keine Spuren hinterließ, hatte Albérie beteuert.

Um diese Bilder aus ihrem Gedächtnis zu verdrängen, führte Loraline mit der ganzen Kraft ihres Leids einen Löffel der vermengten Grütze an ihren Mund und schluckte ihn achtlos hinunter. In dieser einfachen Geste lag ihre einzige Gewissheit. Sie musste weitermachen. Für ihre Mutter. Die schwarze Seele von François de Chazeron musste geopfert werden, damit Isabeau endlich Frieden finden könnte. Sie musste dem barmherzigen Gott geopfert werden, den der Abt von Moutier sie gelehrt hatte zu lieben. So würde sie sich würdig erweisen für das Himmelreich.

An diesem Punkt ihrer Gedanken tauchte Albérie plötzlich in der Vertiefung des unterirdischen Gangs auf, der zur Festung führte. Ihre Tante reichte ihr einladend die Hand und sie folgte ihr. Loraline stellte den Behälter auf einen Felsen neben sich, überließ Cythar, die bei ihren Füßen lag, die mageren Reste ihrer Mahlzeit und stieg hinter Albérie hinab in das tanzende Licht der Fackeln.

Während sie langsam bis ins Herz des Berges vordrangen, immer auf der Hut vor den natürlichen, von der Zeit geformten Fallen, fühlte Loraline, wie sich ihre Kehle nach und nach zuschnürte.

Sie hatte viele Male die verschiedenen Gänge durchlaufen, die sich zu einem Labyrinth ausweiteten, von dem die Lehnsherrn selbst längst nichts mehr wussten. Sie hatte gelernt, jede Gefahr zu kennen, jeden Zugang, jeden Ausgang, aber dieser hier war ihr von Isabeau verboten worden. Dieser hier und jener, der nach Vollore führte. Seit dem Tod ihrer Mutter vor acht Tagen hatte sie ununterbrochen darüber nachgedacht, wann sie den Mut finden würde, dieses Verbot zu übertreten. Gestern dann hatte sie Albérie besucht, sie liebevoll an sich gedrückt und ihr mitgeteilt:

»Wenn alles klappt wie vorgesehen, werde ich dich morgen vor dein Schicksal führen.«

Es wartete dort auf sie, am Ende dieses kalten Felsganges, und zum ersten Mal in ihrem Leben verspürte Loraline Angst. Angst vor dieser Wahrheit, die etwas Undefinierbares in ihr nicht akzeptieren konnte. Als könne sie ihre Unruhe verscheuchen, ergriff Albérie entschlossen ihre kleine geschlossene Faust, zwang ihre feuchte Hand, sich zu lockern, und behielt sie in der ihrigen. Sie beruhigte sie:

»Hab keine Angst, mein Kind. Alles wird gut gehen!«

Loraline wollte antworten, aber ihre zugeschnürte Kehle erstickte ihr die Stimme; so lenkte sie ihre ganze Aufmerksamkeit auf ihre Füße, um den Löchern auszuweichen, die sich vor ihr auftaten und durch die ohne weiteres ein ganzes Bein passte, um von düsteren natürlichen Hallen verschluckt zu werden. Sie folgten eine Weile einem aufsteigenden Hang, dann zwang sie der enge Verbindungsgraben, gebückt hintereinander herzugehen, bis sie schließlich in eine Sackgasse kamen. Albérie drehte an einem Stein, der aus dem Felsen herausragte, und das grelle Tageslicht durchflutete den feuchten Gang. Albérie trat ohne zu zögern in das Zimmer. Ihre Nichte folgte ihr vorsichtigen Schrittes.

Loraline riss ihre grünen Augen weit auf, die der überraschende Lichteinfall gereizt und zum Tränen gebracht hatte. Dann wurde sie gewahr, dass sie sich in einem geräumigen viereckigen Zimmer befanden, in dem sie ein einfaches Bett erkannte, eine Truhe mit fein gearbeiteten Beschlägen und einen Schreibtisch, der unter einer Ansammlung von in schweres Leder gebundenen Büchern verschwand. Einige stapelten sich sogar auf einem Armsessel, auf dem auch ein scharlachroter Umhang lag, der einen schweren Moschusgeruch ausströmte.

Sie waren durch die linke Verstärkung eines breiten Kamins, der in die Mauer hineingearbeitet war, in das Zimmer gelangt. Loraline bemerkte, dass die Flammen, so stark sie auch gewesen sein mochten, nicht einmal an ihren Schuhen geleckt hatten, so groß war die Feuerstelle, die fast die gesamte Wand einnahm. Albérie, die ihrem Blick gefolgt war, flüsterte:

»Kümmere dich nicht um diese Einzelheiten, mein Kind. Der, der diesen Durchgang entwarf, hatte dabei Gutes im Sinn. Er wollte kommen und gehen, ohne dass sich jemand beunruhigte. Wir sind die Einzigen, die um dieses Geheimnis wissen. Selbst das Feuer der Hölle wird dich nicht verbrennen.«

»Ich weiß, Tante. Ich habe ähnliche Kamine auf Fermouly gesehen, als mich Oma Amélie als kleines Kind auf ihren Wegen durch die unterirdischen Gänge mitgenommen hat.«

Albérie nickte. Sie hatte Fermouly seit dem Tag, an dem Huc de la Faye sie im Kindesalter fortgeholt hatte, nicht mehr betreten, aber sie erinnerte sich gut an den Durchgang. Die Greisin hatte zahllose Male ihren Stuhl vor den verborgenen Zugang gerückt und war hinter den Flammen im Dunkeln verschwunden. Damals wusste sie noch nichts vom Geheimnis der Amélie Pigerolles und begnügte sich damit, auf ihre Rückkehr aus unbekannten Welten zu warten, in denen es gewiss Feen und Elfen gab. Als wolle La Turleteuche sie in dieser Vorstellung bestärken, brachte sie ihr oft hübsche farbige Steine mit, die sie feierlich in einer Schatulle aus Buchsbaum aufbewahrte, als wären sie die wertvollsten Schätze. Schätze, die sie dort zurückgelassen hatte, zusammen mit der Unbekümmertheit ihrer Kindheit.

Mit einem sehnsüchtigen Seufzer verscheuchte Albérie dieses Bild. Im Namen dieser verlorenen Erinnerungen befand sie sich hier. Entschlossen näherte sie sich dem mit Stabwerk verzierten Fenster, das sich an der gegenüberliegenden Seite des Kamins befand.

»Komm her!«

Loraline kam der Aufforderung nach und verbarg sich, ihrer Tante folgend, in den Falten der schweren Vorhänge, um nach draußen zu spähen. Unter ihnen, im Hof, trat ein Mann ungeduldig von einem Fuß auf den anderen, begleitet vom nervösen Tänzeln eines prächtigen schwarzen Pferdes. Trotz seines verführerischen Aussehens empfand man Furcht beim Anblick seines strengen Blickes, als er mit derber Stimme einige Schützen zur Eile antrieb, die ihre Reittiere nochmals überprüften.

Loraline spürte, wie etwas in ihrem Inneren erstarrte. Sie hätte nicht sagen können, woran sie es erkannte, aber sie wusste sofort, wer dieser Mann war. Bevor sie noch seinen Namen aussprechen konnte, flüsterte Albérie, als könne er sie sonst hören:

»Ja, er ist es, Loraline. Dein Blut hat dich nicht getäuscht. Der Lehnsherr von Vollore und Montguerlhe in all seinem Hochmut, seinem Stolz und seiner Selbstgefälligkeit.«

»Mein ... Vater!«, brachte Loraline mühsam mit gepresster Stimme hervor, während der Moschusgeruch, der im Zimmer schwebte, ihr den Magen umdrehte.

Albérie wandte sich zu ihr, ein böses Funkeln in ihren stählernen Augen. Erbarmungslos ergriff sie die feuchte Hand ihrer Nichte, während ihnen jenseits des Fensters der harte Ton François' entgegenhallte.

»Ja, Loraline, dein Vater ... Und der Henker deiner Mutter! Schau ihn dir gut an, Mädchen, denn am heutigen Tage muss dein Herz wählen. Wie immer du dich entscheidest, dein Leben gehört ab heute dir.«

Ungewollt schlug Loraline die Augen nieder, ihr Herz schlug zum Bersten. Wie groß war ihre Angst plötzlich, Angst vor sich selber, Angst vor diesem erbarmungslosen Blick, Angst vor diesem Schein, den sie unzählige Male in den geweiteten Pupillen ihrer Mutter hatte flackern sehen, wenn sie schreiend aus ihren Albträumen aufgewacht war. Aber Albérie ließ sich durch die zitternden Finger in ihrer Hand nicht erweichen. Ihre Stimme war schneidend und verbittert.

»Siehst du dieses Bett, Loraline? Dort hat er sie vergewaltigt, geschlagen und gedemütigt, nachdem er Benoît vor ihren Augen gehängt hatte und bevor er sie nackt und gebrochen den Wölfen zum Fraß vorwarf. Schau dir das Bett und das Gesicht dieses Mannes gut an. Ja, schau und wähle: ob du dich ihm zeigst und damit stirbst oder ob du die Dinge akzeptierst, wie sie sind, und deine Mutter und so auch deine Geburt rächst. Denn du wirst für die anderen niemals, niemals, hörst du, etwas anderes als der Bastard des Lehnsherrn sein!«

Am Fuße des Turmes lief gerade Antoinette herbei, in Begleitung von Huc de la Faye, der, hoch zu Ross, das Maultier hinter sich herzog, auf dem der Koffer mit ihren persönlichen Sachen befestigt war.

Huc lächelte zufrieden. Antoinette hatte ihre Sache gut gemacht und würde ihren Gemahl nach Vollore begleiten, mit dem Ziel, ihn auf die Arbeiten des Umbaus und der Neugestaltung des Schlosses vorzubereiten. Huc würde sie mit einigen Männern begleiten und so, wie versprochen, den Lehnsherrn für einige Tage von Montguerlhe fern halten.

Einen Moment lang blickte er zum Fensterkreuz, mit dem seltsamen Gefühl, heimlich beobachtet zu werden, sah jedoch nichts. Trotzdem davon überzeugt, dass es sich um seine Gemahlin handele, zwinkerte er komplizenhaft in ihre Richtung und übernahm dann entschlossen die Führung seiner Männer, ganz im Sinne von François, der mit düsterer Miene in diesem Moment an nichts anderes dachte als an seine Rückkehr.

Die Pferde setzten sich mit ruhigem Schritt in Bewegung

und Loraline hob ihre tränenfeuchten Augen, um der geschmeidigen Gestalt ihres Vaters hinterherzublicken. Ihr Herz füllte sich mit Wut. Als er hinter den Gebäuden verschwunden war, die sich dem ersten Gitter der Ringmauer anschlossen, murmelte sie mit einer Stimme, die ihr selber fremd vorkam:

»Was sein muss, wird geschehen. François de Chazeron wird sterben.«

Erst jetzt ließ Albérie erleichtert die kleine Hand los. »Dieses Kind ist wahrlich von unserem Blute!«, dachte sie zufrieden. Sie zog den zitternden Körper von Loraline an sich und schloss sie liebevoll in die Arme.

»Wenn alles vorbei ist, wirst du frei sein, das verspreche ich dir«, flüsterte sie ihrer Nichte ins Ohr. Diese aber hörte sie nicht.

Wie von Nebelschleiern umhüllt, starrte sie, voller Zorn, auf das zerwühlte Bett. Die Schreie und die flehentlichen Rufe, die ihre Mutter während ihrer Alpträume ausgestoßen hatte, ergaben nun, angesichts der grauenhaften Bilder, die dieser Ort heraufbeschwor, ihren ganzen Sinn. Eine Weile blieb sie so stehen, versteinert von ihrer Vorstellungskraft und ihrer Wut. Dann stieß sie Albérie grob von sich und zischte mit blutroten Augen:

»Was soll ich machen?«

Albérie fühlte, wie sich ihre Lenden unter dem Ruf des Tieres, das in ihr schlummerte, krümmten, während sie einen herben Geschmack am Gaumen schmeckte. Zufrieden über die Reaktion ihrer Nichte, erläuterte sie ihren Plan, bevor sie Loraline in den Irrgarten der unterirdischen Gänge führte, in Richtung Vollore.

Während sie in gemächlichem Schritt voranritten, sang Antoinette vor sich hin. Einerseits, weil die Sonne, strahlend trotz der rauen Luft, sie nach den langen trüben Tagen mit Glück erfüllte, andererseits, weil Huc eine entspannte und heitere Miene aufgesetzt hatte, die sie an ihm bisher noch nie bemerkt hatte.

»Er entfernt sich von seiner Gemahlin und nähert sich mir an«, stellte sie sich vor, während sie vernahm, wie er mit seinen Leuten scherzte oder die Bauern herzlich grüßte, die sich eifrig darangemacht hatten, all das wieder aufzubauen, was das Unwetter verwüstet hatte.

Trotz der Schwermut, die sich durch die Katastrophe über das Land gelegt hatte, kitzelte der leicht säuerliche Nordwind, der den Geruch von feuchter Erde und fauligem Moos herbeitrug, mit neuer Lebensfreude in der Nase. Vögel zwitscherten, antworteten auf die wohlklingende Stimme, die sich kühn erhob und François de Chazeron so sehr reizte, dass er seine Frau mehrmals mit bösen Blicken strafte. Antoinette hatte so getan, als habe sie ihn nicht verstanden, überzeugt davon, dass Huc de la Faye und seine Begleiter durchaus ihren Gesang schätzten, und die schönsten Lieder angestimmt. Bis schließlich das geschah, was sie erhofft hatte. Erbost trieb François sein Reittier zum Galopp an, entfernte sich von der Gruppe und ritt weiter voraus. Als Huc ihm folgen wollte, hielt Antoinette ihn gebieterisch zurück:

»Lasst ihn, mein Freund. Ihr haltet ihn davon ab, sich in seinen Turm zurückzuziehen. Und das ist alles, was er will, glaubt mir. Plaudern wir doch lieber ein wenig!«

Huc fügte sich und hielt sein Pferd zurück, um sich an ihre Seite zu gesellen. So ritten sie eine Weile nebeneinander her, mit etwas Abstand gefolgt von der Eskorte, die sich, auf ein Zeichen des Profos, diskret zurückgezogen hatte. Schließlich begann Antoinette erneut zu singen und Huc wiegte sich im Gesang ihrer kristallenen Stimme. Musik war ein seltenes Vergnügen auf Montguerlhe. Dann und wann erschallten die wohltönenden Klänge einiger Waschfrauen, die jedoch sofort verstummten, wenn sich Männer näherten.

»Ich hatte bisher noch nicht die Gelegenheit, Eure Gemahlin singen zu hören«, bemerkte Antoinette als Antwort auf seine Gedanken.

Seltsamerweise empfand Huc Bitterkeit, als er ihr antwortete.

»Albérie singt nicht. Ich glaube, dass ihre Stimme dazu nicht geschaffen ist.«

»Oh! Wie traurig muss das sein«, entgegnete Antoinette voller Mitleid, zutiefst überrascht darüber, einen zusätzlichen Trumpf gegenüber ihrer Rivalin in der Hand zu haben. »Mit Musik scheint alles so leicht, so fröhlich. Mein guter Huc, es ist lobenswert, sich mit so wenig Zerstreuung zu begnügen. Was mich betrifft, so könnte ich nicht ohne Musik sein – was immer auch mein Gemahl darüber denkt. Wir werden meine Harfe von Vollore mitnehmen. Ich werde für Euch spielen … Und für Eure Gemahlin«, fügte sie, ihren Vorzug noch eindeutiger hervorhebend, mit einer so weichen Stimme hinzu, dass sie einer Berührung glich.

Gegen seinen Willen spürte Huc, wie seine Schläfen zu pochen begannen. Er nickte, während sich sein Gesicht verfinsterte.

Die Anziehung, die Antoinette auf ihn ausübte, irritierte ihn zusehends. Er kannte und respektierte sie, seit sie nach Vollore gekommen war, aber noch nie zuvor hatte er eine ähnliche Gemütserregung gespürt. Er zwang sich, an Albérie zu denken und an ihre Freude, als er ihr verkündet hatte, dass es ihm gelungen sei, François wegzulocken. »So kannst du dich in aller Ruhe um Loraline kümmern«, hatte er abschließend gesagt.

In diesem Augenblick fragte er sich jedoch, ob er das alles für sie oder vielmehr für sein eigenes Gewissen gemacht hatte. Obwohl er sich diesen Gedanken seit fünfzehn Jahren verbot, kam er nicht darüber hinweg, so kleinmütig gewesen zu sein, dass er sich zum Komplizen der Schändlichkeit seines Herrn gemacht hatte. Selbst wenn der Lehnsherr von Vollore, wie er wusste, jegliche Art von Recht besaß.

»Der Tod von Isabeau wird Albérie erlösen«, dachte er. Aber war es nicht vielmehr seine eigene Person, die er zu befreien wünschte? Er erstarrte bei diesem Gedanken, umso mehr, als Antoinette im selben Moment das Schweigen brach und sich arglos erkundigte:

»Was genau hat es eigentlich mit diesem berühmten Wolf auf sich, dem man zahlreiche Gräueltaten zuschreibt?«

Huc blickte verstört zu ihr hinüber:

»Woher wisst Ihr …«

Aber augenblicklich hielt er inne, um sich zu fassen. Etwas ungeschickt und sich zur Ruhe zwingend fragte er:

»Woher habt Ihr dieses Märchen?«

Antoinette seufzte lautstark.

»So ist es also wahr, was die Bauern erzählen. Ein Werwolf soll in der Vergangenheit den Landstrich heimgesucht haben. Ich habe vor einigen Tagen zufällig ein Gespräch in der Abtei von Moutier zwischen zwei Notleidenden verfolgt. Einer von ihnen sagte, dass er noch nie vergleichbares Unglück in der Gegend erlebt hätte, seit der Wolf die Mönche zerfleischt habe. Als ich zu ihnen getreten bin, um genauere Einzelheiten zu erfahren, taten sie erschrocken, als ob sie nicht wüssten, wovon ich spreche. Seltsam, findet Ihr nicht? Am gleichen Abend habe ich François über die Sache befragt, aber er wich unfreundlich aus, mit dem Argument, dass alles, was vor unserer Hochzeit war, mich nichts angehen würde. Das mag ja sein, aber seht, Huc, ich gehöre nun zu dieser Gegend, und selbst wenn ich keine Sekunde an dieses Ammenmärchen glaube, so möchte ich doch den wahren Gehalt dieser Geschichte erfahren. Das würde mir helfen, meinen Gemahl besser zu verstehen. Werdet auch Ihr schweigen, mein Freund?«

Huc fühlte sich unwohler als je zuvor; er hatte seinem Herrn gegenüber einen Eid abgelegt. Einen Treueid. Einen Eid des Vergessens, selbst wenn er, Huc, nicht vergessen konnte. Er musste Albérie beschützen und sich selbst. So zu tun, als wisse er nichts, wäre nur eine Lüge mehr, in einem Alltag aus Trug und Schein. Aber diese Möglichkeit missfiel ihm. Die sanfte, die leidenschaftliche Antoinette verdiente es, die Wahrheit über ihren Mann zu erfahren. Und dennoch waren es ihr Unwissen und ihre Unschuld, die sie am besten vor ihm schützten.

»Wir sind da, Madame«, wich er aus, als er erleichtert die Türme des Schlosses erblickte.

»Ihr habt mir nicht geantwortet, Huc«, insistierte Antoinette enttäuscht.

»Es ist nicht an mir, zu antworten, Madame. Aber Euer Gemahl hat Recht. Es ist besser, die Erinnerung ruhen zu lassen und ein so reizendes Gesicht nicht mit den Schatten einer vergangenen Zeit zu verdunkeln. Vergesst das alles und kümmert Euch um das Kind, das Ihr unter Eurem Herzen tragt.«

Antoinette errötete und wandte sich ab. Diese Antwort befriedigte sie in keinster Weise, aber Huc fand sie hübsch, und das war im Grunde ihre ganze Mühe schon wert gewesen. Früher oder später würde es ihr schon gelingen, ihm das Geheimnis zu entlocken. Sie fragte sich immer öfter, ob ihr Gemahl mit seinem seltsamen Gebaren nicht eine größere Schuld auf sich geladen hatte, als man vermuten würde.

Sie glaubte nicht daran, dass er wirklich zu Gräueltaten fähig sein könnte, nein, das nicht. Aber was wäre, wenn er zum Beispiel etwas in einer seltenen und wertvollen alchemistischen Abhandlung entdeckt hätte?

Sie bemühte sich, ein gelöstes Lächeln aufzusetzen:

»Huc«, kokettierte sie, »Ihr seid der ergebenste und galanteste Freund. Ich verspreche Euch, das alles zu vergessen, wenn Ihr mir noch einmal diese Beglückung zuteil werden lasst, die Ihr mir heute Nachmittag als mein Begleiter geschenkt habt.«

Erleichtert warf Huc ihr einen dankbaren Blick zu, und um die Dämonen seiner Erinnerung zu besiegen, stimmte er ein altes Lied aus der Auvergne an.

»So gefällt's mir«, beendete Antoinette ihre Unterhaltung und stimmte in das Lied mit ein. Sie passierten den steinernen Torbogen, dessen Gitter nach oben gezogen war, und gelangten in den Innenhof des Schlosses von Vollore.

Ein Stallbursche eilte herbei, um sie zu empfangen, und Huc übergab ihm sein Pferd. Gerade wollte er Antoinette vom Pferd helfen, als Clothilde, die Wirtschafterin, das Haar zerzaust und aschgrau im Gesicht, auf der Schwelle erschien.

»Um Himmels willen, Madame, kommt schnell!«, keuchte sie. »Ein Unglück ist geschehen!«

4

Huc stemmte sich mit seiner ganzen Kraft gegen die beschlagene Eichentür, die den Zugang zur letzten Etage des Turms versperrte. Aber die Tür gab trotz seiner Anstrengung nicht einen Millimeter nach.

»Oh, mein Gott! Mein Gott!«, schluchzte Antoinette verzweifelt hinter ihm, indem sie ihr Taschentuch unter die gerötete Nase hielt.

»Hol Bertrandeau. Er soll Béryl nach La Grimardie schicken, um Äxte herbeizuschaffen, damit wir die Türe aufbrechen können. Geh!« Nachdem der angesprochene Diener die Treppe hinabgeeilt war, wandte er sich Antoinette zu. »Ich bedaure, aber wir müssen warten«, verkündete er und rieb sich seine schmerzende Schulter.

»Aber wenn er …? Oh, mein Gott, Huc …«

Ihre entsetzten Blicke trafen sich für einen Moment beim Gedanken an diese schreckliche Möglichkeit. Dann wandte Huc seine Augen ab, um das schändliche Gefallen, das allein dieser Gedanke in ihm geweckt hatte, zu vertreiben.

»Bestimmt nicht, ich bin mir sicher. Aber Ihr dürft hier nicht bleiben. Clothilde, führt Madame in die Wirtschaftsräume und bereitet ihr einen Tee.«

»Ich gehe nicht!«, beharrte Antoinette, die nicht mehr genau wusste, was genau sie zu erblicken hoffte.

Huc gab nicht nach und legte seine Hand auf die zitternde Schulter der Schlossherrin.

»Tut das, worum ich Euch bitte, Madame Antoinette. Ich weiß nicht, was wir hinter dieser Tür vorfinden werden, und mir scheint, Ihr könnt für den Moment nicht noch mehr Leid ertragen. Ich werde Euch rechtzeitig holen, ich gebe Euch mein Wort«, versicherte er behutsam.

Wenn Huc sich nur um sie sorgte, dann war der Rest nicht mehr wichtig, dachte sie. Und was ihren armseligen Mann betraf, so würde es ihr nicht Leid tun, Gott möge ihr verzeihen, wenn er bei einem seiner teuflischen Versuche umgekommen wäre!

»Seid vorsichtig«, antwortete sie nur als Zeichen der Einwilligung.

Auf einen Wink des Profos legte Clothilde einen Arm um die Schultern ihrer Herrin und führte sie die steinerne Treppe hinunter.

Allein zurückgelassen, in Begleitung eines zweiten Dieners, der den düsteren Winkel des Treppenabsatzes mit Hilfe eines Kerzenleuchters etwas erhellte, lehnte sich Huc dumpf an die Wand. Die ihm gegenüberliegende Tür schien ihn mit ihrer beharrlichen Unbeweglichkeit verspotten zu wollen. Schließlich ließ sich Huc an der Steinwand hinabgleiten, um sich auf den Holzboden zu setzen.

Nachdem sie Clothilde bei ihrer Ankunft auf unsanfte Weise in die Realität zurückgeholt hatte, waren sie hierher geeilt. Auf dem Weg hatten sie wie gebannt dem gehetzten Bericht der Wirtschafterin gelauscht, die vor Aufregung gezittert hatte.

François de Chazeron war eine gute halbe Stunde vor ihnen auf dem Schloss angekommen und sofort, ohne sich für die Arbeiten oder seine Leute zu interessieren, die Treppen zum Turm hinaufgestürzt. Sie hatte gehört, wie er zunächst die Tür mit dem großen Schlüssel geöffnet hatte und dann in lautes Fluchen und eine so rasende Wut ausgebrochen war, dass sie sich, während sie ihm eiligst eine Mahlzeit vorbereitete, fragte, was denn um Himmels willen geschehen sein könnte.

Es war ihr nicht mal mehr die Zeit geblieben, Hypothesen darüber aufzustellen, als sie schon durch eine Ohrfeige des hereinstürzenden François gegen den schweren Tisch der Wirtschaftsräume geschlagen war. Dann war er ein zweites Mal auf sie losgegangen, hatte sie mit der einen Hand gepackt, mit der anderen ausgeholt und, einen mörderischen Ausdruck in den Augen, sie drohend über ihrem Gesicht in der Luft geschwungen:

»Wer war in meinem Zimmer?«

Clothilde hatte gestammelt, dass ihres Wissens nach niemand oben gewesen war, was seine Wut jedoch nur noch mehr gereizt hatte.

»Sprich, oder ich schmettere dich gegen die Wand!«

Aber sie hatte nicht gewusst, was sie hätte sagen sollen, und nur noch geschrien, wodurch die Handwerker im Schloss aufmerksam geworden waren. Bertrandeau, der Dachdeckermeister, hatte die Szene mit einem Blick überschaut und versucht einzuschreiten. Im selben Moment hatte sich François jedoch umgedreht und Clothilde losgelassen, die sich, die Gelegenheit nutzend, eiligst in Sicherheit brachte.

»Wer von euch hat meine Befehle missachtet? Er soll sich zu erkennen geben oder, bei Gott, ich lass euch alle hängen!«

Aber Bertrandeau hatte sich mit seiner mächtigen Statur vor dem Herrn aufgebaut und ihm mit beeindruckender Gelassenheit entgegengesetzt:

»Bevor Ihr jemanden von uns beschuldigt, mein Herr, müsst Ihr uns zuerst wissen lassen, was Ihr uns vorwerft. Wir machen unsere Arbeit, pflichtbewusst und Euren Anordnungen gemäß, und sollte einer oder mehrere meiner Männer Euer Missfallen erregt haben, dann obliegt es nach den Regeln unserer Zunft allein mir, sie zu bestrafen.«

»Ich hatte den Zugang zu meinem Kabinett untersagt!«, schnaufte François als einzige Antwort.

»Wir haben es nicht einmal mit der kleinen Zehenspitze betreten, mein Herr. Es scheint mir zudem, dass nur Ihr allein über einen Schlüssel zu diesem Ort verfügt. Wenn das Schloss aufgebrochen worden wäre, hätte die Dienerschaft Euch auf der Stelle benachrichtigt.«

Diese unwiderrufliche Tatsache hatte seinem Zorn Einhalt geboten: Tatsächlich hatte er die Türe ganz normal geöffnet, mit dem einzigen Schlüssel, der existierte. Der Lehnsherr von Vollore war in sich zusammengesunken, sein ernstes Gesicht weißer als ein Leintuch.

»Fühlt Ihr Euch nicht wohl, mein Herr?«, hatte Bertrandeau beim Anblick seiner Blässe sorgenvoll geäußert.

Aber François hatte seine Frage einfach übergangen. Er hatte sich taumelnd einen Weg durch seine Untergebenen gebahnt, war in sein Refugium zurückgekehrt und hatte, für alle hörbar, die Tür hinter sich zweimal abgeschlossen.

Clothilde, seit langem an die Launen ihres Herrn gewöhnt, wenn auch nicht in diesem Ausmaß, war schniefend zurück an ihre Arbeit gegangen, sich in flüsterndem Ton mit den Handwerkern darauf einigend, dass ihr Lehnsherr doch in der Tat eine seltsame Person sei.

Und dann hatte sie die Explosion erstarren lassen, bevor sie alle auf einmal losgerannt waren, um sich, wie Huc einige Minuten später, an der massiven Tür die Zähne auszubeißen.

»Messire, Messire«, keuchte der Diener, indem er im Laufschritt die Treppe hinaufgeeilt kam, immer vier Stufen auf einmal nehmend.

Huc fuhr ruckartig herum.

»Bertrandeau hat eine Möglichkeit gefunden. Er schickt mich, Euch zu holen.«

Huc kannte den natürlichen Einfallsreichtum des Dachdeckermeisters, und so folgte er eiligst dem Boten bis zum Fuße des Turms. Dort traf er auf Bertrandeau und drei seiner Männer, die gerade eine Leiter mit dicken Hanfseilen verstärkten. Auf der Stelle verstand Huc, was er vorhatte: Er wollte das Fenster des ersten Stocks erreichen, dessen Scheiben vom Unwetter zerbrochen waren und so von außen entriegelt werden konnte.

»Ich gehe als Erster«, entschied er, während er dabei zusah, wie die Holzsprossen aufgerichtet und gegen die Mauer gelehnt wurden.

»Nein, Huc«, hielt ihn Bertrandeau mit einem festen Griff zurück. »Weder Ihr noch ich. Wir sind zu schwer.« Er zeigte auf einen Diener, der etwa zwölf Jahre alt sein mochte und dessen schmächtige Gestalt eher für diese wacklige Konstruktion geeignet schien. Huc nickte und ging auf den Jungen zu.

»Wenn du drinnen bist, berühre nichts, schau dich nicht um. Entriegele nur die Türe und bringe dich in Sicherheit.«

»Ja, Messire«, versicherte der Knabe, stolz über die plötzliche Wichtigkeit seiner Person.

»Pass auf dich auf, Kleiner«, ermutigte ihn Bertrandeau, indem er zärtlich über den braunen Haarschopf strich, der im Nacken von einem blauen Seidenband zusammengehalten wurde.

Huc hätte wieder hineingehen und vor der Tür abwarten können, aber er konnte nicht umhin, dem kleinen Guillaumet beim Hinaufklettern zuzusehen und zu beobachten, wie er kühn und behände den Abstand zwischen sich und dem Fenster verringerte. Wie jeder der Männer, welche die Leiter abstützten, wusste er, dass, trotz seines geringen Körpergewichts, das Reißen eines einzigen Seils genügen würde, um ihn etwa sieben Meter rückwärts in die Tiefe stürzen zu lassen. So hielten sie alle den Atem an, bereit, notfalls einzugreifen, um den Aufprall womöglich abzufangen. Aber Guillaumet, darauf bedacht, in der Mitte der Sprossen zu bleiben und jedes Schwanken blitzschnell selbst auszugleichen, war bereits an sein Ziel gelangt, bevor sich der Profos noch darüber klar wurde, dass er noch immer wie angewurzelt vor dem Turm stand. Er wartete ab, bis der Jüngling den Riegel des Fensterkreuzes gelöst hatte, indem er seine Hand durch eine der zerbrochenen Scheiben hindurchgleiten ließ. Dann, während der Diener unter den Jubelrufen der Dachdecker in das verbotene Zimmer eindrang, lief er davon, um ihn auf der Treppe des Turms zu empfangen.

Guillaumet erwartete ihn bereits voller Stolz über seine Heldentat und schwenkte den Schlüssel wie eine Trophäe zwischen seinen Fingern hin und her. Huc lachte ihn an und zerzauste ihm liebevoll seine dichten Haare, bevor er den wertvollen Gegenstand in seine Geldkatze steckte:

»Geh jetzt und bitte Clothilde, dir eine heiße Milch zu machen. Sag der Herrin Bescheid, aber achte darauf, dass sie nicht hierher kommt, hast du verstanden?«

»In Ordnung, Messire. An mir kommt niemand vorbei.«

»Gute Arbeit, Kleiner!«, beglückwünschte ihn Huc anstelle eines Abschiedsgrußes.

Er überließ ihn ganz seinem Triumph, atmete einmal tief durch und betrat dann das Zimmer. Drinnen herrschte ein heilloses Durcheinander, das er auf die Explosion zurückführte. Er hätte jedoch nicht zu sagen gewusst, wodurch diese ausgelöst worden war.

Die eisige Luft hatte zum Glück die Dämpfe der umgestürzten Flüssigkeiten vertrieben, aber ein unangenehmer Geruch von Säure drang noch immer in die Nase. Huc fand François bäuchlings am Fuße eines Tisches, auf dem sich zwischen zerstreut umherliegenden Retorten und Gefäßen Reste von verkohltem Pergament auflösten.

Ohne zu überlegen kniete sich Huc neben seinen Herrn, um seinen Puls zu fühlen. Als er unter seinen Fingern ein Schlagen spürte, wusste er jedoch nicht mit Bestimmtheit zu sagen, ob er darüber erleichtert war. Er drehte gerade den bewusstlosen François auf den Rücken, als Bertrandeau auf der Schwelle erschien und, da er ihn so auf den Knien erblickte, besorgt fragte:

»Ist er tot?«

»Nein«, hörte sich Huc bedauernd antworten, »aber er hat viel Blut verloren. Ein Stück Metall ist in seine Schläfe gedrungen. Er muss von hier fortgeschafft werden.«

»Bin schon zur Stelle«, verkündete Bertrandeau und trat bereits näher.

Aber Huc bedeutete ihm, stehen zu bleiben:

»Lass. Du hast bereits zu viel gesehen. Wenn ihn beim Aufwachen die Lust packt, jemanden zu bestrafen, dann ist es besser, wenn ich das bin.«

Bertrandeau verzog seine schmalen Lippen zu einem breiten, zynischen Grinsen, indem er sich der durchaus realistischen Drohung widersetzte und sich neben Huc kniete. Dieser brachte es nicht fertig, ihn noch einmal zurückzuweisen. Zu zweit könnten sie es schaffen, François hinunter in die Wirtschaftsräume zu tragen.

Während der Dachdecker die Wunden untersuchte, entdeckte Huc in einem Winkel des Raumes ein sauberes Stück Leinen, das neben einem kleinen Totenschädel lag. Gegen seinen Willen musste Huc ein leichtes Schaudern unterdrücken, ergriff dann das Stück Stoff und machte sich daran, den Boden neben François ein wenig frei zu räumen, um es dort auszubreiten.

»Diese wächserne Gesichtsfarbe gefällt mir gar nicht!«, bemerkte Bertrandeau.

»Genau deswegen müssen wir uns beeilen.«

»Auf mein Kommando«, forderte der Dachdecker ihn auf, indem er François an den Beinen packte.

Huc nahm den Platz zu dessen Schultern ein und stützte den schlaffen Kopf mit seinen Unterarmen. Dann ließen sie den Körper gemeinsam auf das ausgebreitete Tuch gleiten. Auf dieser improvisierten Bahre hoben sie ihn hoch, als der Blick Bertrandeaus plötzlich an einem gesprungenen Gefäß hängen blieb, aus dem eine goldene Schmelzmasse herausgetreten und erkaltet war.

»Was ist denn das?«, brach es aus ihm ungewollt hervor.

Huc folgte seinem Blick und verstand sofort.

»Ich weiß es nicht«, log er jedoch, »und ich glaube, es ist für uns alle das Beste, wenn wir uns weiterhin für dieses Zimmer nicht interessieren.«

Bertrandeau starrte ihn einen Moment lang an, konnte in seiner Miene jedoch nichts weiter als eine plötzliche schwere Müdigkeit erkennen.

»Du hast bestimmt Recht, Huc. Lass uns weggehen von hier!«

Und damit hoben die beiden Männer in gegenseitigem Einvernehmen die Tragbahre an und gingen aus dem Zimmer. Auf dem Treppenabsatz angekommen, legten sie ihre Last auf dem Boden ab. Während Bertrandeau die Menschentraube zerstreute, die sich in der Hoffnung auf Neuigkeiten auf der Treppe gebildet hatte, zog Huc den Schlüssel aus seinem Beutel hervor und schloss die Tür zweifach hinter ihnen ab.

Antoinette hatte sich wieder gefangen, dank der Freundlichkeit von Clothilde, deren linkes Auge sich langsam dunkel zu färben begann, so fest hatte François zugeschlagen.

Keine von beiden konnte sich den überraschenden Gewaltausbruch erklären. Clothilde hatte zwar von der Geschichte gehört, der zufolge ihr junger Lehnsherr ein junges Mädchen aus der Gegend vergewaltigt haben sollte, aber sie selber kam von Thiers und dort unten schenkten nur wenige diesem Märchen Glauben, war doch das Ansehen der Lehnsherren von Vollore solchen Verleumdungen gegenüber gefeit. Im Übrigen handelte es sich dabei nur um ein Gerücht, das sich entkräftete, sobald man anfing, genauere Fragen darüber zu stellen. Seit sie auf dem Schloss war, also seit sechs Jahren, musste sie zwar seinen abscheulichen Charakter aushalten, aber noch nie zuvor hatte François de Chazeron seine Hand gegen sie oder jemand anderen der Dienerschaft erhoben. Und aus diesem Grund konnte sie sich so lange sie wollte den Kopf zerbrechen und doch immer wieder nur mit absolutem Unverständnis auf Antoinettes Fragen antworten. Obendrein war sie sich absolut sicher, dass niemand aus dem Schloss während der Abwesenheit des Lehnsherrn dort oben im Turm gewesen war.

Sie waren gerade an diesem Punkt ihrer Überlegungen, als der junge Guillaumet, fast rennend, das Zimmer betrat, um sie etwas ungeschickt aufzufordern, den großen Tisch frei zu machen.

»Mein Lehnsherr wird herbeigetragen!«, fügte er mit einer solchen Ehrerbietung hinzu, dass man hätte meinen können, der König selbst hätte sich angekündigt.

Flink entfernte Clothilde die leere Schale, die noch immer vor Antoinette stand, während jene nach hinten auswich und dabei fast die Bank, auf der sie gesessen hatte, umriss. Sie presste sich, die Tür im Blick, gegen die Wand. Sie fühlte sich wie erstarrt. Ihr rasendes Herz schien fast ihre zu eng geschnürte Brust sprengen zu wollen. Dann kam als Erstes Bertrandeau durch die schmale Türöffnung und wenige Sekunden später, in denen eine ehrwürdige Stille herrschte, lag ihr Gemahl ausgestreckt an jener Stelle, wo sie noch eben ihre Milch zu sich genommen hatte.

Beim Anblick des mit Blut bedeckten Gesichts, dessen Verwundung ihr zugewandt war, konnte Antoinette nur mit äußerster Mühe ein Gefühl der Übelkeit unterdrücken. Als Huc sie so aufgelöst stehen sah, ging er auf sie zu, um sie zu beruhigen:

»Er ist nur bewusstlos. Alles wird gut werden.«

Antoinettes Blick verlor sich in jenem des Profos. Schließlich nickte sie. Dann wandte sich Huc von ihr ab, um Clothilde Anweisungen zu geben, die bereits die Glut neu geschürt und darüber einen Kessel mit klarem Wasser gehängt hatte:

»Sucht nach Tüchern. Ich benötige Licht, viel Licht.«

Sofort war Guillaumet davongelaufen, als ob diese Aufgabe allein ihm obliegen würde, und während Bertrandeau die hartnäckigsten der Schaulustigen mit strengem Ton wegscheuchte, ging Huc noch einmal auf Antoinette zu. Sie weinte leise, ohne dass sie es merkte, und Huc musste sich zurückhalten, um sie nicht in seine Arme zu schließen. Er sagte leise mit liebevoller Fürsorge:

»Ich werde seine Wunde reinigen müssen. Ihr solltet nicht hier bleiben.«

»Mein Platz ist hier, Huc«, antwortete Antoinette, wenn auch mit bebender Stimme. »Ich bin es mir selbst schuldig, an seiner Seite auszuharren, denn er … lebt!«, fügte sie fast unmerklich hinzu.

Huc spürte etwas wie einen Riss, einen Schmerz in seinem Inneren. Er konnte nur den Kopf wegdrehen, erschüttert davon, dass sie die gleiche Enttäuschung spürte wie er, als er François entdeckt hatte.

Wie einfach wäre es gewesen, ihn lautlos zu erwürgen. Durch diese einfache Handlung Isabeau, die Greisin, Albérie und Antoinette zu rächen. Aber er hatte es nicht getan.

»Bertrandeau ist zu früh gekommen!«, flüsterte ihm eine

leise Stimme zu, um seine Feigheit zu entschuldigen, aber er glaubte ihr nicht. Die Wahrheit sah anders aus, und er wusste es. Er war kein Mörder.

»Betet, Madame!«, stöhnte er, übermannt von einem eisigen Nebel, der ihn bis in sein tiefstes Inneres umschloss. Dann wandte er sich von ihr ab und machte sich im Schein der Kandelaber, die Guillaumet und ein weiterer Gehilfe emporhielten, an seine Arbeit, seinen Geist bei der Pflicht, aber das Herz zerrissen.

Als er die Wunde, immer noch mit der Hilfe Bertrandeaus, gesäubert, desinfiziert und verbunden hatte, trugen sie François in das Nebenzimmer, das Clothilde in aller Eile hergerichtet hatte. Bertrandeau hatte während der Reparaturarbeiten sein Arbeitszimmer darin eingerichtet und auf dem Schreibtisch, der sich darin befand, stapelten sich Bauzeichnungen und Skizzen. Es war nicht gerade ein dem Lehnsherr dieses Hauses würdiger Ort, aber die meisten der Zimmer verfügten weder über eine Bedachung noch über Scheiben. Einige Kamine waren unter den Sturmböen in sich zusammengestürzt und lagen nun in Einzelteilen über dem prachtvollen Holzboden zerstreut. Man hatte hastig geputzt, mit Planen abgedeckt und repariert, aber keines der anderen Zimmer war so sehr wie dieses für einen Verwundeten geeignet, welchen Ranges er auch war.

François wurde auf das karge Bett in der Nähe des unbeschädigten Kamins gelegt, der eine sanfte Wärme ausströmte.

Trotz seines regelmäßigen Atems war er noch immer nicht zu sich gekommen und Huc fragte sich einen Moment lang, ob er die Nacht wohl überstehen würde. Ihn durchfuhr der absurde Gedanke, dass Albérie ihn durch das von ihrer Großmutter vererbte Wissen über Heilkräuter retten könnte, und er konnte ein Lächeln nicht unterdrücken. Albérie hätte niemals François de Chazeron gesund gepflegt, das wusste er. Sie hätte den Mut gefunden, den er nicht hatte. Er blickte zu Antoinette. Sie hatte ein wollenes Schultertuch umgehängt und sich zu François ans Krankenbett gesetzt, ohne ein Wort, die Hände zu einem endlosen, inbrünstigen Gebet gefaltet, dessen Inhalt er nicht zu erraten vermochte. Es lag nun allein in der Hand des Allmächtigen, über das Schicksal dieses Mannes zu entscheiden. Doch Huc wollte es nicht gelingen, die Bilder jenes Zimmers, in dem unmerklich der Atem des Teufels zu spüren gewesen war, aus seinem Kopf zu verjagen.

Er seufzte im Stillen. Morgen würde ein anderer Tag sein. Zusammen mit Bertrandeau, der es abgelehnt hatte, sie allein zurückzulassen, und Guillaumet, der, trotz seines jungen Alters, darauf bestanden hatte, sich um die Erneuerung der Kerzen zu kümmern, machte er sich ein Lager auf dem Boden zurecht. Und so begann an diesem 12. Oktober 1515 eine lange, sehr lange Krankenwache.

Philippus Bombastus von Hohenheim war ein behänder, wenn auch ein wenig pausbäckiger, junger Mann von zweiundzwanzig Jahren. Man hätte ihn nicht direkt als verführerisch bezeichnen können und dennoch strahlte seine Person einen geheimnisvollen Charme aus, der unterstrichen wurde von der Tiefe und Intelligenz, die seine schwarzen Augen widerspiegelten. Aufgeweckt, neugierig und ein wenig stolz interessierte sich Philippus für alles, aber in erster Linie dafür, mit Hilfe der Wissenschaften die Dinge zu hinterfragen. Sein Vater, ein Schweizer Mediziner, hatte ihn dazu erzogen, die Welt mit Neugierde zu betrachten, um aus ihm einen würdigen Nachfolger seiner selbst zu machen. Auch wenn Philippus von seinem Vater die Ehrfurcht vor der Medizin gelernt hatte, so war er doch auch im Schatten der berühmten Schwarzen Jungfrau in der Abtei von Schwyz aufgewachsen, wo seine Mutter als Magd in Diensten gestanden hatte. Und so prallte die streng wissenschaftliche Welt seines Vaters auf jene der mythenhaften Berichte von Selbstheilung, angeblichen Wundern und Volksglauben, über die sein Vater nur lachte, für die sich seine Kinderseele jedoch äußerst empfänglich zeigte.

An jenem 12. Oktober 1515 befand er sich auf dem Weg nach Saint-Rémy-de-Provence, weit von seiner Heimat entfernt, die er vor nunmehr drei Jahren verlassen hatte, um die Welt zu bereisen und ihre Geheimnisse zu erforschen. Soeben hatte er Ferrara den Rücken gekehrt, wo er seinen Doktor mit Auszeichnung bestanden hatte, und der Titel eines Arztes nahm sich, angesichts seiner feurigen Jugend, gar ein wenig dünkelhaft aus, gab es doch nur wenige Gefährten, die durch weite Reisen und Begegnungen mit außergewöhnlichen Menschen ein solches Wissen angesammelt hatten wie er.

Philippus näherte sich gerade auf dem Rücken seines Esels der Ecke eines kleinen Gässchens und somit dem vorläufigen Ziel seiner Reise, nachdem er sich einen Monat lang gegen Wind und Wetter vorangekämpft hatte. In seiner Begleitung befand sich ein Diener, dessen Diskretion umso größer war, als er seit seiner Geburt stumm war.

»Es muss hier sein!«, versicherte er, indem er mit einer Hand, die von einem fingerlosen Wollhandschuh umhüllt war, in die entsprechende Richtung wies.

Mit dem schweren pelzgefütterten Mantel erweckte er mehr den Eindruck eines herumstreunenden Vagabunden als den eines Gelehrten. Aber das kümmerte Philippus nur wenig. Der Verachtung seiner Zeitgenossen begegnete er mit der bissigen Bemerkung: »Besser ein ausreichend gefülltes

Hirn versehen mit einer leeren Geldbörse als das Gegenteil. Man schläft vielleicht weniger gut gebettet, aber man träumt umso besser!«

Und Träume, bei Gott, die hatte er. Seit er sich mit seinem ärmlichen Gepäck zu den Pyramiden nach Ägypten aufgemacht hatte, die sich weigerten, ihm ihre Geheimnisse preiszugeben, und weiter nach Konstantinopel, wo er eine Unmenge an Büchern gelesen hatte. Auf seinem Weg hatte er sich, wo er hinkam, in das Mysterium und die Glaubenslehren der Geheimbünde und religiösen Sekten einführen lassen, die in diesem neuen Jahrhundert begannen. Um sein akademisches Wissen zu vervollständigen, erlernte er die medizinischen Geheimnisse der einfachen Leute, der alten Weiber, der Barbiere, der Bader, der Geburtshelferinnen und sogar der Henker. Nichts und niemand konnte seinen unbändigen Durst an Wissen löschen, das er zum Nutzen der Menschheit einzusetzen gedachte.

Gesättigt mit diesen Kenntnissen, von denen er das meiste wieder verlernt hatte, um sich auf das Wesentliche zu konzentrieren, stand Philippus nun also inmitten dieser kleinen provenzalischen Stadt vor einer niedrigen Holztür, gegen die er mit seiner Hand hämmerte.

Eine Frau mit regelmäßigen Gesichtszügen öffnete die Tür vorsichtig einen Spaltbreit. Er stellte sich mit einem stark kehligen Akzent vor und drang darauf, den Sohn des Hauses sprechen zu wollen. Sofort öffnete sich die Tür gänzlich, um ihnen Einlass zu gewähren. Herr und Diener traten in ein kärgliches Zimmer, in dem sich die wohlige Wärme eines Feuers ausbreitete, begleitet vom lieblichen Duft einer Suppe.

Für einen kurzen Augenblick ließ sich Philippus durch diesen einfachen Geruch vom eigentlichen Grund seines Besuches ablenken, denn er erinnerte ihn daran, dass er seit dem Morgen nichts gegessen hatte, so leer war seine Börse. Wenn er nicht bald unverhofft auf einen Kranken treffen würde, der bereit war, seine Dienste zu bezahlen, müsste er sich, wie schon so oft, auf ein zufälliges Stück Wild verlassen. Leider war es zu dieser Jahreszeit äußerst schwierig, ein Kaninchen oder ein Rebhuhn zu erwischen. Und im gefrorenen Boden nach Wurzeln zu graben – daran war nicht einmal zu denken. Es gab höchstens da und dort ein wenig wilden Lauch, der jedoch durch den Frost ungenießbar geworden war.

Stolz wie er war, hüstelte er, um vor der Gastgeberin das ärgerliche Knurren seines Magens zu verbergen, und begnügte sich lediglich damit, den lieblichen Wohlgeruch, der aus dem Kessel über dem Feuer emporstieg, in seine Nase einzuatmen. Was seinen Diener betraf, so schielte der ohne Skrupel zum Tisch, auf dem ein heller Brotlaib lag, bedeckt von einem leichten Tuch, der ihn hielt.

Gerade als die Gastgeberin zur Holztreppe gehen wollte, um nach ihrem Sohn zu rufen, kam ihr ein Knabe von oben entgegen und begrüßte die beiden Gäste bereits auf halber Treppe:

»Ich habe Euch erwartet, Messire. Mutter«, fuhr er fort, als Philippus die Stirn runzelte, erstaunt über diese Einleitung, »ist das Essen für unsere Gäste so weit? Sie haben großen Hunger und jeder weiß, dass es sich mit leerem Magen nicht gut spricht.«

»Ich wollte soeben den Tisch decken, als sie sich ankündigten«, versicherte die noch junge Frau, deren Gesicht sich vor Stolz über ihren Wunderknaben aufhellte, während dieser mit seinen zwölf Jahren Philippus einen verständnisinnigen Blick zuwarf. Beeindruckt und über diesen unerwarteten Empfang höchst angenehm überrascht, wusste jener nur unbeholfen auszurufen:

»So ist es doch wahr, was man sich erzählt!«

»Bei Gott, Messsire«, entgegnete der Knabe, der ihm entgegengetreten war und ihn mit einer scherzhaften Verbeugung begrüßte, »denn ich sage meist großes Unglück statt Glück voraus, ohne auch nur das Geringste am Lauf der Dinge ändern zu können. Aber nehmt doch Platz! Ich lese im gierigen Gesichtsausdruck Eures Dieners, dass das Glück Euch auf dem schäbigen Weg, der Euch zu mir führte, im Stich gelassen hat. Legt also Eure Mäntel ab, dass man sie vor dem Feuer ausbreiten kann, und wärmt Euch an diesem Wein. Wir können nicht als Herberge aufwarten, aber unsere Gäste sind bei uns wie ein Teil der Familie.«

Philippus hatte sich wieder gefangen und betrachtete den Jüngling. Sein Gesicht sprühte vor Intelligenz, hinter der sich ein Funken Schalk verbarg. Er erwies ihm seine Reverenz, als verbeuge er sich vor einer bedeutenden Persönlichkeit:

»Philippus Bombastus von Hohenheim«, stellte er sich vor.

»Jener, den man schon bald Paracelsus nennen wird, ja, das weiß ich bereits, mein Freund.«

»Wer seid Ihr nun in Wahrheit?«, fragte Philippus in der Tat äußerst perplex, während sein Diener andächtig die häusliche Betriebsamkeit der Mutter beobachtete, die in aller Stille den Tisch fertig deckte.

»Michel de Nostre-Dame*, Euch zu Diensten, in Ehrfurcht vor den Heiligen Schriften und der Wissenschaft. Denn seht in all dem weder Schalk noch Selbstgefälligkeit, sondern nur eine Gabe Gottes. Nichts als eine Gabe Gottes.«

»Und was sollte ich darin wohl anderes sehen?«, entfuhr es Philippus, der sich bereits unbewusst durch einen tiefen Respekt zu diesem kleinen Mann hingezogen fühlte.

Die Mutter hielt in ihrer Arbeit inne und begann zu zittern, während Michel mit leiser Stimme antwortete:

* Michel de Nostre-Dame (1503–1566), französischer Astrologe und Arzt, später bekannt als Nostradamus.

»Des Teufels Hand, Messire. Was zur Folge hätte, dass dieses Haus ein missgünstiges Gerichtsverfahren zu erwarten hätte.«

Philippus nickte ernst. Wie oft schon hatte er gesehen, wie die Inquisition in Spanien oder auch andernorts dem einen oder anderen sein schreckliches Urteil auferlegt hatte! Seine Hände besaßen nicht genug Finger, um daran alle Fälle abzuzählen, noch verfügte er über ausreichend Zynismus, um die Schreie der Unglücklichen zu vergessen, die von den Flammen verzehrt wurden.

Auf dem wohlig warmen Raum lastete plötzlich eine eisige Stille, die Philippus hastig zu vertreiben suchte. Doch wandte er sich dabei an die Mutter:

»Habt keine Angst! Ich bin ein Mann der Wissenschaft, nicht der Kirche. Und in dieser Funktion huldige ich den Wundern des menschlichen Geistes. Euer Haus wird vom Unglück verschont bleiben, denn mein Herz ist so rein und großmütig wie meine Absichten, die dem Nutzen meinesgleichen dienen.«

»Daran habe ich nicht gezweifelt, mein Freund«, bestätigte Michel, dessen Gesicht durch ein aufrichtiges Lächeln erhellt wurde. »Und Ihr werdet ihnen wie mir gut dienen, das sollt Ihr wissen. Mutter«, ergänzte er, »haltet das Essen für meinen Vater und meinen Bruder warm. Die Kundschaft wird sie recht lange aufhalten.«

Ohne ein weiteres Zeichen des Erstaunens bedeckte die Mutter zwei der tönernen Schalen mit einem warmen Tuch und machte sich daran, die anderen mit Hilfe eines Schöpflöffels, der an einem Haken in der Wand bereithing, zu füllen.

Der Diener, der nicht länger an sich halten konnte, riss die Augen auf, während er sich mit einer übergroßen Zunge über die Lippen fuhr, und selbst tausend Worte hätten es nicht vermocht, seine tiefe Zufriedenheit besser auszudrücken.

Dann setzte er sich an den Tisch und trommelte ungeduldig mit den Fingern auf das gewachste Holz. Philippus und Michel tauschten einen vielsagenden Blick und brachen dann gemeinsam in schallendes Gelächter aus.

Das anschließende Mahl war für Philippus das angenehmste, das er seit langem eingenommen hatte. Einen Moment lang fühlte er sich in die Schweiz zu seiner Familie versetzt, so sehr atmete dieses bescheidene Heim die Wärme des Lebens aus, trotz des mangelnden Wohlstands, wie man an der dürftigen Einrichtung erkennen konnte.

Der Großvater von Michel, ein Mediziner von hohem Rang, hatte seinerzeit König René behandelt und es war bekannt, dass er bei seinem Tode eine Unmenge erstaunlicher Aufzeichnungen zurückgelassen hatte. Gestützt von dem Gerücht, sein Enkel sei mit einer außergewöhnlichen göttlichen Gabe beschenkt, hatte Philippus entschieden, diesem einen Besuch abzustatten.

Er beglückwünschte sich zu dieser Entscheidung. In diesem behaglichen Nest, in dem er auf eine unverfälschte, natürliche mit Geist gepaarte Intelligenz getroffen war, konnte Philippus für eine kurze Weile den beißenden Winter, seine verzweifelte Suche nach Wissen und selbst seinen Rang vergessen, um wieder zu einem staunenden kleinen Jungen vor einem zwölfjährigen Riesen zu werden.

Als man die Mahlzeit mit einem Nusskuchen beendet hatte und Herr und Diener sich ausreichend gelabt hatten, räusperte sich Michel, indem er seinen Kopf zu Philippus drehte. Er sah mit einem Mal ernst und mitgenommen aus:

»Reittiere und Diener können im Stall die Nacht verbringen. Für Euch wird sie lang werden, denn Ihr seid nicht zufällig zu mir gekommen. Heute Nacht, Messire, werdet Ihr mein Leben retten.«

Und bei diesen Worten brach er ohnmächtig auf dem Tisch

zusammen. Seiner Mutter entfuhr ein Schrei und Philippus' eben noch glückliches Lächeln gefror auf seinen Lippen. Auch wenn ihn diese grauenhafte Szene erschütterte, so begann er doch sofort zu handeln. Er fühlte den Puls des fahlen Jungen.

»Corichon, meine Tasche!«, befahl er in aller Ruhe seinem Diener, der sich vollkommen unbeeindruckt weiterhin den Bauch mit Brot voll stopfte. Beim Befehl seines Herrn hielt er jedoch sofort inne und eilte davon.

»Was fehlt ihm?«, fragte Philippus die Gastgeberin, die wie versteinert ihren Sohn anstarrte, ohne etwas zu tun.

Sie blickte Philippus verängstigt an.

»Aber ich weiß es nicht, Messire«, sagte sie mit erstickter Stimme.

Philippus verspürte einen Moment Panik. Dann fasste er sich:

»Hat er nichts gesagt? Ein Wort, ein einziges, das Ihr an mich weitergeben sollt? Euer Sohn liebt es, Pointen wirksam einzusetzen …«

Sie schüttelte den Kopf und versuchte, sich an irgendetwas zu erinnern. Endlich hellte sich ihr Gesicht auf und sie lief zur Schublade eines Kuchenkastens, aus dem sie eine lederne Schatulle hervorzog. Zitternd reichte sie diese Philippus.

Hastig öffnete er sie und entdeckte darin völlig verdutzt ein Skalpell, Faden und eine Nadel, die an ein Stück Pergament geheftet war. Philippus faltete es auseinander und las: »Rechte Eingeweide«.

Ohne weiter abzuwarten, hob er den Jungen auf seine Arme und folgte der Mutter, die nichts von diesem seltsamen Gebaren verstand, hinauf in sein Zimmer.

Philippus hielt sich nicht mit Erklärungen auf. Während er anordnete, man solle ihm kochendes Wasser bringen, schob er das Hemd von Michel nach oben und tastete seinen Bauch ab. Als er auf Höhe des Blinddarms war, verzog sich das Gesicht des Jungen zu einer schmerzhaften Grimasse, obgleich er ohne Bewusstsein war.

»Heiliger Gott!«, murmelte Philippus vor sich hin. »Es gibt keine Zeit zu verlieren.«

Er bedeutete seinem Diener, an seiner Seite zu bleiben, um ihm zu assistieren. Der brachte ihm seine Instrumente und nahm den Bottich mit heißem Wasser sowie saubere Tücher entgegen, während Philippus, seiner Sache sicher, die Ärmel aufkrempelte. Verwundert über die Qualität des Skalpells, das Michel ihm vorbehalten hatte, setzte er mit sicherer und präziser Hand den Schnitt an.

Eine Stunde später war die Operation beendet und Philippus, zufrieden mit sich, hatte seinen Diener weggeschickt, um die Instrumente zu reinigen, so dass er sich nun allein am Bett seines Kranken wiederfand. Seine Anspannung, die bis zum letzten Moment angehalten hatte, ließ nun nach und er kontrollierte etwas gelassener den Puls und das Weiße in den Augen Michels. Anschließend schaute er sich genauer in dem engen Zimmer um.

Sofort wurde seine Aufmerksamkeit von einem Gegenstand gefesselt, der vor dem Fenster stand. Philippus erhob sich und versuchte, die fremden Aufschriften und Zeichen zu entziffern, die sich über jeden der einzelnen, ineinander verkeilten Ringe zogen und die in ihrem Inneren eine kleine Kugel einschlossen.

»Das ist ein Astrolabium«, wisperte eine Stimme in seinem Rücken.

Philippus drehte sich um. Michel war wieder zu sich gekommen und lächelte noch etwas schwach. Philippus verließ für einen Augenblick seine Entdeckung, um sich neben den Jüngling zu setzen. Er nahm seine Hand, und als er spürte, dass sie feucht war, fühlte er seine heiße Stirn.

»Sprecht nicht, mein junger Freund«, beharrte Philippus, auch wenn ihm eine Unmenge von Fragen durch den Kopf schossen. »Ihr werdet morgen noch genug Zeit haben, mich über all diese aufregenden Dinge aufzuklären, die Euren Alltag ausmachen. Im Augenblick sollt Ihr nur dies eine wissen: Ihr hattet Recht. Wenn ich Euch nicht in dieser Nacht operiert hätte, wärt Ihr um diese Zeit schon tot. Und in Anbetracht Eures Fiebers weiß ich nicht, ob Ihr schon völlig außer Gefahr seid.«

»Die rechten Eingeweide, nicht wahr?«, sagte Michel und zog eine Grimasse.

»Der Blinddarm, um genauer zu sein. Er ist eine Art Trichter, dessen Nutzen uns bisher noch nicht bekannt ist, der sich jedoch aus ebenso unbekanntem Grund von Zeit zu Zeit entzünden und sogar die Gedärme und den ganzen Körper vergiften kann. Ich habe das Skalpell gerade noch rechtzeitig angesetzt. Nun müsst Ihr ein wenig ausruhen. Ich werde an Eurer Seite wachen. Habt Ihr Schmerzen?«

»Als ob tausend Nagetiere an meinen Gedärmen knabbern würden, Messire. Aber ich fürchte den Schmerz nicht. Solange ich ihn spüre, lebe ich noch. Gute Nacht, Paracelsus.«

»Was für einen sonderbaren Beinamen Ihr mir gebt«, sagte Philippus gerührt.

»Er wird das Geheimnis Eures Lebens beinhalten …«, murmelte Michel noch, bevor er seine Augen schloss und in einen tiefen Schlaf sank.

»Das Geheimnis meines Lebens.« Verwirrt wiederholte Philippus diesen Satz noch einmal halblaut. »Kleiner Mann … Und doch so groß!«, schloss er, indem er ihm liebevoll die braunen Locken aus dem Gesicht strich, die an der heißen Stirn klebten.

Philippus ließ seinen Blick noch einmal zum Astrolabium schweifen, das als unangefochtener Herr über dieses, mit Büchern und vergriffenen Pergamenten angefüllte Zimmer regierte. Das Gerät erinnerte ihn an viele andere, angeblich teuflische Apparaturen, so dass ihm ungewollt ein Schauer über den Rücken lief. Diese Inquisitoren waren so besessen davon, Tabula rasa zu machen, nur um sich nicht mit einem Wissen auseinander setzen zu müssen, das sie weder verstehen noch verbieten konnten ... Wie viel Gräueltaten würde man noch im Namen der Unkenntnis begehen? Dieser Gedanke allein drehte ihm den Magen um. Behutsam erhob er sich und verließ das Zimmer, um der Familie Bericht zu erstatten.

Unten hatten sich der Vater und Hector, der jüngere Bruder, in aller Stille an den Tisch gesetzt. Er hatte nicht bemerkt, wie sie hereingekommen waren, und empfand ein wenig Scham, wie er so dastand und in ihren Alltag einbrach. Der Mann schien jedoch daran keinen Anstoß zu nehmen und begrüßte ihn höflich, doch erst seine Frau, die nun hinzukam, konnte seine Scheu gänzlich vertreiben. Sie hatte ihren Mann offensichtlich von den Ereignissen in Kenntnis gesetzt und so konnte sich Philippus hinter seiner Diagnose verschanzen:

»Bis zum Morgengrauen kann ich noch nichts Eindeutiges sagen, aber wenn sich die Weissagungen Eures Sohnes wirklich als das herausstellen, was sie vorgeben, dann kann man hoffen. Er wird leben. Ich muss nun an sein Krankenlager zurück.«

»Bei allem Respekt Euch gegenüber, mein Herr, aber die Absonderlichkeiten meines älteren Sohnes sind für mich nur von geringem Interesse«, seufzte der Vater trotz des nachdrücklichen Blickes seiner Frau. »Ich würde es lieber sehen, wenn er mir wie sein Bruder behilflich wäre, anstatt sich seinen Träumereien hinzugeben. Ihr könnt mir glauben, wenn seine Mutter, im Gedenken an den Großvater, seinen Wunsch,

Medizin zu studieren, nicht gebilligt hätte, wäre er von mir mit Nachdruck in seine Schranken gewiesen worden.«

»Michel will Arzt werden?«, verwunderte sich Philippus ungewollt.

»Wie sollte ihm sonst diese Arzttasche so wichtig sein? Er denkt an nichts anderes!«

Während der Vater seine ganze Verbitterung auf Philippus ablud, kam die Mutter, die sich für einen Moment entfernt hatte, wieder zurück, ihrerseits zuversichtlich:

»Nehmt!«

Philippus griff nach dem tönernen Gefäß, das ihm die junge Frau entgegenhielt, und öffnete es neugierig.

»Salzkristalle?«, fragte er sie verwundert. »Wozu?«

»Ich weiß es nicht, Messire. Michel hat nur darum gebeten, dass ich Euch dies übergebe, sobald Ihr uns die Nachricht seines Gesundheitszustandes überbracht habt.«

»Wann war das?«, fragte Philippus beunruhigt.

»Na, vor einem kurzen Augenblick. Er erschien auf der Treppe, bevor Ihr hinunterkamt.«

Philippus betrachtete sie, um herauszufinden, ob sie ihn nicht auf den Arm nehmen wollte. Nicht nur, dass er das Krankenlager des Jünglings nicht verlassen hatte, es wäre Michel dazu noch unmöglich gewesen, in seinem Zustand aufzustehen. Der Gesichtsausdruck der Mutter, in dem sich aufrichtiges Vertrauen spiegelte, überzeugte ihn davon, dass er woanders nach einer Erklärung suchen musste. Da er jedoch keine fand, begnügte er sich damit, zu lächeln und an die Seite seines Kranken zurückzukehren.

Michel schlief, mit kurzem, unregelmäßigem Atem. Eine kurze Untersuchung genügte und Philippus erkannte, dass das Fieber weiterhin stieg. Er versuchte, dem Jungen etwas zu trinken zu geben, aber er gab das Wasser sofort wieder von sich.

Ratlos stützte er den Kopf in seine Hände. Wenn das Fieber nicht bald sank, war er verloren.

Lange kramte Philippus in seinem leeren Kopf. Es war, als habe er plötzlich sein ganzes Wissen vergessen. Wie wertvoll erschien ihm auf einmal das Leben dieses Kindes! Sein Blick blieb auf dem hölzernen Kruzifix über dem Bett haften und vage Erinnerungen an eine andere Zeit begannen in seinem Kopf zu kreisen. Hatte er nicht schon einmal von dieser Fähigkeit gehört, seine Persönlichkeit zu spalten? Natürlich, für die Allgemeinheit war das nichts weiter als ein Märchen, aber Michel war überhaupt so sonderbar! Und, da er sich auf den Allmächtigen berief, musste man daher nicht zwischen ihm und Christus nach einigen zufälligen Übereinstimmungen suchen? »Es gibt keinen Zufall«, hatte Michel mehrere Male am Tisch erwähnt. Also? Wo war der Schlüssel?

An seiner Seite lag das Kind, stöhnend und schwitzend, die Leinenbettwäsche war bereits von seinem Schweiß durchtränkt. Wenn er keine Flüssigkeit aufnehmen konnte, so musste er die seine behalten. Diese offensichtliche Tatsache entfachte in ihm einen Funken, der seine Erinnerungen erhellte. Seit Menschengedenken verwendete man Salzlake! Philippus öffnete den Mund des Jungen, nahm eine Hand voll Salz und streute es hinein. Er wiederholte dies mehrmals in regelmäßigen Abständen, abwechselnd mit kalten Wickeln, die er auf den von Fieber geschüttelten Körper auflegte, bis der Morgen anbrach.

Eine Hand an seiner Schläfe weckte ihn, und er sah, wie eine milchige Sonne durch das Fenster ins Zimmer drang. Philippus richtete sich in dem einzigen vorhandenen Lehnstuhl auf. Der Schlaf hatte ihn schließlich übermannt und er war mit dem Kopf nach vorne auf das Bett gesunken und eingeschlafen.

Michel lächelte friedlich mit einem heiteren Gesicht. Philippus legte eine Hand auf die Stirn des Jungen und stellte mit Freude fest:

»Ihr seid gesund. Das Fieber ist gesunken.«

»Dank Eurer Hilfe, mein Freund«, bedankte sich Michel.

»Dank Gottes Hilfe, der Euch diese einzigartige Gabe verliehen hat.«

»Das ist nicht ganz so einfach, glaube ich«, entgegnete Michel mit einem rätselhaften Augenzwinkern. »Aber wir werden nun alle Zeit der Welt haben, um über diese Geheimnisse zu sprechen. Jetzt habe ich erst einmal Hunger und Durst! Ich habe zwar keine Ahnung, was Ihr mir da verabreicht habt, ich kann es aber kaum erwarten, diesen unangenehmen Geschmack zu vertreiben, der noch immer in meinem Mund herrscht. Mir kommt es vor, als hätte ich die ganze Nacht auf Salzstücke gebissen.«

»Ich werde Eurer Familie Bescheid geben und Euch ein Frühstück bringen«, antwortete Philippus und brach in ein befreiendes Lachen aus.

Während er die Treppe leicht und unbeschwert hinabstieg, immer vier Stufen auf einmal nehmend, dachte er, wie schön das Leben doch sei. Er war vom Allmächtigen mit einer großen Gnade bedacht worden, indem er ihn zu seinem Schützling geführt hatte, sodass kein Zweifel daran bestehen konnte, dass ihn ein großes, erhabenes und wundervolles Schicksal erwartete.

5

Antoine de Colonges warf seinen Kopf mit einem wohligen Stöhnen nach hinten. Lasziv räkelte er sich in seinem Sessel, den er von seinem Arbeitstisch weggeschoben hatte. Mit gespreizten Beinen, seine Kutte bis über seinen vorstehenden Wanst geschoben, gab er sich ganz dem Beben seines befriedigten Körpers hin. Geläutert von den teuflischen Launen, die seine Seele heimsuchten, fiel er in einen klebrigen Schlaf, in der Hoffnung, Gott habe beim Erwachen seinen Geist und sein Herz mit den passenden Worten gefüllt, um die Leiden seiner Pfarrei zu mildern.

Ein ungewöhnliches Geräusch schreckte ihn aus seinem Dämmerzustand hoch. Einen Moment lang fragte er sich, wo er war, wenn nicht auf diesem paradiesischen, von Licht und Blumen gesäumten Pfad. Er reckte etwas mühsam seinen steifen Nacken und riss seine Augen auf. Ihm gegenüber stand Albérie, leicht gegen die Verkleidung des Geheimganges gelehnt, aus dem sie sich soeben herausgelöst hatte, um ihren Mund einen Hauch von Abscheu und Erheiterung zugleich.

Auf einen Schlag wurde er sich seiner lächerlichen Aufmachung gewahr. Er zog seine Kutte mit einem Ruck über seinen Unterleib, ungewollt errötend über das Grinsen, das sich auf dem Gesicht seiner Besucherin breit machte.

»Bei Gott dem Allmächtigen, Albérie, Ihr könntet zumindest die Augen abwenden«, murrte er erbost, während er unbeholfen eine angemessene Stellung einnahm.

»Ihr schnarcht, Hochwürden!«, begnügte sich Albérie ihm zu entgegnen, ohne sich auch nur im Mindesten zu rühren.

»Damit dürftet Ihr Recht haben«, knurrte Antoine hinter zusammengebissenen Zähnen.

»Nun fasst Euch schon, Hochwürden«, rief sie aus, indem sie in ein heiteres Lachen ausbrach.

Das war das erste Mal, dass er sie lachen sah. Und plötzlich hatte Antoine alle Peinlichkeit vergessen. Er starrte sie mit pochendem Herzen an. Albérie nickte, ein wildes und verschmitztes Leuchten in ihren Augen, als könnte sie in seinen Gedanken lesen:

»Alles ist vernichtet«, verkündete sie.

»Gott sei gelobt!«, seufzte der Abt erleichtert, während auch ihn eine kindliche Freude packte.

In diesem Moment flog die Tür weit auf und ein Novize betrat nach Atem ringend das Zimmer. Der Abt und seine Besucherin erstarrten:

»Messire«, keuchte der Jüngling, ohne auf den noch immer geöffneten Durchgang zu achten, den Albérie hinter ihrem Rücken zu verstecken versuchte. »Ihr müsst sofort mit mir kommen. Auf Vollore ist ein Unglück geschehen und um unseren Lehnsherrn François steht es äußerst schlecht!«

Der Abt von Moutier sprang mit einem Satz von seinem Stuhl auf, indem er Albérie einen fragenden Blick zuwarf. Diese schien jedoch ebenso überrascht zu sein. Dann folgte er dem Novizen, der ihm auf dem Weg erläuterte, ein Kurier sei soeben in der Abtei angekommen, mit der Bitte um Hilfe.

Die Glocken der Kapelle begannen zum Stundengebet zu läuten, als riefen sie zur Reue auf. Der Abt von Moutier erschauerte. Damit hatten sie nicht gerechnet, aber was waren sie schon vor dem Willen des Herrn? Er erreichte den Innenhof, als sich über dem wolkenlosen Horizont gerade die rosafarbenen Schwaden der untergehenden Sonne bildeten.

Der Stallmeister von François de Chazeron trat in der schneidenden Kälte ungeduldig von einem Fuß auf den anderen, während Bruder Etienne in seinem Behandlungsraum eiligst seine Arzneien zusammensuchte.

Albérie beobachtete einen Moment lang das Schauspiel vom Fenster aus, während sie tausend Fragen ohne Antworten bedrängten. Was war mit Chazeron passiert, nachdem sie fortgegangen waren?

Mit Loraline hatte sie sich davongemacht, sobald sie ihre Arbeit erledigt und François am Eingangstor des Schlosses erblickt hatten. Sie musste in Erfahrung bringen, was geschehen war. Energisch schloss sie den Durchgang hinter sich und ging sicheren und schnellen Schrittes den steinernen Korridor entlang.

Antoinette trocknete ihr Gesicht, dessen rote Flecken von einer aufreibenden Nacht zeugten. Sie befand sich in einem kleinen, düsteren Zimmer, das ihr während der Reparaturarbeiten als Ankleidezimmer diente. Sie hatte soeben ihr Gesicht lange mit Melissenwasser benetzt, um ihren Teint aufzufrischen, aber der Spiegel vor ihr warf ihr noch immer den gequälten Ausdruck in ihren geschwollenen Augen entgegen. Einen Augenblick verspürte sie Unmut darüber, denn, so dachte sie bei sich, Huc hätte wohl etwas Besseres verdient als diesen kläglichen Anblick. Dann fasste sie sich jedoch. Im Grunde war ihr Aussehen nur der Situation angemessen. Sie war die Gemahlin des Lehnsherrn und bei Morgengrauen hatte sich sein Zustand noch immer nicht verändert.

Sie erinnerte sich daran, dass sie lange Zeit mit gefalteten Händen am Bett verharrt hatte, ohne dass es ihr gelungen wäre, herauszufinden, ob Gott die Stimme ihres Herzens oder ihres Verstandes erhören sollte. Auch wenn sie Mitleid mit François verspürte, so schien ihr doch der Gedanke, ihn verlieren zu können, keineswegs betrüblich. Sie legte seufzend das Handtuch neben die Waschschüssel, für die ihre Kammerzofe das Wasser angewärmt hatte. Es würde ein schöner Tag werden, was auch immer geschähe, und sie bedeutete der Zofe, mit der Toilette zu beginnen.

Während des Ankleidens ließ sie ihre Gedanken umherschweifen, um schließlich bei Bildern zu verweilen, die sie beruhigten: Hucs sanfte Hand, die sie inmitten der Nacht geweckt hatte, als sie am Bett ihres Mannes eingenickt war. Er hatte ihr angeboten, sie solle sich auf einem einfachen Lager ausstrecken und ein wenig ausruhen, während er ihren Platz einnehmen würde; ihre Blicke, die in einer unendlichen Zärtlichkeit miteinander verschmolzen waren, so dass Antoinettes Herz vor Entzücken Sprünge machte.

Mit zugeschnürter Kehle hatte sie seinem Vorschlag zugestimmt, überzeugt davon, dass Huc sich seinem Verlangen, sie zu küssen, hingegeben hätte, wenn sie in diesem Moment allein gewesen wären. Sie hatte ihre Augen niedergeschlagen und Huc durch ihre Wimpern betrachtet. Er hatte die Stirn von François abgetupft, das Weiße seiner Augen kontrolliert und sich dann eine bequeme Stellung gesucht, um sich möglichst nicht mehr bewegen zu müssen, aus Angst, ihn dadurch zu wecken. Immer wieder war sie für kurze Momente weggedämmert. Zwei Schritte von ihr entfernt schnarchte Bertrandeau in der ruhigen Gewissheit, dass man ihn schon wecken würde, wenn man ihn brauchte. Ohne dass sie den genauen Grund dafür hätte nennen können, hatte sie sich plötzlich ruhiger gefühlt, und so schlief sie bis zum frühen Morgen, als sie von leisem Flüstern aufwachte. Huc sprach mit gedämpfter Stimme zu Bertrandeau. Beide schienen sich darüber einig, wie nun vorzugehen sei, und es war die Rede von einem Priester. Antoinette, mit einem Mal völlig wach, hatte sich auf einen Ellbogen gestützt und mit schwacher, zitternder Stimme gefragt:

»Ist er verschieden, Huc?«

Die beiden Männer hatten sich zu ihr umgedreht. Dann war Bertrandeau, aus Sittsamkeit den Blick in einer tiefen Verbeugung auf den Boden gerichtet, aus dem Zimmer gegangen. Huc dagegen hatte ihr den Rücken zugekehrt, während sie sich erhob und ein wenig zurechtmachte. Sie hatte ihre zerknitterte Garderobe etwas geglättet und ihre durch den Schlaf gelösten Haare geordnet, in denen sich einige Strohhalme aus der Matratze verfangen hatten. Sie musste aussehen wie eine Dirne, aber das kümmerte sie nur wenig:

»Ihr könnt Euch umdrehen, Huc. Ich muss die Antwort wissen.«

Er hatte sie schwach angelächelt, aber weiterhin seinen Blick gesenkt. Sie war die Gemahlin des Lehnsherrn und ihr nachlässiger Aufzug hatte etwas Unschickliches an sich, das ihn trotz der Umstände viel mehr erregte als herrschaftlicher Prunk. Huc hatte ihr geantwortet, indem er jedes seiner Worte sorgsam abwog:

»Euer Gemahl ist noch immer ohne Bewusstsein, Madame. Damit sind meinem Wissen Grenzen gesetzt und es wäre besser, nach einem Arzt und einem Priester schicken zu lassen. Etienne, mein Bruder, der auf Moutier Mönch ist, könnte diese beiden Funktionen ausüben. Aber alles wird natürlich so geschehen, wie Ihr es wünscht.«

»Ihr glaubt ihn also verloren«, hauchte sie.

»Ich vermag das nicht zu beurteilen, aber Etienne ist ein guter Apotheker …«

»Ihr habt Recht, Huc«, hatte sie ihm zugestimmt. »Wenn er ihn nicht heilen kann, wird er ihm die Sterbesakramente spenden. Was immer auch geschehen wird, ich kann mich nicht in diesem Aufzug zeigen. Gestattet, dass ich Euch noch einmal zu ihm ans Krankenlager schicke.«

»Nehmt Euch all die Zeit, die Ihr benötigt«, hatte Huc

zur Vorsicht noch hinzugefügt, während sie ihn mit dem unteren Saum ihres Kleides leicht berührte, das sie mit ihren feingliedrigen Fingern leicht angehoben hatte, damit es nicht am Boden schleifte.

Als die Kammerzofe gerade die letzten Bänder ihres Mieders schnürte, dachte sie bei sich, dass es weniger ihre erschöpften Gesichtszüge zu beleben galt als vielmehr ihre Gedanken. Und plötzlich schämte sie sich. Was war aus ihr nur geworden? Hatte sie keine Würde mehr, dass sie so brennend wünschte, sich wie die letzte Dirne zu gebaren? Es war besser, sich in ihrem Unglück einzurichten, als wäre es eine Bestrafung; und bereit, Bruder Etienne zu empfangen, ging sie aus dem Zimmer, um sich ihr Frühstück servieren zu lassen.

Huc war mit François allein zurückgeblieben, eingehüllt in das Tageslicht, das durch ein nahes Fensterkreuz drang. Kalter Schweiß verstärkte den bitteren Geschmack in seinem Mund, der von Minute zu Minute anschwoll. Er konnte den Blick nicht von François' Hals abwenden, den man etwas frei gemacht hatte, um ihm das Atmen zu erleichtern. In der Tat atmete er regelmäßiger und sein Gesicht hatte wieder Farbe angenommen. François schien zu schlafen. Huc erhob sich, mit seinen widersprüchlichen Gefühlen kämpfend, die ihn schonungslos bedrängten. Er dachte an Albérie und sofort auch an Antoinette, die er heute Morgen gerne wie eine Dienstmagd verführt hätte, dann wieder an Albérie, und auch an Isabeau und das Kind, das sie zurückgelassen hatte.

Und er spürte, wie sein Hass bei all diesen Gedanken erneut aufwallte. Dieser Hass, den er seit so vielen Jahren unterdrückte und noch mehr seit dem vergangenen Tag. Die ganze Nacht hatte er nur daran gedacht, den Himmel angefleht, ihn nur ja nicht mit seinem Herrn allein zu lassen, so wehrlos, wie er dalag. Und als das Drängen so stark geworden war, dass er sich nicht mehr dagegen wehren konnte, wollte er schon aus dem Zimmer gehen. Doch dann hatte ihn die Erinnerung an Isabeaus Gesicht wieder zurück an das Krankenbett gedrängt. Er hatte gesehen, wie sich seine Hände unausweichlich dem Hals François' näherten. Noch einmal hatte er versucht dagegen anzukämpfen, aber das Verlangen war zu groß. Seine Finger umklammerten die feuchte Haut. Er spürte, dass er sie nicht länger vom Zudrücken würde zurückhalten können. Zudrücken, bis zwischen seinen Handflächen die Vergangenheit zermalmt wäre. Doch dann hielt er in seiner Bewegung inne, bevor sie noch wirklich begonnen hatte.

François hatte die Augen weit geöffnet und starrte ihn an. Huc wurde von Angst gepackt, während ein mächtiger Überlebensinstinkt ihn zur Ruhe zwang. An die Stelle seiner Mordlust war plötzlich eine andere Gewissheit getreten: François hatte verstanden, dass er ihn hasste. Wie lange schon war er bei Bewusstsein? Was für ein Spiel hatte er gespielt, um bis zu seinen geheimsten Absichten vorzudringen?

All diese Gedanken durchfuhren ihn nicht länger als den Bruchteil einer Sekunde und brachten ihn zu dem sicheren Entschluss, er dürfe auf keinen Fall seine Hände zurückziehen. Huc wartete ab, indem er die Fingerstellung ein wenig veränderte, als wolle er den Puls an beiden Seiten des Halses fühlen.

»Wie steht's, Huc, werde ich nun doch am Leben bleiben?«

Die Stimme von François schien von weit her zu kommen, kehlig, vorwurfsvoll und provozierend. Aber allein das Abtasten des Halses hatte genügt, dass Huc wieder zu sich gekommen war. Du bist kein Mörder, wiederholte in seinem Innern eine spottende Stimme. Er zwang sich seinen Herrn anzulächeln und ohne eine weitere Erklärung versicherte er:

»Ich glaube ja. Ihr habt uns große Sorgen bereitet, Messire.« Und zog endgültig seine Hände zurück.

»Das kann ich mir denken. Aber nun fühle ich mich gut. Um ehrlich zu sein, ich habe einen unbändigen Hunger!«

Und ohne Weiteres abzuwarten, schwang er sich auf die Bettkante. Huc wich zurück. Er wollte protestieren, hielt sich jedoch zurück. Etwas in ihm bremste jegliche Tatkraft, etwas, das einem drängenden Gefühl der Gefahr ähnelte.

François gelang es tatsächlich, sich problemlos aufzusetzen, er lockerte mit zufriedener Miene seinen verkrampften Körper, um schließlich die Türe aufzustoßen und das Zimmer zu verlassen.

Fast hätte er Antoinette überrannt, die soeben zurück ans Krankenlager eilte. Als sie ihn so frisch und munter erblickte, stieß sie einen Schrei aus und brach mit einem dumpfen Laut auf dem Boden zusammen. François brach in ein unbändiges Lachen aus, bevor er mit einem großen Schritt über das aufgelöste, seidene Etwas vor seinen Füßen stieg. Huc stand wie erstarrt, zutiefst bestürzt, während François ihm über die Schulter zuwarf:

»Legt sie auf das Bett und lasst ihr das Riechsalz bringen, mein guter Huc. Meine Frau ist wahrhaftig zu emotional.«

Und mit diesen Worten ließ er die beiden einfach stehen, fegte in den Empfangssaal und brüllte, er habe seit dem Vorabend keinen Bissen mehr gegessen und wolle daher jetzt auf der Stelle ausgiebig speisen.

Huc unterdrückte seine Wut, die ihn erneut erfasste, so dass seine Schläfen zu pochen begannen. Auf seinen Armen trug er Antoinette bis zu jenem Bett, von dem sich François soeben erhoben hatte, und legte sie dort nieder. Dann besorgte er ein Fläschchen Riechsalz.

Er setzte sich an ihre Seite. Auch sie wirkte so wehrlos. Wie schön und anmutig sie doch ist, dachte er ungewollt bei sich, während er das Fläschchen unter ihrer Nase hin und her schwenkte. Antoinette drehte ihren Kopf und stöhnte dabei leicht, dann öffnete sie schließlich die Augen. Sie wusste nicht warum, aber Huc hatte sich über sie gebeugt und umgab sie mit seiner zärtlichen Nähe. In dem plötzlichen Bedürfnis, sich diesem tiefen Gefühl der Sicherheit hinzugeben, umschlang sie mit ihren staubigen Ärmeln den Hals des Profos und zog ihn zu sich.

Unfähig weiterhin Widerstand zu leisten, ließ Huc es geschehen und gab sich dem dargebotenen Mund mit der ganzen Inbrunst der Hoffnungslosigkeit, die er verspürte, hin. Lange. Und vergaß alles um sich herum. Ein Hüsteln in seinem Rücken ließ sie aus ihrer Umarmung hochschrecken. Huc drehte sich ruckartig um.

Im Türrahmen stand Antoine de Colonges und sah sie mit verlegener und bekümmerter Miene an.

Michel de Nostre-Dame aß mit reichlichem Appetit, selbst wenn er zwischen zwei Bissen bemerkte, er spüre noch immer ein flaues Gefühl im Magen. Seiner Mutter, die nicht verstand, wie man in seinem Zustand ein Stück Huhn nach dem anderen verschlingen konnte, entgegnete er, dass dies seiner Meinung nach die einzige Möglichkeit sei, diesen Salzgeschmack zu verjagen, der noch immer seinen Mund ausfüllte.

Als sie daraufhin mit den Schultern zuckte, warf er einen freudigen Seitenblick zu Philippus, der es sich neben ihm in bester Laune ebenfalls schmecken ließ.

»Und wie lange muss mein Sohn noch das Bett hüten?«, fragte die arglose Frau besorgt, indem sie verzweifelt Fettflecken betrachtete, die das Bettlaken an der Stelle überzogen, wo sie eine Platte mit Speisen abgestellt hatte.

»Ich würde sagen fünf Tage, um jede Infektionsgefahr zu

vermeiden und den Eingeweiden die nötige Zeit zu lassen, wieder völlig zusammenzuwachsen …«

»Fünf Tage«, wiederholte sie bekümmert und verzog ihren Mund zu einer widerwilligen Grimasse.

»Und zehn weitere, bis er die Fäden meiner Narbe ziehen kann«, fügte Michel schelmisch hinzu, indem er auf einen zwanzig Zentimeter langen Schnitt wies, der seinen Bauch in zwei ungleich große Hälften teilte und auf dessen dickem Verband sich Blutflecken abzeichneten.

»Im Bett?«, beschwerte sich die Mutter, die sich offensichtlich mehr um die Wäsche sorgte als um das Befinden ihres Bengels.

»Habt keine Angst, Madame, wir machen uns nur lustig, auch wenn das nicht sehr gnädig ist. Ab morgen, ich verspreche es Euch, wird Michel seine Mahlzeiten an diesem Tisch einnehmen können.«

Und damit wies Philippus auf jenen an die Wand geschobenen Tisch, auf dem sich eine Unmenge an Lehrbüchern über Astronomie türmte.

»Was mich betrifft, so werde ich keine Umstände machen, und wenn Ihr mir als Vergeltung für meine ärztliche Hilfe Eure Gastfreundschaft anbietet, so würde es mir große Freude bereiten, meine Mahlzeiten zusammen mit den Eurigen einzunehmen.«

Ein erleichtertes Lächeln belohnte seinen Redeschwall. »Das gleiche offene und warmherzige Lächeln ihres Sohnes«, dachte Philippus.

»So ist es durchaus in meinem Sinne, Messire. Wir verfügen nicht über ausreichend Geld, um Euch zu entlohnen, aber …«

Philippus unterbrach sie sofort:

»Durch das Wissen Eures Sohnes werde ich weitaus reicher belohnt, als wenn ich durch das Land ziehen würde. Alles um was ich Euch bitte, ist ein Dach über dem Kopf und etwas zu essen für meinen Diener, für mich und unsere armseligen Reittiere, so lange bis meine Hilfe nicht mehr nötig ist.«

»Der Herr segne Euch, Messire!«, rief die Mutter aus, bevor sie unvermittelt seine fettigen Hände ergriff, um sie zu küssen.

Dann verließ sie eilends das Zimmer, indem sie ihm noch einmal über die Schulter zuwarf:

»Der Herr segne Euch!«

»Das hat er bereits«, konnte Philippus nicht umhin zu erwidern und, zu Michel gewandt, der munter einen dritten Hühnerschenkel verspeiste, »indem er mich hierher führte.«

»Mein bester Freund, Ihr werdet doch nicht gottesfürchtig werden, sonst schadet Ihr dem Mann der Wissenschaften, der Ihr seid!«, spottete Michel.

»Wo denkt Ihr hin!«

»Befreit mich lieber von dieser Platte, sie fängt an, meine Verdauung zu stören«, grinste der Jüngling breit und schob das Fleisch von sich.

»Prächtig!« Philippus brach in schallendes Gelächter aus. »Ich habe noch nie, wirklich noch nie, einen meiner Patienten so kurz nach einem Eingriff eine solche Unmenge verschlingen sehen. Ich dachte schon, mein Skalpell sei abgerutscht und hätte aus Versehen den Boden dieses unersättlichen Magens herausgeschnitten. Ihr beruhigt mich, junger Mann.«

»Gut, dass ich Euch heute beruhigen kann«, entgegnete Michel mit einem Ton, der Philippus nicht ganz so locker schien, wie er beabsichtigt war.

Er nahm ihm das Tablett ab und stellte es auf den farbigen Wollteppich, der auf dem gewachsten Holzboden ausgelegt war.

»Was soll das heißen, Michel?«, fragte er beunruhigt. »Habt Ihr gar unheilvolle Visionen gehabt, die meine Person betreffen?«

Michel betrachtete ihn lange Zeit, als forsche er in seinem tiefsten Innern, aber Philippus verspürte dabei weder Scham noch Verärgerung. Er wartete geduldig, bis Michel auf seine Frage antwortete. Aber dieser zuckte nur die Achseln.

»Töricht, wer sich darüber Sorgen macht, was der nächste Tag unweigerlich bringt.«

Philippus fühlte sich auf den Arm genommen.

»Ihr macht Euch über mich lustig, mein Freund. Nachdem Ihr mir gestern bewiesen habt, dass es keinen Zufall gibt, soll ich das nun glauben? Die Wahrheit ist eine andere und sie ist Euch unangenehm.«

»Keineswegs, Paracelsus, keineswegs. Ich bin einfach nur entkräftet. Und einzugestehen, dass sich infolgedessen mein Wissen über die Zukunft auf meine gurgelnden Eingeweide beschränkt, ist mir überaus unangenehm, leide ich doch an einer weitaus schlimmeren Krankheit. Eine Krankheit, die ich mit Euch gemein habe: den erbärmlichen Stolz.«

Er zog eine Grimasse und drehte sich auf die Seite, indem er hinzufügte:

»Ich denke, ich muss ein wenig schlafen. Darf ich Euch bitten, mich allein zu lassen?«

Philippus spürte, wie dringend sein Patient tatsächlich Ruhe benötigte, und insistierte nicht länger. Der Bengel hatte Recht. Er schien ihm ebenso stur und stolz, wie er selber es war. Was ihn im Grund noch viel mehr erstaunte als alles andere.

»Ich muss noch Euren Urin untersuchen. Dann könnt Ihr schlafen.«

»Unter dem Bett«, wies ihn Michel an.

Philippus bückte sich und zog eine Porzellanschüssel hervor. Er hob sie auf die richtige Höhe, schob die Bettdecke etwas beiseite und hielt ihm das Gefäß schräg hin.

»Betet zu Gott, dass meine Mutter nicht ausgerechnet jetzt das Zimmer betritt«, konnte sich Michel nicht zurückhalten zu spaßen, während er mit leichter Hand den Urinstrahl in das Gefäß lenkte.

Philippus verbiss sich ein Lachen, um das Kind nicht abzulenken, dem diese Bewegung allein, wie er wusste, große Kraft kostete.

Komische Grimassen schneidend hatte es Michel dann schließlich geschafft. Er riet Philippus, den Urin in die Latrine am Ende des Ganges zu schütten, sobald er seine Untersuchungen beendet habe.

»Es ist alles in Ordnung«, versicherte der Arzt, als er vom Gefäß aufschaute, das er vor das Fenster getragen hatte. »Euer Urin ist klar. Es gibt keine Anzeichen von Nachblutungen. Schon bald werdet Ihr wieder wie ein Hase herumhüpfen.«

»Dann könnt Ihr Euch nun entspannen. Oder lieber nicht«, verbesserte sich Michel, während ihn seine schweren Lider bereits in die Tiefen des Schlafes zogen. »Verabredung in der Herberge, zwei Straßen von hier. Jene, deren Aushängeschild sie als ›Königs Luftschloss‹ ausgibt. Man erwartet Euch dort. Eine junge Frau ... Viel Geld ...«

Bei diesen letzten Worten, die Philippus für eine Vision hielt, fiel Michel in einen tiefen Schlaf, sanft geschaukelt von einem gleichmäßigen Schnarchen.

Philippus zögerte einen Moment lang. Was sollte er nun tun? Sollte er noch einmal dem Hinweis des Kindes Glauben schenken oder nicht? Was meinte Michel mit »viel Geld«?

Von einer Neugierde gepackt, die seinen wissenschaftlichen Geist anspornte, verließ er geräuschlos das Zimmer. Am Ende des Ganges, von dem aus alle drei Zimmer des Hauses abgingen, befand sich eine kleine Kammer, deren

Eingang mit einem einfachen Tuch abgehängt war. Ein steinerner Abfluss ging von einem unbedeckten Loch im Boden ab. Philippus war angenehm überrascht von dem Lavendelgeruch, der ihm entgegenschlug. In anderen Häusern war dieser Ort aus Mangel an Hygiene oft abscheulich. Hier dagegen schien er regelmäßig mit frischem Wasser befeuchtet zu werden, so dass kein unangenehmer Geruch die Nase reizte. Philippus bemerkte einen Bottich, in dem Wäsche eingeweicht lag und darauf wartete, getrocknet zu werden. Der Lavendelgeruch kam von dort.

Er schüttete den Urin von Michel in den Abfluss, der in die Gasse mündete, und erinnerte sich beschämt daran, dass er sich am Vorabend im Rinnstein eines Gässchens hinter dem Haus erleichtert hatte, um seine Gastgeber nicht in Verlegenheit zu bringen. Fette Ratten waren ihm dabei zwischen den Beinen durchgeschlüpft. Wie oft hatte er auf seiner Reise schon diese Nagetiere von seinen Beinkleidern verscheuchen müssen! Er wusste es nicht, aber er war sich sicher, dass die Zahl mit jedem Tag steigen würde, solange er dieses Vagabundenleben führte. Von einem plötzlichen Heimweh gepackt, dachte er an seinen Vater in der Schweiz, an seine Kindheit, die ebenso umhegt war wie jene Michels in diesen Mauern. Die gleiche Leidenschaft, der gleiche Traum: der Dienst am Menschen.

Er war nach Italien gereist, um Leonardo da Vinci zu treffen, den einzig wahren göttlichen Maler und herausragenden Erfinder außergewöhnlicher Maschinen, von dem er mit großem Erstaunen vernommen hatte. Aber der Mann hatte sich nicht herabgelassen, ihn zu empfangen. Er hatte seine Türen nur den Reichen geöffnet. Und Philippus hatte keinen einzigen Sou. Nichts als diesen erbärmlichen Stolz, wie Michel es genannt hatte. Viel Geld, hatte er ebenfalls gesagt. »Nein, in der Tat«, dachte Philippus voller Überzeugung, während er hinter sich den Vorhang zur Latrine zuzog, »es gibt keinen Zufall.« Und, gestärkt durch diese Gewissheit, stieg er die Treppe hinab, ergriff seine Arzttasche und ging aus dem Haus.

Draußen blendete ihn eine ungetrübte Sonne. Einen Augenblick fragte er sich, ob er nach Corichon rufen sollte, den er seit dem Vorabend nicht mehr gesehen hatte, entschied dann jedoch, dass er allein besser zurechtkommen würde. Er schüttelte seine Geldbörse, die an einem seidenen Faden unter seinem abgetragenen Wams befestigt war. Ein einziger lumpiger Sou war noch übrig, kaum genug, um sich einen Becher Wein zu leisten. Aber genug, um in die Schenke gehen zu können. Wenn diese junge Frau wirklich existierte und auf ihn wartete, würde er nicht lange nach ihr suchen müssen. Vorausgesetzt, dass sie ihn fand …

Vor seiner Tür hatte ein Schuster soeben ein Paar geschnürte Bänder verschachert, die der Reparatur eines Köchers dienten. Philippus wartete ab, bis der Handel abgeschlossen war, und fragte dann nach der Richtung, in die er gehen musste. Der Mann strömte einen starken Geruch nach Kot aus. Er musste seine Frage mehrmals wiederholen, bevor der Schuster aus Philippus' kehligem Akzent erahnen konnte, was er meinte, gab ihm aber dann freundlich Auskunft. Philippus war froh, als er weitergehen konnte. Der Mann musste seine Häute selber gerben, wenn er so stank, denn Philippus wusste, dass es üblich war, Kot zu benutzen, um das Leder weicher zu machen. Wie ihm angewiesen worden war, bog er um die Ecke des nächsten Gebäudes und erblickte zwei Fässer, um die ein großer Schwarm schwarzer Fliegen schwirrte. Philippus beschleunigte seinen Schritt. Vertraut mit dem Leben in den Städten und Dörfern brauchte er nicht lange, bis er sich vor dem Schild »Königs Luftschloss« befand, musste sich jedoch mehrmals gegen Häuserwände drücken, um Reitern und Wagen auszuweichen.

Der Geruch von schlechtem Wein und Bier stieg ihm kräftig in die Nase. Er liebte diese schwülstige Atmosphäre der Tavernen. Der Raum war angefüllt mit Lachen. Philippus warf einen Blick auf die Anwesenden. Die einzigen jungen Frauen, die er in dieser Schwemme erblickte, waren Freudenmädchen, deren großzügig tiefe Ausschnitte sich den kühnen Händen und Mündern schamlos darboten. An einem Tisch saßen Schützen, die in den Farben des Lehnsherren dieser Gegend gekleidet waren und lautstark ein Lied des Gardekorps sangen, das eine leicht angetrunkene Brünette mit Fistelstimme, wacklig auf ein Knie gestützt, nachsang. Sie brach in kreischendes Lachen aus, als einer der Männer sie festzuhalten versuchte, indem er sie in ihrer Bewegung nach hinten an ihrem Mieder packte und dadurch ihren ausladenden Busen entblößte.

All das bereitete Philippus ein unglaubliches Vergnügen. Er ließ sich an einem Tisch nieder, von wo aus er den ganzen Raum überblicken konnte, und bestellte beim Wirt Wein für einen Sou. Der Gardist hatte inzwischen die Brünette rittlings auf seinen Schoß gesetzt und leckte gierig ihre erhärteten Brüste, unter dem Beifall seiner Kumpane, deren Gläser sich in einem fort leerten und füllten. Schon bald begriff Philippus, dass das Mädchen in Wirklichkeit gar nicht betrunken war, sondern die Rolle des leichtfertigen Frauenzimmers nur spielte und dem Wirt regelmäßig ein Zeichen machte, die Runden zu erneuern. Noch bevor der Abend hereinbrach, würden sie ihren kärglichen Sold vertrunken haben. Aber niemand kümmerte sich hier darum. So war die Welt. Philippus' letztes Geldstück verschwand in der Schürze des Wirtes, der ihn nicht mal eines Blickes würdigte. Dieses elende bisschen Wein brachte ihm nicht viel ein.

Philippus schlürfte immer wieder an dem Fusel, den man

ihm serviert hatte, während er die Zeit verstreichen ließ und dabei die Brünette beobachtete, wie sie das Kunststück vollbrachte, die Männer zu betören, ohne sich ihnen wirklich hinzugeben. Das Ziel des Spiels bestand darin, die anderen so betrunken zu machen, dass sie nicht mehr fähig sein würden, sich an ihr zu befriedigen. Sobald sie, mit leeren Taschen, unter dem Tisch lägen, würde sie sich ein neues Opfer suchen.

Philippus leerte sein Glas, überzeugt davon, Michel habe sich geirrt. »Und wenn schon«, sagte er sich, »wenigstens habe ich meinen Spaß gehabt.« Gerade wollte er sich erheben, um zu gehen, als ein Mann in die Taverne gestürmt kam. Sein Wams war rot von Blut.

»Meister Luc«, stöhnte er, dem Wirt zugewandt, der bei seinem Anblick erblasste. »Straßenräuber, Herr!« Er hatte kaum zu Ende gesprochen, da eilte schon ein zweiter Diener herbei. Eine junge Frau hing schlaff in seinen Armen und aus ihren Haaren tropfte Blut.

Philippus sprang mit einem Satz auf und stand im selben Moment wie der bleiche Wirt vor der jungen Frau. Im Schankraum herrschte mit einem Mal Stille. Die Garden waren zu betrunken, um zu entscheiden, ob sie davonlaufen oder sich unauffällig verhalten sollten.

»Ich bin Arzt«, sagte Philippus, indem er eiligst mit einer Handbewegung den nächstbesten Tisch frei machte.

»Wie ist das passiert?«, fragte er den Mann, der die Frau vorsichtig ablegte.

»Sie hatte uns darum gebeten, sie zu begleiten. Sie wollte nach Thymian suchen, viel Thymian, bevor der Frost ihm zu sehr schaden würde. Straßenräuber haben uns überrascht. Sie haben die Pferde vertrieben und Messire Olivier getötet, der uns mit dem Schwert den Rücken freihielt, damit wir fortlaufen konnten. Ich bin gestolpert, Herr. Ich bin gestolpert und habe mir den Kopf angeschlagen. Ich konnte sie nicht abhalten.«

Der Wirt hörte zusammen mit Philippus den Bericht des Dieners an. Bei seinen letzten Worten packte den Wirt die Wut und er beförderte den Unglücklichen mit einer schallenden Ohrfeige auf den Boden.

Philippus kümmerte sich nicht weiter um diese Gefühlsausbrüche und war bereits dabei, seine Untersuchung zu beenden, indem er behutsam die Voileunterröcke der Bewusstlosen nach oben schob. Der Wirt packte ihn fest am Arm:

»Was macht Ihr da?«

»Was ich machen muss, Meister Luc«, antwortete Philippus, weiterhin gespielt gleichgültig.

»Raus, ihr anderen. Alle raus!«, schrie der Wirt, indem er Stühle und Tische umschmiss und den Betrunkenen in den Hintern trat.

Philippus wartete ab, bis sie allein waren. Die junge Frau war offensichtlich durch den Hieb eines langen Dolches niedergestreckt worden, der ein Stück Kopfhaut weggerissen hatte. Daher kam das viele Blut, aber die Verletzung war nicht sonderlich schlimm.

Philippus wartete, bis der Wirt die Türen geschlossen hatte, um schließlich die Unterröcke ganz nach oben zu schieben. Das Blut auf den Schenkeln bestätigte ihn in seiner Vermutung.

»Diese Schweine!«, fluchte der Wirt hinter ihm. »Diese Schweine!«, wiederholte er, sichtlich erschüttert. »Sie haben sie vergewaltigt. Sie haben mein kleines Mädchen vergewaltigt und getötet.«

Philippus drehte sich zu ihm um und legte ihm freundschaftlich eine Hand auf die Schulter. Die Augen des Wirtes waren angefüllt mit Tränen.

»Sie lebt noch, mein Freund.«

Meister Luc schien ihn nicht zu hören. Philippus jedoch blieb beharrlich:

»Ich werde ihr helfen. Alles wird gut.«

Kaum hatte er seinen Satz beendet, als das Mädchen ihnen stöhnend seinen Kopf zuwandte. Ihr Vater trat zu ihr und ergriff bewegt ihre Hände:

»Rühr dich nicht, sprich nicht. Ich kümmere mich um dich, meine Schöne.«

»Vater«, murmelte sie, »ich habe so starke Kopfschmerzen. Wo bin ich? Was ist passiert?«

»Du warst im Wald«, begann Meister Luc, aber Philippus trat dazwischen, indem er ihn sanft beiseite schob.

»Wer seid Ihr?«, murmelte das junge Mädchen, als es sah, wie sich die großen Hände von Philippus ihrem Gesicht näherten.

»Ich bin Arzt. Habt keine Angst. Alles wird gut.«

Er kontrollierte das Weiße ihrer Augen und fragte dann leise:

»Erinnert Ihr Euch an das, was passiert ist?«

»Du warst mit Olivier und La Pendaille im Wald«, begann ihr Vater.

Philippus bedeutete ihm mit einem Blick, zu schweigen, und der dickbäuchige Wirt verstummte.

»Ja, ich war im Wald«, wiederholte das Mädchen und man sah, wie sie ihr Gedächtnis anstrengte. »Ich sammelte Thymian, als … Oh, mein Gott! Straßenräuber! Briganten haben uns eingekreist. Olivier hat mir zugerufen, ich solle schnell rennen. La Pendaille ist mir gefolgt. Dann bin ich im Unterholz hängen geblieben und gefallen, glaube ich. Was dann passierte, weiß ich nicht mehr.«

»Strengt Euch an. Überlegt noch einmal.«

Das Mädchen runzelte nachdenklich die Stirn, aber …

»Nein wirklich, ich erinnere mich nicht.«

Philippus seufzte erleichtert. Sie hatten sie zuerst niedergeschlagen, wenn sie nicht von allein auf einen Fels gestürzt war. Sie würde also wahrscheinlich keine seelischen Narben zurückbehalten.

»Und Olivier?«, murmelte sie. »Ist er entkommen?«

»Messire Olivier ist tot, mein Fräulein«, erklärte Philippus behutsam. »Und das ist nicht alles. Sie haben Eure Bewusstlosigkeit ausgenützt.«

»Was wollt Ihr damit sagen? Was meint er, Vater«, fragte sie mit fahlem Gesicht.

Statt einer Antwort trat ihr Vater auf sie zu und zog sie an seine kräftige Brust. Das Mädchen brach in Schluchzen aus. Philippus zwang sich, seine Gefühle zu distanzieren, aber er war außer sich. Natürlich wusste er, dass Vergewaltigung und Mord in den Wäldern Europas gang und gäbe waren, aber er konnte nicht umhin, innerlich zu toben, jedes Mal, wenn eine Frau derart gepeinigt wurde. Etwas in ihm kochte vor Wut beim Gedanken an diese Männer ohne Glauben und Moral. Man muss akzeptieren, was man nicht verhindern kann ... Wie oft hatte er diesen Satz aus den Mündern von Frauen gehört, die ihre Bastarde mit der Milch ihres Hasses nährten. Er fragte sich, wie lange es wohl noch dauern würde, bis sich Männer nicht mehr wie Tiere verhielten.

Als er die Herberge »Königs Luftschloss« verließ, versank die kleine Stadt Saint-Rémy-de-Provence gerade im Schlaf. Ameline, das junge Mädchen, schlief friedlich in ihrem Zimmer. Auf die Bitte des Vaters hin hatte er sie mit Hilfe eines Mohnschnapses betäubt und dann die Wunde am Kopf verbunden. Anschließend hatte er die beschmutzte Vagina gereinigt und einen kleinen weißen Stein in die Gebärmutter eingeführt, den sie zusammen mit der Fehlgeburt von allein wieder absondern würde. So würde sie kein Kind bekommen. Er hatte das von einer Hexe in Ägypten gelernt. In den

Augen der Gesellschaft wäre ihre Ehre unbefleckt. Der Wirt hatte darauf gedrängt, sein Schweigen ausreichend zu entlohnen. Zuerst hatte er abgelehnt, dann aber doch zugestimmt.

Es gab keinen Zufall. Er musste dieses Gesetz akzeptieren. Und die Vorteile, die ihm das Schicksal bot.

Leichten Schrittes erreichte er das Haus von Michel, trotz allem zufrieden über das Klingen der Münzen, die gegen seine Brust schlugen.

6

François de Chazeron war überaus schlecht gelaunt. Er hatte Bruder Etienne und Antoine de Colonges sofort wieder entlassen, mit der Begründung, das einzige Heilmittel, das er benötige, sei ein ausgiebiges Mahl und sie sollten doch warten, bis er fertig gespeist habe. In der Tat verschlang er das zubereitete Essen, als ob er seit Wochen gehungert hätte.

Clothilde hatte dem Abt von Moutier mitgeteilt, Antoinette fühle sich unwohl, und so hatte er den Lehnsherrn von Vollore ohne Bedenken allein zurückgelassen, um sich nach dem Zustand seiner Gemahlin zu erkundigen. Inzwischen hatte er diesen Schritt jedoch bereut. Nicht dass er sich um die Ehre von François oder etwa um dessen Empfindungen sorgte! Was ihn bei dieser Geschichte betrübte, war allein Albérie. Er wusste, dass sie zu Huc eine tiefe Zuneigung hegte, und konnte sich vorstellen, wie fürchterlich ihre Reaktion sein würde, wenn sie von der Sache erfahren würde. Er seufzte so lautstark, dass François de Chazeron ihn mit noch düstererem Blick tadelnd streifte.

Nachdem er sein Frühstück beendet hatte, das ein Omelette aus fünfzehn Eiern, dicken Scheiben Schinken, vier Wachteln und drei Süßspeisen umfasste, nicht zu vergessen die ausgiebige Menge Wein, mit der er das Ganze begoss, hatte François angeordnet, der Abt, Antoinette, Clothilde und Huc sollten sich auf der Stelle zusammen einfinden. Er wusste nicht, oder gab jedenfalls vor, dass Bertrandeau und Guillaumet an seiner Rettung beteiligt gewesen waren, und Huc unterließ es, ein Wort darüber zu verlieren.

Sie befanden sich in demselben Raum, in dem Huc, zusammen mit Béryl, vor gar nicht langer Zeit dem Lehnsherrn den Lagebericht nach dem Unwetter präsentiert hatte. François' Magen war zwar gesättigt, seine Laune hatte sich jedoch nicht gebessert. Seine erste Frage ließ er wie einen Hammer auf sie niedersausen:

»Wer von euch hat den Schlüssel?«

Anstelle einer Antwort zog Huc ihn aus seiner Tasche und legte ihn auf den Tisch vor seinen Herrn. Sie hatten sich hingesetzt, ohne ein Wort zu sagen. Nur Clothilde zuckte ab und zu mit ihrem dunkel gescheckten Auge, was ihre Furcht verriet. Sie hatte sich zwischen Huc und den Abt von Moutier gesetzt, mit dem Hintergedanken, die beiden würden gewiss einschreiten, wenn der Lehnsherr noch einmal versuchen würde, sie zu verprügeln. Antoinette, die es vermied, Huc anzusehen, schien abwesend, als ginge sie die ganze Sache nichts an.

Sie hatte ein heiteres Gesicht aufgesetzt, schien fast unbeschwert, was Clothilde vielleicht der Tatsache zuschrieb, dass sich ihr Gemahl wieder bei bester Gesundheit wähnte. Nicht aber Antoine de Colonges, und auch nicht Huc, der sich in diesem Moment unwohler fühlte als jemals zuvor in seinem Leben. Er wusste, dass der Abt schweigen würde, aber er bereute es zutiefst, sich seiner Begierde hingegeben zu haben. Einen Augenblick dachte er darüber nach, wie sehr er sich in den vergangenen fünfzehn Jahren verändert hatte. Früher hatte er schamlos jedes junge Mädchen nach seinem Geschmack verführt. Sein Ruf eilte ihm voraus, so dass er oft nur die Hand ausstrecken musste, um darin die prachtvollsten Früchte vorzufinden. Seit er Albérie geheiratet hatte, lebte er wie ein Mönch, obgleich sie nichts von ihm verlangt hatte. Plötzlich fragte er sich, trotz des Ortes und der Bedrohung, die über ihnen schwebte, wie er nur alles um sich herum in diesen langen Jahren hatte vergessen können. Hatte er unbewusst Angst gehabt, genau dort zu landen, nämlich im Schoß einer anderen Frau? Die Liebe zu verlieren, die er gegenüber seiner Gemahlin verspürte? Oder hatte er versucht, sich durch seine Keuschheit ihr zu nähern, damit sie endlich verstand, wie sehr er ihr ergeben war? Er hatte keine Antwort, aber er spürte, dass sich etwas verändert hatte, selbst wenn er nicht wusste was; etwas, das ihn zu der einzigen Frau hingetrieben hatte, die er hätte meiden sollen. Das Begehren, das er für Antoinette empfand, bestand nicht allein in einem einfachen Bedürfnis nach körperlicher Berührung.

»Bist du hineingegangen?«

Huc hatte die Frage gehört, ohne zu verstehen, dass sie an ihn gerichtet war. Als er wieder zu sich kam, starrte François einen nach dem anderen an, die Augen blitzend vor Zorn. Er hatte ihnen befohlen, sich ihm gegenüber zu platzieren, und gebärdete sich wie ein Richter in diesem Gerichtssaal, der eigentlich keiner war. Dennoch verhielten sich alle wie Schuldige und die Vorstellung, dass ihm etwas verheimlicht wurde, machte ihn rasend.

Huc gab sich innerlich einen Ruck.

»Jemand musste Euch zu Hilfe eilen. Das habe ich gemacht.«

»Wie?«, insistierte François.

Huc log. Er wollte Guillaumet nicht in Gefahr bringen, selbst wenn er sich darüber im Klaren war, dass François früher oder später doch die Wahrheit erfahren würde.

»Indem ich durch das Fenster gestiegen bin und Euch herausgeholt habe. Ich habe die Türe hinter mir sorgfältig verriegelt.«

»Was hast du gesehen?«

»Nichts, Messire. Nichts, was mich etwas anginge. Es sei denn, Ihr verlangt von mir in meiner Funktion als Profos die Anfertigung eines genauen, detaillierten Berichts.«

»Unnötig«, entgegnete François, der offensichtlich keinerlei Wert darauf legte, irgendwelche Spuren dieses Vorfalles zu hinterlassen.

»Und Ihr, meine Gemahlin, seid Ihr hineingegangen, obwohl es Euch untersagt war?«

»Gewiss nicht, mein Gemahl. Eure Angelegenheiten kümmern mich wenig, wie Ihr wisst«, antwortete Antoinette aufrichtig. »Und dennoch würde ich gerne aus Eurem Munde erfahren, was diese Katastrophe ausgelöst hat, und von Euch das Versprechen erhalten, dass, welches auch immer Eure Aktivitäten sein mögen, Ihr auf sie verzichten werdet, wenn ich Euch dadurch verlieren könnte.«

»Wie gut sie lügt!«, dachte Huc ungewollt bei sich, auch wenn er heraushörte, wie sehr sich ihr Ton verändert hatte. »Sie tritt ihm mit Verachtung entgegen und er tut, als merke er nichts.« Huc fühlte, wie sich seine Muskeln anspannten. »Sie ist sich der wahren Gefahr, in die sie sich begibt, nicht bewusst.«

Bevor François noch antworten konnte, trat er dazwischen:

»Ich habe Madame Antoinette davon abgehalten, Euch zu Hilfe zu eilen, Messire, obgleich ihr Bangen so übergroß war, dass sie darauf bestand. Ich denke, dass diese Angelegenheit sie nicht betrifft, und es wäre gut, sie, ebenso wie Clothilde, aus all dem herauszuhalten.«

Clothilde warf ihm verstohlen einen dankbaren Blick zu, während Antoinette sich damit begnügte, die Stirn in Falten zu legen. Huc kümmerte sich nicht weiter darum. Es war ihm einerlei, dass er sie erzürnte. Er wusste, dass er richtig gehandelt hatte, dass dies die einzige Möglichkeit war, sie zu beschützen, auch gegen ihren Willen.

François dachte hastig über die geeigneten Schritte nach, wie er sein Geheimnis am besten bewahren könnte. Dann fiel sein Urteil:

»Geht aus dem Zimmer, meine Gemahlin. Huc hat Recht. Da Ihr mein Vertrauen nicht missbraucht habt, soll Euch die ganze Sache weiterhin fremd bleiben. Nehmt Eure Wirtschafterin mit, damit sie nicht länger in meinem Blickfeld ist. Ihr Anblick ist mir unerträglich!«, erboste er sich, als er sah, wie der Unglücklichen die Schweißtropfen von der Stirn rannen, aus Angst vor seiner Wut.

Antoinette war schon im Begriff zu protestieren, aber der Blick von Huc hielt sie zurück. Um nichts auf der Welt wollte sie ihm missfallen. Schließlich würde sie doch irgendwann erfahren, was sich zugetragen hatte. Huc würde ihr in Zukunft nicht mehr widerstehen können. Clothilde wie einen jungen, verängstigten Hund an ihrem Rocksaum, verließ sie ohne ein Wort das Zimmer.

François schwieg lange Zeit und Huc hatte den Eindruck, hinter seinem Zorn verberge sich noch etwas anderes. Wenn er seinen Lehnsherrn nicht so gut kennen würde, hätte er es für Angst gehalten. Selbst wenn er diese Vermutung beiseite schob, so hielt doch etwas in ihm weiter an ihr fest. Nachdem sich Antoinette entfernt hatte, fühlte er, wie er wieder Herr seiner selbst wurde. Seine Qualitäten als Profos traten nun wieder gänzlich zum Vorschein und in dieser Eigenschaft fragte er ihn:

»Vielleicht wäre es nun an der Zeit, Messire, uns nicht länger die Wahrheit vorzuenthalten.«

Antoine de Colonges nickte beipflichtend mit dem Kopf. Er wollte endlich erfahren, was schief gelaufen war. François räusperte sich und begann:

»Die Wahrheit ist, Huc, dass ich keine Ahnung habe. Was auch immer vorgefallen ist, eins weiß ich sicher: es war das Werk des Teufels!«

Huc sank auf seinem Stuhl zusammen. François de Chazeron hatte Angst, schlicht und einfach Angst. Und diese Erkenntnis bereitete ihm Freude. Dennoch zwang er sich, nichts davon durchblicken zu lassen. Zudem hatte Antoine de Colonges, der bis dahin kein Wort gesagt hatte, in der Zwischenzeit François nahe gelegt, die Dinge doch besser nicht zu vermischen. Er fügte mit gefalteten Händen trocken hinzu:

»Mir allein obliegt es, die Rolle Gottes oder des Teufels zu bestimmen, um welches Wirken es sich auch immer handeln mag. Vertraut Euch uns an, mein Sohn. Wenn sich das Gericht Gottes mit jenem der Menschen vereint, können wir vielleicht Eure Furcht mildern.«

»Ich habe keine Angst, Hochwürden!«, fuhr François dazwischen, plötzlich erbost über seine offensichtliche Schwäche.

Antoine senkte den Kopf angesichts dieser Rüge. Zur Einsicht gelangt, dass er nun nicht mehr zurückkonnte, begann François seinen Bericht:

Er hatte das Turmzimmer betreten, nachdem er den Schlüssel im Schloss umgedreht und die Tür, wie gewohnt, hinter sich wieder verschlossen hatte. Auf den ersten Blick erschien ihm alles so, wie er es zwei Wochen zuvor zurückgelassen hatte. Dann war ihm plötzlich etwas aufgefallen: die Wärme. Das Zimmer war warm, trotz der zerbrochenen Fensterscheiben und des kalten Windes, der hindurchdrang. Als ob das Feuer unter dem Destillierkolben brenne. Er erinnerte sich jedoch genau daran, die Glut vor seiner Abfahrt erstickt zu haben. Er war auf den Kamin zugegangen und hatte mit Erstaunen festgestellt, dass darin nicht nur eine frische Glut glomm, sondern auch, dass an der Stelle, wo er einen Barren Blei zum Erkalten liegen gelassen hatte, ein Klumpen reines Gold lag.

Daraufhin war er in Wut ausgebrochen. Fünfzehn Jahre lang versuchte er nun schon, das sagenhafte Geheimnis der Goldherstellung zu lüften. Seit fünfzehn Jahren war er Mitglied verschiedenster Geheimbünde, deren einziges Ziel dieses große Werk war. Und nun hatte jemand sein Heiligtum missbraucht und obendrein hatte dieser Eindringling auch noch das geschafft, was allen anderen bisher misslungen war. Er wollte eine Antwort darauf. Er war zunächst tobend zu Clothilde gestürmt, dann hatte er als Nächstes Bertrandeau in Verdacht gehabt. Auch wenn er wusste, dass die beiden außerstande waren, diese Umwandlung durchzuführen, so musste sich doch irgendwer aus dem Hause zum Komplizen des Verbrechers gemacht haben, indem er die Türe geöffnet hatte. Als Bertrandeau ihn daran erinnert hatte, dass nur er allein einen Schlüssel für die Tür besaß, waren seine ganzen Vermutungen wie ein Kartenhaus in sich zusammengestürzt.

Er war auf der Stelle wieder hinaufgestiegen, um zu überprüfen, was er bereits wusste. Die Türe war nicht aufgebrochen worden. Er hatte schon an das Fenster gedacht, aber es lag zu hoch. Hinzu kam, dass er keinerlei Spuren vor dem Fensterkreuz entdeckte. Hätte jemand auf diese Weise das Zimmer betreten, wären durch den schlammigen Untergrund um den Turm herum sichtbare Fußspuren zurückgeblieben. Es war aber nichts zu sehen. Er hatte sich darangemacht, das Zimmer systematisch zu durchsuchen, um irgendein Indiz zu entdecken. Dabei hatte er festgestellt, dass jemand seine Aufzeichnungen gelesen hatte. Seit fünfzehn Jahren führte er auf Pergament sorgfältig Buch über jeden einzelnen seiner Versuche, seine Ergebnisse, seine Irrtümer, seine Einschätzungen. So kam er langsam, aber sicher voran. Die einzelnen Pergamentrollen lagen nun aufgerollt ineinander auf dem Tisch und bildeten zusammen einen eindrucksvollen Stapel. Der Unbekannte hatte verhindert, dass das

Pergament sich wieder einrollte, indem er gewissenhaft auf jede der vier Ecken einen schweren Kandelaber mit Wachskerzen gestellt hatte.

Er selber hatte diese Angewohnheit, erinnerte sich jedoch genau, dass er die Rollen auf dem Tisch zusammengeschoben hatte, damit sich der Staub, der durch die gebrochenen Fensterscheiben hineindrang, nicht darauf ablagerte. Nachdem er die Kerzen angezündet hatte, wurde er gewahr, dass man seine letzten Notizen vervollständigt hatte, jedoch nicht mit Tinte, wie es eigentlich hätte sein müssen. Die unregelmäßigen Buchstaben schienen mit einer braunen Masse geschrieben zu sein, die sich reliefartig vom Pergament abhob und dadurch das Lesen erschwerte. Zahlreiche der vorgehenden Zeilen waren mit der gleichen Masse überzogen, und über das ganze Blatt verteilt waren Anmerkungen hinzugefügt worden. Neugier und Ungeduld hatten seine Furcht verdrängt. Nachdem es ihm nicht gelingen wollte, das Ganze zu entziffern, war ihm die Idee gekommen, die Wörter mit Tinte nachzuziehen. Er hatte kaum das erste vollständig geschrieben, als es rot anlief, und mit jedem weiteren Wort schwoll auch sein Zorn gleich einem Lauffeuer weiter an. Nun konnte er die glühende Nachricht lesen: »Ich bin gekommen, zu holen, was mir gehört: deine Seele!«

»Ich habe den Kopf verloren, Hochwürden«, fügte François de Chazeron hinzu, dessen Blick den Wahrheitsgehalt seiner Worte verriet, »habe einen Schürhaken ergriffen und von einem unkontrollierbaren Reflex gepackt die Blätter in das große Destilliergerät geschleudert. Ich hatte angenommen, das Feuer würde darin sofort ausgehen. Auf dem Tisch, in unmittelbarer Reichweite, standen Säuren und verschiedene Gemische, die beim Kontakt mit Feuer gewiss das gesamte Zimmer in Brand gesetzt hätten. Was dann geschah, weiß ich nicht. Ich ergriff einen Krug, den ich mit Wasser gefüllt wusste, und schüttete den Inhalt auf das Pergament, zufrieden darüber, einen Teil meiner ältesten Aufzeichnungen gerettet zu haben, und in der Hoffnung, den Rest auch noch erhalten zu können. Ich erinnere mich noch an eine Explosion. Dann nur noch an Nebel.«

Als er fertig war, hatte allein die Erinnerung an diese Bilder Angstschweiß auf seine Stirn getrieben und im Zimmer herrschte bleierne Stille.

Antoine de Colonges, in Gedanken vertieft, nickte in Abständen mit dem Kopf. Er gab vor nachzudenken und versuchte so seine tiefe Zufriedenheit über die Reaktion des Lehnsherrn von Vollore zu verbergen. Albérie hatte es richtig eingeschätzt. Indem sie seine Arbeit zerstörte, hatte sie den Mann in seinem tiefsten Inneren getroffen und damit den Grundstein für seine Zerstörung gelegt. Man musste jetzt nur noch seine Furcht erhärten. Dieser Mann hatte zu viel auf dem Gewissen, als dass er nicht daran glauben würde, der Teufel selbst würde sich holen, was ihm gebührte.

Antoine blickte zum Profos, der durcheinander wirkte. Selbst wenn Huc sich manche Dinge selbst zusammenreimen konnte, so fehlten ihm doch zu viele Einzelheiten. Vor allem wusste er nichts von dem Durchgang, der sich im Innern der Mauer bis zur letzten Etage des Turms hinaufschlängelte. Der unterirdische Gang, der das Schloss mit der Festung Montguerlhe verband, stammte noch aus dem Hundertjährigen Krieg. Eine alte Legende erzählte, dass zu jener Zeit die geschicktesten Schmiede dort Unterschlupf gefunden hatten. Die Schwerter, die dort angefertigt wurden, stammten direkt aus den Schmieden der Hölle und garantierten dem Besitzer den Sieg. Im selben Krieg wurde dort auch das Gold der Engländer versteckt.

Der Abt hatte nicht die Absicht, den Profos in dieses Wissen einzuweihen. Er würde dies Geheimnis vielmehr in sein

Grab mitnehmen. Er hatte es Isabeau geschworen. Ein Teil von ihm, das wusste er, war dadurch bestechlich geworden, hatte ihn weit entfernt von seiner Funktion und den Regeln der Zisterzienser. François de Chazeron würde endlich bezahlen für die sinnlosen Verbrechen, die er im Namen einer verachtenswerten Suche begangen hatte. Einer Suche, die allein auf das Aufspüren von Gold und damit auf Macht ausgerichtet war – wo das Gold doch direkt unter seinen Füßen schlummerte.

Antoine hob angriffslustig seinen Blick und betonte jedes einzelne seiner Worte. Aus dem Richter François de Chazeron war in diesem Moment ein Angeklagter geworden. Ein Angeklagter, der nicht länger der schleichenden Furcht, an deren Ursprung seine eigenen abscheulichen Taten standen, ausweichen konnte:

»Ich befürchte, mein Sohn, dass es tatsächlich Satan war, der Euch zum Besten halten wollte. Forscht in Eurem Gewissen, ob Ihr Taten begangen habt, die Euch vom Herrn und seiner Vergebung entfernt haben. Taten, die Ihr in der Beichte verschwiegen habt und für die Ihr, wie die brennenden Zeilen bezeugen, Eurem Glauben abgeschworen habt. Wenn dies der Fall ist, so werden allein Sühne und Fasten Euch vielleicht bewahren können; unter dem Schutz unserer Gebete könnte Eure Seele gerettet werden. Wenn es nicht bereits zu spät ist«, fügte er, mit untröstlichem Blick, hinzu und freute sich heimlich über François' fahle Gesichtsfarbe.

In diesem Moment ergriff Huc de la Faye das Wort:

»Wie immer auch die Wahrheit aussieht, man muss nach ihr forschen, bevor man voreilig Schlüsse zieht. Lasst mich eine Untersuchung einleiten. Hat man Euch einen bösen Streich gespielt, werde ich den Schuldigen finden und ihn bestrafen. Wenn das alles eine Sache des Teufels ist, werden wir einen Exorzisten schicken lassen. Aber im Moment seid Ihr sicher. Mensch oder Teufel, das Ziel wurde verfehlt, es sei denn, das alles sollte nur eine Warnung sein.«

»Armer Narr«, dachte Antoine de Colonges, indem er versteckt einen mitleidigen Blick auf Huc warf. »Die Wahrheit wird dich zusammen mit deinem Herrn zerstören …«

»Behandelt die Angelegenheit so, wie Ihr denkt, Profos«, erwiderte Antoine und verzog seinen schmalen Mund, »aber denkt daran, dass der Teufel durch die Verwünschung, die auf diesen Mauern lastet, seit langem gegenwärtig ist. Und dass damals ein Wolf jenen Exorzisten zerfleischt hat, der herbeigerufen wurde, um ihn zu vertreiben. Meiner Meinung nach gibt es Mysterien, die man besser durch das Gebet zum Verstummen bringt, anstatt ihnen zu viel Aufmerksamkeit zu widmen.«

Huc schaute ihn mit großen Augen an. Mit einem Schlag hatte er den versteckten Sinn dieses Satzes erfasst und die Erkenntnis durchfuhr ihn wie ein Blitz. Albérie stand hinter allem. Auf welche Weise, hätte er nicht zu sagen vermocht, aber die Anspielung auf den Wolf war eindeutig. Antoine de Colonges wusste mehr als er …

Gleichgültig gegenüber ihren Empfindungen und ihrer verschlüsselten Sprache, konnte sich François de Chazeron nur schwer mit einem geisterhaften Tatbestand zufrieden geben. Der Vorschlag des Profos kam ihm daher entgegen, denn er machte die ganze Sache etwas nüchterner. Aber vor seinen Augen reihten sich die aufgedunsenen Gesichter der Kinder aneinander, denen er die Kehle durchgeschnitten hatte, um sie Luzifer zu opfern, mit dem einzigen Ziel, den Stein der Weisen zu erhalten. Er hörte ihre Schreie, während er ihre Bäuche aufschlitzte, um ihnen das Herz zu entnehmen, das er, solange es noch schlug, in eine Lösung aus Blei und Schwefel tauchte. Wie oft hatte er über die großen Meister gespottet, die ihn gelehrt hatten, dass das große Werk nicht in der Umwandlung von Metallen bestand, sondern des Menschen selbst, bis seine Seele die Vollkommenheit erreicht hätte. Er wusste, dass sie logen. Alle. Mit der Absicht, die Einfältigen zu entmutigen.

Ein einziger schwarzer Priester hatte ihn in seinen Forschungen angeleitet, indem er mit ihm satanische Messen zelebriert und ihm die eigentlichen Tore zu den Weisheiten geöffnet hatte. Er würde das Alkahest entdecken, das absolute Lösungsmittel, den Stein der Erlösung und der Macht. Er hatte keinen Grund, Angst zu haben. Satan war sein Meister. Das wusste er bereits seit langem. Man hatte ihn nur daran erinnern wollen, dass er ihn nun schon zu lange vernachlässigte, und ihn gleichzeitig darauf hinweisen, dass er auf der richtigen Spur war.

Der Stein der Weisen war nicht nur ein Lockmittel, er hatte auch einen Preis. Beruhigt durch diesen Gedankengang blickte er die beiden Männer mit eisigen Augen an:

»Ich werde Buße tun und fasten, Hochwürden, bis die Schäden der Explosion wieder behoben sind; Eure Gebete werden dazu beitragen, den Dämon aus dieser Behausung zu vertreiben. Ich weiß nicht, was ihn angezogen hat, aber ich fürchte ihn auch nicht. Meine Seele ist rein, Abt, und wenn er die Absicht hatte, sie zu rauben, dann ist ihm das misslungen. Die Sache ist erledigt. Ich will das alles vergessen.«

Er wandte sich an Huc, der im Großen und Ganzen mit den Ansichten seines Herrn zufrieden war, umso mehr, als er Albérie hinter dieser ganzen Intrige vermutete:

»Hole schleunigst zuverlässige Maurer herbei. Wir werden für drei Tage auf Vollore nächtigen, um den Plan für die Erweiterung des Schlosses mit dem Architekten von Thiers zu besprechen, nach dem ich heute Nachmittag habe schicken lassen. Ich möchte nicht, dass meine Gemahlin unzufrieden abreist. Ihr beide werdet euch also zusammen um ihre Wünsche, was den Ausbau des Schlosses betrifft, kümmern, während ich die Arbeiten in meinem Zimmer überwachen werde. Sobald die Kosten berechnet sind, wirst du mir darüber Bericht erstatten. Reichen meine Mittel nicht aus, muss meine Gemahlin nur einen Bittbrief an ihren Verwandten, den Herzog von Bourbon, senden. Seine Stellung am Hofe unseres geschätzten Königs wird uns ohne größere Schwierigkeiten zu einer gesonderten Behandlung verhelfen. Ich werde zu den Mahlzeiten anwesend sein, ohne euch beim Essen Gesellschaft zu leisten, damit wir die Streitpunkte besprechen können. Außerhalb dieser Zeiten, und bis zu unserer Rückkehr nach Montguerlhe, möchte ich von nichts und niemandem gestört werden. Bei Tag wie bei Nacht. Darüber hinaus werden nur ausgesuchte Handwerker den Turm betreten, die für ihr Schweigen bezahlt werden. Ich lasse dir Zeit bis zum Abend, um alles zu regeln. Dann beginnt die genannte Frist für unseren Aufenthalt hier. Sind wir uns einig, mein guter Huc?«

»Alles wird nach Euren Wünschen geschehen, Messire«, versicherte Huc, zufrieden, dadurch freie Hand zu haben.

Er würde so gut als möglich die Interessen von Antoinette vertreten und ihre Abreise vorantreiben. So könnte Albérie ihr Vorhaben noch während ihrer Abwesenheit zu Ende bringen. Und er würde sich das Recht vorbehalten, diesen Vorfall bei seiner Rückkehr aufzuklären. Um sein eigenes Gewissen zu beruhigen.

Indem François sich in sein Refugium am äußersten Ende der Treppe begab, packte Huc Antoine de Colonges fest am Arm, um ihn für einen Moment zurückzuhalten, und flüsterte ihm zu:

»Mir scheint, wir verschweigen beide ein erdrückendes Geheimnis.«

Antoine nickte. Es wäre lächerlich, dem Profos länger dieses kleine letzte Bruchstück der Wahrheit vorzuenthalten.

»Steckt Albérie hinter all dem?«

Die Frage kam im selben Atemzug. Der Abt wusste bereits, was er antworten würde.

»Nein, mein Sohn«, wisperte er dicht am Ohr des Profos. »Die Explosion ist nur ein bedauernswerter Unfall.«

Huc blickte ihn nachdenklich an. Er glaubte ihm nicht. Der Abt zuckte mit den Schultern, um ihm zu bedeuten, wie wenig ihn seine Meinung kümmerte.

»Diese Inschrift wurde nicht vom Teufel verfasst, ehrwürdiger Vater! Ich will das alles begreifen. Wer war das?«

»Möchtet Ihr das wirklich, Huc? Wenn dies der Fall ist, bin ich gerne bereit, mein Geheimnis gegen das Eurige einzutauschen.«

Huc runzelte die Stirn. »Von was sprecht Ihr?«

»Von Euren Schwächen, mein Freund, und jenen von Madame Antoinette.«

Huc schluckte schwer. Er hätte fast vergessen, was sich heute Nachmittag abgespielt hatte. Ein warmer Schauer durchzog seine Lenden. Antoine de Colonges legte freundschaftlich eine Hand auf seine Schulter.

»Ich bin ein Mann der Kirche und verfüge über die Macht der Vergebung ebenso wie über jene, nichts zu sehen und zu hören. Kann ich auf Eure Diskretion vertrauen, dann werdet Ihr die meine haben. Ich glaube, wir haben die gleichen Interessen.«

»Ich werde die ganze Sache vergessen, Hochwürden, sobald meine Neugierde gestillt sein wird.«

»In diesem Falle, mein Sohn, behaltet den Namen und forscht nicht nach dem Warum oder dem Wie. Sonst werdet Ihr das, was Euch mehr als alles auf der Welt bedeutet, in Gefahr bringen.«

Huc nickte. Antoine neigte sich zu ihm und hauchte so leise in sein Ohr, dass seine Stimme sich wie das Murmeln einer Quelle anhörte:

»Loraline.«

Loraline. Der Name allein ließ ihn erstarren, sobald er ihn im Geiste heimlich aussprach. Seit zwei Tagen war Huc an der Seite Antoinettes und des Architekten damit beschäftigt, die Neugestaltung von Vollore mit den Wünschen der Schlossherrin abzustimmen. In Wahrheit jedoch wachte er vielmehr darüber, dass sie nicht fortwährend ihre Vorstellungen änderte, ganz zum Ärgernis der beiden Männer, auch wenn Meister Patelier seiner Aussage nach die weibliche Eigenart, sich ständig zu widersprechen, nur zu gut kannte. Huc versuchte, die Diskussionen durch finanzielle Überlegungen auf den Punkt zu bringen, immer darauf bedacht, Antoinette nicht zu kränken. Sie hatte mehrmals versucht, sich ihm zu nähern, aber er hatte es vermieden, sich allein mit ihr in einem Zimmer aufzuhalten. Sobald sich die Möglichkeit eines vertraulichen Beisammenseins abzeichnete, gab er vor, wichtige Arbeiten erledigen zu müssen. Huc bereute diesen Kuss und wünschte sich doch gleichzeitig, Antoinette wieder in seinen Armen halten zu können. Seine Gefühle waren zwiespältiger Natur. Und noch mehr nach den Worten des Abtes. Er suchte nach Antworten, ohne dass ihn eine davon befriedigt hätte. Denn keine der Antworten schloss die Mitwisserschaft von Albérie aus, und keine bezeugte die Aufrichtigkeit seiner Gemahlin ihm gegenüber. Er konnte es kaum erwarten, nach Montguerlhe zurückzukehren, um all das aufzuklären.

Was die Rolle von Antoine de Colonges betraf, so warf diese nur neue Fragen auf. Kannte der Abt den Kern der Geschichte? Welches Interesse könnte er am Tod von François haben? Und wenn alles nur ein Unfall war, was hatte Loraline dazu getrieben, wenn nicht ihre Rachegefühle? Ein Teil von ihm freute sich über die Vernichtung von François' wertvollen Aufzeichnungen. Er wollte nichts als die Wahrheit. Die ganze Wahrheit. Um dieses ernüchternde Gefühl loszuwerden, übergangen worden zu sein.

»Ihr seid abwesend, mein guter Huc, träumt Ihr gar von diesem gestohlenen Moment, so wie ich es tue?«

Huc schrak auf und hob den Kopf. Antoinette stand einige Schritte von ihm entfernt in ihrem Boudoir, das sie umbauen lassen wollte, und lächelte komplizenhaft. Sie waren allein. Ein Schauer lief ihm über den Rücken. In seine Gedanken versunken, hatte er weder das Gespräch verfolgt noch bemerkt, dass Meister Patelier aus dem Raum gegangen war. Für einen Moment erfasste ihn Panik, als Antoinette zärtlich ihre Hand auf seinen Unterarm legte und ihm verheißungsvoll tief in die Augen blickte.

»Habt keine Angst, mein Freund. Meister Patelier wird für eine gute Weile nach seinem Maßband suchen, das er heute Nachmittag im Empfangssaal vergessen zu haben glaubt.«

Sie lachte auf und zog den genannten Gegenstand aus ihrem Ärmel, während sie sich ihm so weit näherte, dass sie sich fast berührten.

»Madame Antoinette«, stammelte Huc mit vorwurfsvollem Ton, als ob allein seine Stimme Schutz vor dem Unvermeidlichen bieten könnte.

Von der Situation überrumpelt, wurde sein Verstand vom Strudel eines unwiderstehlichen Verlangens in die Tiefe hinabgerissen. Antoinette legte eine Hand auf seine Wange, auf dem die Stoppeln eines beginnenden Bartes sprossen. »Tu es nicht!«, ertönte etwas unbeholfen eine schwache Stimme in seinem Kopf. Aber der Schutz bietende, zärtliche Blick der

Schlossherrin riss ihn gänzlich mit sich fort. Er schlang seine Arme um ihre Taille und zog sie in eine Nische, von wo er das Zimmer überschauen konnte. Erst dann verschlang er den stöhnenden Mund, ohne länger das flehentliche Drängen seines angeschwollenen Geschlechts zu unterdrücken. Antoinette gab sich seinen Berührungen hin wie eine junge Katze den Lockungen der ersten Kater.

»Nimm mich. Hier. Jetzt!«, hauchte sie, indem sie eine Hand auf die Ausbuchtung seiner Beinkleider legte.

Mit einer einzigen Bewegung drehte er sie um und schob ihre Unterröcke an ihren Beinen entlang nach oben. Die Lust, selbst die Zeit fehlte ihm für zärtlichere Berührungen. Er wollte sie haben. Diesen dargebotenen Körper auskosten, den Albérie ihm verwehrte.

Er drang in sie mit einer weichen und hastigen Bewegung seiner Hüften, während er eine Hand auf ihren Mund legte, um ihr lustvolles Stöhnen zu dämpfen. Einige Sekunden lang gab er sich seiner Lust hin, bevor er sich dann in ihr ergoss und sich in seiner Hast von den fünfzehn Jahren seines enthaltsamen Lebens befreite. Erst dann wurde er sich bewusst, dass er sich wie ein ungehobelter Kerl verhalten hatte, selbst wenn Antoinette, die ihm wieder ihr Gesicht zugewandt hatte, beglückt sein aufgelöstes Gesicht betrachtete, in dem noch das Feuer der Lust flackerte.

»Verzeiht mir!«, stammelte er, während er vorsichtig ihre Röcke glatt strich und einige blonde Strähnen, die sich aus ihrem Zopf gelöst hatten, wieder feststeckte.

Antoinette blickte ihn mit einem unendlich zärtlichen Blick an.

»Euch verzeihen, mein liebenswerter Freund? Dass Ihr mich so glücklich wie nie zuvor gemacht habt? Nein. Ich liebe Euch, Huc. Flieht nicht länger vor mir. Ich brauche Euch so sehr.«

Sie schmiegte sich an ihn, während sein brodelnder Körper langsam zur Ruhe kam. Er hätte sie zurückstoßen mögen, wie er es mit einer Dienstmagd oder einer zu beflissenen Kammerzofe gemacht hätte, aber das konnte er nicht. Er war ihr Vasall und sie hatte ihn zu ihrem Besitz gemacht. In Zukunft würde sie sein Leben und seinen Tod in Händen halten, weit mehr als ihr armseliger Ehemann.

»Wir müssen jetzt vernünftig sein«, sagte er beunruhigt. »Meister Patelier muss jeden Augenblick kommen.«

»Ihr begehrt mich noch immer, nicht wahr?«, insistierte sie beglückt.

»Ja«, antwortete Huc schnell, ohne zu wissen, ob er log oder nicht.

»Dann werden wir uns schon bald wiedersehen, mein schöner Geliebter!«

Huc nickte nur, indem er sie von sich wegschob. Er war ihr Geliebter. Und käme aus dieser Rolle nicht eher heraus, bis sie ihn nicht mehr wollte. Während sein so lang verstummter Körper jubelte, erfasste sein Herz eine tiefe Müdigkeit. Hatte er nun das Recht, von Albérie die Wahrheit einzufordern, wenn er selbst ihr nichts als Lügen anzubieten hatte? Ohne sich um die sanfte Stimme zu kümmern, die ihn am Fliehen hindern wollte, verließ er das Zimmer, angewidert von seiner Schwäche und deren Auswirkungen.

Am nächsten Morgen kündigte François an, er sei bereit für die Rückkehr nach Montguerlhe. Er ließ Huc zu sich in den Turm rufen und der Profos trat zum zweiten Mal durch die verbotene Tür.

François de Chazeron wies auf zwei Körper mit bläulich verfärbten Gesichtern, die ausgestreckt nebeneinander am Boden lagen: die beauftragten Maurer für die Reparaturarbeiten am Turm.

»Sie wussten zu viel!«, rechtfertigte sich François, indem er mit den Achseln zuckte. »Ich werde mit meiner Gemahlin vorausreiten. Mach das Beste daraus und gib das hier ihren Familien. Für ihre guten Dienste haben sie ihren Lohn redlich verdient.«

Huc nahm den kleinen Lederbeutel entgegen, außerstande etwas zu antworten. Ein weiteres Mal würde er gezwungen sein, die Grausamkeit seines Herrn zu decken. Einen Augenblick packte ihn das Verlangen, ihm sein Verhältnis mit Antoinette zu gestehen. François würde das Schwert ziehen oder ihn hängen lassen. Huc wäre frei. Frei wie Isabeau. Aber selbst das konnte er nun nicht mehr, wegen Albérie und Antoinette, deren Schicksale mit dem seinigen besiegelt wären.

»Du wirst alt, Huc«, raunzte François, als er seine erboste Miene sah. »Du wirst sentimental!«

Mit diesen ironischen Worten drängte er ihn durch einen Wink mit seiner Hand, das Zimmer zu verlassen, was er bereitwillig tat.

Beim Abendessen regelte François mit dem Architekten die Details des weiteren Ausbaus und entschied, dass die Arbeiten mit dem Sommer beendet sein sollten, rechtzeitig zur Geburt seines Sohnes. Er küsste seine Gemahlin auf die Stirn, bevor er verkündete, dass zu diesem Ereignis ein großes Fest organisiert werden würde. Seit geraumer Zeit schon hätte es auf Vollore keine Turniere und Troubadoure mehr gegeben. Antoinette klatschte wie ein Kind freudig in die Hände. Sie wirkte glücklich. François schien den Zwischenfall vergessen zu haben, der ihm fast das Leben gekostet und seine Aufzeichnungen zerstört hatte. Etwas in ihm hatte sich verändert, etwas, was Huc nicht einordnen konnte. Und das ließ ihn nichts Gutes ahnen.

Als sich François, Antoinette und ihr Gefolge am nächsten Morgen auf den Weg nach Montguerlhe machten, sah Huc ihnen mit Besorgnis hinterher. Vor der Abreise hatte ihm François den Schlüssel des Turms noch einmal gegeben.

»Bring ihn mir, sobald du die beiden Leichen fortgeschafft hast. Ich möchte nicht, dass meine Gemahlin irgendetwas mitbekommt.«

Nach einer kurzen Pause hatte er mit hartem Blick hinzugefügt:

»Ich vertraue dir, Huc. Du teilst nun einige meiner Geheimnisse. Dass dir nicht in den Sinn kommt, weitere aufzudecken.«

»Nur ein Narr würde es wagen, Euch zu hintergehen, Messire.«

François hatte nichts darauf geantwortet. Antoinette, die sich besorgt über den Verbleib des Profos auf Vollore erkundigte, hatte er heiter erwidert, dass er ihm einige Aufgaben übertragen habe und er ihnen so bald als möglich nachfolgen werde.

Huc hatte sich beeilt, ihm beizupflichten. Er ließ die Vergiftung wie einen Arbeitsunfall aussehen und überbrachte den Familien der Maurer die sterblichen Überreste. Auf die geringe Summe, die François ihnen zurückgelassen hatte, legte er einen bedeutenden Anteil seines eigenen Lohnes. Den Rest gab er Bertrandeau, den er darum bat, keine weiteren Fragen zu stellen. Auch wenn der Dachdeckermeister die ganze Sache missbilligte, so ließ er sich doch nichts davon anmerken. Er war Huc etwas schuldig, da der seine Beteiligung an der Rettung François' verschwiegen hatte. Der Anblick der zwei unglücklichen Handwerker bestätigte ihm zweifelsohne, dass Huc gut daran getan hatte, zu schweigen. Er schuldete ihm sein Leben. Und so entledigte er sich seiner Schulden mit umso größerem Respekt gegenüber dem Profos, als dies der Beweis einer alten Freundschaft und eines brüderlichen Vertrauens war.

Als sich der Tag dem Ende zuneigte, hatte Huc seinen Auftrag erledigt und erreichte in der Glut einer vom eisigen Dunst überzogenen Abendsonne das Eingangstor der Festung. Der Winter würde schon bald Einzug halten in die Auvergne und mit den Qualen, die er mit sich bringen würde, ein Spiegelbild seiner momentanen Seele sein.

Philippus Bombastus hatte es danach gedrängt, Michel de Nostre-Dame sogleich für seine Weissagung zu danken, als er von der Herberge »Königs Luftschloss« zurückgekehrt war. Jener lauschte seinem Bericht jedoch mit ehrlichem Erstaunen. Er erinnerte sich an nichts anderes, als dass er sehr lange geschlafen hatte und kurz vor der Rückkehr seines neuen Freundes benommen aufgewacht war.

»Das passiert mir des Öfteren«, schloss er mit einem leichten Lachen. »Während des Einschlafens habe ich zeitweilig das Gefühl, ich besäße das Wissen, um die Welt zu ändern, und beim Aufwachen fühle ich mich dümmer als zuvor. Ich frage mich gerade, ob es nicht schlau wäre, einen gewieften Diener vor dem Schlaf alles aufschreiben zu lassen. Aber angesichts meiner kläglichen Mittel habe ich nicht das Geld, umsolche Dienste in Anspruch zu nehmen, und selbst wenn ich sie hätte – wo fände ich einen Gehilfen, der schreiben kann?«

»Doch nicht alle deine Visionen lösen sich mit dem Morgengrauen auf!«

»Nein, leider nicht. Denn du musst wissen, Paracelsus, jene, die bleiben, bereiten mir Pein und kündigen Gefahren an. Mir gehen nur jene abhanden, die aus mir und meiner Familie vermögende und respektable Persönlichkeiten machen würden. Glaube mir, ich bin entzückt, dass du meine Traumbilder aufgreifen und dir dadurch die Tasche füllen konntest.«

»Ich habe mich von meiner Neugierde leiten lassen. Und ich werde dorthin zurückkehren, aus Achtung vor dem Beruf, den ich gewählt habe …«

Das Gespräch war anschließend abgeschweift und bis tief in die Nacht hinein unterhielten sich die beiden über die Gestirne und ihre Rolle innerhalb des Gleichgewichts des großen Ganzen, aus dem sich das Universum zusammensetzte. Philippus hatte Michel an seinem Wissen teilhaben lassen, das er in Ägypten erworben hatte, wo sich der Kult des Sonnengottes in grundlegenden Übereinstimmungen mit dem Wissen der Astrologen deckte. Sie waren nebeneinander eingeschlafen, den Blick gen Himmel gerichtet, der von funkelnden Sternen übersät war.

Am nächsten Tag stattete Philippus seiner jungen Patientin einen Besuch ab. Zu seiner Freude traf er sie in aufgeräumter Stimmung an. Sie erinnerte sich an nichts weiter als an die offizielle Version ihrer traurigen Geschichte: Briganten waren aufgetaucht. Sie konnte sich retten, während Olivier versuchte, sie in die Flucht zu schlagen, und dann von einem Pfeil niedergestreckt wurde. Sie war gestolpert und hart gestürzt. Dann hatte sie der treue La Pendaille gefunden und dank der Hilfe des einfältigen La Bergeon, der in der Nähe seinen Beschäftigungen nachging, zum Haus ihres Vaters gebracht.

Ein weiteres Mal beglückwünschte sich Philippus zu jenem Wissen, das er durch die Hexen erlangt hatte, und zu jenem Zaubertrank des Vergessens, der es ermöglichte, all jene Ereignisse aus der Erinnerung zu löschen, die sich zwölf Stunden vor Einnahme des Gebräus zugetragen hatten. Ohne zu zögern hatte er ihr nach dem Eingriff den Trank verabreicht. Niemand würde jemals von der Entjungferung des jungen Mädchens erfahren und so würde sie heiraten und ein ehrenhaftes Leben führen können. Das war alles gewesen, um was ihn der Vater gebeten hatte, der überschwänglich die ihm entgegengestreckte Hand des Arztes drückte. Als er sich verabschieden wollte, verkündete der Wirt, er habe eine Überraschung für ihn, und Philippus ließ sich vor eine Türe führen.

»Amüsiert Euch gut, Messire!«, ermutigte ihn der Mann mit einer Verbeugung, während sich die Türe auftat und hinter ihr jene Brünette zum Vorschein kam, die am Vortag die Begierde der Gardisten ebenso wie seine erregt hatte. Bevor er noch seine Freude über einen solchen Glücksfall zum Ausdruck bringen konnte, wurde er schon unsanft in das Zimmer gestoßen und mit einem schmierigen Lachen ließ der Wirt hinter ihm die Türe ins Schloss fallen.

Das Freudenmädchen lächelte mit Wohlgefallen und Philippus fühlte, wie sich sein Körper auf der Stelle anspannte. Er mochte diese unverbindlichen Liebesabenteuer und bereits seit einigen Wochen hatte er sich aus Mangel an Geld keine Hure mehr nehmen können. Einen Moment dachte er, wie gerissen doch der Wirt war, indem er ihn hierher geführt hatte, denn so würde er sein Geld wieder zurückbekommen. »Sei's drum«, sagte er sich schließlich, »für was soll es mir sonst nutzen, wenn nicht dafür, das Leben zu genießen.«

»Kommt näher, Messire. Ich will nur Euer Bestes«, sprach ihn die Brünette an, indem sie die Schnüre ihres Mieders löste.

»Und wie viel würde mich das kosten«, fragte Philippus doch ein wenig besorgt, denn er hoffte trotz allem ein wenig seines zurückgelegten Geldes behalten zu können.

»Heute Abend ist es ein Gefallen«, antwortete sie aufrichtig.

»Warum?«, hakte Philippus nach, nicht gewöhnt an diese Art von Geschäft.

»Was glaubt Ihr, Messire, ist der Grund, warum ich mich verkaufe? Christliche Nächstenliebe?«

Sie stieß ein höhnisches Lachen aus, bei dem sich Philippus instinktiv der Bettstatt näherte.

»Einem entehrten Mädchen bleibt nichts anderes übrig, als es weiterhin zu bleiben. Ich hätte mir gewünscht, dass jemand für mich das getan hätte, was Ihr für sie getan habt. Das hier ist ein Gefallen, Messire, im Austausch gegen einen anderen«, hauchte sie, indem sie ihre schweren Brüste mit beiden Händen fasste. »Liebt mich wie eine ehrenhafte Frau. Für einige Stunden will auch ich vergessen, dass ich nichts wert bin.«

Das Geständnis hatte Philippus die Kehle zugeschnürt und er erhob eine Hand, um die in angestrengte Falten gelegte Stirn der Brünetten zu streicheln. »Sie muss schön gewesen sein«, dachte er bei sich. Es war schwierig, ihr Alter einzuschätzen, aber feine Fältchen umgaben ihre übertrieben geschminkten Augen. Er zog sie an sich und küsste sie mit einer Zärtlichkeit, von der er selber nichts geahnt hatte, so sehr war sein Körper erwacht, als er das Zimmer betreten hatte. Er liebkoste sie lange, während er sie voller Scham auszog und sich anschließend selber entkleidete.

Erst dann liebte er sie mit Hingabe und voller Leidenschaft wie niemals zuvor eine andere Frau. Er liebte sie im Namen aller Frauen, deren Leben dem Irrsinn, der Barbarei und der lüsternen Gier sinnlos zum Opfer gefallen waren.

Philippus blieb zwei Wochen in Saint-Rémy-de-Provence, während derer er über die vollkommene Genesung von Michel wachte. Sie tauschten zahlreiche Theorien untereinander aus und waren sich durch eine außergewöhnliche Seelenverwandtschaft immer näher gekommen. Philippus erlernte die Funktionsweise des Astrolabiums und riskierte kühne Bemerkungen über die Bewegung der Gestirne und den Einfluss der Planeten auf ihre einzelnen Universen. Wenn Michel dann und wann in einen tranceartigen Zustand fiel und in Rätseln sprach, notierte Philippus wie in einem Reflex alles fieberhaft mit. Seine Visionen stellten sich zeitweise als völlig unzusammenhängend heraus, wirkten sogar lächerlich, wenn er etwa einen riesigen, weißen Pilz beschrieb, der sich über gelbe Felder spannte und Tod und Schrecken über die Erde brachte. Ein anderes Mal sah er einen herumstreunenden Hund, der eine Schlange von Würsten von der Fleischerbank des Metzgers stibitzte, woraufhin der Mann brüllend, das Messer in der Hand, hinterherrannte und dabei die zum Trocknen aufgehängte Wäsche der Waschfrauen samt Leinen mitriss. Von all dieser Flut von Bildern blieb manchmal rein gar nichts übrig oder manchmal nur ein Ausbruch von Gelächter oder Tränen. Dann wusste Philippus nie genau, wie er dem Kind helfen sollte. Doch Michel beruhigte sich schließlich immer wieder und machte sich, mit seinem nie versiegenden Humor, Grimassen schneidend über sich selber lustig. Und Philippus nahm ihn zärtlich in die Arme.

Er war glücklich und sein Knecht, dem er freie Hand gelassen hatte, seinen eigenen Beschäftigungen nachzukommen, war es ebenfalls. Er wurde von der Magd des Hauses verwöhnt, einem etwas einfältigen Waisenkind, das vom Vater aufgenommen worden war.

Philippus ging häufig in die Taverne, wo die Brünette, deren eigentlicher Name Magali war, ihm unerschöpflichen Kredit gewährte. Der Wirt hatte sein Geld zurückgewiesen.

»Wenn meine Geschäfte davon nicht beeinflusst werden!«, hatte er brummend hinzugefügt, um seinen wahren Großmut zu verbergen, den Philippus hinter seinem Geschäftssinn erkannt hatte.

All das hätte noch lange so weitergehen können, doch Philippus wusste, dass er weiterziehen musste. Der November war bereits ins Land gezogen, und wenn er in die Schweiz zurückwollte, wo ihn sein Vater erwartete, musste er auf seinem Weg gegen den Schnee ankämpfen.

Eines Morgens beschloss er, dass es Zeit war. Die Narbe von Michel war kaum noch auszumachen und so konnte Philippus nicht umhin, ihn zu bitten, ihm das Skalpell, dessen er sich bedient hatte, zu verkaufen.

»Es gehört nicht mir«, bedauerte Michel. »Mein Onkel hat es mir vermacht mit den Worten: ›Es wird dir gehören, sobald du Arzt bist.‹ Ich wüsste nicht, mich davon zu lösen, ohne diese Abmachung zu brechen, die ich an jenem Tag eingegangen bin.«

»Wenn das so ist«, hatte Philippus entschieden geantwortet, »werde ich selbst in Thiers bei diesem außergewöhnlichen Klingenschmied vorbeireiten und mir zwei davon herstellen lassen: eines für mich und eines für meinen Vater.«

Bei dieser Ankündigung war Michel plötzlich bleich geworden und hatte etwas ungeschickt eingewendet:

»Die Auvergne ist schwer zu durchreisen, sagt man, wegen des tückischen und schlechten Wetters.«

»Genau deswegen darf ich keine Zeit mehr verlieren. Diese Werkzeuge bewirken wahre Wunder und ich werde nicht mehr ohne sie auskommen, denn das Glück wollte es, dass ich sie entdeckte und gleichzeitig auch noch die Mittel dazu habe, sie zu erwerben. Es gibt keinen Zufall, nicht wahr?«

Michel hatte traurig gelächelt und mit dem Kopf genickt.

»Wir werden uns wiedersehen, ich verspreche es dir. Schon bald.«

»Ich weiß, mein Freund«, hatte Michel bestätigt, aber sein freudiger Gesichtsausdruck hatte tiefem Schmerz Platz gemacht.

Auch Philippus war unglücklich bei dem Gedanken der Trennung. Das gastfreundliche Heim, das Lachen der Mutter, die Scherze des Vaters und des jüngeren Bruders, der

Wissensdurst von Michel, all das würde er auf seinem Weg vermissen. Er spürte jedoch, dass er weiter musste, um nicht in diesem scheinbar so angenehmen und friedlichen Leben träge zu verharren.

Es war ein klarer Morgen an diesem 25. Oktober 1515, als Philippus seinen Esel bestieg, seinen Diener im Schlepptau. Beide hatten sie Tränen in den Augen und ein schweres Herz.

Als sie fortgeritten waren, konnte Michel seinen Schmerz nicht länger zurückhalten und fiel weinend in die Arme seiner Mutter, die ebenfalls auf der Schwelle gestanden hatte, um den beiden zum Abschied zu winken.

»Na, na, mein Kleiner«, tröstete sie ihn, »mit der Zeit wird dein Schmerz vergehen.«

»Meiner ja, Mutter, aber nicht seiner. Nein, seiner nicht. Ich hätte ihn zurückhalten müssen. Ich bin so traurig, Mutter, so traurig, zu wissen, ohne das Schicksal ändern zu können.«

»Welches Schicksal?«, fragte sie ihn, indem sie ihn freundlich von sich schob, um ihm ein Taschentuch zu reichen.

Michel putzte sich lauthals die Nase und sah sie mit hoffnungslosem Blick an:

»Seines, Mutter.«

Philippus drehte sich ein letztes Mal noch zu der kleinen Stadt um, die von hundert Jahre alten Olivenbäumen umgeben war, und lenkte dann seinen Esel entschlossen in Richtung Avignon. Hinter ihm, wie ein Echo auf Michels Kummer, weinte sein Diener schniefend.

7

Isabeau betrachtete lange Zeit die Kathedrale, die mächtig in den bleiernen Himmel ragte. Sie konnte noch so weit ihren Kopf nach hinten verrenken, dort vor den Stufen von Notre-Dame in Paris, sie konnte doch kaum das Ende der Turmspitzen ausmachen. Sie hätte auch nicht sagen können, wie lange sie dort stand, versunken in den Anblick der Rosette über dem Eingangsportal oder der grotesken Grimassen der Wasserspeier; es war, als erkenne sich ein Teil ihrer selbst in dem geschlagenen Stein; eine idealisierte, meisterhafte Verwundung, die sich vor ihr wie ein Berg auftürmte und einen Zufluchtsort bot.

An diesem 30. Oktober 1515 fühlte Isabeau, wie nach und nach die Müdigkeit der langen und beschwerlichen Reise von ihr abfiel. Es war, als ob sie allein durch die Tatsache, dass sie nun hier stand, so klein vor diesem steinernen Riesen, die Hoffnungslosigkeit und die Wut vergaß, die ihre tägliche Bürde gewesen waren.

»Geldstück verlieren heißt Geldstück verloren. Geldstück verloren heißt Geldstück verdienen, für den Verlorenen«, kicherte eine Stimme zu ihren Füßen.

Seit sie nach Paris gekommen war, in diese engen und schmierigen Gassen, herrschte überall um sie herum Lärm. Warum zog diese Stimme ihre Aufmerksamkeit mehr als alle anderen an, wo doch ihre ganze Umgebung sie in Erstaunen versetzte durch dieses ununterbrochene, fast musikalische

Gewirr von Tönen? Sie hätte keine Antwort darauf gewusst, aber sie senkte ihren Blick hinab zu der Stimme, als erwarte sie, dass sie direkt aus dem Stein sprudeln würde.

Isabeau entfuhr ein Ausruf des Erstaunens. Auf Höhe ihrer Knie biss ein unförmiges Männlein in eine Münze, um seine Echtheit zu überprüfen. Es blickte mit einem affenähnlichen Gesicht zu ihr hinauf und grinste sie mit schwarzen, weit auseinander stehenden Zähnen an.

»Geldstück verlieren, Geldstück verloren!«, wiederholte das Männlein, indem er die Münze hastig in seinem Ärmel verschwinden ließ.

Isabeau konnte ihre Augen nicht von diesem kleinen Geschöpf abwenden. Das Männlein wiederum schien fast zufrieden, dass es auf diese Weise gemustert wurde, denn es plusterte sich auf und reckte seine faltige Stirn, in die seine verlausten Haare fielen, in die Höhe:

»Verirrt, die kleine Dame? Schön ist sie ungelogen, bei mir ist sie aufgehoben wie ein Ecu vom Boden«, trällerte er, indem er mit seinen Augen rollte.

Isabeau hatte ihren Spaß an diesem Kerlchen.

»Bist du ein Kind oder eine Eigenart der Natur?«, fragte sie ihn schließlich, während sie in seinem Gesicht eine Falte entdeckte, die ihm quer über die Stirn lief.

»Bin ich auch Zwerg, dem Geist ist's nicht hinderlich, das kannst du mir glauben, sicherlich«, entgegnete er, indem er mit den Augen zwinkerte. »Croquemitaine nennt man mich.«

Isabeau brach in schallendes Gelächter aus. Dieser kleine Mann gefiel ihr. Er war von einer ausnahmslosen Hässlichkeit und strömte einen penetranten Geruch aus, aber genau diese Unansehnlichkeit beruhigte sie. Unvermittelt zog sie aus ihrem Beutel einen Sou, hielt ihn in die Höhe und ging auf sein Spiel ein:

»Verloren bin ich wie dies Geldstück für mich. Hilfst du mir, jenen zu finden, den ich suche? Ich muss Pater Boussart treffen«, erklärte ihm Isabeau, indem sie in ihrer Erinnerung nach dem richtigen Namen jener Person in Paris suchte, die ihr vom Abt von Moutier empfohlen worden war.

Croquemitaine grinste breit über das ganze Gesicht, das hervorstehende Augen und eine zerdrückte Nase zierten.

»Folge mir«, sagte er nur, indem er mit seiner pummeligen Kinderhand die ihrige ergriff.

Isabeau ließ sich von ihm führen. Der Zwerg lief trotz seiner kleinen krummen Beine behände über das Pflaster, indem er dicht an der Mauer entlang um die Kathedrale herum ging. Einen Moment lang überlegte sie, ob er sie nicht vielleicht in irgendeine verrufene Gegend führen würde, denn unter den kahlen Linden, welche die Seiten der Kathedrale säumten, tauchten mit einem Mal immer mehr zusammengekauerte Bettler und Gestalten mit gefährlich wirkenden Fratzen auf.

Seltsamerweise empfand sie für den kleinen Kauz eine Sympathie, die ihre Beklommenheit verscheuchte. Umso mehr, als es ihr schien, dass diese armen Teufel sie auf ihrem Weg mit Wohlwollen betrachteten und sogar im Vorübergehen ihre Köpfe in einer Art Begrüßung senkten.

Als Croquemitaine vor einer niedrigen Tür hielt, deren Schlichtheit ganz im Kontrast zum restlichen Gebäude stand, wurde Isabeau bewusst, dass sie vollkommen außer Atem war. Niemals hätte sie sich vorstellen können, dass ein solcher Bau existierte. Die Kathedrale bestand aus einer nicht enden wollenden Aneinanderreihung von Kirchenfenstern und Steinsockeln. Sie hatte es aufgegeben, alle zu zählen, um Croquemitaine in einem für sie ungewohnten Tempo nachfolgen zu können. Durch das schnelle Laufen war ihr der

Schweiß auf die Stirn getreten, den auch eine kühle Brise nicht hatte trocknen können.

»Hier sind wir, Isa«, erklärte der Zwerg, indem er drei Mal mit dem Türklopfer gegen das schwere Holz schlug.

Isabeau erschauderte!

»Woher weißt du …«, begann sie, aber die Tür öffnete sich bereits und der Zwerg hüpfte davon, indem er trällerte:

»Isa est belle, c'est une Isabelle!«

Verdutzt sah Isabeau, wie er an der Ecke des Gebäudes in eine Gasse einbog und sofort verschwunden war. Erst als sie ihre Aufmerksamkeit wieder auf sich lenkte, bemerkte sie den Priester, der in der Türlaibung stand. Er war mit einem schlichten, geflickten Talar bekleidet und sah sie mit liebenswürdiger Miene an. »Ich bin …«

»Ich weiß. Tretet ein, Madame, seid willkommen. Ich bin Pater Boussart«, bemerkte er in einem Zug, indem er zur Seite trat, um ihr den Weg frei zu machen.

Sie gab es auf, das alles verstehen zu wollen, und folgte dem Abt, der kaum älter wirkte als sie. Er war bereits durch einen Gang vorausgelaufen, der von kleinen bemalten Fenstern erhellt wurde. In der Ferne hörte sie die psalmodierenden Stimmen der Mönche und spürte, wie sie von einem Gefühl der Geborgenheit erfasst wurde. Während der Pater vor einer Tür, die ihm den Weg versperrte, Halt gemacht hatte und sie öffnete, fragte sie sich, ob wohl bereits ganz Paris, so wie Croquemitaine, ihren Namen kannte …

Antoinette setzte eine siegreiche Miene auf, sobald sie sich in Gesellschaft von Albérie in einem Zimmer befand und der Profos angekündigt wurde. Huc bereitete das Unbehagen, selbst wenn es so schien, als fühle sich seine Gemahlin keineswegs von diesem Verhalten behelligt. Man hätte fast sagen können, dass Albérie sie überhaupt nicht bemerkte. Und doch wollte es Huc nicht gelingen, heiterer Stimmung zu sein, wie es den Umständen angemessen gewesen wäre. Denn er musste sich widerwillig eingestehen, dass ihn weit mehr zu Antoinette hinzog als nur Begierde. Ob dies Gefühl nun Liebe oder Furcht war, wusste er jedoch nicht. Nicht, dass er Angst vor Antoinette de Chazeron gehabt hätte, nein. Er spürte vielmehr in sich eine schleichende, drohende Gefahr. Blendete er sich selbst auf die eine oder andere Weise, dann würde er damit alles, was er seit so vielen Jahren beschützte, mit einem Schlag zunichte machen. Und genau dieser Gedanke war ihm unerträglich.

Nach seiner Ankunft auf Montguerlhe hatte er versucht, mit seiner Gemahlin zu sprechen, um seine Zweifel auszuräumen. Aber obwohl er die ganze Nacht ausgeharrt hatte, war Albérie nicht erschienen. Er hatte angenommen, sie wäre an der Seite ihrer Nichte in der Höhle geblieben. Als er aber tags darauf nach einer abscheulichen Nacht die Treppe hinunter zu den Wirtschaftsräumen gestiegen war, hatte er sie dabei angetroffen, wie sie soeben einer strahlenden und stolzen Antoinette das Frühstück servierte. Sie berichtete Albérie davon, wie bravourös und umsichtig sich der Profos während der entsetzlichen Stunden verhalten hatte, die Vollore erschüttert hatten. Ruhig und gelassen war Albérie ihm mit liebenswürdiger Miene entgegengegangen und hatte ihn aufgefordert, am Tisch Platz zu nehmen. Aber Huc hatte sich davongeschlichen, indem er vor sich hin gemurmelt hatte, er sei in Eile und habe keinen Hunger. In Wahrheit jedoch hätte er es nicht ertragen mit anzusehen, wie Albérie sie bediente, ihn und die Schlossherrin, die bei seinem Eintreten so deutlich ihre Freude kundgetan hatte.

Inzwischen herrschte beißende Kälte. Die ersten Schneeflocken überzogen den Wald von Thiers mit einem Schleier strahlend weißer Stille. Huc hatte gewissenhaft nachgeprüft, ob der Großteil der Notleidenden, die durch das Unwetter ohne Obdach waren, tatsächlich ihre Behausungen wieder beziehen konnten. Zum Glück würde diesen Winter ausreichend Holz vorhanden sein. François de Chazeron war vor einer Woche nach Clermont-Ferrand aufgebrochen. Er wollte noch die letzten Herbsttage ausnützen, um beim Herzog von Bourbon, dessen Vasall er war, wegen eines Kredites vorzusprechen. Auch wenn Antoinette auf übertriebenen Schnickschnack bei der Erneuerung des Schlosses verzichtet hatte, so war die Rechnung dennoch lang geworden. Er benötigte Geld, und überhaupt hatte François Gefallen daran gefunden, Montguerlhe für einige Tage zu entrinnen, denn der Herzog von Bourbon hielt sich gegenwärtig in der Auvergne auf.

Ab diesem Zeitpunkt hatte Huc Antoinette nicht mehr davon abhalten können, ihm bei seinem Dienst an den Armen behilflich zu sein. Und nichts konnte sie davon abbringen. Sie machte diese Arbeit bereits seit langem. In den Augen der anderen hatte sich also nichts geändert. Als sie das erste Mal gemeinsam losgeritten waren, hatte Huc begriffen, dass es ihm nichts nützen würde, gegen sich selbst anzukämpfen. Die begehrlichen Blicke der Schlossherrin oder die flüchtigen Berührungen würden nur das Misstrauen der Wachen wecken, wenn er länger auf ein Geleit während ihrer Ausgänge bestehen würde. Umso mehr, als François die Hälfte der bewaffneten Mannschaft abgezogen hatte, also etwa dreißig Schützen. Huc hatte sofort durchschaut, dass sie nicht dazu da waren, ihn zu bewachen, sondern vielmehr jenes geheimnisvolle Lederetui, das er mit sich führte. Huc war überzeugt davon, dass es jenen Goldbarren enthielt, den er im verwüsteten Turmzimmer entdeckt hatte. François würde sicherlich seinen Aufenthalt in Clermont dazu nutzen, ihn analysieren zu lassen. Huc war das gleichgültig. Seit François Montguerlhe verlassen hatte, war die Stimmung gelöster und entspannter geworden. Er hatte sogar Albérie dabei überrascht, wie sie mit der dicken Jeanne und einer Wäscherin gemeinsam lachte.

Er hatte also jegliches Geleit im Schloss zurückgelassen und ritt an der Seite einer beglückten und gerissenen Antoinette dahin. Am ersten Tag war sie es gewesen, die, nachdem sie ihre Runde beendet hatten, ihn auf eine halb verfallene Hütte im Wald zu dirigierte. Auf dem Hinweg hatte sie sich erkundigt, wer darin wohne, und Huc hatte geantwortet, dass sie bereits seit langem leer stehe. Als sie dann vor dem baufälligen Haus, das von Brombeersträuchern und anderen Pflanzen fast gänzlich eingewachsen war, vom Pferd stieg, hatte er sich auf die Lippen gebissen und bei sich gedacht, dass er lieber hätte schweigen sollen.

Antoinette hatte ihr Pferd an einem Baum festgebunden und war in Lachen ausgebrochen, als sie seinen beunruhigten Gesichtsausdruck bemerkte:

»Um uns herum ist niemand, Huc. Also komm …«

Er hatte ihr gefolgt wie ein Hund dem Ruf seines Herrn. Auch an jenem Tag hatte er sie mit Gewalt genommen, indem er den Himmel anflehte, die Lustschreie seines Opfers mögen niemanden aus der Umgebung anziehen.

Auf dem Heimweg hatte er kein einziges Wort gesagt. Nach dem Abendessen hatte er sich ein weiteres Mal in das Zimmer von Albérie zurückgezogen, um auf sie zu warten, aber auch diese Nacht tauchte sie nicht auf. Er war verärgert. Warum sollte er sich schuldig fühlen, wenn er seine Gemahlin nicht einmal treffen konnte, um mit ihr zu sprechen? Auch wenn er es verstand, dass sie ihre Zeit an der Seite ihrer Nichte verbrachte, um ihr beizustehen, so konnte er doch nicht umhin, seit Antoine de Colonges den Namen Loraline erwähnt hatte, sie zu verdächtigen, weitere Intrigen zu spinnen.

Am nächsten Tag war er es, der Antoinette zur Hütte lenkte und ihr vom Pferd half. Als er sie hochhob, um sie über die Türschwelle zu tragen, lachte sie hell auf und schwang ihre zarten Arme um den kräftigen Hals des Profos.

Das Innere der Hütte war düster und trist. Die Brombeersträucher hatten um die morschen Fenster ein dichtes Netz geflochten, so dass durch die Dornen kaum ein Lichtstrahl hindurchdrang. Ein alter, von Ratten verdreckter Strohsack faulte in einer Ecke vor sich hin, inmitten zerbrochener oder gesprungener Tongefäße. Es war der bei weitem erbärmlichste Ort, den er je gesehen hatte, aber dieser Dreck schien Antoinettes Sinne nur noch mehr anzuregen. Am Vortag hatte sie mit einer Handbewegung den Vogeldreck und die Scherben vom Tisch gefegt, der den übrigen Platz einnahm. Dann hatte sie sich wie eine Nutte direkt auf das Holz gesetzt. Mit feurigem Blick hatte sie die Bänder ihres Mieders gelöst und herausfordernd ihre Röcke über ihre gespreizten Beine nach oben gezogen. Huc war auf ihre Wünsche eingegangen und beiden hatte es gefallen.

Und doch hatte Antoinette de Chazeron etwas Besseres verdient als diese jämmerlichen Liebesabenteuer, auch wenn er bezweifelte, dass sie jemals etwas anderes kennen gelernt hatte. An jenem Tag war er es, der sie nackt auf den mit seinem Umhang bedeckten Tisch legte. Antoinette fröstelte es einen Augenblick, während er sich seinerseits entkleidete und sich ihr dann näherte, indem er raunte:

»Ich werde dich wärmen, hab keine Angst.«

Er streichelte sie lange mit seinen erfahrenen Händen, neben ihr auf dem gefrorenen Boden stehend. Antoinette gab sich ihm mit ungezügelter Leidenschaft hin, bis sie, trunken vor Begierde und Ungeduld, ihn darum bat, sie zu nehmen.

Erst dann hatte er sich auf sie gelegt, indem er sein Gewicht mit den Unterarmen abfing, um das Kind, das in ihrem Bauch langsam heranwuchs, nicht zu verletzen.

Er hatte sie lange geliebt, mit einer unendlichen Zärtlichkeit, und versucht, seine eigene Lust zurückzuhalten, um seine Grobheit der vergangenen Male wettzumachen. Als er sich schließlich in ihr ergoss, empfand er eine Beglückung, die er niemals zuvor erlebt hatte.

In der darauf folgenden Nacht, nachdem er sicher war, dass seine Gemahlin ein weiteres Mal ihr Zimmer nicht betreten würde, hatte er entschlossen an die Tür von Antoinette geklopft, darauf bedacht, von niemandem gesehen zu werden. Als Antoinette ihm schlaftrunken geöffnet hatte, hatte er sie sanft zu ihrem Bett gestoßen, nachdem er die Tür hinter sich verriegelt hatte.

In dieser Nacht ließ sie sich zu allen Kühnheiten des Profos hinreißen, der sich ganz seiner Sinnlichkeit hingab und nur auf sie hörte.

Beim Hahnenschrei ließ Huc sie beglückt und schlafend allein auf dem zerwühlten Bett zurück. Er bemerkte, dass die vergangene Nacht ihn erfrischt hatte, anstatt ihn zu erschöpfen, als habe er für immer seine alte Haut abgelegt. Eine Haut, die fünfzehn Jahre alt war.

»Ich muss dich sprechen. Heute Abend.«

Sein Ton war kälter als beabsichtigt und er beeilte sich, den eisernen Griff seiner Hand ein wenig zu lockern, mit dem er den Arm seiner Gemahlin umklammert hielt, um sie im Gehen aufzuhalten.

Albérie blickte ihn mit ihren stählernen Augen an, von denen er in diesem Moment nicht hätte sagen können, ob sie ihn nur wohlwollend betrachteten.

»Heute Abend«, wiederholte er.

»Nach dem Mittagessen. Ich werde in meinem Zimmer sein.«

Huc hatte nicht den Mut, weiter zu insistieren. Im Grunde war ihm der Zeitpunkt einerlei.

Er ging verschiedenen Beschäftigungen nach, ohne dass es ihm gelungen wäre, die Erinnerung an Antoinettes makellosen Körper, ihren Atem und ihre Bewegungen aus seinem Kopf zu vertreiben. »Wenn Albérie nur ein Mal, nur ein einziges Mal diese ganze Liebe zugelassen hätte!« Er seufzte lautstark und fuhr in seiner Arbeit fort.

Tags zuvor, als sich Huc gerade in der Hütte aufhielt, hatte eine Gruppe von Straßenräubern die Mühle überfallen und sich achtzehn Säcken Mehl bemächtigt. Er wusste, dass man mit solcher Art von Übergriffen zu rechnen hatte. Das Unwetter hatte nicht nur Häuser zerstört, sondern auch das Erntegut ruiniert, das man unter freiem Himmel liegen gelassen hatte. Er hatte das Nötige für seine Leute getan, aber er wusste nicht, wie es in den anderen Regionen stand. Der Hunger trieb ständig Söldner dazu, sich in aller Offenheit weiter vorzuwagen. Das galt für jeden Winter, in diesem konnte es nur noch schlimmer werden. Er bereute es, nicht vor Ort gewesen zu sein; aber mit gerade mal dreißig Männern – was hätte er da schon ausrichten können? Eine Treibjagd zu organisieren, um den Schuldigen ausfindig zu machen, war undenkbar. Was das Aufstellen von Wachtposten an strategischen Stellen betraf – was im Grunde die einzige und effektivste Lösung war –, so war er auch von dieser Möglichkeit nicht wirklich überzeugt, denn Montguerlhe wäre dadurch ganz ohne Verteidigung gewesen. Und selbst inmitten eines Winters, der versprach, hart zu werden, war es nicht ausgeschlossen, dass der ein oder andere zänkische Lehnsherr das Land um Thiers verwüstete, um die fehlenden Reserven aufzufüllen. Die ganze Auvergne war vom Unwetter in Mitleidenschaft gezogen worden.

Er bereute es, François mit einem solch großen Geleit ziehen gelassen zu haben. Wo hatte er nur seinen Kopf gehabt? Die Antwort ertönte lautstark in ihm: unter den Röcken von Antoinette!

Beim Mittagessen erfuhr er, dass Antoinette sich nicht wohl fühlte und es vorgezogen hatte, auf ihrem Zimmer zu bleiben. Dieser Gedanke erfüllte ihn mit Stolz. Er glaubte kein Wort dieses vorgegebenen Unwohlseins der Schlossherrin, sie hatte ganz einfach Schlaf nachzuholen. Er schwor sich, in Zukunft auf diese nächtlichen Besuche zu verzichten, damit sich die Dienerschaft nicht mehr als nötig Gedanken machte. »Auf alle Fälle«, dachte er, »muss schon bald des Kindes wegen diese Affäre beendet werden.« Bis dahin, so versprach er sich, würde er jedoch keine Gelegenheit ungenutzt lassen.

Wenig später folgte Albérie Huc in ihr Zimmer. Sie lächelte und fiel ihm um den Hals. Huc küsste sie wie gewohnt auf die Stirn.

»Verzeih mir«, begann sie, indem sie ihm direkt in die Augen sah. »Ich hatte nicht eine Minute Zeit für dich, seit du zurückgekommen bist. Du hattest Recht, mir deswegen Vorwürfe zu machen.«

»Ich habe dir keine Vorwürfe gemacht, Albérie«, wehrte sich Huc, aber ein weiteres Mal klang seine Stimme ein wenig zu streng in seinen Ohren.

Albérie löste ihre Arme von ihm und ihr Gesicht wurde wieder ernst.

»Deine Gesten, sogar deine Stimme verraten es. Sinnlos, es zu verleugnen. Ich würde gerne rückgängig machen, was geschehen ist, Huc. Ich kann es nicht. Aber ich versuche zu verhindern, dass es wieder passiert«, seufzte sie, indem sie sich auf das Bett setzte.

Das Zimmer war kalt. Seit einer Woche, seit Albérie nicht mehr in ihrem Zimmer schlief, war der Kamin nicht befeuert worden und ein pfeifender Wind fegte durch den Abzug über die Holzdielen.

»Was ist geschehen, Albérie?«, fragte Huc, indem er neben ihr Platz nahm.

Die junge Frau legte ihren Kopf auf die Schulter ihres Gemahls, wie sie es für gewöhnlich tat, aber dieses Mal hatte Huc Mühe, seinen Arm um ihre Schultern zu legen. Er hatte kein Bedürfnis, ihr beizustehen. Er fühlte sich verraten. Verraten durch ihr Schweigen. Und irgendetwas in ihm schrie, dass dies der einzige Grund war, der ihn zu seinem eigenen Verrat bewogen hatte.

»Du weißt es, Huc. Antoine de Colonges hat mir alles berichtet.«

Huc spürte, wie sich seine Kehle zuschnürte. Was hatte der Abt ihr erzählt?

»Ich muss wissen, was du weißt«, stammelte er.

Albérie stieß einen tiefen Seufzer aus und Huc spürte, wie Schweiß seinen Rücken hinunterlief. Und wenn Albérie wegen seiner Liaison mit Antoinette nicht nach Hause gekommen war? Wenn sie ihm aus dem Weg gehen wollte, um ihm zu ermöglichen, glücklich zu sein? Er schloss seine Arme fester um sie. Albérie saugte seinen Geruch ein. Der Instinkt des versteckten Tieres in ihr hatte sie gelehrt, dieses betörende Gemisch aus Schweiß und Moschus zu lieben. Wie sehr hatte sie doch diese Nähe vermisst!

»Und doch«, dachte sie, »habe ich keine andere Wahl.«

»Es war ein Unfall. Loraline wollte ihn nicht töten, sie wollte ihn nur bestrafen.«

»Wie ist sie in das Zimmer gekommen?«, fragte Huc, den diese Frage nicht mehr losließ.

»Durch das Fenster«, antwortete Albérie.

Huc war sich sicher, dass dies eine Lüge war. Er ließ sich jedoch nichts anmerken und beharrte:

»Es war geschlossen!«

»Die Scheiben sind zerbrochen, es ist einfach, auf diesem Weg rein und raus zu gehen. Der kleine Guillaumet hat es ebenfalls getan.«

»Er hatte eine Leiter!«

»Sie hatte die Magie!«

Huc spürte, wie ihm der Atem stockte.

»Die ... was?«, stotterte er.

Albérie richtete sich auf. Ihr Gesicht war fahl und ihre Lippen zitterten.

»Ich weiß, was du denkst, Huc de la Faye. Und du hast Recht, bei Gott. Loraline besitzt außergewöhnliche Kräfte. Vor kurzem erst ist sie dahinter gekommen. Wie ich, als ich in die Pubertät kam. Sie hat heilende Kräfte, wenn sie die Hand auf erkrankte Organe legt, sie kann die Zukunft aus einer einfachen Wasserpfütze lesen, sie spricht zu den Tieren, zu den Wölfen wie zu den Schlangen, in deren Sprache. Und sie ... sie kann schweben.«

»Ich lehne es ab, ein solch albernes Gerede zu glauben!«

Huc erhob sich. Er war außer sich vor Wut.

»Warum, Huc? Ist das absurder, unwahrscheinlicher als das, was mit meinem Körper passiert, der sich krümmt, verformt und mich bei jedem Vollmond entwürdigt?«

Huc antwortete nicht. Nein, es war nicht abwegiger und nicht unsinniger. Also, warum machte ihn das so wütend? Weil er wütend war. Auch wenn er seit fünfzehn Jahren mit den unmöglichsten Dingen konfrontiert war, so war an diesem Geständnis doch etwas faul und das machte ihn wahnsinnig.

»Ich habe dir die Wahrheit gesagt, Huc de la Faye. Wie sonst hätte sie in den Turm gelangen können? François allein besitzt den Schlüssel, das weißt du so gut wie ich.«

Huc erschauerte. Wieder hatte Albérie seine Gedanken erraten. Er zwang sich zur Ruhe. Von einigen durfte sie nichts erfahren und er konnte nicht das Risiko eingehen, sich ihr noch mehr auszuliefern.

»Gut, Albérie, ich glaube dir. Was ist anschließend geschehen?«

»Loraline hat ein Gemisch auf der Basis von Schwefel, Kalk und Pulver benutzt. Sie wollte, dass François de Chazeron denkt, der Teufel selbst würde ihn bestrafen. Sie hat von sich aus gehandelt, weil sie wusste, dass ich sie davon abgehalten hätte. Mein Fehler war, ihr gesagt zu haben, dass François nach Vollore zurückgeht und wir ohne Bedenken Pater Antoine de Colonges empfangen können. Sie hat die Gelegenheit beim Schopfe gepackt, Huc. Ich bereue es, nicht bemerkt zu haben, wie entschlossen sie war.«

»Und die Explosion?«

»Das ist nicht sicher. Aber einige Substanzen werden gefährlich, wenn sie großer Hitze ausgesetzt sind. Als François das Pergament in das Destilliergerät warf, löste er damit wahrscheinlich eine chemische Reaktion aus. Das ist die einzige Erklärung. Es wäre mir lieber gewesen, wenn er dabei umgekommen wäre«, sagte sie, ohne dabei den Blick von ihrem Gemahl abzuwenden. »Ich habe keinerlei Mitleid mit ihm, das weißt du, aber weder ich noch Loraline wären zu einem Mord fähig. Vielleicht Isabeau ... Hätte der Lehnsherr von Vollore mit seinem Leben für all das Leid, das er über uns gebracht hat, bezahlen müssen, dann wäre er schon lange, lange tot.«

Huc machte einen Schritt nach vorne. Er war sich plötzlich nicht mehr sicher. Albérie hatte in ihrem Blick diesen rätselhaften Schein, der ihn unwillkürlich zu ihr zog. Sie sackte erschöpft auf dem Bett in sich zusammen.

»Ich bin so müde, Huc«, fuhr sie leise fort. »Loraline bedauert jeden Tag ihre Tat und ich habe an ihrer Seite nicht die Hingabe einer Mutter. Und doch braucht sie mich. Bestimmt ebenso sehr wie ich dich brauche.«

Ihre Augen füllten sich mit Tränen. Huc spürte, wie sich sein Herz verkrampfte. Er trat auf sie zu und zog sie an sich. Albérie wehrte sich nicht. Im Gegenteil, sie schlang ihre knochigen Arme mit all ihrer Kraft um ihn, als befürchte sie, er würde ihr entfliehen. Huc spürte unwillkürlich, wie ihn ein Anflug von Begierde überkam. Er hatte sie schon des Öfteren begehrt, aber dieses Mal löste dieses Gefühl Panik in ihm aus. Sein für so lange vergessener Körper hatte das Leben neu gekostet und forderte nun mit noch größerer Bestimmtheit ein, was er entbehrt hatte.

Albérie spürte sein Verlangen und dennoch rührte sie sich nicht. Sanft strich er ihr langes, braunes, zu einem schweren Zopf geflochtenes Haar von der Schulter und fuhr mit seinen Lippen an ihrem Hals entlang. Er spürte, wie sie unter seiner Berührung erzitterte. Für den Bruchteil einer Sekunde tauchte vor seinem inneren Auge das Bild der keuchenden Antoinette auf, aber er vertrieb es vehement, bevor er zärtlich den Mund seiner Gemahlin suchte. »Das ist das erste Mal«, dachte er bei sich. Das erste Mal, dass er sie auf diese Weise küsste und Albérie sich ihm nicht entzog. Durch seine eigene Kühnheit ermutigt, legte er sie auf das Bett und schob die Schöße ihres Mieders beiseite.

In diesem Augenblick stieß Albérie ihn zurück. Er erhob sein Gesicht über das ihrige. Sie weinte, Huc spürte, wie das Blut in seinen Schläfen pochte. Sein Leib schmerzte, aber er insistierte nicht weiter. Widerwillig lösten sich seine Finger von ihrem Hals, in dem er das unregelmäßige Schlagen des Verlangens spürte.

»Ich würde gern, Huc. Oh ja, ich würde gern, aber ich kann nicht«, schluchzte sie, indem sie den Kopf auf die Seite drehte.

»Du hast mir nie gesagt, warum …«, entgegnete er ihr als einzige Antwort, während er die abwegige Hoffnung, die in ihm geweckt worden war, weit zurückdrängte.

»Muss ich das wirklich?«

Die Frage war fast nur gehaucht. Aber Huc verlangte nach mehr als nur nach einer Erklärung.

»Ich werde dir nicht wehtun, Albérie«, schien es ihm richtig vorzubringen, als ob allein die Angst eine unüberwindliche Schranke schaffen könnte.

Erneut trat Stille ein, die von Albéries Schluchzen unterbrochen wurde. Sie suchte nach den richtigen Worten. Seit so langer Zeit bereits hatte sie das Bedürfnis gespürt, es ihm zu sagen. Aber die Wahrheit schmerzte sie noch mehr als das Verlangen, das sie sich verbot zu empfinden.

»Sag es mir, ich bitte dich. Sag es mir.«

»Was hättest du davon, wenn … Was würdest du machen mit einem Kind, das wie ich auf die Welt käme …«

Huc erstarrte mit offenem Mund und gestocktem Atem. Natürlich! Er hatte noch nie, niemals, daran gedacht, dass Albérie und er ein Monster zeugen könnten, und doch … Allein die Vorstellung eines Neugeborenen mit den Gesichtszügen eines Wolfes drehte ihm den Magen um. Er rückte etwas beiseite und stand auf. Er brauchte plötzlich Luft.

Als er zur Tür ging, ließ ihn die schmerzerfüllte Stimme Albéries innehalten:

»Verlass mich nicht, Huc. Nicht jetzt. Ich liebe dich.«

Fünfzehn Jahre. Seit fünfzehn Jahren hoffte er auf diese Worte aus ihrem Mund. Er spürte sein Herz höher schlagen, aber in diesem Moment war es nur angefüllt mit Abscheu und Wut.

Er hörte sich mit bewegter Stimme sagen:

»Sei unbesorgt. Auch ich liebe dich.«

Dann verließ er das Zimmer und stürzte die Treppen hinab, ohne sich noch einmal umzudrehen.

Isabeau aß mit gesundem Appetit. Die Reise, die sie überstürzt angetreten hatte, hatte sie erschöpft, denn es lag bereits lange Zeit zurück, dass sie das letzte Mal auf dem Rücken eines Reittieres gereist war. Sie hatte in Herbergen und Raststationen geschlafen, die sich entlang ihrer Wegstrecke befanden, um möglichst viele Meilen pro Tag zurückzulegen. Immer wieder hatte sie sich dabei unter Pilger und Händler gemischt, die ab Clermont mit ihr den Weg nach Paris teilten, und konnte sich so vor Überfällen von Straßenräubern schützen. Des Öfteren gesellten sich auf den Hauptstrecken Soldaten zu den Reisenden. Die gefürchteten Banden, die immer wieder an Waldrändern zugriffen, zeigten sich zurückhaltender, sobald eine Gruppe von mehr als zwanzig Personen auftauchte. Isabeau hatte sich diesen Umstand zunutze gemacht und war dadurch verschont geblieben. Auf ihren einzelnen Zwischenstationen hörte sie allabendlich zahlreiche Erzählungen, die davon berichteten, wie sich unbescholtene Leute allein vorangewagt hatten, in der Hoffnung, sie würden nicht entdeckt werden. Ab und an fand man am Wegesrand ihre von Aasgeiern zerfressenen Körper.

Als Erstes hatte ihr Pater Boussart versichert, dass sie sich in Notre-Dame ganz und gar in Sicherheit befand. Bevor sie ihm noch all die Fragen stellen konnte – auch jene über Croquemitaine –, hatte sie der Abt aufgefordert, doch ein wenig in ihrem Zimmer auszuruhen. Isabeau hatte sich dorthin führen lassen, auf ihrem Rücken ihre Habseligkeiten, eingewickelt in ein altes Tuch, das ihrer Großmutter gehört hatte: eine Bürste mit vergilbten Borsten, deren Griff aus Buchsbaum gefertigt war, sowie ein Kamm und ein dazu passender kleiner Spiegel, der von einem dünnen Goldrahmen eingefasst war. Dies waren ihre einzigen Schätze, die ihr mehr als alles auf der Welt bedeuteten. Benoît hatte ihr diese Gegenstände geschenkt, einige Monate vor ihrer Verlobung, und war dabei unbeholfen von einem Bein auf das andere gehüpft.

Er hatte sie selbst angefertigt und sie hatte sie auf ihre Flucht mitgenommen. Albérie hatte sie ihr wieder zurückgegeben. Sie hatte die Gegenstände in dem fluchbeladenen Zimmer gefunden, nachdem François zurück nach Vollore gegangen war. Dies waren die einzigen Reste ihres verlorenen Glücks. Das, was sie am Leben erhalten hatte. Neben ihrem Rachegefühl.

Im Moment jedoch dachte sie nur an ihr neues Leben. Ihr Zimmer war schmal, kaum so groß wie eine Mansarde, und befand sich in einem Nebengebäude des eindrucksvollen Bauwerks. Um dorthin zu gelangen, hatten sie die Kathedrale durchqueren und eine Treppe hinaufsteigen müssen. Noch nie zuvor hatte Isabeau eine solche Pracht gesehen und die weichen Formen, der Reichtum der Kirchenfenster, die Nüchternheit und gleichzeitige Üppigkeit der Details hatten das ihrige getan, um den festen Panzer zu durchdringen, den sie sich über die Jahre des Unglücks und der Verbitterung hinweg zugelegt hatte. Ohne sich dessen bewusst zu sein, war sie wieder die strahlende Isabeau geworden, als sie durch die niedrige Tür in ihr Zimmer trat. Ein Kruzifix hing an einem Nagel über dem Bett, das zwar einfach war, aber doch ein richtiges Bett. Es besaß eine mit frischem Stroh gefüllte Matratze, auf der dicke Decken lagen.

Sie hätte vor Freude wie ein Kind in die Hände klatschen mögen. Im Gegensatz zu ihrer schmutzigen Höhle glich dieser Ort dem Zimmer einer Königin.

»Ihr werdet Euch hier wohl fühlen. Niemand wird über Euer Tun wachen. Und im Übrigen wird sich niemand hierher verirren. Dieses Zimmer diente vor einigen Jahren einer Dame von hohem Rang als Unterschlupf, als sie den stürmischen Nachstellungen des Bruders des Königs entfliehen wollte. Seit sie sich von hier oben heruntergestürzt hat, ist dies ein offenes Geheimnis.«

Mit diesen Worten hatte sie der Abt zum steinernen Geländer geführt, von wo sie den Augenblick genießen konnte. Isabeau riss die Augen auf angesichts dieser unglaublichen Schönheit. Ihr zu Füßen rollte die Altstadt, mit ihren belebten Gässchen rund um die Inseln der Seine, einen prachtvollen Teppich aus.

Als sie einige Minuten später in das Zimmer zurückgingen, erwartete Isabeau ein Tablett, das auf einem Tisch abgestellt war. Jemand hatte es unbemerkt herbeigetragen. Der Abt zog sich zurück, indem er ihr guten Appetit wünschte, und verließ sie mit der Zusicherung, sie nach dem Gottesdienst rufen zu lassen, um mit ihr die Einzelheiten ihres Aufenthaltes zu besprechen.

»Paris«, murmelte sie zwischen zwei Bissen Fleisch. »Ich bin in Paris …«

»Es wird Euch hier gefallen, mein Fräulein.«

Isabeau wandte sich überrascht um. Zu ihrer Verwunderung stand vor ihr eine winzige Frau, deren Eintreten sie nicht bemerkt hatte. »Ich muss mich wirklich ins Zwergenreich verirrt haben!«, dachte sie bei sich.

»Ich bin Bertille und zu Euren Diensten«, begrüßte sie die Besucherin höflich, indem sie eine fast groteske Verbeugung machte.

Isabeau konnte sich darüber jedoch nicht amüsieren. Sie hatte noch nie irgendjemanden zu ihren Diensten gehabt. Es versetzte sie in Verlegenheit, aber da sie nicht einmal den kleinsten Ton herausbrachte, begnügte sie sich damit, zu nicken und ihren Bissen hinunterzuschlucken.

Woraufhin die Zwergin in ein schallendes Lachen ausbrach.

»Ich stehe Euch nicht zu Diensten, weil dies meine Aufgabe ist, Madame Isabeau«, sagte sie schließlich, als sie sich wieder gefangen hatte. »Ich diene Euch, weil Ihr mir und meinem König gefallt.«

Isabeau stockte der Atem. Was um Himmels willen wusste nur der König von Frankreich von ihr?

»Nein, nein«, entgegnete ihre Besucherin wie als Antwort auf ihre Gedanken. »Nicht dieser König, meiner, unserer, jener der Zerlumpten und der Krüppel, der Hinkenden und Bettler.«

Isabeau verstand kein Wort. Schließlich öffnete sie den Mund und fragte verwirrt:

»Aber, von was sprichst du?«

Bertille brach ein zweites Mal in lautes Gelächter aus, so dass sie sich sogar auf die Bettkante setzen musste, um ein Taschentuch aus dem Ärmel zu ziehen und sich damit geräuschvoll die Nase zu putzen.

»Oh, ja!«, gluckste sie, »du gefällst mir, wirklich. Ruh dich ein wenig aus. Ich werde dich später holen.«

Irrsinnig, dachte sich Isabeau, dieses arme Mädchen ist irrsinnig! Aber bevor Bertille durch die Tür verschwand, drehte sie sich noch einmal um und rief ihr mit schelmisch glitzernden Augen zu:

»Ich weiß, warum du dem König gefällst! Weil du schön bist, Isa!«

Und sie ging mit einem Lachen davon, das noch lange in den Ohren Isabeaus widerhallte. Sie beendete verwirrt ihr Mahl und legte sich dann auf ihr Bett. Als der Schlaf sie schon übermannte, legte sich eine zweite, eine singende Stimme über jene Bertilles. Isabeau fuhr hoch und unterdrückte dabei einen Schrei des Erstaunens. »Der Zwerg! Der Zwerg war der König der Narren!«

»Das stimmt im Großen und Ganzen, wenn es auch ein wenig komplexer ist«, bestätigte Pater Boussart. Sie hatten es sich beide in einem Sessel bequem gemacht und plauderten seit einigen Minuten. »In Wahrheit«, fuhr er fort, »existiert in Paris ein Königreich im Königreich, mit seinen eigenen Regeln, seinen Gesetzen und seinen Hierarchien. Man nennt dies Viertel der Bettler und Diebe *La cour des Miracles*. Die Polizei von König Franz weiß genau, wo diese Menschen sich aufhalten, und doch sind sie nicht zu fassen, denn sie kennen die Stadt, ihre geheimen Wege und versteckten Winkel besser als jeder andere. Das Volk steht auf ihrer Seite, warnt sie, deckt sie, denn sie üben ihre kleinen Diebereien nur auf Kosten der Mächtigen aus, über die sie ohne jegliche Skrupel spotten. Jedes Jahr wird ein König gekrönt. Oft wird er auf Grund seiner Stärke ausgewählt, aber nicht immer. Seit zwei Jahren ist Croquemitaine König, denn er ist gerecht, schlau, schnell, gewandt und äußerst intelligent. Mir ist kaum ein solch aufgeweckter Geist untergekommen, wie er einer ist. Er wird von allen geliebt, ja sogar verehrt und selbst unser König Franz hat ihn ins Herz geschlossen, seit er es abgelehnt hat, sein Hofnarr zu werden. ›Ich kann diese Aufgabe nicht annehmen, Sir‹, hatte er erklärt. ›Ihr amüsiert mich weitaus mehr, als ich imstande wäre, Euch durch Spaß zu vergnügen! Und so würdet Ihr schon bald meinen Thron gegen den Eurigen eintauschen wollen!‹ Der Herzog von Bourbon sprang auf, um ihn zu packen und hängen zu lassen, aber König Franz war in ein befreiendes Lachen ausgebrochen und hatte ihn nicht nur zu seiner Kühnheit, sondern auch zu seiner Schlagfertigkeit beglückwünscht. Er hatte unter Androhung der Todesstrafe angeordnet, dass ihm kein Leid zugefügt werde, und seine Entscheidung akzeptiert, indem er vorbrachte, ein so flinker Geist habe einen solch großen Kopf auf kleinen Beinen verdient. Stattdessen übernahm er einen Vetter von Croquemitaine, ein Zwerg mit Namen Triboulet.«

»König Franz hat wirklich Humor«, lachte Isabeau, die sich die Szene gut vorstellen konnte.

»Er ist ein lustiger Zeitgenosse«, bestätigte Pater Boussart. »Aber all das lenkt uns von dem eigentlichen Motiv Eures Aufenthaltes ab, mein Kind. Abt Antoine, der ein alter Freund von mir ist, hat mir von Eurem traurigen Schicksal erzählt.« Isabeau, von einem beklemmenden Gefühl gepackt, sackte in ihrem Sessel zusammen. »Sorgt Euch nicht, keiner außer mit kennt Euer Geheimnis und so wird es auch bleiben. Es ist an der Zeit, Euch wieder zurück ins Leben zu führen und das Kapitel der vergangenen Jahre abzuschließen. Ihr seid eine schöne Frau und Ihr könnt Euch leicht in einer Stadt wie Paris verirren. Ihr müsst mir also vertrauen. Ich werde auf Euch Acht geben und, wenn ich Bertille glauben kann, dann wird mir Croquemitaine dabei helfen. Könnt Ihr nähen und sticken?«

»Ich konnte es«, antwortete Isabeau, indem sie sich verbittert an ihre Aussteuer erinnerte, die sie zusammen mit ihrer Großmutter in Vorfreude auf ihre Hochzeit liebevoll angefertigt hatte.

»Ihr werdet es noch immer können, glaubt mir. Ihr müsst nur einfach wieder lernen, an Euch selbst zu glauben. König Franz bringt, angespornt von jungen italienischen Talenten, eine neue Mode in Umlauf und den Schneidereien fehlt es daher an Arbeitskräften. Madame Rudégonde ist eine der Lieblingsschneiderinnen des Königs. Sie sucht einen Lehrling, der schnell lernt und die Arbeit nicht scheut. Ihr solltet jedoch nicht öffentlich bekannt machen, dass Ihr bereits verheiratet wart, denn die Regeln der Zunft sind streng: ein Lehrling darf weder verheiratet noch verwitwet sein. Aber Madame Rudégonde ist eine großmütige Person, sie hat befunden, dass Ihr nicht lange genug verheiratet wart, um gegen dieses Gesetz zu verstoßen. Wenn Ihr nichts sagt, wird auch sie das Geheimnis für sich behalten. Wollt Ihr es versuchen, Isabeau?«

Isabeau war bei jedem Wort erzittert, als handele es sich um ein Gerichtsurteil. Würde sie nach all diesen Jahren wieder Geschmack daran finden zu leben, ohne sich verstecken zu müssen? Sie war nach Paris gekommen, damit Loraline ihren Akt der Vergeltung zu Ende führen konnte. Sie hatte nicht einmal darüber nachgedacht, was aus ihnen nach dem Tod von François de Chazeron werden würde. Und plötzlich begriff sie, dass ihr Platz nirgendwo war. Für die anderen war sie tot. Zweifach tot.

Der Abt betrachtete sie schweigsam, um ihr genügend Zeit zu lassen. Antoine hatte ihm nichts verschwiegen, weder was seine Vorhaben bezüglich François de Chazeron betraf noch die wahren Gründe der Flucht Isabeaus. Sie verfolgten beide das gleiche Ziel. Abt Boussart war Exorzist.

Isabeau blickte ihn mit großen, hoffnungsvollen Augen an.

»Ich werde Euch nicht enttäuschen, Hochwürden.«

»Prächtig. Bertille wird Euch morgen zu einem Schneider und einer Näherin, zwei Straßen von hier, bringen. Ihre Preise sind akzeptabel und Ihr benötigt eine angemessene Garderobe. Ihr verfügt über ein wenig Geld?«

Isabeau nickte und zog zwei Goldbarren aus einem Lederbeutel, der fest an ihrem Gürtel befestigt war.

Der Abt kniff vor Überraschung seine Augen zusammen, fragte jedoch nicht weiter nach. Er nahm das Gold entgegen, hob einen Gobelin an, der das Leiden Christi darstellte, und entnahm der Vertiefung, die sich dahinter auftat, einige Ecu.

»Das hier ist besser dafür geeignet, Eure Einkäufe zu tätigen. Ihr besitzt da ein kleines Vermögen, das ich zunächst von einem Juwelier schätzen lassen muss. Es würde Euch ermöglichen zu leben, ohne zu arbeiten, aber ich denke ernsthaft, dass es Euch gut tun würde, Euren Geist und Eure Hände zu beschäftigen. Zudem hättet Ihr Gelegenheit, die Welt der einflussreichen Persönlichkeiten kennen zu lernen. Ihr seid intelligent, Isabeau. Mit der gleichen Beharrlichkeit, mit der Ihr überlebt habt, könntet Ihr Euch einen Platz schaffen, wenn Ihr wolltet.«

»Und die Unterkunft und das Essen, Hochwürden?«, zögerte Isabeau, die sich durch seine Worte ermutigt fühlte.

»Darum braucht Ihr Euch nicht zu kümmern. Werdet wieder schön, Isabeau, schön von innen, dann wird Eure Schuld beglichen sein.«

Ergriffen fasste Isabeau die Hand, die ihr Pater Boussart entgegenstreckte, und erhob sich mit zitternden Beinen.

»Werde ich es schaffen, Hochwürden?«, fragte sie mit zaghafter Stimme, während er sie durch den Korridor begleitete.

»Nur Ihr allein kennt die Antwort darauf, und Ihr benötigt Zeit dazu. Nehmt sie Euch. Ihr habt keine Feinde in Paris.«

Unvermittelt beugte sich Isabeau hinab und küsste ehrwürdig die Hand des Abtes, als wäre er ein Bischof. Sie bemerkte den spöttischen Gesichtsausdruck Bertilles, als sie sich nach dringlicher Aufforderung des Abtes wieder aufrichtete, den diese überraschende Geste in Verlegenheit gebracht hatte.

»Ich würde Euch gerne um etwas ersuchen, Hochwürden«, bemerkte sie noch, als er sich gerade verabschieden wollte.

»Ich höre, Isabeau.«

»Seine Majestät hat mir einen neuen Namen gegeben, den Namen meines neuen Lebens. Wenn Ihr nichts dagegen habt, Hochwürden, werde ich mich in Zukunft Isabelle nennen.«

Abt Boussart lachte auf, während Bertille freudig in die Hände klatschte, wobei sie bis über beide Ohren grinste.

»Das war nicht nur Seine Majestät, Madame Isabelle«, vertraute ihr der Abt ihre Wahl akzeptierend an, »das war auch – und vor allem – seine Gemahlin.«

Woraufhin Bertille entschlossen Isabeaus Hand ergriff und sie zur Treppe zog, indem sie erklärte:

»Madame Isabelle hat für heute genügend Aufregungen erlebt. Morgen ist auch noch ein Tag. Dein Bad wartet auf dich, Isa, und dein Bett ebenfalls. Lass uns gehen, komm ...«

Überwältigt von ihren Gefühlen ließ sich Isabeau von ihr fortziehen. Bertille hatte Recht. Sie war erschöpft. Erschöpft davon, wieder am Leben zu sein.

8

François de Chazeron tätschelte seinem Pferd den Hals, bevor er mit zufriedener Miene absaß. Er hatte acht Tage in Clermont verbracht und alles erreicht, was er wollte. Zum einen die Zusicherung des Herzogs von Bourbon, ihn moralisch und finanziell zu unterstützen, indem er ihm indirekt, wie er angedeutet hatte, mit Hilfe eines königlichen Postens mehr Kompetenzen zu übertragen gedachte. Zum anderen, hatte ihm ein Juwelier bestätigt, dass er in der Tat in seiner Schatulle einen Barren reinstes Gold mit sich führte. All das würde ihm erlauben, zur Geburt seines Sohnes ein rauschendes Fest zu geben. Ein Fest, zu dem der Herzog den König laden würde, wie er versprochen hatte.

So nahm Chazeron an diesem 1. November 1515 den Beschwerdebericht des Profos bei bester Laune entgegen und beschloss, sich nicht weiter über die Plünderungen und Überfälle Gedanken zu machen, die während seiner Abwesenheit den Landstrich verunsichert hatten. Die Garnison war auf Montguerlhe wieder vollzählig und die kampferprobten Türmer würden einen massiven Angriff rechtzeitig erkennen. Auf einem Felsvorsprung gebaut überragte die Festung alle umliegenden Gebäude und war daher allein während des Hundertjährigen Krieges in größerem Ausmaße Ziel von Übergriffen gewesen. Aber auch da hatte es die strategische Lage von Montguerlhe ermöglicht, den Zugang zu der Region um Thiers strengstens abzuriegeln.

Dann ging François seine Gemahlin begrüßen und kündigte beim Essen vergnügt an, er werde am nächsten Tag nach Vollore zurückkehren. Alleine. Für die Dauer der Arbeiten. Antoinette grub ihre Finger in ihre Röcke, um nicht vor Freude laut loszujubeln, und brachte gesenkten Blickes mühsam ein Bedauern heraus: »Die Motive, die Euch drängen, dorthin zurückzukehren, entziehen sich meiner Kenntnis, Messire, aber Ihr werdet mir fehlen.«

»Ihr werdet Euch schnell an meine Abwesenheit gewöhnen, Madame«, entgegnete François und lachte hell auf. »Das Kind, das Ihr in Eurem Leibe tragt, wird Euch ablenken. Damit wäre alles gesagt. Huc weiß, wo ich im Notfall anzutreffen bin; es sei noch erwähnt, dass ich während meines Fernbleibens keinerlei Besuche hier toleriere. Im Übrigen werden die Schneemassen mit jedem Tag dichter und schon bald wird es nicht mehr ratsam sein, die Straßen zu befahren.« Antoinette nickte. Diese Entscheidung war vollauf zu ihrer Zufriedenheit. In Wahrheit hatte sie so etwas Ähnliches bereits vorausgeahnt. Sie wusste allzu gut, dass er es so lange ohne seine Arbeiten nicht aushalten würde. Verstohlen warf sie Huc, der mit ihnen am Tisch saß, einen viel sagenden Blick zu. Als sie den Kopf abwandte, um sich nicht zu verraten, streifte ihr Blick das Gesicht von Albérie, die in der Tür stand. Der Ausdruck, den sie in den Zügen der jungen Frau lesen konnte, ließ sie vor Furcht erstarren. Alles an ihr strömte Hass aus. Automatisch folgte sie der Richtung des stählernen Blicks. Albérie fixierte mit einem kalten Lächeln François de Chazeron.

Die Sonne stand bereits hoch am Himmel, als François am nächsten Tag mit bitterem Geschmack im Mund auf Montguerlhe erwachte. Er hatte die ganze Nacht hindurch Albträume gehabt, in denen sich sogar eine Gestalt über seine Bettstatt gebeugt hatte. Eine Gestalt, deren Miene ihn an irgendjemanden erinnerte, wenn er auch nicht hätte sagen können, an wen. Dann hatte sich die Gestalt verzerrt und verformt und er hatte in einen monsterhaften Wolfskopf mit aufgerissenem Maul geblickt, der bereit zu sein schien, sein entsetztes Gesicht zu verschlingen. Einen Augenblick lang blieb er noch liegen, die Augen zum Fenster gerichtet. Der Himmel war klar, doch zeichneten sich bereits durchsichtige Schleier an den Bergen ab. Morgen oder übermorgen würde es in dicken Flocken zu schneien beginnen. Es war höchste Zeit für ihn, zu seinen Destilliergeräten zurückzukehren. Wenn der Teufel ihm das Gold geschenkt hatte, so sicherlich als Zeichen dafür, dass er fast am Ziel war. Er hatte entschieden, seine Forschungen an dem Punkt wieder aufzunehmen, an dem seine Aufzeichnungen von den Flammen verschont geblieben waren. An dieser Stelle hatte er gewiss einen falschen Weg eingeschlagen. Voller Tatendrang warf er seine Bettdecke zurück und setzte sich auf. Doch kaum hatten seine Füße den Boden berührt, überkam ihn ein Schwindelanfall und seine Beine wurden von einem Zittern erfasst, das sich nach und nach auf seinen ganzen Körper übertrug. Er hatte das Gefühl, als ramme ihm jemand einen Dolch in den Magen, und plötzlich übergab er sich, ohne wieder aufhören zu können.

Isabeau drehte sich mehrere Male vor dem Spiegel, in dem sie ein Bild ihrer selbst entdeckte, das ihr unendlich weit entfernt schien. Sie hatte fast vergessen, wie schön sie einst gewesen war. An ihrer Seite klatschte Bertille wie ein Kind freudig in die Hände, aber Isabeau beachtete sie nicht weiter, so häufig hatte die großherzige und impulsive Zwergin bereits diese Angewohnheit an den Tag gelegt.

»Ihr seid strahlend schön, Madame Isabelle«, bestätigte

die Näherin, indem sie sich zu ihren Füßen niederkniete, um den Saum des Rockes abzustecken. »Wirklich entzückend …«

Und in der Tat war sie das, trotz ihrer einfachen Garderobe. Bertille hatte sie zunächst zu einem Barbier geführt, der sich ihrer Haare angenommen hatte, die aufgrund der mangelnden Pflege über die Jahre hinweg spröde und brüchig geworden waren. Seine Mittel hatten wahre Wunder bewirkt und die Seiden- und Perlenbänder, die ihren Haarknoten zusammenhielten, aus dem ein langer Zopf auf ihren Rücken fiel, verliehen ihrem leicht geschminkten Gesicht noch feinere Züge. So zurechtgemacht, erkannte sie auf einmal jene Isabeau von vor fünfzehn Jahren wieder, als habe man aus ihrem Leben die Spuren der Gewalt wegradiert. Für einen Moment schob sich über ihr Spiegelbild das Gesicht von Benoît und sie verspürte einen Stich in ihrem Herzen. Sie hätte ihm so gefallen, das wusste sie, aber nun war es an der Zeit, die Vergangenheit hinter sich zu lassen.

Isabeau hatte keinerlei Nachricht von Montguerlhe. Sie verdrängte den Gedanken, Loraline könnte ihr fehlen, ebenso, wie sie seit ihrer Geburt die Tatsache verdrängte, dass sie ihre Tochter war. Die Auvergne war weit weg. Wahrscheinlich unter Schnee und Eis begraben, denn hier in Paris war es genauso. Für nichts auf der Welt wollte sie dorthin zurückkehren. Was auch immer geschehen würde, sie war Isabelle. Isabelle de Saint-Chamond, die Stadt, aus der ihre Urgroßmutter stammte.

Sie warf sich einen mit Hermelinpelz gefütterten Mantel über die Schultern, der ihren ärmellosen Umhang bedeckte, und trat aus dem Laden. Neugierige Blicke richteten sich auf sie, doch sie starrte unverwandt mit ihren grünen Augen geradeaus auf ihren Weg und ging leichten Schrittes davon, gefolgt von Bertille und einem Diener, der ihre Einkäufe trug.

Am darauf folgenden Nachmittag führte man sie in die Rue de la Lingerie zu einem Laden, über dem auf einem Schild der Name »Königsgarn« prangte, und stellte sie Madame de Rudégonde vor. Sie war eine fröhliche und beleibte Person, mit einem lauten, aufrichtigen Lachen und einer warmen Ausstrahlung. Pater Boussart hatte Isabeau erzählt, dass sich hinter dieser Erscheinung vor allem eine Opportunistin verbarg. In nur drei Jahren hatte sie, die Geliebte des ehrbaren Messire La Palice, Wohlstand und Ansehen erlangt und fertigte die raffiniertesten Kleider für die feine Gesellschaft des Königreichs an. Als nicht nur ihr Ruhm und ihr Vergnügen zunahmen, sondern ihr Körperumfang in gleichem Maße, verlor La Palice das Interesse an ihr. Als neuer Hofmarschall, als der er im Januar desselben Jahres von König Franz eingesetzt worden war, kehrte er daraufhin wieder zu seinen wechselnden Liebschaften zurück, bei denen ihn vor allem das verführerische Äußere anzog. Rudégonde hatte ihm das nicht nachgetragen. Sie war ihm vielmehr unendlich dankbar dafür, ihr zu jener privilegierten Stellung verholfen zu haben, die sie nun genoss, und so waren sie nicht nur gute Freunde geblieben, sondern er schickte ihr auch regelmäßig seine neuen Eroberungen zum Einkleiden vorbei.

Rudégonde war von ihrer neuen Mitarbeiterin überaus entzückt und machte sich daran, ihr von den aktuellen Neuigkeiten des Hofes zu berichten, damit sie besser auf die Fragen der herrschaftlichen Kundschaft zu antworten wüsste, die ihr bestimmt gestellt würden. König Franz hatte sich Anfang Oktober in Pavia niedergelassen, wo er den begabten Künstler Leonardo da Vinci kennen gelernt hatte, der sich ohne Umschweife in seine Dienste begab. Er hatte dort zahlreiche Botschafter empfangen, vor allem jene des Papstes, der befürchtete, Franz I. würde durch den Sieg von Marignano illegitime Ansprüche auf Rom geltend machen. Um dem entgegenzuwirken, hatte Seine Heiligkeit Leo X. mit dem König von Frankreich einen Pakt geschlossen, der sie zu gegenseitiger Unterstützung verpflichtete. Franz versprach, Florenz zu verteidigen und die Herrschaft der Medici zu sichern, Leo X. garantierte im Gegenzug, zur Erhaltung der Macht in Mailand seinen Beistand zu leisten. Dazu überließ er ihm noch Parma und Piacenza.

Nachdem in Pavia eine Epidemie ausgebrochen war, zog der König gegenwärtig in Richtung Bologna weiter, nachdem er den Kanzler Antoine Duprat mit der Umstrukturierung des Herzogtums Mailand beauftragt hatte, um es dann an das Königreich Frankreich anzugliedern.

Isabeau lauschte diesem Bericht mit großer Aufmerksamkeit. Zu sehr mit ihrem eigenen Leben beschäftigt, hatte sie sich bisher um das Geschehen des Landes recht wenig gekümmert und vom Tod Ludwig XII. nur erfahren, weil Albérie es ihr mitgeteilt hatte. So schwirrten nun in ihrem Kopf all diese Namen durcheinander, ohne dass sie es gewagt hätte einzugestehen, noch nie von ihnen gehört zu haben. Sie war voller Bewunderung darüber, wie gut Rudégonde über die Neuigkeiten Bescheid wusste, wo sich diese doch in Italien, so weit weg von ihr, abspielten.

Als Isabeau sie doch darauf ansprach, führte sie Rudégonde in das Hinterzimmer des Ladens, das mit dicken Ballen schillernder Stoffe sowie Silber- und Goldfäden voll gestopft war. Zwei junge Mädchen waren in eine Näharbeit vertieft, ein drittes saß vor einem großen Fenster und stickte.

Rudégonde stellte ihr Ameline, Blanche und Françoise vor und erklärte, dass Isabeau morgen bei ihnen als Lehrling anfangen würde. Dann trat sie durch eine weitere Tür und führte sie in den Hof. In dessen Mitte befand sich ein steinerner Taubenschlag, der gut zwanzig Vögel beherbergte.

»Das ist mein Geheimnis«, beteuerte Rudégonde. »Ich

korrespondiere regelmäßig mit Messire La Palice. Und so bin ich ohne Zweifel in ganz Paris die Person, die am besten und schnellsten informiert ist. Dies ist ein weiterer Grund, warum der Adel zu mir kommt. Hier erfährt man vor allen anderen, was der König tut und welche neuen Modeerscheinungen es gibt. So wird sich der italienische Einfluss schon bald im ganzen Land bemerkbar machen und ich will die Erste sein, die Allererste, die dem König, sobald er zurückgekehrt ist, eine bereits fertige Kollektion präsentieren kann, noch bevor er sie überhaupt in Auftrag gibt.«

Rudégonde lachte stolz und packte Isabeau an der Hand, um sie weiterzuziehen. In einer Ecke des Ateliers lagen herrliche, moirierte, mit Goldfäden durchzogene Stoffe, aufgerollt auf einem sorgsam polierten Tisch, damit das Gewebe keine Fäden ziehen konnte.

»Sie sind gestern angekommen. Der König hat sie neidvoll betrachtet und meine Informanten haben sich beeilt, für mich das Geschäft wie vereinbart abzuschließen. Und das hier ist auch genau der Grund, warum ich Euch benötige, Isabelle. Pater Boussart hat mir versichert, ohne mir Eure Geschichte zu erzählen, dass Ihr Euch in erster Linie einen Platz schaffen und Euren Rang wiedererlangen wollt. Ich weiß nicht, durch welch widrige Umstände Ihr Eure Stellung verloren habt. Aber ich weiß aus meiner eigenen Erfahrung gut genug, wie sehr wir Frauen Spielzeug der Männer sind. Ich werde Euch also keine Fragen stellen und erwarte auch keinerlei Geständnis. Ich möchte, dass in einigen Monaten, einigen Jahren vielleicht, dieser Ort für alle Männer und Frauen des Königreichs unumgänglich ist. Daher benötige ich ab dem heutigen Tag eine Vertrauensperson, auf die ich mich stützen kann. Man hat mir über Euch nur Gutes berichtet, und, bei Gott, Eure Unschuld gefällt mir«, fügte sie mit einem Augenzwinkern hinzu.

»Ich werde Euch nicht enttäuschen.«

»Gut. Ihr werdet fünf Sou am Tag erhalten. Das ist nicht viel, aber das wird Euch anspornen, mehr zu lernen.« Sie wies auf die drei Arbeiterinnen: »Sobald Ihr so gut wie diese da sticken, nähen und heften könnt, wird Euer Lohn steigen. Und immer weiter, bis zu drei Ecu in der Woche plus Unterkunft und Essen. Aber das wird wahrscheinlich erst in einigen Monaten sein. Es wird harte Arbeit sein, Eure Hände werden zeitweise zerschunden sein, dabei jedoch weiterhin flinke Finger und einen sicheren Stich behalten müssen. Ich habe mir diesen Platz mit Schweiß und Blut erarbeitet. Ihr müsst Euch den Eurigen verdienen. Ich werde Euch keine Geschenke machen, Isabelle, niemals, denn um mich eines Tages völlig auf Euch verlassen zu können, muss ich Euren Mut, Euer Durchhaltevermögen und vor allem, ja vor allem, Eure Opferbereitschaft ergründen. Dieser Beruf wird Euch Reichtum, Ruhm und Respekt einbringen, wenn Ihr dafür alles aufgebt und Euch völlig dieser Arbeit widmet. Was immer man Euch über mich erzählt hat, es stimmt. Aber noch mehr erfahrt Ihr über mich, wenn Ihr die Mühsal ermessen könnt, die ich auf mich genommen habe, um an mein Ziel zu gelangen.«

Isabeau nickte. Sie konnte gut verstehen, was Rudégonde meinte. Hatte sie nicht fünfzehn Jahre gebraucht, um an ihr Ziel zu gelangen? Sie fühlte sich zu jeglicher Art von Opfer bereit, um in ein normales Leben zurückzufinden; ihre größten Leiden lagen bereits hinter ihr. Es gab nichts mehr, was sie nicht ertragen könnte.

»Ich werde mich Euren Forderungen fügen, Madame Rudégonde«, versicherte sie mit erhobenem Kopf. »Ich schwöre Euch, schon bald werdet Ihr auf mich ebenso wie auf Euch selber zählen können.«

Rudégonde betrachtete sie mit Respekt.

»Wir werden gut miteinander zurechtkommen, Isabelle de Saint-Chamond, ja, davon bin ich überzeugt. Eine glückliche Fügung hat Euch mit Hilfe von Pater Boussart zu mir geführt. Ohne Zweifel ein heiliger Mann und ich bedaure, dass er seine Ansichten gegenüber seinesgleichen verstecken muss.«

Isabeau schaute sie verständnislos an. Rudégonde fuhr fort:

»Ihr habt natürlich noch nie von den geistigen Strömungen gehört, die Licht in das Dunkel bringen. Davon spricht man wenig außerhalb von Paris.«

Isabeau schluckte schwer. Wieso hatte sie plötzlich das Gefühl, dass diese freundliche Art geheimnisvolle Flecken kaschierte? Würde man sie auch wirklich nicht ein weiteres Mal für etwas benutzen?

Rudégonde hatte offensichtlich ihre Verwirrung bemerkt, denn sofort warf sie ihr wieder ein warmes Lächeln zu:

»All das muss Euch nicht kümmern, Isabelle. Abt Boussart ist einer jener Geistlichen, der die Verderbtheit gewisser Prälaten, zu denen auch sein Vorgesetzter gehört, nur wenig schätzt. Aufgeblasen und überschwemmt von Reichtum agieren diese kirchlichen Würdenträger nur im Namen der Gebote des Herrn, um ihre eigenen Privilegien aufrecht zu halten. Abt Boussart hilft den Notleidenden und erhält dafür Unterstützung von König Croquemitaine und Madame Bertille. Er wird vom Volk geliebt und respektiert. Die Großzügigkeit dieses Mannes ist unverstellt und echt, aber er muss sie mit Vorsicht einsetzen, so sehr gehört es mittlerweile zum guten Ton, sich nur um die Wohlhabenden zu sorgen. Das geht sogar so weit, dass er sich vor den anderen versteckt, um seinem Nächsten zu helfen. Ich könnte darauf wetten, dass nur er allein von Eurer Existenz und von Eurem Aufenthalt in Notre-Dame weiß. Es ist wichtig, dass Ihr darüber informiert seid, selbst wenn, ich betone das noch einmal, Euch das alles nicht kümmern muss. Wir stehen Euch zur Seite, Isabelle, und wir tun das mit Aufrichtigkeit. Geht nun. Ich erwarte Euch morgen.«

Isabeau bedankte sich bei ihr und ging. Die letzten Worte Rudégondes hatten sie beruhigt. All das war für sie ohne Bedeutung. Sie musste ihren Geist an diesen Machtspielchen nur schärfen, wenn sie es wollte, so wie es die Gewandschneiderin getan hatte, die sich in dieser Welt, die nicht die ihrige war, nach oben gearbeitet hatte. Diese Welt, die sie erdrückt hatte und die sie zu beherrschen lernen musste, um nie wieder unter ihrer Raserei zu leiden.

Am folgenden Tag, also am 3. November 1515, drei Wochen nachdem sie Thiers verlassen hatte, nahm sie, leichten Gemüts und ruhigen Herzens, ihr neues Leben in Angriff.

Philippus trieb sein Maultier an, das sich zunehmend bockiger gebärdete, aus Ärger, den Stall verlassen zu müssen, ebenso wie sein Diener, der die Herberge nicht gegen die Kälte eintauschen wollte. Diese drei störrischen Esel, wie er sie zärtlich nannte, eingeschlossen das Reittier, auf dem Corichon thronte, schienen davon überzeugt, er habe den Verstand verloren, und es wäre vielmehr an der Zeit, sich um einen Winterunterschlupf in einem der Klöster zu kümmern.

Fast hätte er sich am Vortag diesem Willen gebeugt, dann hatte er aber doch beschlossen, dem Sturm zu trotzen, der über die Auvergne fegte. Es zog ihn nach Thiers. Mit der Gewissheit, dass man ihn dort ebenso wie in Saint-Rémy-de-Provence erwartete.

Bevor die Nacht hereinfiel, hätte er sein Ziel erreicht, selbst wenn er noch nicht wusste, welches das war. Er würde beim Lehnsherrn der Gegend um Unterkunft anfragen und sich dann am nächsten Morgen auf die Suche nach jenem Klingenschmied machen, dessen Namen er in der Schatulle

Michels de Nostre-Dame entdeckt hatte. Wenn er das erledigt hatte, würde er weitersehen.

Um diese Zeit begegneten sie wenigen Pilgern auf dem Jakobusweg, die in Richtung Thiers unterwegs waren. Und selbst wenn sie einige andere Verrückte auf ihrem Weg getroffen hätten, hätten sie bei diesem dichten Schneefall nicht einmal ihre Banner erkennen können. An einigen Stellen sanken ihre Reittiere knietief ein und ihre Beinkleider gerieten in den Schnee. Wenn die Tiere sich weigerten weiterzugehen, waren sie gezwungen, abzusteigen und sie hinter sich herzuzerren. Sie waren bis auf die Knochen durchnässt. Philippus' einzige Sorge bestand darin, nicht vom Weg abzukommen, der sich in der weißen Landschaft verlor. Er tastete unentwegt mit einem Stab den Straßenrand ab, um die Markierungen zu finden, die den Weg seitlich begrenzten. Hier bestanden diese Markierungen des Öfteren aus aufgehäuften Steinen, manchmal aus niedrigen Mauern oder einem Schild, das die Richtung angab. Er kratzte dann mit seinen gefrorenen Fingern den Schnee beiseite, um die Schrift so weit wie möglich zu entziffern.

So kämpften sie sich seit drei Tagen langsam voran und es schien ihnen, als sollte ihre Reise nie enden. Wenn sie Wälder durchquerten – was immer häufiger geschah –, drückte sich Corichon wimmernd an ihn, aber Philippus verspürte keine Angst. Die Wetterbedingungen sorgten dafür, dass Wölfe und Räuber sich von ihnen fern halten würden. Nur ein Irrer würde sich dieser Kälte widersetzen.

Als der Abend nur noch die Konturen der tief hängenden Wolken erkennen ließ, begriff er, dass sie blind weitergehen mussten, bis sie eine Raststelle gefunden hatten. Sie waren umgeben von Bergen. Philippus kämpfte sich gebeugt weiter voran, indem er seinen Schritt beschleunigte. Seine Finger und seine Füße waren bereits gefühllos. Wenn sie nicht bald einen Unterschlupf finden würden, wären sei bei Morgengrauen alle erfroren. Er hörte bereits, wie sein armer Begleiter vor Kälte mit den Zähnen klapperte und ihre verängstigten Reittiere, von denen sie endgültig abgestiegen waren, lautstark und in kurzen Abständen durch ihre Nüstern schnaubten.

»Dieses Mal ist es gewiss«, wütete eine Stimme in seinem Kopf, »wenn der Allmächtige es so will, dass du Dummkopf noch einmal auf deinem Weg an einem Unterschlupf vorbeikommst, wirst du dort bleiben, bis Tauwetter eintritt!«

In diesem Moment legte ihm sein Diener die Hand auf den Arm, bevor er mit zitterndem Finger auf ein Loch in den Wolken zeigte. Philippus suchte den Horizont ab und schüttelte den Kopf. Es war unmöglich, irgendetwas zwischen diesem Toben zu erkennen, aber Corichon blieb hartnäckig. Und dann sah es auch Philippus. Es war nur ein Schein, der die Nacht durchkreuzte und auf den tieferen Wolken, die der Wind vorantrieb, zu erkennen war. Sein Herz machte vor Freude einen Sprung. Dieser Schein kam zweifelsohne von einem der Feuer, die auf den Warttürmen brannten und verirrten Reisenden als Orientierung dienten. Er gab seinem Diener einen freundschaftlichen Klaps auf die Schulter, wobei er einige Zoll Schnee aufwirbelte.

»Mein Freund, wir sind am Ziel«, rief er aus.

Mit neuem Schwung nahmen sie ihren Weg wieder auf.

Eine Stunde später standen sie vor einer Wand aus Stein, die weit in den Himmel ragte und von Lichtern, die auf den vier Türmen der letzten Ringmauer brannten, eingerahmt war. Ein Türmer musste sie bereits gesehen haben, denn das Fallgitter wurde nach oben gezogen, um sie passieren zu lassen. Sie gingen, ein glückliches Lächeln auf den Lippen, durch das zweite Tor und kamen in den Innenhof des Schlosses.

Einige Minuten später konnten sie sich ihrer Umhänge und Handschuhe entledigen, die sich dank der Wärme schließlich von den angeschwollenen Fingern streifen ließen, und Philippus verbeugte sich vor Antoinette de Chazeron, um ihre Gastfreundschaft zu erbitten.

Philippus rollte sich auf seinem Lager zusammen, das seine liebenswürdige Gastgeberin ihm zur Verfügung gestellt hatte. In dem großzügigen Kamin knisterte ein Feuer, das die Dunkelheit durch seine Funken erhellte. Auf dem Boden, ausgestreckt auf einem wollenen Strohsack, schnarchte sein Diener lautstark, den Magen, genau wie er selber, überfüllt mit den reichhaltigen Speisen, die man ihnen aufgetischt hatte. Philippus spürte, wie es in den Gliedmaßen seines durch die Kälte steif gewordenen Körpers prickelte, aber das störte ihn nicht. Erschöpft wie er war, schlief er sofort ein und dankte dem Allmächtigen für diese glückliche Fügung.

Am Morgen des 5. Novembers 1515 schneite es noch immer. Als Philippus einen Blick aus dem Fenster warf, bemerkte er, dass es in der Nacht stark weitergeschneit hatte. Sein Gefühl sagte ihm, dass sein Aufenthalt hier länger sein würde als geplant. Seltsamerweise jedoch war er darüber keineswegs verärgert. Seit er vor drei Wochen aufgebrochen war und sich durch Einöde, Kälte und Unwetter gekämpft hatte, träumte er unentwegt von der Geborgenheit eines Heimes, das in seiner Vorstellung ungewollt dem Zuhause Michels ähnelte.

Philippus reckte sich ausgiebig und stieg dann mit einem großen Schritt über seinen Diener, der noch immer schnarchte. Munter ging er aus dem Zimmer. Er folgte den Stimmen, die er vernahm, und kam zur Schwelle des Gemeinschaftsraumes, den er hungrig betrat.

Das Frühstück stand bereits auf einem Tisch, der fast den

ganzen Raum einnahm. Drei mächtige und beleibte Personen hatten es sich auf den Bänken bequem gemacht und unterhielten sich lautstark, wobei sie sich voreinander mit ihrem Wissen aufplusterten, das sie sich gegenseitig wie Beleidigungen ins Gesicht schleuderten. Philippus hatte schon bald ihre Krankheit diagnostiziert: sie waren alle drei Ärzte. Antoinette de Chazeron, die ihnen gegenübersaß, schien sie zu hören, ohne sie wirklich wahrzunehmen. Sie wirkte müde und Philippus kam der Gedanke, dass auch ihm dieses Gebaren innerhalb kürzester Zeit auf die Nerven gehen würde. Am Tischende entdeckte er den Profos, der ihn empfangen hatte und dem er sich, wie es üblich war, vorgestellt hatte. Wie bereits schon tags zuvor schien der Mann in Sorge. Um sie herum servierte Albérie betriebsam und lautlos heiße Milch in tönernen, hübsch bemalten Krügen. Philippus erkannte auch sie sofort wieder. Sie war es gewesen, die ihn zusammen mit seinem Diener bis zu ihrem Zimmer begleitet hatte. Sie hatte ihnen eine gute Nacht gewünscht und er erinnerte sich, wie er erzittert war, als sie die präparierte Wolfstatze, die er an seinem Gürtel trug, mit einem eigenartigen Blick angestarrt hatte. Er wollte ihr schon erklären, dass er vor zwei Jahren das Tier in einer Falle gefunden hatte. Es war eine Wölfin, an deren Bauch drei junge Wölfe gierig saugten, ungeachtet der unglücklichen Lage der Mutter. Sie musste in die Falle getreten sein, als sie ihre Jungen das erste Mal auf die Jagd mitnahm. Sie war erschöpft und hatte bereits ihre halbe Pfote zerfressen, bei dem Versuch, sich zu befreien. Philippus hatte nicht gezögert. Trotz seiner Furcht und den knurrenden Lauten des Tieres hatte er das Wolfseisen geöffnet, um sie zu erlösen. Die Wölfin war davongegangen, ohne dass er noch etwas für sie hätte tun können. Ihre Tatze war nur noch ein Stumpf gewesen, an dessen Knochen das abgerissene Stück Fleisch hing. Den anderen

Teil hatte Philippus vom Boden aufgehoben, um sich an diesen Moment zu erinnern. Nicht an seine Tat, das brauchte er nicht, sondern daran, dass Wohltun Zinsen brachte. Wie um ihn darin zu bekräftigen, waren ihm einige Wochen später zwei ausgehungerte Wölfe über den Weg gelaufen, als er nicht weit von der besagten Stelle entfernt Heilkräuter sammelte. Bevor er noch seinen Bogen spannen konnte, war dieselbe, auf drei Beinen humpelnde Wölfin dazwischengetreten und hatte sie vertrieben. Dann hatte sie sich von ihm entfernt, ohne sich nach ihm umzudrehen. Sie waren nun quitt. Philippus hatte keine Angst vor Wölfen. Er hatte Respekt vor ihnen und wusste im Gegensatz zu zahlreichen anderen Menschen, dass sie nicht von allein angriffen, es sei denn aus einer Notwendigkeit heraus oder aus Hunger. Sonst mieden sie die Menschen. Ja, er hatte Lust verspürt, seine Geschichte dieser Frau zu erzählen, aber er hatte geschwiegen. Er war zu müde gewesen und hatte sich nur gesagt: »Später …«

Nun fragte er sich, warum ihm das so wichtig erschienen war. Als Albérie sich jedoch zu ihm umdrehte und plötzlich seiner Gegenwart inmitten dieses Spektakels gewahr wurde, war es ihm auf der Stelle wieder klar: Sie besaß den gleichen Blick wie jene verletzte Wölfin.

Sie maßen sich schweigend einen Moment mit ihren Blicken, dann bemerkte auch Huc, der den Bewegungen seiner Gemahlin gefolgt war, den Neuankömmling. Mit strengem Ton befahl er den Ärzten zu schweigen und alle Blicke richteten sich auf Philippus. Befangen trat er zu den anderen, indem er Entschuldigungen für seine Indiskretion stammelte.

Antoinette erhob sich sogleich mit einem charmanten Lächeln auf ihrem Gesicht, das ihre abgespannten Züge ein wenig aufhellten, und ging ihm entgegen:

»Ihr müsst Euch nicht entschuldigen, Messire. Ihr seid unser Gast. Habt Ihr eine angenehme Nacht verbracht? Ich hätte Euch gerne besser untergebracht, aber wie Ihr feststellen könnt, fehlt Montguerlhe ganz und gar das, dem Sitz des Lehnsherrn oft so typische Beiwerk. Diese Festung hat meines Wissens nach noch nie so viele Besucher gleichzeitig untergebracht und die einzigen akzeptablen Wohnräume, die wir Euch anbieten können, muten recht unschicklich an im Vergleich zu unserem schönen Schloss Vollore, das kürzlich von einem Unwetter arg in Mitleidenschaft gezogen wurde.«

»Ich habe weitaus besser geschlafen als in den vergangenen Wochen, glaubt mir. Und wenn ich es Euch gestehen darf, Verehrteste, so wünschte ich nichts weiter als eine herzliche Gastfreundschaft.«

»Nun gut«, pflichtete Antoinette ihm bei. »Albérie, serviert Messire Philippus das Frühstück, wenn Ihr mir gestattet Euch so zu nennen, denn ich befürchte, ich werde Euren Namen mehr als ein Mal falsch aussprechen.«

»Natürlich. Ihr verwöhnt mich«, versicherte Philippus aufrichtig, indem er am Tisch Platz nahm und seine Kollegen mit einem Kopfnicken begrüßte.

Antoinette stellte sie ihm vor. Es waren Jean Touron de l'Aiguille, Vaquemont du Puy und Albéric de Lyon, dessen Name Philippus, wie es ihm schien, bereits des Öfteren gehört hatte. Dieser Arzt galt als besonders gewandt, seit er den verstorbenen König Ludwig XII., der unter andauernden Gichtanfällen litt, vom Brand geheilt hatte. Philippus fuhr es durch den Kopf, dass diesen Mann sicherlich nicht der Zufall hierher geführt hatte.

Mit diesem Gedanken wurde er sich gleichzeitig einer anderen Tatsache bewusst: Was war mit ihm selbst? Hatte ihn der Zufall hierher getrieben? Er stellte sich ebenfalls vor, verschwieg jedoch instinktiv seinen Titel und die wahren Gründe für seine Reise nach Thiers.

Einen kurzen Moment lang aßen sie schweigend, dann konnten die Ärzte nicht mehr länger an sich halten und ein einziger Satz entfachte erneut das Wortgefecht:

»Man muss ihn zur Ader lassen!«

»Was für eine Torheit!«, empörte sich Vaquemont du Puy gegenüber Albéric, der mit einem Ruck aufsprang.

»Ihr seid hier der Einfältige! Die Größten und Mächtigsten begeben sich in meine Obhut, und niemand hat sich jemals beklagt.«

Jean Touron gab ihm scharf zurück:

»Jene, die sich beklagen wollten, hatten keine Möglichkeit mehr dazu, sie sind an Euren Stichen gestorben.«

»Das ist genug«, schrie Albéric de Lyon. »Ich höre mir diese Verleumdungen und Dummheiten nicht mehr länger an!«

Seine dicken Pausbacken waren hochrot angelaufen und er fuchtelte mit seinem Wurstfinger wild in der Luft herum.

Huc erhob sich ebenfalls und befahl ihnen ein weiteres Mal, zu schweigen. Albéric de Lyon schob jedoch gekränkt die Bank beiseite und zischte hinter zusammengebissenen Zähnen, er werde auf der Stelle abreisen und die Höhe seines Honorars entspreche seiner Unzufriedenheit!

Während er, immer noch tobend, auf die Tür zuging, stieß Antoinette einen müden Seufzer aus. Nachdem er hinausgegangen war, warf sie den zwei Zurückgebliebenen einen gelangweilten Blick zu, die ihre Milch mit unverkennbarem Vergnügen tranken, ohne auch nur die geringsten Schuldgefühle zu haben.

»Ich bin mir nicht sicher, Messires, wem von Ihnen ich Glauben schenken soll«, kündigte sie mit Bedauern an. »Ich hatte damit gerechnet, dass Ihr aufgrund Eures Ansehens dieses Mysterium entschlüsseln könntet, und darauf gehofft, Ihr würdet das jeweilige Wissen gemeinsam verwenden.

Stattdessen versucht Ihr alles Mögliche und Unmögliche, ohne mir das Gefühl zu geben, zum Wohle des Patienten zu handeln.«

Jean Touron hüstelte, indem er seine Schale auf den Tisch zurückstellte. Er sah verwirrt aus. Genau wie sein Kollege, der den Kopf senkte.

»Die Wahrheit, Madame Antoinette, ist, glaube ich, dass wir machtlos sind. Niemand von uns weiß, woran Euer Gemahl leidet. Alle üblichen Behandlungsmethoden greifen nicht; im Gegenteil, sein Zustand verschlechtert sich von Tag zu Tag. Wir sind bei diesen Auseinandersetzungen wie große Kinder, das ist wohl wahr. Dennoch sind Vaquemont und ich davon überzeugt, dass ein weiterer Aderlass verhängnisvoll für Euren Gemahl wäre. Darin sind wir unbestritten anderer Meinung als Albéric. Dies ist das Einzige, was wir mit Sicherheit sagen können, und wir verteidigen diesen Standpunkt. Ich muss Euch jedoch gestehen, zur Schmach der Wissenschaft, die wir verkörpern, dass nur der Allmächtige allein diesen Mann noch retten kann.«

»Bei Gott, Madame Antoinette. In diesem Zustand, so denke auch ich, benötigt Euer Gemahl hinfort keinen Arzt mehr, sondern vielmehr einen Priester. Sobald sich der Sturm gelegt haben wird, reisen wir ab. Weitere Patienten warten auf unsere Hilfe. Für den Eurigen, befürchte ich, kann niemand mehr etwas tun.«

Bei diesen Worten erhoben sie sich und grüßten Antoinette mit einem Kopfnicken, dann Huc und Philippus, die ihnen schweigsam zugehört hatten, und verließen das Zimmer.

Antoinette konnte sich immer wieder die Offenkundigkeit der Diagnose vor Augen halten, dieses Mal gelang es ihr nicht, sich darüber zu freuen. Sie erinnerte sich zu gut an den Unfall des vergangenen Monats. François war genesen, als alle Zeichen darauf deuteten, dass er sterben würde. Sie konnte es sich nicht erlauben, ihn vorschnell zu begraben, umso weniger, als er zwar bei schwacher Konstitution, aber doch bei vollem Bewusstsein war und noch immer seine Anweisungen gab.

Da niemand die schweigende Stille brach, die allein durch das emsige Hantieren Albéries gestört wurde, gab sich Philippus ganz seinen Gedanken hin. Ein Teil in ihm brannte darauf, sich an diesen hoffnungslosen Fall heranzuwagen, ein anderer mahnte ihn auf unerklärliche Weise zur Geduld. Und Philippus liebte es nicht, seine Gefühle zu hintergehen.

»Ich bin zutiefst betrübt, Messire«, wandte sich Antoinette plötzlich an ihn. »Dieses Gespräch war für Euch nicht von Interesse und ich fühle mich schuldig, es Euch aufgedrängt zu haben.«

»Keineswegs, Verehrteste«, versicherte Philippus, indem er sie anlächelte. »Ganz im Gegenteil, ich verstehe es durchaus, wenn Ihr unter solchen Umständen einem Besucher die Herberge verweigert.«

»Wir werden Euch dessen ungeachtet nicht in der Kälte erfrieren lassen«, empörte sich Huc. »Dennoch«, fügte er hinzu, indem er die Stirne in Falten legte, »würde ich es für meinen Teil sehr schätzen, wenn Ihr uns den wahren Grund Eures Aufenthaltes nennen würdet.«

Philippus zuckte zurück. Der Mann wirkte auf ihn intelligent und schlau. Er würde gewiss bald hinter die Wahrheit kommen und dann würden seine Gastgeber sich vielleicht nicht mehr ganz so freundlich gegenüber seiner Nachlässigkeit zeigen. So gebot er seinen Gefühlen zu schweigen und beschloss, seine Karten sofort auf den Tisch zu legen:

»Glaubt mir, Messire, ich wäre darauf zu sprechen gekommen, aber aus Respekt vor Eurem Unglück und der Diagnose meiner Kollegen wagte ich es nicht, mich zu erkennen zu geben.«

Bevor Antoinette ihn unterbrechen konnte, fuhr er schnell fort:

»In der Tat, Gnädigste, ich bin meines Zeichens Arzt, besser gesagt Chirurg, und ich kam gerade von Ferrara zurück, wo ich meine Promotion abgehalten habe, als ich auf der Durchreise bei einem Freund die Adresse eines Messerschmieds entdeckte, der spezialisiert ist auf die Herstellung von chirurgischen Instrumenten. Ich bin hier, um ihn zu finden und ihm einen Auftrag zu erteilen, bevor ich in die Schweiz zurückkehre, wo meine Familie mich erwartet.«

Huc sank auf den Stuhl, der sich an der Stirnseite des Tisches befand. Sein Gefühl hatte ihn also nicht getäuscht. Er hatte das Interesse Philippus' an den Ärzten gespürt und gesehen, wie seine Augen aufgeleuchtet hatten. Das war genug gewesen, um ihn darauf zu stoßen, dass er wahrscheinlich ihre Sprache allzu gut verstand. Sein Stolz beglückwünschte ihn für seinen Scharfsinn, obwohl er davon ausging, dass jener, wie alle anderen Apotheker und Ärzte auch, die, seit François de Chazeron daniederlag, im Hause ein und aus gegangen waren, sich die Zähne an diesem mysteriösen Fall ausbeißen würde.

Er hatte mit Albérie darüber gesprochen, aus Furcht, ihre Nichte könnte ein weiteres Mal François einen bösen Streich gespielt haben. Aber seine Gemahlin hatte ihm versichert, dass jene im Augenblick nur damit beschäftigt war, sich vor der Kälte zu schützen. Im Übrigen war François bereits kurz nach seiner Rückkehr aus Clermont erkrankt, so dass alles darauf hindeutete, er habe von dort ein Leiden mitgebracht. Die Ärzte drangen daher darauf, ihn von den anderen zu isolieren.

Er fuhr ruckartig auf, als er die kristallene Stimme Antoinettes vernahm, die bat:

»Von Herzen gern stellen wir Euch Unterkunft und

Mahlzeit zur Verfügung, Messire Philippus; als Gegenleistung würde ich es begrüßen, wenn Ihr Euch trotz der Schlussfolgerungen dieser bedeutenden Persönlichkeiten an das Krankenlager meines Gemahls begeben würdet.«

Philippus willigte in diesen Vorschlag mit Nachdruck ein. Dieses Ersuchen befriedigte im Großen und Ganzen jenen Teil von ihm, der ständig auf der Suche danach war, die Ärzteschaft herauszufordern. Und daher verdrängte er ohne Bedenken die warnende Stimme, die ihn ein weiteres Mal zur Vorsicht mahnte.

Kurze Zeit später betrat er in Begleitung von Albérie, die dem Lehnsherrn das Frühstück brachte, das Zimmer. Es war mit Vorhängen abgedunkelt worden, um die Kopfschmerzen des Kranken zu lindern.

François de Chazeron reagierte unwillig auf den Vorschlag, sich ein weiteres Mal untersuchen zu lassen. Philippus' kehliger Akzent schmerzte seine Ohren, denn er wollte allein gelassen werden, davon überzeugt, dass all diese Einfaltspinsel mit großer Sicherheit seinen Tod verursachen würden.

Philippus reagierte diplomatisch und ohne zu wiedersprechen auf den Unmut des Patienten, während er ihn aufmerksam betrachtete. Er hätte seine Kollegen konsultieren können, aber das widerstrebte ihm. Sein brennender Ehrgeiz drängte darauf, allein hinter die Ursache dieser Beschwerden zu kommen. Schon nach den ersten Minuten war er davon überzeugt, dass die Symptome alles andere als alltäglich waren. Seine Neugierde war nicht mehr zu bremsen und er beschloss, dieser seltsamen Krankheit auf die Spur zu kommen.

Am Abend begann sich der Sturm zu legen, und als er zu seinem Lager zurückkehrte, hatte sich in ihm die Überzeugung erhärtet, dass François de Chazeron vergiftet worden war. Und dennoch hatte er diese Ansicht bisher noch für sich behalten, auch wenn Antoinette ihn beim Abendessen in Anwesenheit seiner Kollegen mit zahlreichen Fragen bedrängt hatte. Jene betrachteten ihn mit abschätziger Miene von oben herab. Er begnügte sich damit zu antworten, er müsse noch einmal den Morgenurin untersuchen und eine vorschnelle Schlussfolgerung scheine ihm zu gewagt – zur Freude der anderen Ärzte.

Am darauf folgenden Tag zeigte sich der Himmel wolkenlos und die hoch am Himmel stehende, wohltuende Sonne verwandelte die Schneekristalle auf den Scheiben in einen farbenreichen Lichterbogen. Diese zweite Nacht ausgiebigen Schlafs hatte die Müdigkeit der Reise vertrieben und Philippus fühlte sich bereit, dem Geheimnis, das diese Mauern umgab, entgegenzutreten.

Als er durch das Fensterkreuz hindurch erblickte, dass seine diensteifrigen Kollegen mit ihrem Gefolge zur Abreise bereitstanden, fühlte er sich erleichtert. Ohne diese Störenfriede würde er seine Fähigkeiten ganz entfalten können. Allein dieser Gedanke versetzte ihn in gute Laune.

Loraline bürstete mit Hingabe ihre langen braunen Haare und streckte ab und an ihre erschöpften Glieder. Um sie verteilt, in der wohligen Wärme der Höhle, lag das Rudel der Wölfe träge und schläfrig herum. Der Frost der letzten Tage hatte sie dazu gezwungen, über die wenigen Tiere herzufallen, die das junge Mädchen ihnen mit einer Falle gefangen hatte. Sie hasste es, Fallen in ihrem Revier aufzustellen, aus Angst, einer der Wölfe könnte sich darin verfangen. Selbst wenn die Tiere durch den Kontakt zu ihr und zu ihrer Mutter gelernt hatten, auf der Hut vor diesen Wolfseisen zu sein, passierte es doch mindestens ein Mal im Jahr, dass es einen von ihnen an der Tatze oder dem Schwanz erwischte.

Durch diese verletzten Tiere hatte Loraline ihre außergewöhnlichen Kräfte entdeckt. Meist genügte es, wenn sie nur ihre Hand auflegte, dass die Schmerzen des Tieres gelindert wurden, ohne Zweifel auch deswegen, weil es sie selbst quälte, die Ihrigen leidend oder sterbend zu sehen. Die Wölfe waren für sie neben Albérie ihre Familie. Die einzige Familie, die sie jemals haben würde. Sie hatte sich schließlich mit dieser Vorstellung abgefunden, auch wenn sie sich der Paarung mit den Tieren verweigerte. Jedes Mal, wenn sie an den nebeneinander aufgereihten Glasbehältern vorbeikam, in denen monsterartige Embryonen, halb Mensch, halb Wolf, schwammen, erschauderte sie.

Sie liebte die Wölfe, gewiss, aber es wollte ihr nicht gelingen, zu verstehen, warum ihre Mutter ihren Leib für diese Monster hergegeben hatte, die ganz offensichtlich nicht lebensfähig waren. Albérie hatte ihr beteuert, dass sie gehofft hatte, ein Wolfskind auf die Welt zu bringen, das sich an François de Chazeron rächen würde, indem es ihn verschlang, aber Loraline hatte Mühe, an dieses Märchen von einem Werwolf zu glauben. Selbst wenn sie, wie ihre Mutter, im Nacken einen Büschel grauer Wolfshaare besaß.

Das junge Mädchen wand seine Haare nach oben und steckte sie mit Hilfe eines schmalen, spitz zugeschnittenen Knochens zu einem Knoten fest. Sie ließ ihren nackten, von der nächtlichen Arbeit verkrampften und schmerzenden Körper in das natürliche Becken gleiten, das ein Seitenarm des unterirdischen Flusses formte. Es lag nicht weit von der heißen Quelle entfernt, die ständig sein schwefelhaltiges Wasser erneuerte.

Seit einiger Zeit schon dachte sie nur noch an ihr Ziel und an diesen Raum, in dem das Gold der Engländer für ihren Nutzen bereitlag. Albérie hatte ihr gezeigt, wie ihre Mutter die Goldstücke zum Schmelzen gebracht und zu kleinen Barren geformt hatte. Es war ihr alleiniger Schatz, und wenn die Einsamkeit sie zu sehr plagte, redete sie sich ein, dass sie sich mit diesem Vermögen die Welt zu Füßen legen würde, sobald sie ihr Versteck verlassen hätte und ins Leben getreten wäre. Sobald François de Chazeron bezahlt hatte. Und das war inzwischen nur noch eine Frage von wenigen Tagen.

9

Huc schob sachte den unmerklich gewölbten Bauch Antoinettes beiseite. Im zweiten Monat schwanger, gab sie sich alle erdenkliche Mühe, die ersten Rundungen unter ihrem Nachtgewand zu verstecken. Nicht etwa, dass sie daran keinen Gefallen gefunden hätte, im Gegenteil – dieses Kind war für sie das Symbol eines neuen Lebens –, aber es widerstrebte ihr, ihrem Geliebten die Makel ihres Körpers einer werdenden Mutter offen zu zeigen. Und dabei störte das Huc keineswegs. Sein Verhalten hatte sich im Laufe der vergangenen Wochen geändert und er war unendlich behutsam und zärtlich geworden. Ab und zu legte er sogar vorsichtig sein Ohr auf die kaum wahrnehmbare Wölbung ihres Unterleibes, als versuche er, die kleinste Bewegung dieses beginnenden Lebens in ihrem Inneren zu erahnen.

Antoinette konnte dann nicht umhin, sich vorzustellen, was für einen wunderbaren Vater er für ihren Sohn abgeben würde. Wenn François ihr dieses Mal zumindest den Gefallen tat zu sterben, würde sie es schon irgendwie hinbekommen, Albérie zu verjagen und anschließend den Profos zu heiraten. Huc war adliger Herkunft, selbst wenn seine Familie, durch den Verlust ihres Besitzes während des Hundertjährigen Krieges, ihren Rang eingebüßt hatte.

Ein einziges Mal hatte sie ihn gefragt, warum er selbst keine Kinder habe, obwohl er doch seit langem schon verheiratet war. Er hatte die Zähne aufeinander gebissen und gemurmelt, dass Albérie unfruchtbar sei, und war dann floskelhafte Entschuldigungen stammelnd schnell davongegangen. Antoinette hatte daraus geschlossen, dass darin ohne Zweifel das Unglück ihrer Ehe lag. Von diesem Moment an meinte sie, einige Reaktionen Albéries besser verstehen zu können, etwa ihre Melancholie und ihre Zurückhaltung sowie die Tatsache, dass Huc so schnell auf Abstand von seiner Gemahlin gegangen war. Er suchte sie nun immer öfters während der Nacht auf, denn das schlechte Wetter verhinderte ihre spontanen Landpartien. Er wandte seinen Blick nicht von ihr ab, sorgte sich beim kleinsten Laut, den sie von sich gab, und ging auf ihre Wünsche ein wie niemand jemals zuvor. Antoinette war so überaus glücklich, dass sie sogar aufgehört hatte, Albérie mit ihren Blicken kritisch zu mustern. Sie beneidete sie nicht länger um ihren Platz, sie hatte einen besseren und weitaus mehr. Die Tatsache, dass einige Schritte von ihrem wollüstigen Bett entfernt ihr Gemahl im Sterben lag, ließ sie ganz und gar gleichgültig. Die Ärzte kümmerten sich um ihn. Am Morgen hatte sie ein abgespanntes Gesicht und verschwollene Augen, ganz so wie es sich für eine Frau gehörte, die um ihren Gemahl trauerte. Sie konnte dafür allein Huc danken. Huc und seiner Hingabe.

Die Nacht schien ruhig. Seit dem Ende des Schneesturms vor zwei Tagen war der Himmel klar und wolkenlos und die milchige Stille war von einer schneidenden Kälte angefüllt. Huc wandte seine Augen in Richtung des Fensterkreuzes, während er seinen Arm unter dem Kopf der schlafenden Antoinette vorsichtig hervorzog. Der Vollmond streute ein opalfarbenes Licht aus und ließ die unberührte Natur irreal und gespensterhaft erscheinen. Huc spürte, wie sein Herz schneller schlug. Er hatte in dieser Nacht Antoinette aufgesucht, um zu vergessen. Doch es gelang ihm nicht. Er wusste nicht, wie viel Uhr es war, er wusste nur, dass der Moment nahe bevorstand. Auch sein Körper wurde jedes Mal davon erfasst, durch einen Schauer, der über seine Haut glitt, ein Zittern in jedem seiner Glieder.

Ungewollt spannte sich sein ganzer Körper, reagierte auf jeden Hauch, ungeachtet des ruhigen und friedlichen Atems der Schlossherrin an seiner Seite. Und plötzlich hörte er ihn. Den ersten Schrei. Den Schrei des überraschten, panischen und dann getöteten Tieres. Wahrscheinlich eines der Schafe des Schlosses. So war es jeden Winter. Niemand verstand, wie und warum ein zerfleischtes Tier innerhalb der dritten Ringmauer, nicht weit von der eingezäunten Weide entfernt, aufgefunden wurde. Huc hatte angedeutet, dass François dieses neue Mysterium nicht schätze, es sei besser, das Schicksal nicht herauszufordern. Einige Menschen in der Umgebung erinnerten sich noch daran, was im Jahr 1500 geschehen war, doch das Gesetz des Schweigens hatte alle anderen abgelöst. Man stellte fest, säuberte und vergaß.

Huc ballte seine Hände zu Fäusten, ohne es zu bemerken. Warum verspürte er einen solchen Schmerz, seit Albérie ihm ihre Ängste gestanden hatte? Er vernahm das zweite Heulen, das der Wölfin, und es traf ihn tief in seiner Seele. Er spürte das Bedürfnis, mit ihr zu heulen, aber kein Laut kam über seine Lippen. Der Schmerz in seinem Bauch war stärker als jemals zuvor. Um ihn zu vergessen, verweilte sein Blick auf dem leicht gewölbten Bauch Antoinettes, rund, warm, verheißungsvoll. Wie sehr wünschte er sich in diesem Moment, dass dieses Kind das seine wäre. Seit besagtem Tag war er keinen Augenblick mehr allein gewesen mit Albérie. Er konnte es nicht. Er machte sich deswegen Vorwürfe, denn er hatte das Gefühl gehabt, dass sie seine Nähe gesucht hatte, trotz des Geschehenen. Hatten sie miteinander gesprochen, war es nur um François gegangen, und Huc hatte an sie das Wort gerichtet, ohne auch nur die geringste Wärme spüren zu lassen. Als spreche er als Profos, der seine Untersuchungen durchführt, und nicht als Gemahl zu ihr. Ja, er machte sich Vorwürfe deswegen. Vielleicht weil sie ihm endlich gestanden hatte, dass sie ihn liebte.

Die Wölfin heulte ein weiteres Mal. Es hörte sich an, als heule sie vor Schmerz. Huc wusste genau warum. Er bemerkte plötzlich, dass er weinte und seine Tränen sanft auf der Haut von Antoinette zerplatzten. Er stand auf und kleidete sich leise an. Er musste da sein, wenn Albérie zurückkam. Trotz allem.

Philippus schreckte aus seinem Schlaf hoch und lauschte in die Stille. Er war sich sicher gewesen, im Traum ein Heulen gehört zu haben. Er streckte seine Glieder, die ihn zu schmerzen begannen, nachdem er zusammengestaucht in einem Lehnstuhl am Bett von François de Chazeron eingenickt und seither in dieser unbequemen Position verharrt hatte. Er wandte den Blick zu seinem Patienten und stellte fest, dass es ihm besser ging. Sein Atem ging seit dem Vortag regelmäßiger und er hatte kaum Brechreiz verspürt. Was das Ganze nur noch rätselhafter machte.

Nach der ersten gründlichen Untersuchung, die seine anfängliche Meinung nur noch erhärtete, hatte er den Tagesurin geprüft. Am Morgen war er sehr getrübt. Mit dem Fortschreiten des Tages wurde er klarer, bis er bei Dämmerung fast den Normalzustand erreicht hatte, was sich auch am zunehmend besseren Befinden seines Patienten zeigte. Er phantasierte weniger, verspürte kaum Übelkeit und verlangte sogar nach etwas zu essen. Am Morgen ging alles wieder von vorne los und Philippus konnte feststellen, dass sich um seine Mundwinkel herum eine schmale, dunkle Vertiefung abzeichnete.

Die These einer Vergiftung war für ihn offensichtlich: Er

war genug in der Welt herumgereist und hatte ausreichend Krankheiten gesehen, um ihre Ursachen zu erkennen. Und dennoch ließ ihn dieser Fall stutzen. Gift tötet, das war sein Ziel, auf schnellere oder langsamere Weise, aber doch maximal nach vierundzwanzig Stunden. Hier handelte es sich um etwas anderes. Man bezweckte den Tod des Lehnsherrn von Vollore, das war eindeutig, denn seit seinem Eintreffen hatte sich der Gesundheitszustand von François beständig verschlechtert. Und dennoch konnte man meinen, dass der oder die Mörder sich über dieses Todesurteil hinaus möglichst lange zu vergnügen wünschten. Als ob sie sich mehr an den Leiden des Lehnsherrn berauschten als an seinem Tod. Philippus seufzte. Er hatte es da mit äußerst niederträchtigen Menschen zu tun. Menschen, die er durch seine Gegenwart eindeutig störte, denn seit er seine Absicht kundgetan hatte, Tag und Nacht an der Seite von François zu wachen, schien dieser wieder zu Kräften zu gelangen.

»Es ist ohne Zweifel jemand aus dem Haus«, sagte er sich. Doch wie bereits zuvor schüttelte er ratlos den Kopf. Diese Albérie konnte es nicht sein, trotz ihrer sonderbaren Art und der Tatsache, dass sie dem Lehnsherrn die Suppe brachte. Er hatte sie am ersten Abend dabei beobachtet. François war bei Bewusstsein, als sie das Tablett abstellte. Sie hätte keine Gelegenheit gehabt, irgendetwas unter die Suppe zu mischen, ohne dass er es bemerkt hätte. Sie musste es bereits vorher gemacht haben. Allerdings hatte sie nicht gewusst, dass Philippus Arzt war und sich an das Krankenbett François' begeben würde. Er hatte sicherheitshalber vor ihm von der Suppe gekostet, sobald sie das Zimmer verlassen hatte. Und nichts gespürt. Keinerlei Beschwerden. Ganz im Gegenteil, er hatte ausgezeichnet geschlafen, wie kaum die Nächte zuvor. Am Morgen hatte sich François de Chazeron jedoch aufs Fürchterliche erbrochen, trotz des Wachtpostens vor der Tür, den er, als er am Abend gegangen war, angefordert hatte. Nach ihm war niemand mehr hineingegangen oder herausgekommen. Philippus konnte nachdenken so viel er wollte, er kam nicht auf den Punkt.

Und dennoch, seit zwei Tagen, also seit er im Zimmer schlief, wies alles darauf hin, dass es seinem Patienten nicht schlechter ging, ja sogar, dass sich sein Zustand verbesserte. Einen Moment lang fragte er sich, ob der Mann anstatt an einer Vergiftung nicht vielmehr unter einer Verwünschung litt. Er beschloss also, am nächsten Tag seine Bettwäsche genauestens unter die Lupe zu nehmen. Dann setzte er sich ein weiteres Mal im Lehnstuhl zurecht und wickelte sich in die Decke, die ihm hinuntergerutscht war. Er warf einen Blick auf den Kamin, in dem hohe Flammen noch immer für eine angenehme Wärme sorgten. Die Holzscheite waren zur Hälfte heruntergebrannt, würden also noch ohne weiteres bis zum Morgen ausreichen. Und in diesem Moment vernahm er das Heulen der Wölfin. Seine Augen richteten sich ruckartig auf das Fensterkreuz. Trotz der zugezogenen Vorhänge warf das Mondlicht eine matte Helligkeit in das Zimmer. Philippus erschauderte. Er kannte sich gut mit Wölfen aus, gut genug, um über dieses Geheul zu erschrecken. Er hätte schwören können, dass er aus dem Klagelaut des Tieres eine menschliche Stimme herausgehört hatte. Trotz der Legenden, die in ganz Europa verbreitet waren, wusste er dennoch mit Sicherheit: Werwölfe gab es nicht. Ebenso wenig ein Gift dieser Art … Verstört schloss er wieder seine Augen und gab sich das Versprechen, Montguerlhe nicht eher zu verlassen, bis er dieses Geheimnis gelöst hatte. Und wenn er dafür sein Leben aufs Spiel setzen müsste.

Albérie ließ sich auf alle viere fallen. Sie befand sich noch im Zwischenstadium zweier Welten: Von ihrem menschlichen

Gesicht rann Schweiß und Blut auf ihre Wolfsbrust. Der Schmerz war unbeschreiblich, als würde jemand ein Stück aus ihr herausreißen, als beraube man sie ihres Gedächtnisses. Auch wenn es inzwischen Gewohnheit war, so änderte das doch nichts an der Tatsache, dass sie sich jedes Mal danach beschmutzt fühlte. Und jedes Mal ein wenig mehr. Besiegt und gebrochen von dieser unheilvollen Macht, die das Ihrige einforderte, keuchte sie wie ein Tier, das im Begriff war zu sterben. Und doch war sie lebendig, zu lebendig, schrecklich lebendig. Einen Moment lang sah sie erneut die aufgerissenen Augen des Schafes vor sich, nachdem es begriffen hatte, dass kein Fliehen mehr möglich war. Der Geschmack des Blutes, das stoßweise aus ihrem geöffneten Maul spritzte, verursachte ihr Übelkeit. Sie erbrach sich krampfartig auf einen von Schnee bedeckten Felsen und hoffte dabei, sie könne entgegen jeglicher Logik gleichzeitig die mordende und geifernde Wölfin aus sich herauswürgen. Nachdem sie sich von ihrem Ekel befreit hatte, schleppte sie sich an das Ufer des Flusses. Langsam drang die winterliche Kälte in sie, aber sie kümmerte sich nicht darum. Sie empfand es sogar als angenehm nach der starken Hitze, die ihren Verstand während der Verwandlung verzehrt hatte.

Die ganze Umgebung war von Pulverschnee eingehüllt. Mit der Hand wischte sie ihn von zwei flachen Felsen und warf dann mit aller Kraft einen Stein auf die Eisfläche, die das Wasser bedeckte. Das Glucksen des Wassers erklang leise und regelmäßig in der Stille. Albérie entfernte die Stücke des Eises, das gesprungen war, als wäre es Glas, und tauchte dann ihre Hände in das klare Wasser. Sie legte sich nackt bäuchlings auf den Schnee und vergrub ihr Gesicht in den Händen. Sofort färbte sich das Wasser scharlachrot. Sie wiederholte dies mehrere Male, bis ihr blutverschmiertes Gesicht gereinigt war. Als sie damit fertig war, hatte sie sämtliche

Spuren ihres Verbrechens beseitigt. Das fließende Wasser hatte unter dem Eis alles mit sich fortgetragen. Dann rollte sie sich auf dem Schnee zusammen, als warte sie auf den Tod. Sie begann zu weinen, ihre Augen zum runden Mond gerichtet. Eine imaginäre Sonne warf ihre Strahlen auf die Spitzen der festlich herausgeputzten Berge. Sie schlotterte nun am ganzen Leib, wartete jedoch auf den Moment, in dem ihr blau gefrorener Körper sie hinab in die Tiefe ziehen würde, dorthin, wo erneut zwei Welten aufeinander trafen: das Leben und der Tod. Jedes Mal wartete sie diesen Moment ab, indem sie ihre Seele anflehte zu gehen. Einige Minuten länger würden genügen und es wäre um dieses Tier geschehen, das sie verabscheute. Aber auch dieses Mal erhob sie sich, denn ihr Wille zu leben war stärker, und dieser Wille gab ihr nicht das Recht, sich selbst zu zerstören. Die Kälte hatte wenigstens die Schmerzen des Körpers erstickt, selbst wenn sie ihre steifen Glieder kaum mehr bewegen konnte. Sie kramte aus der Baumgruppe, die ihr als Versteck diente, ihre Kleider hervor. Sie hatte sie abgestreift noch bevor die Verwandlung sie zerriss und zog sich zähneklappernd an. Wie jeden Winter gelang es ihr nur mit Mühe, ihr Mieder wieder zuzuschnüren, weigerten sich doch ihre gefrorenen Finger, ihr zu gehorchen. Dann endlich schwang sie ihren dicken Umhang um ihre Schultern. Sie schleppte sich zur Öffnung des Geheimganges, der nur einige Schritte von ihr entfernt war. Ab da beherrschte sie nur noch ein einziger Gedanke. Huc. Huc wartete auf sie. So wie er es immer tat. Er wäre da, würde sie in die Arme schließen und sie sanft wiegen, bis er ihr das Gefühl gegeben hätte, nichts sei geschehen. Ja, er wäre da. Sie krallte sich fest an dieser für sie selbstverständlichen Tatsache. Die einzige, die sie am Leben erhielt. Während sie den langen Steinkorridor, der bis zur Festung führte, langsam ablief, stellte sie sich vor, wie er lächeln, sie beruhigen und für sie da sein würde. Er würde ihre klammen Finger und Füße mit einer Salbe massieren, bis die Frostbeulen nur noch eine böse Erinnerung wären, ebenso wie der ganze Rest. Sie würden kein Wort miteinander sprechen. Im Schweigen waren sie Verbündete, viel mehr noch als in der Welt der Worte. Huc verstand sie. Huc liebte sie. Huc erwartete sie.

Und doch brachte eine dumpfe Angst bei jedem Schritt, mit dem sie sich ihm näherte, diese Gewissheit ins Wanken. Er hatte sich verändert, seit sie sich ihm ein weiteres Mal verweigert hatte. Sie hatte das Gefühl gehabt, dass die Liebe ihres Gemahls unerschütterlich sei, aber war sie das wirklich? Hatte sie ihn mit diesem Geständnis nicht seiner letzten Hoffnung beraubt? Huc würde keine Nachfahren haben. Das war für ihn von Bedeutung. Albérie legte die Hand auf den Eisenring. Hinter der Wand befand sich ihr Zimmer. Für gewöhnlich war es erwärmt vom Feuer des Kamins, der sich hinter der Mauer, vor der Öffnung des Geheimganges, befand. Sie war kalt. Seit so langer Zeit war sie nicht mehr hierher gekommen, dass die Glut schon längst erloschen war. Die meisten Nächte verbrachte sie zusammen mit Loraline in der Höhle, um ihr beizustehen und um darauf zu achten, dass sie durchhielt. Sie hatte es ihrer Schwester versprochen. Sie zögerte, klopfenden Herzens und mit aufeinander gepressten Lippen. Und wenn Huc sie dieses Mal vergessen hatte? Wenn er nicht mehr da war? Zu erschöpft, um noch länger auszuharren, drehte sie am Eisenring. Die Steinplatte schwenkte herum. Sie erkannte ihn sofort, dort im Kerzenlicht, und ihr verzweifeltes Herz machte vor Freude einen Sprung. Huc war da. Sie lächelte ihn an und ging auf ihn zu, um sich in seine Arme zu schmiegen.

Während er sie an sich presste, sog sie tief diesen ihr so vertrauten Geruch ein, um wieder zu sich selbst, zu ihrer vertrauten Welt zurückzufinden. Noch einmal schnupperte sie genauer an ihm, um sich sicher zu sein, dass sie sich nicht täuschte. Über seinen Körper glitt ein anderer Duft. Sie wollte ihn wegstoßen, ihn ohrfeigen und davonrennen, aber sie blieb reglos stehen. Huc hatte sie betrogen. Mit Antoinette de Chazeron. Ein weiteres Mal hatten sie gestohlen, zerstört, was ihr gehörte, ihr und ihrer Familie.

Huc wiegte sie sanft in seinen Armen, strich über ihre Haare, die noch immer feucht und starr von der Kälte waren. Sie unterdrückte ihre Tränen nicht länger, die gegen ihren Willen in ihr aufgestiegen waren. Er würde nicht nachfragen. Er stellte danach die Fragen. Und so weinte sie, suchte vergeblich an seinem Hals nach einer Stelle, an der sein Geruch nicht mit jenem ihrer Rivalin vermischt wäre. Dann wurde sie langsam ruhiger. Huc hatte sie betrogen, aber er war hier. Es war also noch nicht zu spät. Das machte ihr Mut. Sie hasste immer auch sich selbst, aber in diesem Augenblick hasste sie Antoinette de Chazeron noch viel mehr.

Der Vormittag verlief ruhig. Während der Messe, die Pater Bertin zelebrierte – der jeden Winter eiligst herbeigeholt wurde, damit Montguerlhe nicht völlig ohne Gottes Beistand wäre –, wagte es Albérie, Antoinette etwas genauer zu beobachten. In der kleinen Kapelle, gleich neben dem Burgfried, hatten sich alle mit noch mehr Inbrunst versammelt, seit François erkrankt war. Albérie biss sich vor Ärger über sich selbst auf die Lippen. Wieso nur hatte sie von alledem nichts mitbekommen? Hinter der vorgetäuschten Maske der Besorgnis schimmerte eine strahlende Antoinette hervor. Sie sah ihren leicht gewölbten Unterleib und krampfte die Hände auf ihrem eigenen Bauch zusammen, dem sie es verweigerte, Leben in sich zu tragen. Was sie jedoch in erster Linie verriet, war ihr Blick. Jedes Mal, wenn ihre Augen auf dem Profos verweilten, flackerte darin ein Leuchten auf, als zünde man eine Kerze an. Sie liebte Huc de la Faye, das war offensichtlich. Aber er, liebte er sie? Albérie fand darauf keine Antwort. Seine Stirn war sorgenvoll in Falten gelegt, ein Ausdruck, den sie an ihm gut kannte, jedes Mal am Tag nach Vollmond.

Sie wusste, dass Philippus, dieser junge Arzt, mit Huc am Morgen gesprochen hatte, nachdem er von ihr fortgegangen war. Sie waren sich auf dem Gang begegnet und Albérie hatte ihr Gespräch belauschen können. Philippus hatte sich erkundigt, ob es in der Gegend viele Wölfe gebe, denn er sei mitten in der Nacht von Wolfsgeheul geweckt worden. Huc hatte ihm beigepflichtet, dass so etwas ab und zu vorkäme, wenn es wenig Nahrung gebe, er selbst habe jedoch in der vergangenen Nacht nichts gehört. Albérie war es so vorgekommen, als lüge er schlecht, Philippus bohrte jedoch nicht weiter nach; Huc hatte dann das Gespräch auf François umgelenkt, dem es besser zu gehen schien, denn er hatte nach einem Frühstück verlangt. Albérie war verärgert. Wegen diesem Mann konnte Loraline bereits seit zwei Nächten François seine Dosis nicht verabreichen.

Während der Abt seine Predigt beendete, richtet Albérie ihre Aufmerksamkeit auf Philippus. Er saß vor ihr und konnte daher nicht wissen, dass sie ihn beobachtete. Er hielt seinen Kopf gesenkt, ließ jedoch trotzdem seinen Blick hin und her schweifen.

»Entdeckt er das Verhältnis zwischen Huc und Antoinette, wird er seinen Verdacht auf sie lenken«, dachte sie plötzlich bei sich. »Im Gegensatz zu den anderen ist er alles andere als dumm und ahnt bestimmt, dass das Leiden von François nicht natürlichen Ursprungs ist.« Käme er auf die Idee, bekannt zu geben, was er entdeckt hatte und brächte Huc damit in Verbindung, würde der Lehnsherr von Vollore ihn hängen lassen, wie er Benoît gehängt hatte. Albérie schluckte schwer, sodass ihre Stimme, die in den Gesang der anderen mit eingestimmt war, abrutschte und einen falschen Ton hervorbrachte, was ihr halb amüsierte, halb tadelnde Blicke ihrer Nachbarinnen einbrachte, beides Kammerzofen von Antoinette. Aber Albérie kümmerte sich nicht darum. Indem sie sich ausschließlich ihrem Auftrag gewidmet hatte, hatte sie ihren Gemahl vernachlässigt und damit in die Arme einer anderen getrieben. Und diese andere selbst brachte ihn mehr in Gefahr als ihre eigenen Machenschaften. Philippus hin oder her, heute Nacht würde François de Chazeron seine Dosis bekommen. Bevor die Woche noch zu Ende gehen würde, wäre er tot. Philippus konnte so viele Ahnungen haben, wie er wollte, er hatte keine Beweise. Huc würde nichts mit dem Tod des Lehnsherrn zu tun haben und er würde auch Loraline dieses Mordes nicht verdächtigen. Albérie war überzeugend genug gewesen. Würde Huc der These einer Vergiftung Glauben schenken, würde sie es schon irgendwie fertig bringen, den Verdacht auf Antoinette zu lenken und damit auf sie allein die Verantwortung für den Tod François' zu schieben. Die Schlossherrin hatte ein Motiv. François stand ihr im Weg! Und damit wäre das Verhältnis zum Profos beendet, denn, dessen war sich Albérie sicher, auch wenn Huc François hasste, so würde er doch seine Mörderin nicht lieben können.

Albérie fühlte sich ruhiger. Im Grunde gab es keine Veranlassung, beunruhigt zu sein. Schon bald wäre alles vorbei.

Auch diesen Abend füllte Albérie, zurückhaltend wie immer, die dickflüssige Suppe mit sicherer Hand in große Schalen um. Dann zog sie sich in einen Winkel des Zimmers zurück und wartete. Huc aß zusammen mit Antoinette an dem einen Ende der Tafel, Antoinettes Zofen und drei Gesellschaftsdamen am anderen Ende. Albérie kannte sie kaum. Sie waren jung und von einer Intelligenz, die höchstens der von Rindern gleichkam. Sie langweilten sich auf Montguerlhe, so dass sie eine völlige Teilnahmslosigkeit an den Tag legten und ihre Zeit damit totschlugen, Würfelspiele zu machen, zu sticken, zu spinnen, zu nähen und über andere Mädchen ihres Alters zu sinnieren, die zum Zwecke einer Ausbildung in anderen Haushalten untergebracht waren. Antoinette betreute sie nur wenig und hatte ihnen die Aufgabe übertragen, sich um die Aussteuer des Kindes zu kümmern, um sie nicht ständig um sich herum zu haben. Das Einzige, wofür sie sich interessierten, war, die Abendstunden ein wenig lebendiger zu gestalten. Eines der Mädels konnte wunderbar Verse deklamieren, die Albérie nicht verstand, deren Melancholie sie jedoch berührte, die beiden anderen stimmten in den Gesang der kühlen Stimme Antoinettes mit ein, die ihre Lieder mit der Harfe begleitete. Und darin erschöpfte sich schon ihre Rolle, ja sogar ihr Leben auf Montguerlhe.

Ungeachtet all dessen war Albérie äußerst beglückt zu beobachten, dass alle ihre Teller mit Genuss leerten. Sie übergab das restliche Auftragen der Speisen an jemand anderen und machte sich daran, Philippus das Essen zu bringen, der sich nicht davon abbringen ließ, an der Seite François de Chazerons Tag und Nacht Wache zu halten. Allein für die zahlreichen Gottesdienste verließ er das Zimmer.

Albérie musste sich jedes Mal zusammennehmen, wenn sie sich über den Lehnsherrn beugte, um ihr Tablett abzustellen. Nie konnte sie umhin, sich diesen übel riechenden Atem über dem Gesicht Isabeaus vorzustellen. Jedes Mal musste sie sich an den Gedanken seines bevorstehenden Todes klammern, um nicht selbst mit irgendeinem greifbaren Dolch seinem Leben ein Ende zu setzen.

Doch heute Abend war es anders. Vielleicht war es die schleichende Angst, ihren Gemahl zu verlieren, die ihre üblichen Gedanken in eine andere Richtung lenkte. Sie dachte im Moment nur an eine einzige Sache: François und Philippus mussten die Suppe, die sie ihnen gebracht hatte, ganz aufessen.

Drei Stunden später war das gesamte Haus in tiefsten Schlaf gesunken, dank des Mohnextraktes, mit dem Albérie das Essen gewürzt hatte. Sie wollte jedoch ganz sicher gehen und kontrollierte sogar, ob Antoinette allein in ihrem Zimmer schlief. Erleichtert verließ sie es wieder. Im Schlaf ähnelte Antoinette einer zarten Blume. »Wie leicht wäre es, sie in den Fingern zu zerquetschen!«, dachte Albérie, fast triumphierend. Und doch ließ sie Antoinette weiter ohne Schuldgefühle von ihrem Geliebten träumen. Ihre Zeit würde noch kommen. Sie warf auch einen kurzen Blick auf das Lager ihres Gemahls. Huc schnarchte. Wenigstens diese eine Nacht würde er sie nicht betrügen.

Die Wache, die vor der Türe François' Posten bezogen hatte, war wie geplant vom Schlafmittel verschont geblieben. So würde sie bezeugen können, dass niemand in das Zimmer eingedrungen war. Die Wache selbst hatte den Befehl erhalten, den Schlaf des Lehnsherren nicht zu stören. In einigen Stunden würde die Ablösung erfolgen und Philippus bliebe nichts weiter übrig, als die Tatsachen hinzunehmen. Albérie ging in ihr Zimmer und schob den Riegel davor. Sie öffnete den Geheimgang und machte sich leichten Herzens auf den Weg zu ihrer Nichte.

In dieser Nacht hatte Philippus seltsame Träume. Beim Erwachen erinnerte er sich an ein auffallend schönes und trauriges Gesicht. Das Gesicht einer Frau. Es hatte sich über François de Chazeron gebeugt und er hatte seine Hand nach ihr ausgestreckt, um sie von etwas abzuhalten, was er nicht genau ausmachen konnte. In diesem Moment hatte sie sich aufgerichtet, war auf ihn zugegangen, bis sie ihn fast berühren konnte, und hatte ihn zärtlich angelächelt. Beruhigt hatte er die Augen wieder geschlossen. Am Morgen war allein das Gefühl zurückgeblieben, geträumt zu haben. In der Tat hatte er steife Glieder und einen trockenen Mund. Ein Blick zum Lehnsherrn bestätigte seine Befürchtungen. Er war fahl im Gesicht und Schweiß rann ihm von der Stirn. Ein dünner, brauner Rand verfärbte seine Mundwinkel. Philippus stand auf. Er fühlte sich durch die Haltung, in der er geschlafen hatte, wie gerädert. Er hatte beschlossen, den unbequemen Sessel gegen einen Strohsack einzutauschen, den Madame Albérie am Vortag hatte herbeibringen lassen, aber er hatte keine Zeit gehabt, sich darauf auszustrecken. Er war bereits im Sitzen eingeschlafen und alles wies darauf hin, dass er sich kein einziges Mal im Schlaf bewegt hatte. Er streckte sich ausgiebig und ging dann zur Tür, die er mit einem Schwung öffnete. Der Wachtposten machte vor Schreck einen Satz.

Philippus begrüßte ihn und erkundigte sich nach einem möglichen nächtlichen Besucher. Die Wache antwortete ihm förmlich, dass weder er noch sein Kollege, der zuerst Posten gestanden hatte, eingeschlafen waren. Der Korridor war menschenleer geblieben. Philippus ging in das Zimmer zurück und hörte, wie François sich erbrach. Das Becken, über das sich der Schlossherr beugte, füllte sich mit einer dicken Gallenflüssigkeit, die von Blut durchzogen war. Philippus spürte, wie ihn der Zorn packte. Wenn niemand durch die Tür gelangt war, dann hatte man ihn belogen. Es musste hinter der Wand einen Geheimgang geben. Das war die einzige Erklärung! Jemand hatte ihnen etwas verabreicht, ihm und François. Also kämen dabei alle Personen in Frage, die Zugang zur Küche hatten.

Als François alles von sich gegeben hatte, was sich in seinem Magen befand, schob Philippus eine Schale mit Melissenwasser zu ihm heran, die er zuvor in der Nähe des Kamins abgestellt hatte, um sie zu erwärmen.

»Wascht Euch ein wenig, Messire«, riet er ihm, indem er ihm ein Handtuch reichte.

Philippus musste François, der zähneklappernd am ganzen Körper fröstelte und einen abwesenden Blick hatte, bei seiner notdürftigen Toilette behilflich sein. Sobald er sich jedoch wieder auf den Rücken gelegt hatte, begann der Brechreiz von neuem. Zwei Stunden lang erbrach er sich krampfartig, so dass Philippus sich schon fragte, ob die zuletzt verabreichte Dosis wohl tödlich war. Doch dann beruhigte der Kranke sich. Als Antoinette wie gewöhnlich vor dem Mittagessen auf der Schwelle erschien, schlug ihr ein abscheulicher Gestank entgegen. Philippus war erschöpft, nachdem er François jedes Mal bei seinen Brechanfällen stützen musste. Dessen Kräfte waren zusehends geschwunden, so dass er zum Schluss fast beim Vornüberbeugen das Gleichgewicht verloren hätte und in die verschmutzte Schale gefallen wäre.

»Ich dachte, es ginge ihm besser«, entfuhr es Antoinette voller Mitleid angesichts des Häufchens Elend, das ihr Gemahl darstellte. Dieser war schließlich völlig entkräftet, mit geöffnetem Mund immer wieder von Kälteschüben geschüttelt, eingeschlafen. »Was ist geschehen, Messire Philippus?«, fragte sie ernsthaft.

Aber Philippus zog es vor, ihr nichts von seinen Vermutungen zu erzählen. Er begnügte sich damit zu beteuern, dass in diesem Krankheitsstadium immer wieder ein Ruckfall möglich sei. In diesem Gebäude waren alle verdächtig und er hatte sehr wohl bemerkt, dass Antoinette sich mehr um den Profos sorgte als um ihren Gemahl. Also beschränkte er sich darauf, sie zu fragen, ob sie das Stöhnen des Kranken nicht aufgeweckt hätte, aber Antoinette antwortete ihm, dass sie sich kaum daran erinnern könne, zu Bett gegangen zu sein, so schnell wäre sie eingeschlafen. Als sie hinzufügte, dass sie außerdem zu lange geschlafen habe und mit einem bitteren

Geschmack im Mund aufgewacht sei, nahm er an, auch ihr habe man, wie ihm, ein Mittel verabreicht. Er hütete sich davor, vorschnelle Schlussfolgerungen zu ziehen. Wenn sie in diese Sache verwickelt war, würde sie alles Mögliche vorgeben, um ihn in die Irre zu führen. Er begleitete sie zur Tür, bestand darauf, dass man ihn nicht störe, und entschuldigte sich dafür, nicht am Gottesdienst teilzunehmen. François benötige Ruhe und Philippus wolle an seiner Seite bleiben, um ihn im sehr wahrscheinlichen Falle einer neuen Krise beistehen zu können.

Antoinette pflichtete ihm bei, überaus glücklich, dieses abscheulich stinkende Zimmer verlassen zu dürfen. Philippus beauftragte den Wachtposten damit, das Becken zu leeren und zu reinigen. Dann machte er sich an die systematische Untersuchung des Zimmers, indem er jeden hervorstehenden oder auffällig wirkenden Stein abklopfte, fand jedoch nichts. Er zwang sich zur Ruhe.

Als François etwa fünf Stunden später erwachte, schien es ihm besser zu gehen und Philippus konnte ihm einige Fragen stellen. Ob er geträumt habe?

»Wie so oft, seit mich dieses Leiden quält. Ein weiblicher Schatten beugt sich über mich und beruhigt mich, doch friedlich weiterzuschlafen, sie würde über meinen Schlaf wachen.«

Philippus musste seine Freude zurückhalten, um sich nichts anmerken zu lassen.

»Kommt sie Euch irgendwie bekannt vor?«

»Wer?«

»Diese gute Fee?«

»Bei Gott, ich habe keine Ahnung, Messire. Mir scheint, als wären mir ihre Gesichtszüge nicht ganz fremd und doch ist sie mir nicht bekannt. Es ist, als ob sie schon immer hier, ganz dicht neben mir, gewesen wäre, im Verborgenen, um jeden meiner Schritte zu beobachten. In der Tat erahne und höre ich sie eher, als dass ich sie sehe. Ich wüsste nicht zu sagen, wem sie ähnelt, und noch weniger, ob ich mich an sie erinnern will. Denn einer Sache bin ich mir ganz sicher: eine gute Fee ist sie nicht.«

Philippus zuckte zurück.

»Wie kommt Ihr darauf?«

François lachte ernüchtert auf.

»Ihr habt mir gestanden, dass Ihr meine Begeisterung für die Alchemie teilt, Messire. In diesem Fall dürftet Ihr wissen, dass die Goldbarren nicht in den Schmieden des Allmächtigen geformt werden. Unter meinem Bett befindet sich eine Schatulle. Nehmt sie.«

Philippus beugte sich hinunter und zog die kunstvoll gearbeitete Schachtel hervor. François fasste die Kette, die um seinen Hals hing, löste den daran befestigten Schlüssel und reichte ihn dem Arzt. Philippus sperrte das Schloss auf und pfiff beim Anblick der erkalteten Goldmasse, die in einer seltsamen Form erstarrt war, leise durch die Zähne. In wenigen Worten erzählte ihm François de Chazeron von dem tragischen Zwischenfall. Philippus hörte ihm schweigend zu und strich dabei gedankenverloren mit einem Finger über die glatte und stumpfe Oberfläche des Metalls.

»Ich habe lange überlegt, an was mich diese seltsame Skulptur erinnert. Heute ist es mir eingefallen. Dreht sie herum!«

Philippus tat wie ihm geheißen. Natürlich! Der Zufall hatte ein Profil nachgeformt. Ein grauenhaftes Profil, dessen Stirn von einem Horn überragt wurde.

»Ich benötigte Beweise, als ich mir dieser eindeutigen Botschaft in dieser Form bewusst wurde. Ich ließ das Gold analysieren, ich glaubte nicht an ›ihn‹. Ich zahle nun den Preis dafür, Messire. Ich leide nun wie ein ihm unwürdiger Diener, und sein Gesandter kommt, sich zu vergewissern, dass ich noch nicht tot bin. Nicht eher, bis er seine Strafe für ausreichend befindet.«

Philippus hielt seine Kommentare zurück. Er glaubte genauso viel oder wenig an das Werk des Teufels wie an die göttliche Kraft des Gebets. Seine vielen Reisen hatten ihn gelehrt, dass sich die Antworten immer in einer Sphäre befanden, die für den Menschen fassbar war – wenn er sich darauf einließ, nach ihnen zu suchen. Zahlreiche Alchemisten gaben vor, einen Pakt mit dem Teufel geschlossen zu haben, um das große Werk verwirklichen zu können. Ohne Zweifel glaubten sie selbst daran, zumindest jene, die in der Entdeckung des Steins der Weisen nur Reichtum und Macht sahen. Er hatte jedoch weise Gelehrte kennen gelernt, deren einziges Ziel darin bestand, zu einem vollkommenen Seelenzustand zu gelangen. Und dies entsprach auch seiner Überzeugung.

Das Netz, in das François de Chazeron verstrickt war, war nichts weiter als ein minutiös eingefädeltes Verbrechen. Vielleicht das Werk eines Verrückten. Die Geschichte des Schlossherrn beinhaltete jedoch einen wahren Kern. Er bezahlte den Peis für etwas. Wenn es nicht derjenige für seine Nachforschungen war, für was dann?

»Gibt es auf Montguerlhe Geheimgänge?«, fragte er in die Stille hinein, in der nur der japsende Atem von François zu vernehmen war.

Das Erzählen hatte den Lehnsherrn ermüdet. Er antwortete hauchend, ohne die Augen zu öffnen:

»Nein. Dessen bin ich mir absolut sicher. Als ich Kind war, erzählte man sich von edlen Rittern, die während des Hundertjährigen Krieges durch Geheimgänge nach Montguerlhe gelangt waren, um im Verborgenen Schwerter zu schmieden, und von Scheidnern, die sich dort versteckt hielten, um riesige Messer anzufertigen. Ich habe meine gesamte Kindheit damit verbracht, und mein Vater vor mir, die Felsen abzuklopfen, um den Zugang zu entdecken, und die Wände zu untersuchen, wie Ihr das vermutlich bereits getan habt. Niemand meiner Familie hat seit vier Generationen jemals etwas gefunden und in den Registern steht nichts, was diese Legende belegen würde. Ich versichere Euch, Philippus, mein Leiden hat keinen anderen Ursprung als jenen, von dem ich Euch gerade berichtet habe.«

Philippus nickte. Im Grunde war es nur wenig von Bedeutung, was François de Chazeron glaubte. Wichtiger war es, dass er sich nun ausruhte.

Was ihn betraf, so hatte er seine eigenen Vermutungen. Diese rätselhafte Erscheinung würde auch in der folgenden Nacht zurückkehren, aber dann würde er den genauen Unterschied zwischen Traum und Wahrheit ausmachen können. Entschlossen klappte er den Deckel der Schatulle zu, schob sie wieder unter das Bett und befestigte den Schlüssel an der Kette seines Besitzers. Er war bereit, der Wahrheit entgegenzutreten.

10

Bereits seit einiger Zeit spürte Isabeau, dass tiefschwarze Augen sie durch das Fenster hindurch anstarrten, machte sich jedoch einen Spaß daraus, unbeirrt weiterhin auf ihre Näharbeit hinabzublicken. Der Nachmittag war weit vorangeschritten und in der Wärme des Hinterzimmers übte sich Isabeau seit einigen Tagen darin, ihren Kopf und ihre Finger wieder an die peinlich genaue Arbeit des Nähens zu gewöhnen. Rudégonde hatte ihr die Aufgabe erteilt, ein leinenes Hemd zusammenzustecken, dessen Stoff aus Flandern stammte und überaus teuer war. Isabeau hatte zunächst die Panik ergriffen, als sie erfahren hatte, dass das Kleidungsstück für die Mutter von König Franz bestimmt war. Die Nadeln schienen so winzig zwischen ihren linkischen Händen. Was, wenn ihr ein Fehler unterliefe, wenn sie das Stück durch unregelmäßige Stiche ruinierte? Sie hatte zaghaft gefragt, ob es nicht vielleicht besser wäre, zunächst mit einem Taschentuch zu beginnen, aber Rudégonde wollte davon nichts wissen.

»Vergesst einfach die Königin, seht wie angenehm und geschmeidig sich der Stoff unter den Fingern anfühlt. Betrachtet ihn mit Respekt. Lasst Euch ganz auf die Arbeit ein und nehmt Euch Zeit dafür, Isabelle. So werdet Ihr Eure Ängste verlieren.«

Sie hatte gehorcht, nachdem sie zumindest durchgesetzt hatte, ihren Stich eine Stunde lang auf grobem Baumwollstoff üben zu dürfen. Seltsamerweise war ihr das ganz leicht vorgekommen, sodass sie daraus geschlossen hatte, Rudégonde müsse Recht haben.

Seitdem sie ihre Arbeit in der Schneiderei begonnen hatte, war sie von Angst wie gelähmt, einer irrationalen Angst. In der ersten Nacht hatte sie sich gefragt, woher diese Furcht kam. Nun wusste sie es. Sie hatte ihre vergangenen Jahre damit verbracht, die Vorstellung zu verdrängen, wie ihr Leben hätte verlaufen können, was sie alles hätte lernen können. Verdrängt, um es nicht zu vermissen. Denn sie hätte sich nicht vorstellen können, all diese Dinge jemals wieder erleben zu dürfen. Jetzt musste sie den ganzen Weg wieder rückwärts gehen, und das machte ihr Angst. Die Absage an die Welt hatte den Schmerz vertrieben. Und um nichts auf der Welt wollte sie, dass er erneut aufbrach. Dennoch ging es nicht anders. Sie war vor kurzem dreißig Jahre geworden. Es war also noch nicht zu spät, noch einmal neu anzufangen zu leben und zu lieben.

Nach und nach kam sie mit ihrer Näharbeit voran. Sie hörte das Gespräch und das Lachen ihrer Kameradinnen, die vor ihr in einem Kreis zusammensaßen, ohne den Worten wirklich zu folgen. Sie wollte sich nicht ablenken lassen, denn die Nähte an den Seiten des Hemdes mussten so filigran sein, dass man sie auf dem Körper nicht spürte. Nur in den Pausen gestattete sie sich zu plaudern. Die erste war zur Mittagszeit, die anderen auf den Nachmittag verteilt. Die Gewandschneiderinnen arbeiteten bis zum Einbruch der Dunkelheit – sommers wie winters, hatte Rudégonde ihr beteuert. Sie sahen sie wenig, hörten sie jedoch in ihrem Laden herumhantieren, wo der Adel ein und aus ging. Dann und wann verlangte sie nach diesem oder jenem Stück Stoff und eines der Mädchen trug es ihr eilenden Schrittes herbei. Isabeau bemerkte das alles, ohne auch nur einmal ihren Kopf zu heben. Sie arbeitete für die Mutter des Königs und war sich dessen bewusst, dass Rudégonde ihr eine Ehre erwiesen hatte, indem sie ihr diese Arbeit anvertraute.

Als es schließlich Zeit für eine Pause war, beschloss sie, ihrem geheimnisvollen Bewunderer nun endlich auf die Schliche zu kommen. Doch als sie ihren Blick zum Fenster wandte, sah sie, dass er verschwunden war. Im ersten Moment war sie darüber betrübt, doch dann zuckte sie die Achseln und streckte ihre steifen Glieder, bevor sie sich zu den Mädchen gesellte, die an Keksen knabberten und, einen Becher mit heißer Milch in der Hand, miteinander scherzten. Rudégonde behandelte sie gut und gesellte sich ebenfalls hungrig zu ihnen, als Isabeau sich gerade bediente.

»Ich sag euch, Kinder, diese alte Herzogin von Blois ist eine wahre Gottesstrafe!«, entfuhr es ihr, während sie sich auf einen Stuhl sinken ließ. »Ich breche schon in Angstschweiß aus, wenn ich sie nur durch die Tür kommen sehe. Sie hat überhaupt keinen Geschmack, brüstet sich damit, alles zu kennen, überprüft jede Elle Stoff, ändert ständig ihre Vorstellungen über die kleinste Stickerei, um dann schließlich zu verkünden, dass das Material sie dick mache und wir noch einmal von vorne anfangen müssen.«

»Wie sollte es auch anders sein«, amüsierte sich Blanche, die es liebte, sich hinter dem Rücken der Kunden über sie lustig zu machen. »Sie ist so grau und faltig, dass man fast meinen könnte, einen Wasserspeicher einzukleiden ...«

Isabeau ließ sich von dem ausgelassenen Lachen ihrer Kameradinnen mitreißen. Wie gut tat ihr doch diese unbekümmerte Vertrautheit! Rudégonde schalt sie neckend, wobei ihre Augen vor Schalk sprühten, und ging dann, auf das Klingeln der Ladentür hin, ihren neuen Besucher begrüßen.

Blanche stellte sich auf die Zehenspitzen und spähte durch ein Guckloch, um zu sehen, wer da wohl gekommen sei.

Dann mimte sie einen schweren und plumpen Gang, ihr Gesicht schielend zu einer breiten Grimasse verzogen. Françoise und Ameline nannten eine nach der anderen eine Reihe von Namen und forderten Blanche auf, weitere Hilfestellungen zu geben, bis sie endlich auf den Spitznamen Cœur de Bœuf kamen. Blanche klatschte lachend in die Hände und die beiden prusteten los vor Lachen.

»Wer ist das«, fragte Isabeau, die amüsiert das Schauspiel beobachtet hatte, sich aber ein wenig ausgeschlossen fühlte.

Françoise fasste sie am Arm und forderte sie auf, selbst durch das Guckloch zu schauen. Im Laden stand eine feiste Gestalt, mit hochrotem Gesicht und in grotesken Farben gekleidet. Sie streckte Rudégonde flehentlich ihre Hände entgegen, indem sie sich mit dem einen Knie auf den Boden stützte.

»Cœur de Bœuf ist Zunftmeister der Metzgersgilde«, wisperte Françoise. »Seit sechs Monaten macht er Rudégonde geflissentlich den Hof und es vergeht kein Tag, an dem er ihr nicht irgendwelche Leckereien und ausgewählte Fleischstücke schickt. Er macht einen lächerlichen Eindruck, aber er ist ein rechtschaffener Mann, dem Rudégonde nicht die Tür weisen kann, ohne ihn womöglich zu verärgern. Dabei hat sie dieses Gehabe reichlich satt.«

Die anderen zwei brachen in Gelächter aus. Isabeau nahm ihr Auge vom Guckloch. Es war nass vor Tränen. Als sie sich zu den Mädchen umdrehte, verstummte abrupt ihr Gelächter. Isabeau bahnte sich einen Weg durch sie hindurch und ging hinaus in den Hof. Ihr Gesicht war fahl, und ohne es zu wollen hatte sie zu weinen begonnen.

Kurze Zeit später kamen Blanche, Françoise und Ameline mit beschämter Miene in den Hof. Isabeau hatte sich auf ein Fass gesetzt, das von einer Schicht Schnee bedeckt war. Die Mädchen hockten sich zu ihr und Françoise reichte ihr ein Taschentuch. Isabeau hob den Kopf und lächelte sie traurig an.

»Verzeiht mir«, brachte sie stammelnd hervor, bevor sie in das Leinentuch schnäuzte, das mit Initialen bestickt war.

»Nein, verzeih du uns, dass wir dich verletzt haben, selbst wenn wir nicht wissen wodurch«, antwortete Ameline, indem sie ihr freundschaftlich den Arm drückte.

Isabeau verscheuchte ihre Erinnerungen.

»Es ist nicht eure Schuld«, sagte sie. »Das, was ich gesehen habe, hat mich an etwas erinnert, was ich besser vergessen sollte.«

»Du musst es uns nicht erzählen«, wandte Blanche ein.

»Ich war vor langer Zeit verlobt«, zwang sich Isabeau dennoch zu beginnen. »Wie Cœur de Bœuf kniete mein Benoît vor mir nieder und hielt um meine Hand an. Wisst ihr, das war der schönste Tag meines Lebens!« Isabeau nahm die Kette ab, die sie um den Hals trug und an dem der Ring hing, den ihr Benoît zur Hochzeit geschenkt hatte. Die Mädchen waren schweigend dicht an sie herangerückt und wagten beim Anblick ihres schmerzverzerrten Gesichts nicht einmal mehr zu atmen. Isabeau streichelte den Ring.

»Er ist gestorben«, sagte sie. »An unserem Hochzeitstag.«

»Mein Gott!«, entfuhr es Ameline. Sie schlug die Hände vor ihren Mund.

Isabeau blickte sie mit ihren mandelfarbenen Augen an. Sie hatte ihre Geschichte noch nie irgendjemandem erzählt. Ihr Blick füllte sich mit Hass, während ihre Hände den Ring wieder umschlossen.

Sie richtete sich würdevoll auf und erklärte:

»Er wurde getötet, weil er mich vor dem Lehnsherrn, der mir nachstellte, beschützen wollte. Sich widersetzen heißt sterben, sagte er. Er hatte Recht.«

Isabeau stieß einen langen Seufzer aus und verjagte die Bilder aus ihrer Erinnerung, indem sie sich kräftig mit ihren Fäusten die Augen rieb.

Es hatte wieder angefangen zu schneien. Der Schnee legte sich leicht und lautlos auf ihre vier Häubchen und schmückte sie mit einer makellosen Verzierung.

»Wir müssen hineingehen«, bemerkte Ameline und reichte ihr eine warme Hand.

Isabeau ergriff sie ohne zu zögern. Als Ameline und Blanche bereits im Hinterzimmer verschwunden waren, hielt Françoise sie noch einmal am Arm zurück.

»Dieser Lehnsherr, er hat dich vergewaltigt, nicht wahr?«

»Ja«, entfuhr es Isabeau, ohne dem direkten und klaren Blick ihrer Kameradin auszuweichen, der gleich darauf durch einen Schleier von Hass getrübt wurde.

»Ich hoffe, er hat dafür bezahlt«, zischte sie, bevor auch sie das Atelier betrat.

Isabeau fühlte sich plötzlich besser. Sie versicherte, während sie ihr folgte:

»Ja, er hat dafür bezahlt!«

9. November 1515. Philippus pustete die Kerze aus und das Zimmer wurde in tiefe Dunkelheit getaucht. Das Mondlicht war gerade noch ausreichend, um den Zutritt des Geheimgangs ausmachen zu können. Er hatte den ganzen Tag damit verbracht, sich zu fragen, wie er am besten reagieren sollte, falls sich der Täter zeigen würde. Sein erster Gedanke war gewesen, ihm den Rückweg zu verstellen und die Wachen zu rufen. Aber dann hatte er eingesehen, dass dies eine schlechte Idee war. Offensichtlich besaß die junge Frau, die ihm am Vortag im Halbschlaf erschienen war, Komplizen innerhalb des Hauses und sie selber war vielleicht nur die Ausführende. In diesem Fall würde es François de Chazeron nichts nützen, sie einfach festzunehmen. Er musste herausbekommen, was

hinter dieser Sache steckte, so anrüchig es auch sein mochte. Der Schuldige an sich interessierte ihn weniger als das Geheimnis, das ihn umhüllte. Und Philippus konnte Rätseln noch nie widerstehen.

Zum Abendessen hatte Albérie ihnen, wie immer, die Teller vorbeigebracht. Als sie zwanzig Minuten später zurückkam, um sie wieder mitzunehmen, sah alles danach aus, als hätten Philippus und François ihr Mahl gänzlich aufgegessen. Dies traf in Wirklichkeit jedoch nur auf den Schlossherrn zu. Philippus hatte sein Essen in einen ledernen Beutel umgefüllt und hinter einem Möbelstück versteckt.

Er machte es sich in seinem Lehnstuhl bequem, umhüllte seinen Oberkörper und seine Schultern mit einer Decke und nahm die gleiche Haltung der letzten Nächte ein. François de Chazeron war bereits eingeschlafen. Er schnarchte, indem er bei jedem Atemzug einen pfeifenden Laut von sich gab, und aus seinem geöffneten Mund strömte ein strenger Geruch.

Philippus hatte darauf geachtet, seinen Sessel so zu platzieren, dass er das ganze Zimmer überschauen konnte. Seine Überlegungen hatten ihn zu der Entscheidung geführt, nach dem Prinzip des Ausschlusses vorzugehen. Ein Abschnitt der Wand war mit einem Tisch und einer Truhe verstellt, auf denen verschiedenste Gegenstände standen und die man als Ganzes hätte verschieben müssen, um daran vorbeizugelangen. Jener Teil der Wand, der ihm gegenüber lag und in dem sich das Fenster befand, war zu dicht am Bett des Kranken. Eine versteckte Tür könnte sich dort verbergen, aber Philippus hatte diese Möglichkeit ausgeschlossen, denn die Unbekannte der vergangenen Nacht hatte sich von der anderen Seite des Bettes über François gebeugt, so dass sie um den Kranken hätte herumgehen müssen, um dorthin zu gelangen. Die dritte Wand war eine Innenwand mit jener Tür, vor der ein Wachtposten aufgestellt worden war. Sie war nicht dick genug für ein verborgenes Versteck. Blieb noch der breite und tiefe Kamin übrig. Links füllte ein am Boden stehender Kerzenständer den verbleibenden Platz aus, rechts stieß das Kopfende des Bettes an die Wand.

Philippus hatte zahlreiche Häuser kennen gelernt, in denen sich solch großzügige Kamine befanden, die direkt in die Mauer hineingearbeitet waren. Er war davon überzeugt, dass das junge Mädchen dort herauskommen würde.

Draußen war Wind aufgekommen. Durch den Abzug konnte man den unregelmäßigen Lufthauch pfeifen hören, der die hohen Flammen aufmischte und einen Funkenregen verursachte.

Philippus ruhte sich ein wenig aus und döste vor sich hin. Sein Magen schrie vor Hunger, aber er hatte Übung darin, ihn einfach nicht zu beachten. Die Nacht würde lang werden. Seine Sinne waren in höchster Alarmbereitschaft, so wie sie es waren, wenn er in einer verruchten Herberge oder inmitten des Waldes schlief, mit einem Ohr und einem Auge wach, überzeugt davon, auch das kleinste Geräusch würde ihn wecken.

Es war weniger das kaum wahrnehmbare Knirschen, das ihn plötzlich aus seinem Dämmerzustand hochriss, als vielmehr das Gefühl, eine dritte Person befände sich im Raum. Er öffnete seine Augenlieder einen Spaltbreit, ohne sich zu rühren. Die Silhouette einer gänzlich von einem Umhang verhüllten Gestalt, die sich auf ihr Opfer zubewegte, streifte ihn. Dort zog sie einen Flakon aus ihrem Ärmel und benetzte einen ihrer Finger mit dem Inhalt. Einen Moment lang wollte er schon seinem Reflex nachgeben, sie an ihrem Tun zu hindern, aber dann hielt sich Philippus zurück. Zu einem Gift gab es auch immer ein Gegengift, davon war er überzeugt. Er hielt seinen Atem an, während die Besucherin mit ihrem Finger über François' Lippen strich, der ein leichtes

Grunzen vernehmen ließ. Dann wandte sie sich langsam von ihm ab und Philippus senkte seine neugierigen Augenlider so weit hinab, bis nur noch ein winziger Lichtschimmer durch seine Wimpern hindurchtrat, gerade genug, um die perfekten Konturen des Gesichtes bewundern zu können, das ihn in dem fahlen Licht eingehend betrachtete.

Gegen seinen Willen begann das Herz in seiner Brust wild zu schlagen. Die Frau stand ihm genau gegenüber und musterte ihn in seiner gestellten schlafenden Haltung mit einem zärtlichen Lächeln auf den Lippen. Einen Moment durchfuhr ihn der Gedanke, ob sie ihn wohl auf die gleiche Weise schon in der Nacht zuvor betrachtet hatte. Das war es wahrscheinlich gewesen, was ihn halb aus seinem Schlaf aufgeschreckt hatte. Philippus erzitterte bei dem Gedanken, dass sie auch ihm das Gift hätte verabreichen können. Aber warum nur hatte sie das nicht getan? Wo er doch offensichtlich ihren Machenschaften im Weg stand?

Als sie sich ihm noch weiter näherte, schloss Philippus seine Augen ganz, aus Angst, sie könnte ihm auf die Schliche kommen. Sein Puls raste, aber er hätte nicht zu sagen gewusst, ob aus Furcht oder aus Erregung, so stark war der fast animalische und dennoch angenehme und unwahrscheinlich betörende Duft nach Moschus, den die Erscheinung ausströmte. Er wartete ab. Der leicht gerundete Mund berührte in einer unbeschreiblichen Zärtlichkeit seine Lippen, zog sich jedoch sogleich zurück und er spürte fast so etwas wie Enttäuschung. Dann entfernte sie sich von ihm, ohne dass er ihre Schritte auch nur erahnen konnte. Erneut hob er seine Augenlider ein wenig und fast wäre ihm ein Schrei der Freude entwichen. Im Gegensatz zu anderen Mechanismen wurde dieser hier nicht von außen, sondern vom Inneren des Kamins aus bedient. Er erkannte deutlich, wie sich der von Ruß überzogene Stein links neben der Feuerstelle drehte und im

Leeren verschwand, während die seltsame Erscheinung sanft die Flammen streifte, bevor sie sich federleicht und unmerklich im Nichts auflöste. Philippus wartete ab, bis der Mechanismus wieder zugeschnappt war, erst dann bewegte er sich.

Einen Moment lang überlegte er, ob die Unbekannte ihm nicht einen tödlichen Kuss dargeboten hatte, so schwach fühlte er sich. Die Wahrheit war jedoch eine andere und sprang ihm unleugbar aus seinem Schoß entgegen. Philippus war ganz einfach erregt, wie er es noch nie in seinem Leben gewesen war. Mit einem Mal schämte er sich dessen und versuchte, wieder zu einem angemessenen Zustand zurückzufinden. War es widernatürlich, dass er solch eine starke Anziehung verspürt hatte? Während er sich erhob und auf François zuging, dessen Gesicht sich bereits unter der Wirkung des Giftes verzerrte, fragte er sich, ob dieser vielleicht doch Recht gehabt hatte.

Dieses Mädchen war von einer diabolischen Schönheit und verströmte den Duft der Versuchung. Konnte es sein, dass so jemand die Sühne verkörperte?

Verzagt machte sich Isabeau auf den Heimweg. Der Tag war in einer gedrückten Stimmung zu Ende gegangen, obwohl ihre Kameradinnen einen unerschöpflichen Einfallsreichtum an den Tag gelegt hatten, um sie von ihrem Schmerz abzulenken.

Sie fühlte sich erschöpft; erschöpft und zerschlagen. Zu ihrer Müdigkeit kam noch hinzu, dass der Schnee unaufhörlich auf die Stadt herabfiel und man die Füße stark anheben musste, um in dem Morast der Gassen voranzukommen. Die Fußspuren der Menschen und die Exkremente von Pferden, Schweinen und einigen Rindern, die schwere Karren hinter sich herzogen, hatten den Schnee in eine durcheinander gemengte schmutzige Masse verwandelt.

Isabeau hob ihre Röcke an und folgte der Rue de la Lingerie. Als sie gerade am Friedhof Saints-Innocents vorbeikam – von wo aus sie zur Brücke Notre-Dame gelangte, um schließlich die Kathedrale zu erreichen –, überholte sie eine reich verzierte Equipage, welche die gesamte Breite der Gasse einnahm und der sie gerade noch ausweichen konnte, indem sie sich an die Umfriedungsmauer drückte. Isabeau fluchte leise. Das hochgespritzte Wasser hatte ihre Schuhe beschmutzt und ihre Kleider durchnässt. Von der Müdigkeit und der nervlichen Anspannung erschöpft, gab sie sich für einen Augenblick ihrem Schicksal hin und lehnte sich mit ihrem ganzen Gewicht gegen die Steinwand, während sie ihre von der anstrengenden Arbeit mit der Nadel schmerzenden Augen schloss.

Von Benoît zu sprechen, hatte in bestimmter Hinsicht eine Last von ihr genommen, ohne Zweifel, weil ihr das erste Mal jemand zugehört hatte, der sich außerhalb ihrer Geschichte befand und dafür so weit Verständnis aufbrachte, dass er sogar ähnlich wie sie darauf reagierte. Und doch hatte sie erkennen müssen, wie verletzlich sie noch immer war. Ihre aufgewühlten Erinnerungen hatten in ihr die Sehnsucht nach zwei Menschen wachgerufen: nach Benoît, der noch immer lebendig war, auch wenn sein Gesicht vor ihrem inneren Auge seltsamerweise verschwamm, und nach Loraline. Sie hatte nicht aufgehört an sie zu denken, nachdem sie ihre Näharbeit wieder aufgenommen hatte, selbst wenn sie sich sehr schnell darüber im Klaren war, dass hinter dieser Sehnsucht ein einziger Beweggrund stand: Loraline war die Hüterin ihrer Rache.

Sie nahm sich vor, einen Kurier zur Abtei von Moutier zu schicken. Sie brannte darauf, die Nachricht vom Tod François de Chazerons entgegenzunehmen. Die Vorstellung, Loraline könne ihr schließlich nach Paris nachfolgen, besänftigte ihr Herz. Auch wenn diesem möglichen Wiedersehen ein gewaltiges Hindernis im Wege stand: für Loraline war Isabeau tot. Würde sie ihr dieses Versteckspiel und ihre Qualen jemals verzeihen? Wie würde sie reagieren, wenn sie dahinter käme, dass sie nur ein Werkzeug in den Händen ihrer Mutter gewesen war? Isabeau vertrieb diesen Gedanken. Im Grunde war das alles nicht wichtig. Sie brauchte die Liebe ihrer Tochter nicht und sie konnte ihr selbst auch keine geben. Sie wollte ihr nur ein besseres Leben ermöglichen, ein Leben, das Isabeau nie gehabt hatte.

Eine Hand ergriff plötzlich die ihrige und zwang sie, ihren Kopf zu wenden und die Augen zu öffnen. Croquemitaine. Der Zwerg lächelte sie gutmütig an und für den Bruchteil einer Sekunde verband sie beide ein stillschweigendes Einverständnis. Dann rollte Croquemitaine wie gewöhnlich mit seinen Augen und ließ auf seine pfiffige Art verlauten:

»Isa scheint verloren. Croquemitaine findet immer alles, was verloren geht. Menschen wie Geldstücke. Zwei Mal habe ich dich schon gefunden, das dritte Mal gehörst du mir, schöne Isa.«

Isabeau musste lachen. Seit ihrer Ankunft hatte sie den König der Narren nicht mehr gesehen. Sie war glücklich darüber, dass der Zwerg sie nicht vergessen hatte. Sie erwiderte herzlich:

»Dieses Mal war ich nicht wirklich verloren, nur erschöpft. Aber ich bin beglückt, dich zu sehen. Neulich war mir nicht einmal mehr die Zeit geblieben, mich zu bedanken.«

Croquemitaine zuckte schelmisch die Achseln.

»Wozu? Es gilt: Eine Hand wäscht die andere. Eines Tages wirst ohne Zweifel auch du Croquemitaine die Hand reichen. So funktioniert es, schöne Isa!«

Isabeau nickte. Dann und wann hüllte sie ein Windstoß

mit Schneeflocken ein, die sich auf ihren pelzgefütterten Mänteln ansammelten und eine dünne Schicht Kristalle hinterließen. Die Kälte drang durch Isabeaus nasse Kleidung. Sie zitterte.

»Komm«, sagte Croquemitaine und zog sie mit sich.

Sie gingen einige Schritte an der Mauer entlang, bis Croquemitaine vor einer Tür stehen blieb, die so niedrig war, dass Isabeau in die Hocke gehen musste, um sie zu erahnen. Der Zwerg zog aus einem Quersack, der um seine Taille gebunden war, einen übergroßen Schlüssel und ließ ihn in das Schloss gleiten. Isabeau erblickte im Boden eines winzigen Zimmers, in dem gerade mal eine ausgestreckte Person Platz gefunden hätte, einen eingelassenen Schacht. Croquemitaine ließ ihr keine Zeit, Fragen zu stellen.

»Schnell hinein, oder man entdeckt mein Geheimnis.«

Isabeau stieg die eiserne Treppe hinunter, die durch eine an der Öffnung des Schachtes abgestellte Laterne erhellt wurde, und hörte, wie Croquemitaine den Schlüssel herumdrehte. Und schon tauchten seine kleinen Beinchen auf den Sprossen über ihr auf. Isabeau befand sich in einem unterirdischen Gang, der nach Schimmel roch. Croquemitaine übersprang die letzte Sprosse und schwenkte an seiner Seite eine Laterne.

»Du brauchst keine Angst zu haben, schöne Isa«, versicherte er, indem er ihr komplizenhaft zuzwinkerte.

»Ich habe keine Angst«, entgegnete Isabeau belustigt.

Sie hätte ihm gerne gesagt, wie sehr sie, im Gegenteil, dieses feuchte und abscheuliche Gewölbe beruhigte. Sie hatte so viel Zeit damit verbracht, das unterirdische Labyrinth von Montguerlhe allein oder mit den Wölfen gemeinsam zu durchforsten, dass sie sich hier wohler fühlte als in den belebten Straßen von Paris. Die Menschenmenge, das Ungezähmte und Vorlaute der Menschen, das war es, was ihr Angst machte. Nicht die Stille und die Dunkelheit. Und auch nicht die

Ratten, die sie vor ihren Füßen davonstieben hörte. Nach einigen Metern erkannte sie das flackernde Licht einer weiteren Laterne. Sie war in einer Gesteinsspalte festgeklemmt worden. Etwas darüber entdeckte sie Nischen, in denen sich Skelette aufeinander stapelten. Sie konnte einen Ausruf der Überraschung nicht zurückhalten. Croquemitaine lachte hell auf.

»Die Toten sind weit weniger zu fürchten als die Lebenden, schöne Isa. Diese sind schon seit Jahrhunderten hier. Man erzählt sich, dass sie aus jener Zeit stammen, als die Römer Gallien besetzten und Paris noch Lutetia hieß. Das ist bestimmt auch wahr. Über uns befindet sich der Friedhof Saints-Innocents. Und hier sind wir auch schon.«

In der Tat zeichneten sich vor ihnen die Umrisse einer Tür ab. Croquemitaine betätigte den Riegel und eine Flut von Licht, Musik und Farben brach dahinter hervor.

»Herzlich Willkommen am *Cour des Miracles!*«, rief der Zwerg fröhlich aus und wich zur Seite, um sie eintreten zu lassen.

In dem weitläufigen Saal, der sich vor der verdutzten Isabeau auftat, tummelten sich etwa vierzig Krüppel, Bettler und arme Teufel in einem wunderlichen, aber scheinbar routinemäßigen Durcheinander. Mehrere zu Tischen umfunktionierte Särge hielten Flaschen und Speisen bereit, die freizügig gekleidete Matronen den schmierigen Händen der Ausgehungerten entgegenstreckten, während sie sich von ihnen lachend den Hintern begrapschen ließen. In einer Ecke lagen Kinder wild durcheinander auf zerschlissenen Strohsäcken und schliefen mit offenen Mündern.

Am Boden saß ein rothaariger Hüne und spielte mit kleinen Knochen ein Geschicklichkeitsspiel, an dem sich ein Krüppel ohne Beine beteiligte, der auf einem mit Rollen versehenen Holzbrett kauerte. Weiter drüben hatten Musiker eine Sarabande angestimmt, zu der eine wollüstige, in wallende Tücher gehüllte Brünette ihre breiten Hüften in einem betörenden Tanz hin und her wiegte. Um sie herum standen einige Zuschauer, die im Takt zur Musik in die Hände klatschten. Wieder woanders stillte ein blutjunges Mädchen ihren pausbäckigen Säugling, während eine andere junge Frau einen Bengel schallend ohrfeigte, der sie mit Lehmkugeln beschoss.

Isabeau ließ ihren Blick umherschweifen, ohne sich länger an den Details aufzuhalten, sondern vielmehr um das gesamte Bild einer fröhlichen, närrischen, verdreckten und wundersamen Menge sonderbarer Gestalten zu erfassen.

Plötzlich brachen die Klänge ab. Die Zigeunerin hielt in ihren weichen Bewegungen inne und erblickte Croquemitaine. Federleicht wirbelte sie mehrmals um sich selbst und kam vor ihm auf den Knien zum Stillstand. Dann warf sie sich in einer respektvollen Verbeugung vor ihm zu Boden. Als habe allein diese Geste genügt, richteten sich alle Augen gleichzeitig auf den König der Narren, um sich unmittelbar darauf voller Ehrerbietung zu senken.

Croquemitaine schien nichts von der Aufmerksamkeit zu bemerken, die auf ihn gerichtet war. Er fuhr mit einer Hand zärtlich durch die pechschwarzen Haare des Mädchens. Sie schaute mit einem solch wilden und brennenden Blick zu ihm auf, dass Isabeau Unbehagen dabei empfand. Croquemitaine brach die Stille:

»Meine Freunde, hier ist die Schöne, von der ich euch erzählt habe. Isa.«

Er nahm Isabeaus Hand zwischen die seinen. Sie zitterte. Und plötzlich brachen Männer, Frauen und Kinder gleichzeitig in ohrenbetäubenden Lärm aus, indem sie mit Händen auf Särge, Boden und Wände trommelten. Isabeau spürte, wie das Blut aus ihrem Gesicht wich. Sie machten ihr Angst mit ihren entstellten Fratzen, ihren verfaulten gelben Zähnen, die ihr lüsternes Grinsen freigaben. Sie erhoben sich und kamen auf sie zu, liebenswert in ihrer Armut, erschreckend in ihrem geballten Auftreten. Isabeau drehte sich zu Croquemitaine um. Die Zigeunerin hatte seine Arme um ihn geschlungen und küsste ihn gierig. Isabeau spürte, wie ihre Beine schwach wurden. Sie tastete sich rückwärts zur Tür, mit einem Mal davon überzeugt, sie erlebe erneut einen Albtraum.

Als sie zu schreien begann, hielten sie in ihrer Bewegung inne, doch es war bereits zu spät: sie sah nichts mehr. Sie war in eine tiefschwarze Nacht hinübergeglitten.

Philippus führte ein mit frischem Wasser getränktes Taschentuch an François' Mund, um den sich eine Verfärbung abzeichnete. Er hoffte, so die Auswirkung des Giftes verringern zu können. Dann vergewisserte er sich, dass sein Puls regelmäßig, wenn auch schnell schlug, und traf schließlich eine Entscheidung.

Er hatte keinerlei Waffen bei sich, außer seinem Messer. Er hatte zwar überlegt, seinen Dolch mit in das Zimmer zu nehmen, dann jedoch darauf verzichtet, aus Angst, damit zu sehr die Aufmerksamkeit auf sich zu lenken. An der Seite des Schlossherrn hatte er im Grunde nichts zu befürchten und eine derartige Bewaffnung, um Wache bei einem Sterbenden zu halten, hätte die Mörder vielleicht in Alarmbereitschaft versetzt.

Seinem Instinkt vertrauend, bediente er den Mechanismus und sah, wie sich die Steinwand in den Kamin hinein öffnete. In seinem Rücken knisterten die Flammen, behaucht und belebt von dem ranzigen Windstoß, der durch die Öffnung hereinbrach. Er konnte ihre Hitze durch seinen Wams hindurch spüren, während die Frische, die ihm aus der Dunkelheit entgegenströmte, seine Brust kühlte.

Er zündete die Fackel an, die er sich in weiser Voraussicht zurechtgelegt hatte, und ging die vor ihm liegende Treppe hinunter. Als er seinen Fuß gerade auf die dritte Stufe setzte, hörte er hinter sich das Einrasten der Steinplatte, die wieder in ihre Ausgangsstellung zurückfand, ohne dass er sie bewegt hatte. Ein eisiger Schauer glitt ihm über den Körper, den er jedoch sofort verscheuchte. Nun gab es keinen Weg mehr zurück. Er war Gefangener seines Wagemuts.

Die Stufen waren glitschig und der Gang schmal. Er führte dicht entlang der Befestigungsmauer. In Wirklichkeit gab es also zwei Mauern und Philippus vermutete, dass man diesen Zwischenraum bewusst geschaffen hatte, als die Festung errichtet wurde. Aus welchem Grund man ihn den nachfolgenden Besitzern verschwiegen hatte, war eine unbeantwortete Frage.

Er konzentrierte sich ganz auf seinen Abstieg. Von Zeit zu Zeit streifte sein Gesicht ein Luftzug und die Flamme seiner Fackel begann zu flackern. Schmale Schießscharten waren hier und da so geschickt zwischen die Fugen der Steine eingefügt worden, dass sie von außen nicht zu erahnen waren.

Schon bald machte der Bruchstein glattem Felsen Platz und Philippus spürte unter seinen Füßen den lockeren und erdigen Boden eines Kellerschachts. Ratten stieben quietschend auseinander und der Gang wurde immer wieder breiter, um sich danach gleich erneut zu verengen. Er lief immer weiter, versuchte, seinen Weg anhand von möglichen Spuren zu erraten, sobald der eine tiefschwarze Stollen, in den nächsten überging. Doch er fand nichts, was ihm Orientierung geboten hätte.

Einen Moment lang war er davon überzeugt, dass das Labyrinth über seine Kühnheit siegen würde, dass er verloren wäre, verdammt herumzuirren, ohne jemals einen Ausgang zu finden. Er war versucht, den gleichen Weg wieder zurückzugehen, doch dann zwang er sich zur Ruhe und entschied sich fürs Nachdenken. Durch Nachdenken war er bisher immer zu Lösungen gelangt. Und durch seinen Instinkt. Er hasste dieses Gefühl, eingeschlossen zu sein.

Er setzte sich hin und ging in Gedanken noch einmal seinen ganzen Weg ab. Alle Stollen, die er durchquert hatte, schienen bergauf zu führen. Sie müssten also in unterschiedlichen Verstecken innerhalb des Schlosses enden. Und wenn nicht auf Montguerlhe, dann an anderen Orten. Da er nicht wusste, von wo die junge Frau gekommen war, musste er seinen Weg entsprechend der Richtung des Gefälles weitergehen. Alle Stollen mündeten auf den Korridor. Er ging also in die richtige Richtung. Die Frage war nur, wohin sie ihn führte.

Mühsam stand er wieder auf. Die Feuchtigkeit hatte seine Schuhe durchtränkt und er begann zu frieren. Er beschleunigte seinen Schritt, um sich aufzuwärmen. Als er eine Biegung passierte, stieß er mit seinem Fuß gegen einen überstehenden Stein und fiel nach vorne. Er konnte sich noch rechtzeitig an einem Felsen abstützen, verlor jedoch die Fackel, die auf dem Boden entlangrollte und durch den Kontakt mit dem angesammelten Wasser erlosch. Philippus stieß einen Fluch aus, während er sich seinen schmerzenden Knöchel rieb. Um ihn herum war es nun pechschwarz. Er legte seine Hand auf den Felsen, um sich voranzutasten, und ging blind so vorsichtig wie möglich weiter. Ab und an kam er an einer Öffnung vorbei, aber sie wurden immer seltener. Das beruhigte ihn, selbst wenn der Boden unter seinen Füßen nun horizontal verlief. Er schöpfte wieder etwas Mut, umso mehr, als er, nachdem sich seine Augen langsam an die Dunkelheit gewöhnt hatten, den langen Gang des Schachts vor sich erahnen konnte.

Doch da blieb er ein weiteres Mal mit seinem Fuß hängen und verlor das Gleichgewicht. Er versuchte noch, sich an der

Mauer festzukrallen und sein Bein aus dem Loch, in das es eingebrochen war, wieder herauszuziehen, aber es war sinnlos. Ein stechender Schmerz entlockte ihm einen Schrei, der dem eines erschreckten Tieres ähnelte. Dann fiel er der Länge nach auf den steinigen Boden, wobei sein Kopf mit einem dumpfen Knall gegen die Mauer stieß. Ihm blieb keine Zeit mehr für den Gedanken, dass er verloren war. Er wurde ohnmächtig.

Als Isabeau langsam wieder zu sich kam, blickte sie als Erstes in das sorgenvolle Gesicht der Zigeunerin, die ihr die Schläfen betupfte. Mit dem Öffnen der Augen war ihre Furcht zurückgekommen und sie begann zu zittern. Lilvia legte eine kühle, beringte Hand auf ihre Stirn und redete ihr mit gedämpfter Stimme gut zu:

»Ruhig, ruhig, schöne Isa. Du bist hier in Sicherheit. Niemand will dir etwas Böses. Beruhige dich.«

Die schmeichelnde Stimme mit dem kantigen Akzent und die Hand, die in einer zärtlichen Bewegung von ihrer Stirn über ihre Haare strich, ließen die Wärme langsam wieder in ihren Körper zurückkehren. Isabeau schloss erneut die Augen und wartete, bis ihr Herz langsamer schlug. Die Zigeunerin stimmte mit sinnlichem und beruhigendem Klang eine Weise an, deren Worte Isabeau nicht verstand, die jedoch Bilder aus einer vergangenen Zeit in ihr wachrief. Sie sah das Gesicht ihrer Großmutter, wie sie mit ihren langen Fingern durch ihre wilde Mähne fuhr, zu einer Zeit, als sie ein kleines Kind war und man erst noch ihr Zutrauen gewinnen musste. Sie erinnerte sich an das Wiegenlied, das ihre Ängste vertrieb, und an die besonderen Momente im Schoß der bereits alten Frau, wenn sie ihren Daumen in den Mund steckte und einschlief. Jenes Wiegenlied, das auch Loraline immer wieder vor sich hin trällerte.

Nach und nach verstummte das imaginäre Echo ihrer unbegründeten Ängste. Als sie ihre Augen wieder öffnete, dieses Mal ganz zu ihrer Ruhe zurückgekehrt, lächelte die Zigeunerin sie mütterlich und freundlich an.

»Wo bin ich?«, fragte Isabeau.

»Im Zimmer des Königs«, entgegnete Lilvia. »Dies hier und der große Saal, den du gesehen hast, sind unsere Verstecke unter der Kirche. Die Bettler sind sehr betrübt, sie wollten dich nicht erschrecken, sondern nur willkommen heißen. Hör!«, fügte sie hinzu.

Isabeau spitzte die Ohren, aber sie vernahm nur die Stille.

»Ich höre nichts.«

»Genau. Sie liegen auf der Lauer, daher verhalten sie sich still. Ich wette, dass einer von ihnen an der Türe lauscht, während die anderen ihren Atem anhalten. Sie warten, dass du zu ihnen zurückkommst, Isa. Schönheit fasziniert sie, das ist ein Reichtum, den sie niemals besitzen werden. Sie haben großen Respekt davor. Und du bist sehr schön.«

Isabeau spürte, wie sie unter dem eindringlichen Blick, mit dem sie die Zigeunerin ausführlich musterte, errötete.

»Wo ist Croquemitaine?«, fragte sie, um ihre Verlegenheit zu überspielen.

»Hier, dort, überall«, lachte die Zigeunerin. »Er ist der König.«

Sie stand von der Bettstatt auf und ergriff Isabeaus Hand, um sie aufzufordern, sich zu erheben. Isabeau setzte sich und ließ ihren Blick durch das seltsame Zimmer schweifen, in das man sie gebracht hatte. Um sie herum herrschte Reichtum und Prunk: wertvolle Vasen aus Gold, Silber und Edelsteinen, edelste Stoffe, Gobelins und prachtvolle Teppiche. Sie wusste nicht, worauf sie ihre Augen als Erstes richten sollte.

Die Zigeunerin zog ein wenig heftiger an ihrer Hand.

»Hast du noch immer Angst, Isa?«, fragte sie freundlich.

Isabeau antwortete ihr mit einem aufrichtigen Lächeln. Nein, sie hatte keine Angst mehr. Sie kam sich sogar dumm vor.

Sie stand ganz auf und ließ sich zur Tür führen. Die Zigeunerin spähte durch das Schlüsselloch, bevor sie sich belustigt zu ihr umdrehte. Sie bedeutete Isabeau, es ihr gleichzutun, und sie erblickte ihr gegenüber ein anderes Auge, das sie anstarrte. Sie wich mit einem Ausruf des Erstaunens zurück.

»Ich habe es dir gesagt, Isa. Sie erwarten dich.«

Sie legte ihre lange, beringte Hand auf den Türgriff und wollte ihn schon hinunterdrücken, als Isabeau ihr Einhalt gebot:

»Warte! Ich muss etwas wissen.«

Die Zigeunerin behielt ihre Hand auf der Klinke und legte ihren Kopf schief.

»Was musst du wissen, Isa?«

»Du. Du und Croquemitaine. Du hast ihn geküsst«, fügte sie verlegen hinzu.

»Ja, und …?«

Sie schien dies in keinster Weise ungewöhnlich zu finden. Isabeau schluckte und stieß dann hervor:

»Und Madame Bertille?«

Die Zigeunerin nickte betrübt.

»Du kennst die Gesetze des *Cour des Miracles* noch nicht, Isa. Die Ehe hat hier nicht dieselbe Bedeutung wie oben. Wenn die Gemahlin des Königs kein Kind gebären kann, sucht er sich eine zweite, die ihm das Kind schenkt. Bertille kann keine Kinder bekommen. Ich schon«, versicherte sie, indem sie die Hand auf ihren Bauch legte.

Unter der gewölbten Handfläche konnte man durch den Stoff der Röcke eine leichte Rundung ausmachen.

»Und Bertille, ist sie … verstoßen?«, hakte Isabeau nach, die dieser Gedanke beunruhigte, so sehr hatte sie die Zwergin ins Herz geschlossen.

»Nein, bei Gott, nein! Wir ziehen das Kind gemeinsam groß. So ist das hier. Wir teilen alles, was gesund und gut ist. Nur Bürger verstoßen eine unfruchtbare Frau und erniedrigen sie. Bei uns werden Kinder, deren Mütter gestorben sind, von den anderen angenommen, und wenn eine Frau keine Kinder haben kann, teilt sie eines mit einer anderen Mutter.«

»Wie die Wölfe«, entfuhr es Isabeau voller Bewunderung.

»Ja, wie die Wölfe. Das sind wir ein wenig, Isa. Ein Rudel von Wölfen mit langen Zähnen, vor denen die Bürger Angst haben.«

»Aber du, du bist nicht wie sie, du bist schön, lebhaft ...«

»Die Zigeuner werden verfolgt, weil sie zu frei sind. Meine Familie wurde niedergemetzelt, als ich vier Jahre alt war. Hier wurde ich aufgenommen. Ich bin eine von ihnen. Es gibt keinen Einzigen, den ich nicht liebe.«

»Wie heißt du?«, fragte Isabeau noch, indem sie bei sich dachte, wie sehr sich ihre Geschichten doch ähnelten.

»Elvidara, aber alle hier nennen mich Lilvia. Nenn mich auch so, und du wirst für immer meine Freundin sein.«

»Ich werde ihn nicht vergessen, Lilvia«, versicherte Isabeau. Sie schob sich an der Zigeunerin vorbei und drückte selbst die Klinke hinunter. In der Mitte des Zimmers thronte Croquemitaine mürrisch in einem Stuhl mit erhöhter Armlehne. Zu seinen Füßen, ihm gegenüber, saß sein gesamter Hofstaat und erwartete schweigend seinen Urteilsspruch.

Isabeau ließ lange ihre Augen über sie schweifen, bis sie schließlich den König der Narren erblickte. Sie hatte sich Zeit genommen, sie mit ihrem Instinkt und ihrem Herzen zu betrachten. Als sie lächelnd auf den Thron zuging, begannen die Augen der Bettler zu leuchten. Und als sie ihren Mund auf die Stirn Croquemitaines legte, dessen Gesicht sich aufhellte, ertönte ein schallendes, einstimmiges Hurra.

Und schon kam Bewegung in die Menge, die Bettler

drängten sich um sie und hießen sie noch einmal, jeder auf seine Weise, willkommen. Ein weiteres Mal hatte sie eine Familie gefunden. Sie wandte sich um zu Lilvia und bedeutete ihr mit einem Wink, zu ihnen zu kommen. Die Zigeunerin blieb reglos stehen. Sie begnügte sich damit, sie anzulächeln, während sie sich über ihren Bauch streichelte.

Und so mengte sich Isabeau unter die Meute. Vielleicht um zu vergessen, dass sie, für den Bruchteil eines Augenblicks, sich selbst mit ihrem gewölbten Bauch vor der Höhle von Montguerlhe stehen gesehen hatte. Vor der Höhle, wo sie von den Wölfen empfangen worden war, unter denen auch ihre Großmutter gewesen war, die bei Vollmond unter ihrem grauen Fell den Mond anheulte.

11

Als Antoinette an jenem 10. November 1515 die Schwelle des Zimmers von François überschritt, war sie weniger bestürzt über die Tatsache, dass Philippus verschwunden war, als vielmehr über den Anblick ihres Gemahls. Jener schien mit offenem Mund tief zu schlafen und war über und über besudelt von seinem Erbrochenen. Sie fühlte Übelkeit in sich aufsteigen und floh sofort wieder aus dem Zimmer, ohne auch nur das Fenster geöffnet zu haben, um den Gestank zu vertreiben.

Sie befragte sogleich die Wache, die noch immer vor der Tür postiert war und bestätigte, dass der Arzt sich nicht von der Stelle gerührt hätte, seit er selbst zum Dienst angetreten war. Erstaunt beschloss Antoinette, den Diener von Philippus nach den Gründen zu befragen, die ihn dazu getrieben hatten, seinen Kranken auf diese Weise zu vernachlässigen, nicht ohne zuvor jedoch angeordnet zu haben, François selbst, sein Zimmer und das Bettzeug zu waschen und zu säubern.

Während sie sich zum Quartier begab, das ihnen zur Verfügung gestellt worden war, fiel ihr ein, dass sie Philippus beim Frühstück nicht angetroffen hatte. Sie verspürte seit dem Morgen starke Kopfschmerzen und, was ihr hätte auffallen müssen, sie war nicht die Einzige, die über diese Beschwerden klagte. Sie warf sich ihre Nachlässigkeit nun vor. Es war gut möglich, dass sich der Arzt seinerseits unwohl fühlte. Als sie an seine Tür klopfte, war an die Stelle ihrer Wut größte Sorge getreten.

Corichon öffnete ihr gähnend und riss seine Augen weit auf, als sie sich nach seinem Herrn erkundigte. Da er durch seine Stummheit keine präzisen Auskünfte erteilen konnte, begnügte er sich damit, sie mit einer einladenden Geste hereinzubitten.

»Er ist wie vom Erdboden verschluckt, Huc!«, schloss sie und ließ ihre Arme fallen, um ihre Machtlosigkeit auszudrücken.

Der Profos vernahm mit einem Stich im Herzen den Bericht der Schlossherrin. Als er gesehen hatte, wie sie bebend und aufgewühlt durch den Schildsaal gestürmt war, hatte er zunächst geglaubt, ihr Gemahl habe seinen letzten Atemzug getan, aber Antoinette hatte darauf bestanden, persönlich die Wache des ersten Teils der Nacht zu befragen. Dann hatte sie ihn bleich unter vier Augen von diesem rätselhaften Verschwinden in Kenntnis gesetzt.

Philippus hatte das Zimmer nicht verlassen und doch war er fort. Um sein Gewissen zu beruhigen, ging Huc an den Fuß des Turmes, überprüfte die Abdrücke im Schnee vom Vortag und hob dann seine Augen zum Fensterkreuz. Er war sich sicher, dass kein menschliches Wesen an dieser Stelle gestanden hatte. Wäre Philippus, aus welchem Grund auch immer, aus dem Fenster gesprungen, wären seine Fußspuren noch immer sichtbar.

Während Antoinette an seiner Seite zitternd versicherte, dies sei ein Werk des Teufels, begannen seine Schläfen vor Wut zu pochen in Erinnerung an die eindringlichen Fragen, die der Arzt ihm gestellt hatte. Es musste also doch einen Geheimgang geben, wie jener es vermutet hatte. Einen Gang ähnlich jenem, der von Albéries Zimmer in den Wald hineinführte. Nach dem Ereignis auf Vollore und wenig überzeugt von der These einer schwebenden Loraline, hatte er sich den Gang näher angeschaut, während seine Gemahlin ihren Beschäftigungen in der Küche nachgegangen war. Er war davon überzeugt gewesen, an den Seiten dieses Schachts weitere abzweigende, unterirdische Gänge zu entdecken, die zur Höhle und nach Vollore führten. Unverrichteter Dinge war er jedoch zurückgekehrt und musste, ob er wollte oder nicht, die Version seiner Gemahlin akzeptieren. Der in den Fels geschlagene Durchgang bestand aus einem einzigen Stück, wie Albérie es ihm beschrieben hatte.

In seine Gedanken versunken spürte er, wie Antoinette eine zitternde Hand auf seinen Arm legte und ihn zwang, seinen abwesenden Blick auf sie zu richten.

»Huc«, hauchte sie mit tonloser Stimme.

Statt einer Antwort brummte er etwas vor sich hin, bemerkte dann jedoch ihre tränennassen Augen.

»Ich habe Angst«, schluchzte sie.

Er legte seine Arme um sie und wiegte sie sanft. Auch er hatte plötzlich Angst. Nicht vor dem Teufel, wie Antoinette de Chazeron, sondern vor der Wahrheit.

Doch schon gleich darauf ließ er wieder von ihr ab, aus Furcht, jemand könne diese flüchtige Umarmung vom Turm aus beobachten. Und entschlossen, seine Gemahlin zur Rede zu stellen.

Er fand sie in den Wirtschaftsräumen, zusammen mit der dicken Jeanne und beschäftigt damit, das Gemüse für die Mittagsmahlzeit zu putzen. Kaum hatte er das Zimmer betreten, als Albérie sich schon erhob und auf ihn zukam.

»Ich muss dich sprechen, Huc«, kündigte sie mit ernster Miene an, indem sie ihm zuvorkam.

Sie zog ihn in ein Nebenzimmer, das als Abstellraum und Speisekammer diente. Dann schloss sie die Tür und lehnte sich, die Hände auf dem Rücken verschränkt, dagegen, als wolle sie ihn vom Fliehen abhalten.

»Es geschehen sonderbare Dinge im Schloss, Huc.«

»Ich weiß, Messire Philippus ist verschwunden, und auf eine äußerst seltsame Weise.«

Albérie wurde bleich und ihr entgeistertes Gesicht spiegelte ehrliche Überraschung wider. Woraufhin Huc erstaunt fragte:

»Wusstest du das nicht?«

»Nein, ich bin reichlich spät und mit Kopfschmerzen aufgewacht, wie in den vergangenen Tagen des Öfteren. Ich habe nicht gefrühstückt und mich direkt an die Küchenarbeit gemacht. Was genau ist geschehen?«

»Ich erzähle dir später alles. Was wolltest du mir sagen?«

Sein Ton klang trocken. Albérie ging auf ihn zu und setzte sich nachdenklich auf ein kleines Fass. Sie schien verstört. Huc fühlte, wie seine Wut ins Wanken geriet. Er kniete sich vor ihr nieder und ergriff zärtlich ihre Hände.

»Schau mich an, Albérie. Ich möchte sicher sein, dass du mit der ganzen Sache nichts zu tun hast.«

Sie blickte ihm tief in die Augen.

»Was denkst du, mein Gemahl? Ist der Fluch, der auf mir lastet, nicht schon ausreichend genug, soll nun auch noch das Misstrauen meines Gemahls hinzukommen? Ich weiß von dieser Sache nichts, aber mir ist etwas anderes aufgefallen; vielleicht hängen diese zwei Dinge ja zusammen!«

»Dann sprich«, ermutigte sie Huc, indem er ihr eine braune Haarsträhne aus der Stirn strich, die sich aus ihrem Zopf gelöst hatte.

»Zunächst muss ich jedoch etwas wissen. Wachst du nicht auch seit einigen Tagen erschöpft und wie gelähmt am Morgen auf?«

»Ja, doch.«

»Ich habe die gesamte Dienerschaft befragt, und es scheint, dass alle, oder zumindest all jene, die sich dem Zimmer von Messire François mehr oder weniger nähern, unter denselben Beschwerden leiden. Alle, außer den Wachen, die ihr Essen, wie du weißt, getrennt einnehmen.«

»Was willst du damit sagen?«

»Ich glaube, jemand hat uns ein Betäubungsmittel verabreicht, Huc. Warum, wüsste ich nicht zu sagen, aber ich denke, Messire Philippus hatte Recht. Das Leiden von François ist nicht natürlichen Ursprungs.«

»Loraline?«, wagte Huc, durch dieses überraschende Geständnis völlig aus der Fassung gebracht, vorzubringen.

»Das dachte ich. Daher habe ich gestern nach dem Mittagessen das Schloss verlassen. Sie hat mir versichert, nichts mit dieser Sache zu tun zu haben und überdies kenne sie sich mit den Eigenschaften von Giften nicht aus. Denn darin wirst du mir zustimmen, Huc, jenes, das der Unbekannte benutzt, wenn es überhaupt eines ist, wie Philippus vermutet, führt nur langsam zum Tod. Loraline ist jung, unschuldig und allein. Der Winter zwingt sie dazu, in der Höhle bei den Wölfen zu bleiben, und das erste Mal in ihrem Leben muss sie dieses harte und entbehrungsreiche Leben allein durchstehen, ohne die Hilfe und die Wärme ihrer Mutter. Ich ersetze sie, soweit mir dies möglich ist, und wenn sie erneut Rachegefühle quälen würden, wäre mir das aufgefallen, Huc, das musst du mir glauben. Außerdem gibt es nur einen einzigen unterirdischen Gang zum Schloss, und das ist jener, der zu unserem Zimmer führt. Sie selbst weiß aus den dir bekannten Gründen von der Existenz dieses Ganges nichts. Sie glaubt noch immer, dass ich zu ihr auf dem Rücken eines Maultiers gelange, das ich wegen der Wölfe in einiger Entfernung zurücklasse. Trotz allem habe ich die Höhle bis auf den kleinsten Winkel abgesucht, ohne Erfolg.«

»Und doch muss es diesen Durchgang geben. Philippus hat ihn offensichtlich vergangene Nacht von François' Zimmer aus benutzt, denn er ist nicht mehr aufzufinden!«

»Dann musst du ihn finden, Huc. Ich wünsche wie niemand sonst den Tod François', aber ich ertrage es nicht, dass dein Blick mich oder meine Familie anklagt. Diese Person ist niederträchtig genug gewesen, um ausreichend Hass zu schüren. Die Ländereien von Vollore sind alles andere als arm; würde François sterben, gäbe es in der Umgebung zahlreiche Leute, die es nicht erwarten könnten, sich dieses Land einzuverleiben. Loraline ist eine perfekte Schuldige, Huc. Und ich auch. Du bist ein guter Profos und die aufrichtigste Person, die ich kenne. Lass nicht die Schatten der Vergangenheit dein Urteilsvermögen trüben. Ich werde meinerseits von jeder Speise kosten, bevor sie aufgetragen wird, und ihre Zubereitung in der Küche überwachen. Mit meinem Misstrauen werde ich vielleicht den Verräter vertreiben können, denn jener, der nach dem Leben unseres Lehnsherrn trachtet, hat einen Komplizen in diesem Haus gefunden. Enttarne ihn, Huc. Nicht um François zu retten, sondern um uns zu entlasten. Ich will dein Vertrauen nicht verlieren. Es genügt mir, bereits deine Liebe verloren zu haben.«

Huc blinzelte. Er hatte ihr schweigend zugehört und war ihrem Gedankengang gefolgt, der durchaus seinen Überlegungen entsprach. Er hatte sie beschuldigt, aber sie hatte Recht. Seine Version war zu einfach und zu bequem. Vielleicht war er einer falschen Spur gefolgt. Er hob Albéries Kinn. Sie zitterte. Er hatte ihr Gesicht noch nie zuvor so bewegt gesehen, nicht einmal, als sie ihm seine Verwandlung gestanden hatte.

»Ich liebe dich noch immer, Albérie«, versicherte er.

Sie lächelte schwach. Ihr verletzter Blick wurde grausam, als sie traurig hervorstieß:

»Und sie, liebst du sie, Huc de la Faye?«

»Ich sehe nicht …«, begann er beschämt, aber sie unterbrach ihn, indem sie einen Finger auf seinen Mund legte:

»Nein, ich bitte dich, lüg mich nicht an. Ich kann dir nicht vorwerfen, woanders die Früchte zu ernten, die ich dir verwehre; als ich dich kennen lernte, betörtest du die jungen Mädchen, und ich habe diese Jahre der Enthaltsamkeit im Namen einer Ehe, die niemals vollzogen wurde, nicht verdient. Aber wenn François de Chazeron morgen sterben würde, Huc, wie würdest du dich entscheiden?«

»Ich weiß nicht«, gab er erbärmlich zu, indem er seinen Blick senkte.

»Dann hoffe ich, dass er lange lebt.«

Sie verließ mit unsicherem Schritt das Zimmer. Wie verletzend das auch war, Huc war zumindest ehrlich gewesen.

Als sie den Korridor entlangging, der zum oberen Stockwerk führte, vernahm sie die Stimme Antoinettes, die den Wäscherinnen auftrug, trotz der Kälte die beschmutzten Laken von François zu waschen und zu klopfen. Ein unbändiger Hass schnürte ihr die Kehle zu, sodass sie sich mit beiden Händen an der Mauer festhalten musste, um ihn zu zügeln.

Als die Stimme immer näher auf sie zukam, atmete sie tief durch und zwang sich dazu, ihren Schritt zu beschleunigen. Das Tier in ihr schrie nach Blut. Nach Sühne. Sie musste ihm entfliehen, sich fangen. Als sie den Treppenabsatz erreichte, merkte sie an ihrem fehlenden Atem, dass sie gerannt sein musste. Der Korridor lag verwaist da. Die Wache vor dem Zimmer Chazerons war fortgeschickt worden. Ohne zu überlegen, lief sie genau auf diese Tür zu und trat ein. François schnarchte, erschöpft von seinen Brechkrämpfen. Albérie kniete sich neben dem Bett nieder und zog die Schatulle mit dem Goldstück zu sich heran. François bewegte sich nicht. Kurz darauf warf sie sich auf ihr Bett, nachdem sie die Türe verriegelt hatte. Sie drückte ihr Gesicht in das Kopfkissen und dann brach es mit einem Mal aus ihr heraus. Sie begann lauthals zu schluchzen.

Huc suchte drei Tage lang jeden Millimeter des Zimmers ab, trotz François' Erklärung, er habe gesehen, wie der Teufel den Arzt statt seiner mitgenommen habe. Ihm zufolge waren beide in den Flammen verschwunden. So suchte Huc verstärkt im Umfeld des Kamins. Jedoch ohne Erfolg. Er konnte die Wände der Feuerstelle absuchen so lange er wollte, jeden Stein abtasten, nichts.

Darum tat er das, was ihm als das Klügste schien. Er ließ ein Zimmer ausräumen, das als Abstellkammer diente, und den Kranken gegen seinen Willen dorthin transportieren. Albérie hatte sich seit ihrem Gespräch in ihrem Zimmer eingeschlossen, mit der Begründung, sie fühle sich nicht wohl. Sie verweigerte ihm den Zutritt und nur der dicken Jeanne war es erlaubt, ihr das Essen zu bringen. Huc fühlte sich schuldig. Er wollte nicht zwischen seiner Gemahlin und seiner Geliebten wählen, und dennoch begriff er, wie Recht Albérie hatte. Antoinette liebte ihn aufrichtig. Sie könnte ihre Rivalin mit Leichtigkeit aus dem Weg räumen. Und dann würde alles mit einem Schlag zusammenstürzen. Nein!, beschloss er. Der Sensenmann würde François de Chazeron nicht holen. Das Unglück hatte schon zu oft seine dunklen Schatten über dies Haus geworfen!

Er wies Antoinette höflich zurück und erklärte, er müsse seinen Pflichten als Profos gegenüber seinem Herrn nachkommen, und übernahm anstelle von Philippus die Wache am Krankenbett.

Antoinette versuchte, ihre Wut zurückzuhalten. Auch wenn sie nicht wusste warum, so war sie sich doch inzwischen sicher, dass ihr Gemahl Opfer der schwarzen Magie oder sogar Schlimmerem war. Sie war so erfüllt von dem Reichtum, den ihr Liebhaber ihr schenkte, dass er sie recht gut für den Tod von François entschädigen würde. Dass Huc jedoch seine ganze Energie dafür aufbrachte, diesen Tod zu verhindern, erschien ihr wie ein unerträglicher Verrat. Auch sie schloss sich in ihr Zimmer ein. Und so verstrich die folgende Woche auf Montguerlhe in einer angespannten Stille voller Groll.

Mehr als je zuvor schien die von Eis und Schnee umgebene Festung dort auf dem Felsvorsprung ihre Erlösung herbeizusehnen.

Es war wie ein Hämmern. Fast wie eine Reihe aufeinander folgender Schläge, so eindringlich schien der Schmerz in seinem Schädel. Mehrere Male schon hatte er das Bedürfnis verspürt, seine Augen zu öffnen, aber allein die Vorstellung, seine Augenlider anheben zu müssen, verursachte ihm Qualen. Überhaupt war sein ganzer Körper nichts als ein einziger Schmerz und allein schon der Vorgang des Atmens erstickte den kleinsten Gedanken. So ließ er sich in einen quälenden Schlaf hinabziehen, überzeugt davon, dass das Sterben niemals ein Ende finden würde.

Nach und nach ließ jedoch das Pochen in seinem Kopf nach. Ab und an verspürte er eine brennende Hitze in seinem Körper, dann wieder übermannte ihn eisige Kälte. Irgendwann schließlich, ohne abschätzen zu können, wie viel Zeit seither vergangen war, sah er vor seinem inneren Auge Bilder vorbeiziehen, die ihn daran erinnerten, was geschehen war.

Er öffnete seine Augen.

Eine junge Frau beugte sich über seine Stirn und benetzte seine Schläfen. Das zumindest reimte er sich zusammen, denn im Rhythmus der Berührung mit den Kompressen wippten über seinem Kopf zwei weiße runde Brüste im Ausschnitt eines Umhangs aus Wolfspelz. Philippus spürte, wie sich sein Atem ungewollt beschleunigte. Er schloss erneut die Augen vor diesem seltsam unschicklichen Anblick und öffnete sie wieder, als er spürte, wie die Berührung an seiner Stirn innehielt. Die zwei Brüste hatten zwei Augen Platz gemacht, deren intensives Grün von goldenen Punkten belebt wurde. Der eindringliche Blick weckte etwas in seinem Inneren, was er nicht einmal zu benennen gewusst hätte. Und dennoch hatte er das Gefühl, dass es dieser Blick war, der ihm zu neuem Leben verhalf.

Eine geraume Zeit lang musterten sie sich auf diese Weise, dann wurde das Gesicht über ihm größer und entfernte sich schließlich. Als Philippus den Kopf wandte, um der Silhouette zu folgen, die auf einen hinteren Winkel einer Höhle zusteuerte, wurde er gewahr, dass sie weder alleine noch im Schloss Montguerlhe waren, in dem er sich bis dahin wähnte. Im tanzenden Schein der Laternen erfasste sein Blick etwa zwölf blitzende Augenpaare. Sein Herz schlug schneller, als eines davon sich ihm näherte, indem es sich brummend aus dem Halbdunkel herauslöste. Er unterdrückte einen Aufschrei der Überraschung und der Furcht. Der Wolf drückte seine Schnauze in sein Gesicht und beschnupperte ihn. Der barsche Ton einer Stimme ließ das Tier in diesem Moment zurückweichen und sich folgsam an seine Seite niederlegen.

Philippus begann zu zittern. Er war einem Rudel Wölfe ausgesetzt, das durch den strengen Winter völlig ausgehungert war. Die junge Frau kam auf ihn zu und hob mit sicherer Hand seinen Kopf an.

»Du hast weder von ihnen noch von mir etwas zu befürchten. Trink«, befahl sie und setzte eine irdene Schale an seine Lippen.

Philippus gehorchte widerstandslos, so ausgetrocknet schien ihm plötzlich seine Kehle. Zu seiner Furcht gesellte sich nun auch noch eine wachsende Erregung. Die gleiche Erregung, die er in François' Zimmer verspürt hatte, bevor er sich an die Fersen dieser Unbekannten geheftet hatte, denn selbst wenn er es sich verbot, so gelang es ihm doch nicht, seine Augen von ihren nackten Brüsten abzuwenden.

Loraline setzte die Schale ab, stellte sie auf den Boden und beugte ihr weiches Gesicht zu Philippus hinab. Ein weiteres Mal blieben ihre Blicke aneinander haften und plötzlich wich seine Furcht, um einer heftigen Begierde Platz zu machen, einer animalischen, unkontrollierbaren Begierde.

»Ich …«, begann er, aber Loralines Mund verschmolz mit dem seinen.

Erneut begann es in seinen Schläfen zu hämmern, aber er kümmerte sich nicht weiter darum. Er spürte auf seinen Lippen den Geschmack von Beeren und Heilkräutern. Dann vernahm er das leise Geräusch ihres zu Boden gleitenden Pelzmantels. Instinktiv zog er ihren nackten Körper zu sich heran. Loraline legte sich sanft auf ihn. Erst beim Kontakt ihres Körpers mit seinem erwachten Geschlecht wurde ihm bewusst, dass er selbst ebenfalls nackt war. Er gab sich ganz seinem Rausch hin, während Loraline sich bereits geschmeidig und katzenartig auf seinen Bauch setzte und aufrichtete.

Sie stieß einen kurzen Schmerzensschrei aus, während sich ihr ganzer Körper in einem betörenden Tanz aufbäumte, der nur allein ihrem Instinkt folgte. Philippus ließ sich verführen, zwang sich, seine Lust zurückzuhalten, um sich besser an ihrem Anblick zu ergötzen. Niemals zuvor hatte er einen solch perfekten Körper und ein solch makelloses Gesicht gesehen. Nie zuvor eine schönere Melodie vernommen als diese Liebeshymne, die sie ihm ohne Scham darbot. Als er sich nicht mehr zurückhalten konnte und sich in ihr ergoss, glitt sie lächelnd auf ihn herab, schmiegte ihren von seidigen, langen, wilden Locken umrahmten Kopf gegen seine Schulter und schlief ein.

Erst da wurde ihm bewusst, dass er soeben eine Verbrecherin geliebt hatte.

Er hatte es nicht gewagt, sich zu rühren, nicht einmal stärker zu atmen, aus Angst, er könne sie aufwecken. Und so zwang er sich, die Bruchstücke seines Abenteuers seit seiner Ankunft in der Auvergne aus der Erinnerung heraus wieder zusammenzusetzen. Je weiter die Minuten voranschritten, begleitet vom regelmäßigen Atem dieses Naturkindes, desto mehr festigte sich in ihm der Eindruck, dass irgendetwas nicht stimmte. Er wollte Antworten. In dem mandelfarbenen Blick, der ihn tief durchdrungen hatte, waren nur Sanftmut, Licht und Zärtlichkeit zu sehen gewesen. Nicht gerade die Augen einer Mörderin, wie man sie sich vorstellte. Aber er hatte etwas ganz anderes darin entdeckt. Etwas wie eine Verletzung. Und um diese Verletzung sowie das Geheimnis, das sie umgab, machte er sich weitaus mehr Gedanken als um seinen eigenen, schmerzenden Körper, den er nach und nach wieder zu spüren begann.

Er führte eine Hand an die Brüste der Schönen und streichelte sie zärtlich. Ihre Haut war weich und zart, so dass sich ihm ein Lächeln entrang und er sich beruhigte. Er fuhr mit seiner Hand weiter nach oben bis zum Hals und bewunderte die seidenen Locken, die zwischen seinen Fingern hindurchglitten. Nein, sie hatte durchaus nichts Unwirkliches oder Teuflisches an sich. Sie war nichts weiter als die schönste Frau, der er dank eines glücklichen Zufalls begegnet war, und es wollte ihm nicht gelingen, zu verstehen, was sie hier zwischen den Wölfen machte, deren Sprache sie ganz offensichtlich sprach.

Schließlich betrachtete er sie mit einem neugierigen zärtlichen Blick. Sie musterte ihn ebenfalls schweigsam, gewiss durch seine Berührung aus dem Schlaf erwacht. Er drückte ihren Kopf sanft auf seine Schulter zurück, als könne er sie allein dadurch wieder zum Einschlafen bringen, plötzlich enttäuscht darüber, dass er sie nun nicht mehr für sich allein hatte. Sie bewegte ihr Schulterblatt unter seiner Hand wie in einer stillen Aufforderung. Er ließ seine Finger erneut über ihren Körper wandern. Sie räkelte sich träge und gab ein Stöhnen des Wohlbehagens von sich, das Gesicht leuchtete von einem aufrichtigen Glück. Er wagte sich einen Schritt vor:

»Ich habe so viele Fragen!«

Aber schon wanderten ihre Hände zwischen seine Schenkel hinab.

»Später«, antwortete sie, indem sie ihre Finger über seinen Unterleib gleiten ließ.

Sie schaute ihm lange in die Augen, mit einem wilden Flackern im Innern ihrer Pupillen, während er spürte, wie die Begierde in ihm erneut entflammte.

»Noch einmal?«, fragte sie ihn, seiner Antwort sicher.

»Ja. Noch einmal.«

Philippus schloss erfüllt die Augen und ließ sich das zweite Mal verführen.

Danach holte sie ihn in die Realität zurück.

»Ich habe dein Bein eingeschläfert und ruhig gestellt«, erklärte Loraline, nachdem sie ihm ihren Namen verraten hatte. »Du hattest einen offenen Bruch und bereits viel Blut verloren, als ich dich gefunden habe. Cythar war es, der mir geholfen hat, dich aus der Spalte herauszuziehen«, fügte sie hinzu, indem sie den Wolf, der auf sie zugekommen war, um sie zu beschnuppern, flüchtig zwischen den Ohren kraulte.

»Woher wusstest du …? Wer bist du? Wieso kann ich mein Bein nicht sehen? Ich bin Arzt, ich …«

»Pst. Beruhige dich. Ich werde auf all deine Fragen antworten. Lass mir Zeit, ja?«

Sie saß an seiner Seite, nackt trotz der Kälte, und lächelte mit einem unglaublichen Strahlen. Philippus fügte sich seufzend. Ja, er wollte alles wissen, und mehr noch, er wollte verstehen. Nicht nur das Geheimnis dieser Frau, sondern auch, was in ihm, Philippus von Hohenheim, vorging, dass er sich trotz der Umstände glücklicher und leichter fühlte als jemals zuvor.

Und dann erzählte sie: von Isabeau, Benoît, François de Chazeron, Huc de la Faye, dem Abt von Moutier, Albérie. Alles was sie wusste, oder meinte zu wissen, bis zu jener Nacht, in der sie ihn das erste Mal sah, eingeschlafen in dem schweren Sessel durch das Zutun ihrer Tante. Sie konnte sich nicht erklären, warum in diesem Moment ihr ganzer Hass von ihr gewichen war.

In den darauf folgenden Nächten hatte sie nicht mehr den Mut aufgebracht, in das Zimmer zurückzukehren. Sie hatte nur noch an ihn gedacht und diese Tatsache hatte sie erschreckt. Dann war Albérie gekommen, wütend darüber, dass es François besser ging. Sie hatte nicht gewagt, ihr zu gestehen, dass es nicht die Furcht war, entdeckt zu werden, die sie davon abgehalten hatte, ihre Aufgabe zu erfüllen, sondern dass sie ihr plötzlich sinnlos vorkam.

Sie hatte ihrer Tante versprochen, die Sache zu Ende zu bringen. Allein die Erwähnung der Namen Isabeau und Benoît hatten genügt. Bis zu jenem Moment war sie von dem einzigen Gedanken beherrscht gewesen: den Tod ihrer Mutter zu rächen. Erst durch Philippus konnte sie ermessen, was der Lehnsherr von Vollore zerstört hatte. Zum ersten Mal konnte sie ihren eigenen Gefühlen einen Namen geben. Sie hatte sich in Philippus verliebt. Sie wusste nicht, wie das möglich war, aber sie konnte das Zittern nicht verleugnen, das ihren Körper und ihr Herz durchfuhr, wenn sie an ihn dachte. Albérie hatte ihnen das Schlafmittel verabreicht. Als sie entdeckt hatte, dass er nur vorgab zu schlafen, hatte sie den Durchgang absichtlich unverschlossen gelassen in der Hoffnung, er würde ihr folgen.

Sie hatte die verbleibende Nacht hindurch gewartet und bis zum Mittag des darauf folgenden Tages. Dann hatte sie sich schließlich mit dem Gedanken abgefunden, dass sie sich wohl getäuscht hatte. Aber Albérie war aufgetaucht, zitternd und verstört, die Augen gerötet vom stundenlangen Weinen. Sie hatte ihr berichtet, dass Philippus verschwunden sei, dass er ihr wahrscheinlich gefolgt war. Das gesamte Haus sei in Aufruhr und die ganze Sache im Begriff zu scheitern.

»Ich habe weder gesehen noch gehört, dass mir jemand gefolgt ist, Tante, das kann ich dir versichern.«

»Dann hat er sich wohl im Labyrinth der Gänge verirrt. Einerlei. Du musst ihn finden, Loraline, bevor er unser Geheimnis entdeckt und es verrät. Nimm die Wölfe mit und schaff ihn aus dem Weg.«

»Aber ich kann diesen Mann nicht töten!«, hatte sie aufbegehrt.

Ihre Tante hatte daraufhin einen energischen Ton angeschlagen und Loraline erbarmungslos am Arm gepackt:

»Ich glaube, du verstehst nicht, um was es geht, liebe Nichte. In Zukunft heißt es du oder er. Ich habe die Zweifel meines Gemahls zerstreuen können, aber er wird das Zimmer von François auf den Kopf stellen. Wenn Philippus den Gang benutzen konnte, dann nur, weil er nicht richtig verschlossen war. Geh zurück und verriegle den Eingang, bevor auch Huc bis zu dir vordringt …«

»Was macht das schon! Er weiß sowieso, dass es mich gibt.«

»Du verstehst wirklich gar nichts, dumm wie du bist. Ich habe ihn auf eine falsche Spur gelockt. Er soll glauben, wir wären unschuldig, Loraline, damit sein Verdacht auf Antoinette de Chazeron fällt und damit sie zusammen mit ihrem Gemahl für das Leid, das sie uns angetan haben, bezahlt. Du musst mir glauben und gehorchen, was immer es dir abverlangen mag, oder wir sind beide verloren.«

Loraline hatte sich also ein weiteres Mal dem Willen ihrer Tante gebeugt, während Albérie hinzufügte:

»Halte dich für einen Moment fern von François de Chazeron. Es ist zu gefährlich. Schaff uns diesen Arzt vom Halse. Die Wölfe sind hungrig. Du musst sie nur auf seine Fährte loslassen.«

Sie hatte es nicht gewagt, ihr zu beichten, was sie für Philippus empfand. Sie war so durcheinander. Sie wusste, dass Albérie Recht hatte, und dennoch konnte sie nicht umhin, daran zu denken, wie einfach es für Philippus gewesen wäre, sie festzuhalten, die Wachen herbeizurufen und sie ins Verderben zu stürzen. Ihr Instinkt klammerte sich an diese Tatsache. Er hätte es gekonnt. Er hätte es gemusst. Aber er hatte es nicht getan.

Sie war in den unterirdischen Gang zurückgekehrt und hatte ihn gefunden. Er war bewusstlos, das Bein zur Hälfte von einer Spalte verschluckt, die Stirn mit Blut bedeckt. Sie hatte das Gefühl gehabt, alles um sie herum würde in sich zusammenstürzen. Dann hatte sie ihn untersucht und zu ihrer Beruhigung festgestellt, dass sein Puls noch schlug. Sie hatte Cythar nach den anderen Wölfen geschickt, während sie zum Zimmer von François rannte, von einem einzigen Gedanken beherrscht. Niemand durfte den Arzt finden, bevor sie ihn gesund gepflegt hatte. Sie war die Treppe hinaufgestürzt, immer vier Stufen auf einmal nehmend, und hatte den Mechanismus fixiert, so dass ihn niemand mehr von innen öffnen konnte.

»Das also ist der Grund, warum ich den Durchgang vorher nicht entdeckt habe«, dachte Philippus bei sich.

Aber Loraline fuhr schon weiter in ihrer Erzählung fort. Sie krallte ihre Finger in die seinigen, plötzlich fiebernd in Erinnerung an das Geschehene:

»Du warst bewusstlos. Also fertigte ich eine behelfsmäßige Bahre an und die Wölfe brachten dich bis hierher. Seit sieben Tagen behandle ich deine Wunden nun schon, indem ich dich in einem tiefen Schlaf halte, um deine Schmerzen zu lindern. Und seit sieben Tagen liege ich mit meiner Tante darüber im Zwist, ob du am Leben bleibst oder nicht. Denn ich liebe dich, Philippus, zum ersten Mal in meinem Leben liebe ich jemanden. Und ich wollte glauben, dass du mich auch liebst.«

Mit Inbrunst legte sie ihre Finger an seinen Mund. Philippus war ergriffen. Sein ganzes Wissen war wertlos angesichts dieses Geständnisses. Alles was er jemals erlernt, erforscht, versucht hatte zu entdecken, verlor seine Bedeutung in den Augen und im Blick dieser Frau. Er hätte sich gern vor der Wirklichkeit versteckt, aber alles in ihm wehrte sich dagegen. Noch nie zuvor hatte er eine solche Beglückung erlebt.

»Ja, ich liebe dich, Loraline. Gegen jegliche Vernunft.«

In den Augen Loralines blitzte ein wildes Leuchten auf. Sie beugte sich über seine Lippen und labte sich an diesem Kuss, den er mit Wonne erwiderte.

»Ich bin wahnsinnig«, dachte er bei sich, »aber wie schön und zärtlich ist doch dieser Wahnsinn!«

Er empfand keinerlei Sympathie mehr für François de Chazeron. Mit dem Wissen um die Geschichte Loralines und ihrer Familie konnte er ihre Rachetat durchaus verstehen. Es war an der Zeit, dass dies alles ein Ende fand. Es war an der Zeit, ein neues Kapitel aufzuschlagen. Diese junge Frau verdiente etwas Besseres, als diesen verachtungswürdigen Ort. Er war bereit, ihr eine Identität, ein Leben, eine Wirklichkeit zu schaffen. Er war bereit, sie zu seiner Gefährtin zu machen. Selbst wenn er nicht wusste, auf welche Weise.

»Wie genau steht es um meine Verletzungen? Ich spüre nichts mehr«, fragte er, um seinen Wünschen eine konkrete Basis zu geben.

Als Loraline ihn verführt hatte, hatte er es vermieden, seine Stellung zu verändern, ganz verzückt von ihrer spontanen Kühnheit und ihrer Lust. Wenn er bei ihren Bewegungen Schmerz empfunden hatte, so war dieser doch eher unterschwellig gewesen, wie weit entfernt, verwischt von der Welle des Verlangens.

Loraline machte sich von ihm los.

»Richte dich an der Wand auf«, befahl sie.

Er gehorchte mit dem Gefühl, seine Beine wären nichts weiter als eine gefühllose Masse. Ein kalter Schauer lief ihm den Rücken hinab. War es möglich, dass er gelähmt war? Loraline hatte sich über den Verband aus Blättern gebeugt, der von Bändern straff zusammengehalten wurde. Sie machte sich daran, ihn zu entfernen.

»Du bist Arzt, ich weiß, und daher wenig vertraut mit meinen Heilmitteln. Dennoch sind sie wirksam«, verkündete sie, um ihn zu beruhigen, während sie von seiner offenen Haut eine dicke schleimartige Schicht entfernte. »Dein Bruch ist zusammengewachsen, alles ist in Ordnung.«

Philippus beugte sich über seine klaffende Wunde. Er konnte erkennen, dass sie sauber und der Bruch verheilt war. Ein Gefühl der Bewunderung überkam ihn. Die junge Frau hatte ausgezeichnete Arbeit geleistet angesichts einer solch schweren Verwundung.

»Dein Knie und deine linke Schulter waren ebenfalls verrenkt, ganz abgesehen von deiner Kopfverletzung.«

Philippus griff sich an die Schulter und bewegte sie vorsichtig.

»Ich müsste davon doch irgendetwas spüren«, bemerkte er.

Loraline brach in ein kristallenes Lachen aus.

»Es ist noch nicht lange her, dass ich das Ausmaß meiner Kräfte und jener meiner Mutter entdeckt habe. Das Mohnbalsam, das ich dir regelmäßig auftrage, hemmt deine Schmerzen, aber du musst noch einige Wochen warten, bis du wieder eine normale körperliche Arbeit aufnehmen kannst. Ich befürchte fast, ich muss dich noch hier behalten, Doktor Philippus, bei meinen seltsamen Heilmitteln.«

»Und dann?«, fragte er mit klopfendem Herzen.

»Danach gebe ich dir dein Leben zurück und du entscheidest über das meinige.«

Philippus nickte zufrieden. Er brauchte Zeit, um diese unglaubliche Geschichte zu verarbeiten, die das Schicksal ihm in die Hände gelegt hatte.

»Der Profos wird nach mir suchen, das weißt du …«

»Nicht mehr lange.«

Sie wurde verlegen und stieß dann schnell hervor:

»Ich habe es so eingerichtet, dass man deine Kleider neben einem Aas findet, das die Wölfe ausreichend zerfressen haben, um es unkenntlich zu machen. Man wird ohne Zweifel denken, du seist durch irgendeinen Geheimgang verschwunden, aber niemand wird Beweise haben, wenn man ihn nicht findet. Würdest du nach Montguerlhe zurückkehren, müsstest du erzählen, was du weißt, und das würde meine Tante nicht zulassen, verstehst du?«

Philippus dachte einen Moment lang an seinen treuen Diener, der ihn sicherlich beweinen würde. Dann sagte er sich jedoch, dass Corichon im Schloss eine neue Aufgabe finden würde und glücklich wäre.

Im schlimmsten Falle würde er, sobald das schlechte Wetter vorbei wäre, sich wieder auf die Reise machen, um der Familie seines Herrn die traurige Nachricht zu überbringen.

Dort würde er den glücklichen Philippus mit seiner Gemahlin antreffen.

»Du hast das Richtige getan«, versicherte er ihr.

Er nahm die heißen, geröteten Hände seiner Geliebten zwischen die seinen. »Bei Gott, wie schön sie ist«, dachte er, während er sich in ihren moosgrünen Augen verlor, die weich von langen, schwarzen Wimpern umrahmt wurden.

Er ließ sie seinen Verband erneuern, indem er sich seufzend seinem Glück hingab. Trotz dieser primitiven Höhle und seiner Nacktheit verspürte er keine Kälte. Im Gegenteil, er war von Wärme und Licht angefüllt. Das Licht, das Loraline ausstrahlte, ließ alles in prachtvollem Glanz erstrahlen.

Als sich Cythar erhob, um ihm mit seiner rauen Zunge über die Wange zu lecken, empfand er keinerlei Angst mehr. Trunken vor Freude über diese Annäherung, streckte er seine Hand nach dem Rücken des Wolfes aus und streichelte ihn. Der Wolf setzte sich vor ihn hin wie ein Hund vor seinen Herrn, mit schlauem, aufgewecktem Blick, so als habe er jemanden gefunden, zu dem er gehörte.

»Ich bin der glücklichste Mensch auf dieser Erde«, dachte Philippus bei sich. Warum hatte ihm sein Freund Michel de Nostre-Dame davon nur nichts verraten?

12

Wir schreiben den 16. November 1515.

In der Region herrscht eine klirrende Kälte wie nie zuvor. Dieser Winter ist der strengste, den ich je erlebt habe. Seit einer Woche kommen jeden Tag Hilfsbedürftige auf die Festung und erbitten Einlass. Trotz der vielen angesammelten Holzreserven herrscht in den notdürftig wieder aufgebauten Unterkünften eine eisige Kälte. Oft fällt der Schnee durch das gähnende Loch des Schornsteins und drückt den Rauch in die Zimmer hinein, bevor das Feuer erlischt. Wiederkehrende Übelkeitsanfälle machen es mir unmöglich, den Notleidenden weiterhin mit meiner Hilfe beizustehen. Sie drängen sich zu Dutzenden im Gemeinschaftsraum, wo wir, Gott sei's gedankt, ihre Not ein wenig lindern können. Zahlreiche Menschen haben jedoch bereits den Tod gefunden. Vor allem Kinder. Was mich sehr betrüblich stimmt und mir großen Kummer bereitet.

Mein Gemahl erholt sich langsam von seiner Krankheit. Huc behauptet, die Luft in seinem Zimmer wäre verbraucht gewesen, denn seit man ihn woanders untergebracht hat, gehe es ihm besser. Beide halten sich von mir fern. Vielleicht werfen sie mir vor, dass ich diesen Schweizer Mediziner dazu überredet habe, am Bett François' zu wachen und ihn zu behandeln. François behauptet, dass er ihm vor seinem Verschwinden etwas äußerst Wertvolles entwendet habe, das er ihm in einem Moment der Schwäche gezeigt hat.

Gott hat ihn bestraft. Seine sterblichen Überreste wurden gestern aufgefunden, nicht weit vom Schloss entfernt am Fuße der niedrigen Mauer, welche die Straße nach Thiers säumt. Der Bauer, der ihn fand, brachte uns seine Arzttasche, die er unbeschädigt inmitten von Steinen entdeckt hatte. Er wollte sie gegen Lebensmittel für seine Familie eintauschen.

Huc hat die besagte Stelle aufgesucht und den Mann lange Zeit befragt, aber ich habe nicht erfahren, was er ihm berichtet hat. Huc erzählt mir nichts mehr. Aus der Wut meines Gemahls konnte ich schließen, dass das Diebesgut nicht mit aufgefunden worden war. Es ist mir einerlei, um was für einen Gegenstand es sich genau handelt. Von einem einfachen Dieb, der sich als Arzt ausgegeben hat, hinters Licht geführt worden zu sein, macht mich betrübt, denn ich weiß nicht, was ich mit seinem Diener machen soll. Er ist stumm und nur wenig für die bösen Taten seines Herrn verantwortlich. Die dicke Jeanne hat sich dieser armen Seele angenommen. Zu ihrer Genugtuung stellt er sich geschickt an. Ich überlasse ihr den Diener. Durch die vielen Hilfsbedürftigen fehlt es nicht an Arbeit.

Ich habe einen Wachsoldaten zur Abtei von Moutier geschickt, um Abt Antoine von der gegenwärtigen Lage in Kenntnis zu setzen und ihn darum zu bitten, den Notleidenden Unterkunft, Brot und einen warmen Platz zur Verfügung zu stellen. Ich habe erfahren, dass er ebenfalls sehr krank gewesen ist. Die Kälte, berichtete man mir, sei auf seine Lungen geschlagen und er huste so stark, dass man sich Sorgen um ihn mache.

Ich fühle mich allein, die Straßen sind kaum befahrbar, meine Gesellschaftsdamen jammern, träumen seufzend von den Höfen im Süden, an denen man singt, tanzt und lacht und selbst im Winter Possenreißer, Troubadoure und Geschichtenerzähler zuhauf antrifft. Möge Gott mir dieses

Kind lassen, um meine Qualen und meine Langeweile zu mildern. Das Spinnen, Weben und Nähen an seiner Ausstattung ist in diesen trübsinnigen Stunden, seit Huc mich nicht mehr aufsucht, meine einzige Beglückung. Ich füge mich in mein Schicksal.

Albérie geht mir aus dem Weg. Ich spüre, dass sie etwas bedrückt. Vielleicht weiß sie alles? Wenn diese Frau mich ins Verderben stürzt, werde ich durch die rächende Hand meines Gemahls sterben. Und das Kind mit mir.

Heute ist Vollmond. Warum nur habe ich nicht irgendeinen Lehnsherrn in der Gascogne geheiratet …«

Antoinette de Chazeron tropfte ihren Gänsekiel ab und verschloss das Tintenfass. Sie klappte ihr Tagebuch zu, nachdem ihre elegante und zierliche Schrift getrocknet war. Die Nacht hüllte nun langsam die Berge ein, aber Kerzen hatten bereits lange vorher die Helligkeit ersetzt.

Die Ältesten der Gegend sagten, Gott habe die Absicht, Satan im Eis einzuschließen, um ihn zu vernichten. Vielleicht stimmte das ja! Ihr Gemahl hatte bemerkt, dies sei der einzige Grund, warum der Teufel nicht noch einmal gekommen war, ihn zu holen. Kurz darauf, nachdem sie gewagt hatte, sich besorgt nach den Gründen zu erkundigen, die Satan dazu veranlasst haben könnten, diese Mauern heimzusuchen, hatte er sie, aus Wut über ihre Indiskretion, aus dem Zimmer gejagt. Da François wieder ganz jene verabscheuungswürdige Person von einst geworden war, bestand kein Zweifel daran, dass er tatsächlich seine Krankheit überstanden hatte.

Sie erhob sich, indem sie das Heft mit ihren Bekenntnissen fest an ihr Herz presste, zog die Schublade eines Sekretärs auf, legte es hinein, führte einen kleinen Schlüssel, den sie immer an ihrem Busen trug, in das zierliche Schloss und drehte ihn um.

Einen Moment noch verweilte sie auf ihrem Betstuhl, um ihren religiösen Pflichten nachzukommen, und legte sich dann mit einem tiefen Seufzer in ihr Bett, bevor sie die Kerze ausblies. Sie hatte ihre Türe nicht verriegelt. Auch diese Nacht würde sie auf Huc warten, obwohl sie wusste, dass er nicht kommen würde. Beide litten darunter, ohne die Liebe und Zärtlichkeit des anderen auskommen zu müssen, aber sie verstand seine Vorsicht und respektierte sie. Sie lauschte noch lange den Schritten auf dem Gang und glitt dann, begleitet von verbotenen Träumen, in den Schlaf hinüber.

Huc schloss die Tür hinter sich, nachdem François de Chazeron in einen regelmäßigen Schlaf gesunken war. Aus Gewohnheit postierte er noch immer einen seiner treuesten Wachsoldaten vor der Türe, selbst wenn er davon überzeugt war, dass dies nicht mehr nötig war. Für ihn war das Geheimnis von Montguerlhe mit dem Auffinden der sterblichen Überreste des Arztes endgültig gelöst. Seither schien ihm die ganze Sache eindeutig. Dieser Betrüger musste Messire François irgendwo auf seiner Reise nach Clermont getroffen haben und ihm gefolgt sein. Hatte er zufällig den unterirdischen Gang geöffnet, hatte man ihn davon unterrichtet? Wie immer es auch gewesen sein mochte, eines war sicher: Philippus konnte nur auf diese Weise verschwinden, weil er den Einstieg kannte und um das Geheimnis des Mechanismus wusste. Philippus hatte François zunächst irgendeine Art von Rauschmittel verabreicht, um sein Eingreifen als Arzt zu rechtfertigen. Vielleicht hatte er das Gold nicht gleich bei seinen ersten Krankenbesuchen gefunden? Er war im Schloss in Begleitung eines Stummen aufgetaucht, der ihn nicht verraten konnte, hatte sich als Arzt ausgegeben, hatte geschickt den Verdacht von sich abgelenkt, indem er von einer Vergiftung sprach und ihrer Suppe ein Rauschgift beimischte. In der Tat hatte Huc einen Tag nach Philippus' Verschwinden hinter einem Möbelstück Reste der Suppe entdeckt, was bewies, dass Philippus von ihrem Inhalt gewusst haben musste.

Philippus hatte François glaubhaft machen können, dass auch er sich für die Alchemie interessiere, ihn dazu gebracht, Vertraulichkeiten auszuplaudern, und dann den Goldbarren entwendet. Anschließend hatte er seinen angeblichen Diener verstoßen, der für ihn nun ohne Nutzen war. Bedauerlicherweise traf ihn jedoch die göttliche Gerechtigkeit. Ausgehungerte Wölfe hatten sich der Sache angenommen. Philippus von Hohenheim hatte nur das bekommen, was ein jeder Dieb verdiente.

Huc hätte sich erleichtert fühlen können darüber, dieses Rätsel gelöst zu haben. Stattdessen jedoch machte er sich selbst Vorwürfe. Albérie war zu Recht aufgebracht gewesen. Für Antoinette hatte er fünfzehn Jahre des Vertrauens aufs Spiel gesetzt. Er begehrte Antoinette, aber seit dem Tag, an dem er erfahren hatte, dass seine Gemahlin alles wusste, wollte es ihm nicht mehr gelingen, sich ihr zu nähern.

In dieser Nacht, so hatte er sich vorgenommen, würde er alles wieder gutmachen. Denn es war Vollmond. Albérie würde ihn danach brauchen und er wollte ihr verständlich machen, dass nichts verloren war. Er war sich zu spät darüber klar geworden, dass seine Gemahlin ihn weitaus mehr liebte, als sie den Henker ihrer Familie hasste. Das war mehr, als er zu hoffen gewagt hatte. Wenn sie zurückkam, würde er sie davon überzeugen, diese Nacht ihm zu gehören, um ihre Angst für immer zu vertreiben und um ihr zu beweisen, dass er keine Abscheu ihr gegenüber empfand, dass er sie akzeptierte. Ganz und gar. Natürlich würde er bestimmt auch weiterhin Antoinette lieben, sie vielleicht auch noch verführen, aber er würde sich selbst nicht mehr verraten.

Er ging ohne Schuldgefühle an den Gemächern seiner Geliebten vorbei und öffnete die Türe zum Zimmer seiner Gemahlin. Es war leer. Ein Feuer knisterte munter im steinernen Kamin. Er hatte darauf gedrängt, dass die Dienerinnen es nicht ausgehen ließen. Hinter dem Vorhang aus Flammen sah er vor seinem inneren Auge, wie Albérie sich langsam verwandelte, sah ihre Verzweiflung, hörte ihren Schrei. Mehr noch als in allen anderen Nächten fühlte er sich ihr nahe. Er faltete seine Hände zu einem Gebet, sein Gesicht dem Mond zugewandt, der durch das Fensterkreuz schien, und wartete den Morgen ab.

Philippus schlief friedlich, als ihn ein Heulen aufschrecken ließ. Er setzte sich auf und lauschte, während er die Höhle um sich herum mit seinem Blick abtastete. Cythar lag friedlich zu seinen Füßen. Sie wachte treu über ihn, wie ein guter Hund über seinen Herrn. Es war nicht so sehr der Schrei an sich, der ihm Angst einjagte, sondern vielmehr dieses vage Gefühl, dass er sich gleichzeitig anhörte wie von einem Mensch und einem Tier. Er erinnerte sich, ihn schon einmal im Schloss gehört zu haben. Er hatte hier keinerlei Zeitgefühl. Er suchte an seiner Seite nach der Wärme von Loraline, jedoch umsonst.

»Loraline?«, rief er in die Dunkelheit hinein, aber der Felsen warf ihm nur das Echo seiner eigenen Stimme zurück.

Cythar, von seiner Stimme aufgeweckt, erhob sich, um ihren dunklen Kopf gegen seinen Oberkörper zu drücken. Die Gelassenheit des Tieres beruhigte ihn. Loraline war bestimmt fortgegangen, um Heilkräuter zu sammeln. Einige Hexen, die er früher einmal getroffen hatte, hatten ihm bestätigt, dass es äußerst wichtig sei, die Pflanzen nachts zu pflücken. Er müsste sich um sie keine Sorgen machen. Er legte sich wieder hin und lachte über seine eigene Dummheit. Loraline kam sehr gut ohne ihn zurecht!

Er tätschelte den Hals von Cythar und wurde ruhiger. Einige Augenblicke später schreckte er erneut hoch. Ein Knurren war hier, ganz nah. Dieses Mal hatte auch Cythar den Kopf gehoben. Philippus blickte prüfend um sich – und da erblickte er ihn. Auf einem Fels, einige Meter über ihm, stand ein grauer Wolf und durchbohrte ihn mit stählernem, hasserfülltem Blick, die Lefzen geifernd nach oben gezogen.

Philippus spürte, wie ihm der Angstschweiß ausbrach. Cythar richtete sich auf und stieß ein klagendes Geheul aus, was ihn noch mehr entsetzte. Er hatte an diesem Ort noch nie einen solch mächtigen Wolf gesehen. Dieser hier unterschied sich deutlich von Loralines Schützlingen.

»Nicht bewegen, ihn nicht spüren lassen, dass du Angst hast«, redete er sich zu. »Du lebst zwischen seinesgleichen und du trägst ihren Geruch.«

Er schloss für einen Moment die Augen. Als er sie wieder öffnete, war das Tier verschwunden. Cythar fuhr jedoch fort zu heulen, und die anderen Wölfe, die sich tief ins Innere der Höhle verkrochen hatten, stimmten in seine Klage mit ein. Philippus zögerte, nach Loraline zu rufen, aus Angst, er könne sie dem Tier ausliefern. Vielleicht war es von einem anderen Rudel, hatte sich verirrt und war ausgehungert. Und wenn die junge Frau unterwegs bereits auf den Wolf getroffen war? Eine unsägliche Furcht umspannte seinen Brustkorb.

Ungeachtet seiner Verwunderung und seiner Vorsätze zwang er sich dazu, sich aufzurichten. Als er den Fuß auf den Boden setzte, durchfuhr ihn ein Schmerz, den er bereits vergessen hatte. Aber er weigerte sich, ihm nachzugeben. An die Wand gestützt, richtete er sich auf und ergriff die Laterne neben seinem Lager. Er musste nur bis zum Feuer gelangen, das Loraline in der Mitte der Höhle unterhielt. Wölfe hielten sich von Feuer fern. Er tastete nach dem Nacken von Cythar und krallte sich mit seiner ganzen Kraft im Fell fest.

»Führ mich dorthin«, wisperte er dem Tier zu und wies zur Glut.

Cythar setzte sich in Bewegung und zog den auf einem Bein hinkenden Philippus hinter sich her. Sie hatten die Hälfte des Weges bereits hinter sich gebracht, als ein Knurren in ihrem Rücken ihm klar machte, wie leichtsinnig er gehandelt hatte.

»Geh weiter«, befahl er Cythar.

Aber das Tier war reglos an seiner Seite stehen geblieben und hechelte, als folge es einem anderen, dringlicheren Befehl. Da erst drehte sich Philippus um.

Das fremde Tier hatte sich zusammengekauert, bereit zum Sprung. Er fühlte, wie sich das Fell von Cythar unter seiner Faust aufstellte. Widerwillig ließ er sie los. Einen Augenblick lang fixierten sich die beiden Wölfe mit ihren Blicken, während sich Cythar zwischen Philippus und die Bestie schob.

»Zum Feuer, zum Feuer«, trommelte eine kaum wahrnehmbare Stimme gegen seine Schläfen. Sein Bein schmerzte fürchterlich, doch Philippus zwang sich trotzdem, rückwärts auf das Feuer zuzugehen und Cythar der Raserei des grauen Wolfes zu überlassen. Je mehr er sich dem Feuer näherte, desto mehr schien es ihm, als ob Cythar seinem Gegner unterliegen würde. Wie um seinen Eindruck zu bestätigen, senkte Cythar plötzlich seinen Kopf, wich zurück und floh. Philippus verstand, dass diese Runde verloren war. Das Tier machte nur einige Schritte auf ihn zu, den blau stählernen, grausamen Blick auf ihn gerichtet.

»Wenn ich nur ein wenig meine Richtung ändern könnte!«, dachte Philippus. Das Feuer war so nah.

Das Tier duckte sich, um zum Sprung anzusetzen. In dem Moment erschien Loraline, schweißgebadet, Cythar an ihrer Seite. Sie stieß einen Schrei aus.

»Stelphar, nicht!«

Aber das Tier hatte Philippus bereits mit einem Satz umgeworfen und drückte ihn mit einer gewaltigen Kraft gegen den Boden. Die Fangzähne bohrten sich in seine Arme, die er schützend über sein Gesicht und seinen Hals hielt.

»Aus, Stelphar! Aus«, befahl Loraline, bevor sie ein Geheul ausstieß, mit dem sie die anderen Wölfe um sich scharte.

Philippus versuchte nicht, sich zu wehren, trotz des Schmerzes in seinem Bein, trotz des geifernden Maules, das tiefe Fleischwunden in seine Arme riss. Das Tier zielte auf seinen Hals. Ihn dem Tier zu überlassen, würde den Tod bedeuten. Doch plötzlich hielt das Tier inne und wich zurück, bedroht vom Knurren der anderen Wölfe.

Dieses Mal sprang Cythar ihm an den Hals und Philippus beobachtete fasziniert, wie die Wölfe sich in einem eigenartigen Tanz im Staub wälzten. Loraline legte hastig ihre Arme um seine Taille und zog ihn das letzte Stück bis zum Feuer.

»Rühr dich nicht vom Fleck!«, befahl sie, das Gesicht aufgelöst in Wut und Tränen.

Selbst wenn er gewollt hätte, wäre es ihm nicht gelungen. Seine Kräfte hatten ihn verlassen. Er sah zu, wie Loraline einschritt, sich in den Reigen der beiden Bestien mischte und sich zwischen sie warf, auf die Gefahr hin, gebissen zu werden. Doch diese Geste allein genügte. Sie ließen voneinander ab, als weigerten sich beide, Loraline zu verletzen.

Cythar schlich rückwärts langsam bis zu Philippus und brach dann neben ihm erschöpft zusammen, entkräftet vom Kampf. Seine Pfote blutete. Philippus hätte ihn gerne gestreichelt, aber seine Wunden waren tief und sein Körper von Striemen, die ihm die Krallen des wütenden Tieres zugefügt hatten, übersät.

Er dachte zunächst, Loraline würde den grauen Wolf töten, stattdessen kniete sie sich neben ihn und untersuchte in aller Ruhe die offene Wunde, die Cythar ihm am Schulterblatt gerissen hatte. Sie sprach mit ihm in einer eigenartigen Sprache, während das Tier weiterhin knurrte und fauchte, ohne ihr jedoch etwas zu Leide zu tun. Sie blieb lange an seiner Seite, drückte den grauen Kopf an ihre Brust und wiegte ihn sanft.

Philippus wagte es nicht, etwas zu sagen, berührt, verdutzt und verstört von diesem Schauspiel, das sich ihm darbot. Er hätte schwören können, gesehen zu haben, wie die junge Frau weinte. Aber er war sich inzwischen nichts mehr sicher, es sei denn, es handelte sich um eine belegte Tatsache. Er lag hier, verwundet und wehrlos, und Loraline tröstete und kümmerte sich um die Wunden seines Angreifers. Am Ende seiner Kräfte, ließ er sich in die Nacht hinübergleiten, den bitteren Geschmack einer Enttäuschung auf seinen Lippen.

Bei den ersten Anzeichen der Morgendämmerung wachte Huc auf und streckte sich wohlig. Er war ungewollt eingenickt und hatte friedlich geschlafen. Diese Tatsache hatte ihn in seinem Entschluss bestätigt. Wenn er eine solche innere Ruhe verspürte, dann nur, weil er die richtige Wahl getroffen hatte. Albérie würde nun bald auftauchen.

Als er das Schnappen des Mechanismuss vernahm, fühlte er sein Herz vor Freude in der Brust springen. So viel hatte er wieder gutzumachen. Doch das Lächeln erstarb auf seinen Lippen. Kaum war Albérie in das Zimmer getreten, sank sie vor seinen Augen zu Boden. Auf ihrem Umhang, auf der Höhe ihrer Schulter, zeichnete sich ein unübersehbarer, großer Blutfleck ab.

Philippus schreckte aus seinem Schlaf hoch. Er hatte einen grauenhaften Albtraum gehabt. Doch als er die Silhouette von Loraline erblickte, beruhigte er sich, erleichtert darüber, dass alles nur ein böser Traum gewesen war.

»Loraline«, begann er zärtlich …

Aber als sie ihm ihren kummervollen Blick zuwandte, konnte er den Tatsachen nicht länger aus dem Weg gehen. Ihre Haare waren noch voller Staub und getrocknetem Blut und dicke Salzrillen hatten auf ihren Wangen ein eigentümliches Spinnennetz gebildet.

Um sich zu überzeugen, senkte er seinen Blick auf seine eigenen Arme und bemerkte, dass sie mit dem gleichen schwarzen Schlamm überzogen waren wie sein Bein. Wieder lag er auf seinem Strohsack, aber dieses Mal bewegte sich Loraline nicht rittlings auf ihm. Sie warf ihm jedoch ein schwaches Lächeln zu, eines, das man aufsetzt, um sich für die Worte zu entschuldigen, die man gleich darauf aussprechen wird.

»Hast du Schmerzen?«, fragte sie.

Er nickte. Der Schmerz, der sein Herz durchbohrte, konnte jedoch durch keine Salbe gemildert werden.

»Was ist passiert, Loraline?«

Sie seufzte, fuhr flüchtig mit ihrer Hand über seine Stirn, in die klebrige Strähnen fielen.

»Ich dachte, sie würde es verstehen. Aber ich habe mich getäuscht. Ich liebe dich, Philippus, aber sobald deine Wunden verheilt sind, musst du fortgehen und mich vergessen.«

Wut erfasste ihn, während er sich aufrichtete:

»Nicht ohne dich! Seit zehn Tagen sehe ich, wie du auflebst, und keinen einzigen Moment habe ich an uns gezweifelt. Du hast mir versprochen, den Lehnsherrn von Vollore seinem Schicksal zu überlassen und dein eigenes zu leben. Und ich kann nicht begreifen, dass dies woanders sein sollte als an meiner Seite.«

»Du verstehst das nicht, mein Liebster. Ich habe keine andere Wahl. Ich gehöre zu ihr.«

»Zu wem, um Himmels willen?« Er schrie fast, indem er sie an den Armen packte, ungeachtet seiner eigenen Wunden.

»Zu der Wölfin, der grauen Wölfin. Sie hat meine Mutter hierher gebracht, sie beschützt meine Familie, seit ich auf der Welt bin, sie hat mir die Sprache der Wölfe beigebracht. Sie ist die Mutter von allen, sie respektieren sie. Niemals hätte ich es für möglich gehalten, dass Cythar sie angreift. Sie kommt immer bei Vollmond und schläft an meiner Seite. Ich gehöre zu ihr, Philippus.«

»Das ist absurd! Das ist nur ein Tier!«

»Nein, meine Mutter hat mir immer gesagt, dass sie von unserem Blut ist.«

»Das ist unmöglich, Loraline!«

Ihr schmerzvoller Blick suchte seine Augen ab, als hoffe sie darin Zuflucht zu finden, dann senkte sie ihn, drehte sich langsam um und machte ihren Nacken frei, der von ihren langen Haaren verdeckt war.

Philippus spürte, wie das Blut in seinen Adern gefror. Ein Büschel grauen Fells, zwei Finger breit und ebenso dick, prangte auf dem Hals der jungen Frau. Nein, er wehrte sich dagegen, solche Dummheiten zu glauben! Werwölfe gab es nur in Fabeln!

»Alle Frauen meiner Familie tragen dieses Merkmal. Ich weiß nicht warum, aber deswegen verfüge ich über außergewöhnliche Kräfte. Ich verstehe die Sprache der Tiere, ich kann schneller laufen und höher springen als ein Mensch, ich kann Gerüche von Wurzeln aufspüren, die sich dafür eignen, Wunden zu heilen …«

»Du musst das alles von deiner Mutter und den Wölfen gelernt haben. Mimese ist etwas durchaus Bekanntes. Du hast dich deinem Umfeld, in dem du lebst, angepasst. Das macht aus dir keine Gefangene. Du warst bereit, gegen deine Tante aufzubegehren, warum nicht gegen dieses Tier?«

»Meine Tante hat das Vertrauen akzeptiert, das ich dir entgegenbringe, denn ich habe sie belogen, indem ich ihr gesagt habe, dass du dich mir gegenüber zu Dank verpflichtet fühlst dafür, dass ich dir das Leben gerettet habe. Stelphar hat mir keine Wahl gelassen. Wenn du nicht gehst, wird sie dich töten. Sobald es Frühling wird, wird sie dich bis nach Thiers hineinführen. Dort wirst du ein Reittier, Lebensmittel und Gold vorfinden, das du im Tausch gegen dein Schweigen erhältst. Sie gibt dir fünf Monde. Wenn sie wieder zurückkommt, müssen wir uns voneinander verabschieden.«

Philippus schwieg. Fünf Monde. Fünf Monde. Er hatte fünf Monde Zeit, um sie davon zu überzeugen, dass das alles nur lächerlicher Aberglaube war. Fünf Monate, um ihre Angst und ihre Schuldgefühle zu vertreiben und ihr seine Liebe zu beweisen. Fünf Monate, um gesund zu werden.

»Lieb mich«, murmelte er sanft.

Loraline wandte ihm ihr schönes geschundenes Gesicht zu. In ihren Augen lag Überraschung. Philippus lächelte.

»Der Zeitpunkt wird kommen«, flüsterte er. »Lassen wir uns jedoch nicht aus Furcht vor dem Morgen das trüben, was wir im Augenblick erleben. Auf deiner Haut will ich meine Wunden vergessen, dein lustvolles Stöhnen soll das Wolfsgeheul des Kampfes überdecken und in dem Geschmack deiner Küsse will ich jenen des Blutes ertränken. Es ist mir einerlei, zu wem du gehörst, ich gehöre ab jetzt nur noch dir.«

Mit einem Schluchzen warf sie sich an Philippus' Brust. Einen Augenblick später war sie wieder die erhabene und katzenartige Loraline, die ihre festen Brüste in der Bürde der Lust hob und senkte.

Huc legte Albérie vorsichtig auf den Bauch und befreite sie behutsam von ihrem Kleidungsstück. Sie war noch immer ohnmächtig und er stieß sich an dieser Stille, wie an einer Wand von Fragen. Die Wunde war nicht tief, aber er hatte sie bereits auf den ersten Blick als Bisswunde eines Wolfes erkannt, woraufhin ihn weitere Fragen bedrängten. Warum hatten die Wölfe seine Gemahlin angegriffen? Viele Male hatte sie ihm erklärt, dass sie von ihnen respektiert, ja fast verehrt wurde.

Um niemanden zu beunruhigen, stieg er selbst zu den Wirtschaftsräumen hinunter, brachte Wasser zum Kochen und trug einen Zuber zusammen mit Kompressen aus Leinen hinauf. Zum Glück schlief die Dienerschaft noch.

Geräuschlos gelangte er in das Zimmer zurück und fand Albérie in wachem Zustand vor. Sie saß mit abwesendem Blick auf ihrem Bett, die Arme über ihren nackten Brüsten verschränkt. Hastig ging er auf sie zu, wobei er etwas Wasser auf dem Holzboden verspritzte, stellte den Zuber mit dem schwappenden Inhalt vor ihr am Boden ab und fragte sie voller Sorge:

»Geht es dir gut? Deine Verletzung ist nicht schlimm, ich werde sie behandeln.«

Sie blickte ihn traurig an:

»Du warst nicht da, als ich aufgewacht bin. Ich dachte ...«

»Du hattest Unrecht, Albérie, aber ich selbst noch viel mehr. Aber das ist nun vorbei. Ich bin da. Wie zuvor.«

Er küsste sie zärtlich auf die Stirn und machte sich dann daran, die Wunde zu säubern. Er wollte sie nicht bedrängen. Er konnte warten, bis sie ihn von allein ins Vertrauen zog, was sie gleich darauf auch tat:

»Ich weiß nicht, wie das passieren konnte. Cythar ist auf mich losgegangen. Zum ersten Mal. Loraline hat sich dazwischengestellt, aber ich hatte den Eindruck, dass sie nicht mich beschützen wollte. Sie wird eifersüchtig mit dem Alter. Sie hat gesehen, wie die Kleine auf die Welt gekommen ist. Jetzt wo ihre Mutter nicht mehr da ist, empfindet sie es vielleicht als ihre Pflicht, ihr Revier abzustecken.«

»Sag deiner Nichte die Wahrheit!«

»Niemals. Ich will nicht, dass sie dieselben Qualen durchleben muss wie ich.«

Die Stille umhüllte sie, während er ihre Schulter fertig verband. Als er sich dann neben sie setzte, brach es aus ihr hervor:

»Noch nie habe ich mich so allein gefühlt. Ich glaubte, dich verloren zu haben.«

Er umschlang sie vorsichtig, um ihr nicht wehzutun. Er hatte den ganzen Abend über nach den passenden Worten gesucht und plötzlich schienen sie ihm so eindeutig.

»Ich allein trage die Verantwortung für alles. Schau mich an, Albérie. Ich habe mich hinter der Lüge verschanzt, um mich selbst besser von deiner Schuld überzeugen zu können. Nicht, was die Ereignisse der vergangenen Monate betrifft, sondern in Bezug auf deine Ablehnung, mir zu gehören. Ich habe viel darüber nachgedacht, auch über die möglichen Folgen. Es ist mir einerlei. Ich habe keine Besitztümer, keinen wirklichen Titel und auch kein Land mehr. Was könnte ich meinen Söhnen schon hinterlassen, wenn ich welche hätte? Weder Besitz noch Name noch Ruhm. Mein Geschlecht kann ruhig aussterben, ich bereue es nicht.«

»In mir drinnen ist die Bestie …«

»Ich werde sie zähmen, denn ich fürchte sie nicht.«

»Und wenn ich ein Kind erwarten würde?«

»Du allein sollst darüber entscheiden. Folge deinem Herzen und deiner Seele. Ob es lebt oder stirbt, ich werde dir nichts vorwerfen. Wir werden gemeinsam die Folgen tragen. Ich bitte dich, verwehre mir nicht länger das Recht, dir zu helfen, die Frau in dir zu lieben.«

»Ich weiß nicht, ob ich es ertragen könnte, wenn …«

»Wir werden uns Zeit lassen. Mein ganzes Leben, wenn es sein muss.«

»Und Madame Antoinette?«

»Ich habe mich verführen lassen. Sie sehnte sich nach Liebe. Ich auch. Ein Chazeron bekommt immer das, was er will, das weißt du. Ich muss ihr Zeit geben, damit sie sich wieder von mir lösen kann. Ich will nicht, dass ihr Zorn dich trifft. Du musst mir vertrauen, Albérie.«

»Dennoch liebst du sie.«

»Das dachte ich, ja. Ich brauchte diese Liebe. Ich hatte mich verloren. Ich habe dich fast verloren. Verzeih mir.«

»Nicht dich hasse ich, sondern mich.«

»Ich weiß. Es ist an der Zeit, dies zu beenden.«

Er suchte zärtlich ihre Lippen. Sie ließ es geschehen. An diesem Abend, an dem die Ihrigen sie verstoßen hatten, war sie gänzlich ohne Halt zurückgeblieben.

»Sei mein heute Nacht«, hauchte Huc sanft.

Er bettete sie vorsichtig auf ihre Decke. Noch immer hielt sie ihre Arme gegen ihre nackten Brüste gepresst, um sie zu verbergen. Er bedeckte sie mit zärtlichen Küssen, nahm sich die Zeit, ihren Mund, ihren Hals, ihre Brust mit seinen Lippen und seinen Fingern zu ergründen, bis sie sich nicht länger gegen ihre Gefühle wehrte und ihr Atem und ihr Herzschlag schneller wurden. Als er diese ersten Schranken überschritten hatte, schloss sie die Augen, um seinem Urteil zu entfliehen.

»Du bist schön«, flüsterte er.

Er meinte es aufrichtig. Er erinnerte sich an Isabeaus warme, feste Brust, als er die vergewaltigte junge Frau auf seinen Armen getragen hatte. Er hatte sie jedoch damals nicht mit dem Blick eines Mannes betrachtet. Heute erkannte er in den Brüsten seiner Frau die milchig weißen Rundungen von Isabeau. Er küsste sie zärtlich, leidenschaftlich, voller Begierde, trotz der Kampfspuren auf der zarten Haut, trotz des Geruchs von Blut, den das Wasser nicht vollständig hatte beseitigen können.

Albérie bewegte sich nicht. Er spürte, wie sich ihr Körper

gleichzeitig aus Furcht und Begierde anspannte. Schweigsam zog er sie ganz aus. Von Zeit zu Zeit, wenn sie unter der Berührung seiner Hände erschauerte, küsste er sie und beruhigte sie mit einem »Ich liebe dich«, von dem sie kaum mehr als ein Raunen erahnen konnte. Als sie nackt war, zog er sich lautlos aus, während er immer wieder über ihre Schenkel strich, die sie, wie als letzten Schutz, noch immer zusammenpresste.

Sie hatte ihre Augen nach wie vor nicht geöffnet, aber ihr ganzer Körper spiegelte eine Erregung wider, die mehr als nur Angst verriet.

»Schau mich an. Albérie, hör auf, vor der Realität zu fliehen. Ich möchte, dass du dich endlich mit meinen Augen sehen kannst.«

»Ich kann nicht«, stöhnte sie, indem sie mit dem Kopf schüttelte.

Eine Träne lief ihre Wange hinab. Aber er weigerte sich, sie zu beachten.

»Ich werde dich nicht mit Gewalt nehmen. Niemals. Hab Vertrauen in mich, in dich. Ich bitte dich. Öffne die Augen.«

Sie zögerte einen Moment und gehorchte dann. Die Nacktheit ihres Gemahls ließ ihr die Schamesröte ins Gesicht steigen und sie drehte den Kopf auf die Seite. Vorsichtig führte er ihre feuchte Hand zu seinem erregten Geschlecht und zwang sie, es zu umschließen:

»Sieh, meine Geliebte, wie sehr ich dich begehre, so wie du bist. Welch Geschenk für meine Augen und mein Herz dein mir dargebotener Körper ist. Erröte nicht vor deiner eigenen Schönheit, hab keine Scham und keine Angst. Mein Körper hat den deinigen angenommen.«

Er ließ die Stille auf ihren Atem niedersinken, der sich mit dem Knistern der Flammen im Kamin vermischte. Nach und nach umschlossen ihre Finger fester sein Geschlecht und entlockten ihm ein Stöhnen, das er nicht versuchte zurückzuhalten. Seine Finger tanzten erneut über den Körper seiner Geliebten und nach und nach entspannte sich Albérie. Sie hatte ihre Augen wieder geschlossen, aber das spielte keine Rolle. Er öffnete ihre muskulösen Schenkel und bahnte sich mit seinem Mund einen Weg über ihr Zögern hinaus. Als sie unter seiner Berührung von der Lust übermannt wurde, wusste er, dass er gewonnen hatte.

Er fuhr mit seinen Lippen langsam weiter hinauf, bis zu ihrem Mund, legte sich auf ihren Körper und drang vorsichtig in sie, indem er ihre Gesichtszüge nach der kleinsten Spur von Schmerz absuchte. Aber er konnte nichts erkennen. Als sich ihre beiden Körper ineinander verschmolzen, schlang er mit Inbrunst seine Finger um die ihrigen. Erst als die Lust sie erneut überwältigte, öffnete sie ihre Augen. Ihre Stimme erstickte, als sie es noch einmal sagte: »Ich liebe dich.«

Albérie schlief noch, als Huc schweren Herzens das Zimmer verließ. Die Sonne stand schon längst am Himmel. Nachdem sie ihr Liebesspiel beendet hatten, war sie eingeschlafen. Huc hatte François eine Partie Schach versprochen und dieser würde gewiss äußerst ungehalten reagieren, wenn er nicht erschien. Als er um die Ecke bog, um auf das Zimmer des Kranken zuzusteuern, begegnete er Antoinette, die, ihren Nähkorb in der Hand, gerade auf dem Weg zu ihren Gesellschaftsdamen war.

»Huc, mein lieber Huc«, brach es aus ihr anstatt einer Begrüßung hervor.

Huc lächelte sie an, ohne die geringste Lust zu verspüren, sich aufhalten zu lassen. Die Gänge auf Montguerlhe waren düster und kalt. Er grüßte sie mit einem »Ich wünsche Euch einen schönen Tag, Madame Antoinette«, und beschleunigte seinen Schritt.

Antoinette hielt ihn mit einer Hand am Arm zurück.

»Flieht Ihr vor mir, Huc?«

Er log:

»Keineswegs, aber die Pflicht ruft mich ans Bett Eures Gemahls.«

»Ich würde es vorziehen, Euch an das meinige eilen zu sehen«, flüsterte sie mit einem leicht vorwurfsvollen Unterton.

Huc berührte leicht die Hand, die ihn am Arm festhielt:

»Die Vorsicht allein hält mich zurück.«

»Werdet Ihr mich noch einmal lieben?«

»Bald«, versicherte er, indem er ihre Finger löste, um sie zu küssen.

Und schon war er weitergegangen. Das Echo hallte laut genug, so dass er die leise Stimme seiner Geliebten noch vernommen hatte:

»Liebst du mich noch, Huc de la Faye?«

François de Chazeron war aus dem Bett aufgestanden und bereits angekleidet. Huc wollte ihn zurechtweisen, aber er kannte seinen Lehnsherrn zu gut, um zu wissen, dass bei seinen Entscheidungen er allein der Herr war.

»Ich fühle mich heute überaus gesund, voller Tatendrang und habe großen Appetit, mein Freund«, kündigte der Lehnsherr von Vollore ihm beim Eintreten an.

In der Tat war dies nicht zu leugnen.

»Du bist kein Arzt, also erspare mir deine dummen, unmaßgeblichen Einwände. Ich brauche frische Luft und plane, bis nach Vollore zu reiten.«

»Es herrscht eine beißende Kälte, selbst für die Pferde.«

»Ich habe schon weitaus andere Winter unter dicken Pelzmänteln überlebt. Ich habe es satt, Huc, in diesem trägen Dämmerzustand vor mich hin zu dösen. Meine Forschungen warten auf mich, und ich fühle mich wie ein Gefangener in diesem Zimmer, das unter meiner Würde ist. Selbst deine Garnison ist besser untergebracht.«

»Ihr wisst die Gründe.«

»Sie sind ab jetzt haltlos, denn, was den Teufel betrifft, so bin ich vielmehr von einem schlauen Gauner reingelegt worden. Also, keine Widersprüche, du begleitest mich, zusammen mit einigen Männern.«

»Ihr werdet enttäuscht sein. Aufgrund der Kälte sind die Arbeiten nicht weiter vorangeschritten. Ich habe selten einen solch strengen Winter erlebt.«

»Schluss, Huc! Ich verspüre keinerlei Lust, mir von Euch meine Laune durch solches Zeug verderben zu lassen. Wir machen uns sofort auf den Weg. Ich habe bereits meine Anordnungen getroffen, während du dich noch gemütlich mit deiner Gemahlin im Bett geräkelt hast.«

Huc wurde ungewollt verlegen und senkte den Blick.

»Du brauchst nicht gleich rot zu werden. In diesem Haus kommt mir alles zu Ohren, ob es mir gefällt oder nicht. Deine Frau ist jung und von schöner Erscheinung, du tust recht daran, ihr zu huldigen.«

Huc fühlte sich unwohl in seiner Haut. Hinter diesem vorgetäuschten Wohlwollen hörte er eine bittere Ironie heraus. Er hatte sich in seiner Beziehung zu Antoinette überaus diskret verhalten und dennoch hatte seine Gemahlin ihr Spiel durchschaut. Konnte es sein, dass dies auch für François zutraf?

Er legte Huc einen Arm um die Schultern und führte ihn zur Türschwelle.

»Auch mir steht der Sinn nach jungen Mädchen und auf Vollore gibt es eine recht kokette Kleine, an der ich mich mit größtem Vergnügen weiden werde, sobald wir einige unangenehme Dinge geklärt haben … Mach dich und deine Männer fertig, Huc. Wir reiten los.«

Sein Ton war trocken und gebieterisch. Huc zwang sich zur Ruhe und, ein Lächeln auf den Lippen, verließ er das Zimmer:

»Zu Befehl, Messire.«

Er begab sich entschlossen und mit klopfendem Herzen ins Zimmer seiner Gemahlin. Sie schlief noch immer friedlich. Noch nie hatte er sie so ruhig, so weiblich gesehen. Er weckte sie auf.

»Huc«, seufzte sie wohlig, indem sie ihre Arme um seinen Hals schlang.

Er küsste sie keusch auf die Stirn, während er sich von ihr losmachte. Es blieb ihm nur wenig Zeit.

»Ich liebe dich, Albérie, mit meiner ganzen Seele, und diese Nacht war für mich die schönste, die ich je erlebt habe. Aber ich habe große Angst. Ich muss François nach Vollore begleiten und mein Gefühl sagt mir, dass er von meiner Affäre mit Antoinette weiß.«

Albérie erbleichte und krallte ihre Finger in die Bettdecke über ihrer weißen Brust.

»Ich werde vielleicht von Vollore nicht zurückkommen, aber ich werde seine Bestrafung nicht wehrlos hinnehmen. Ich habe Angst, dass er sich an dir vergreift. Wenn ich nicht wieder auftauche, dann flieh. Und erinnere dich immer an meine Zuneigung.«

»Trotze ihm nicht, Huc. Lass uns gemeinsam fliehen, jetzt«, bettelte sie mit Tränen in den Augen. »Ich könnte es nicht ertragen, nicht nach dieser Nacht. Ich bitte dich.«

»Nein, ich warte schon seit so langer Zeit auf diesen Moment. Ich habe fast befürchtet, er würde niemals kommen. Ich bin stärker als er. Und ich kann auf meine Männer vertrauen. Erwarte meine Rückkehr. Und pass auf dich auf, meine Liebste.«

Er küsste sie inbrünstig. Ihre Lippen schmeckten nach Tränen, genau wie in der vergangenen Nacht, als sie sich ihrer Lust hingegeben hatte, aber dieses Mal hinterließen sie in ihm nur ein Gefühl des Schmerzes. Er machte sich von ihr los, ergriff seinen Umhang und floh vor ihrem Schluchzen.

Kurz darauf ritt er zusammen mit vier Männern und François de Chazeron unter dem steinernen Portikus hindurch.

13

Es war der 20. November 1515, als François hinter sich die Tür seines Refugiums schloss. Huc fühlte sich in der Falle. Er hatte dennoch dem ausdrücklichen Befehl seines Herrn, in die verbotene Kammer einzutreten, Folge geleistet. Die Spuren der Explosion waren auf der rechten Wand noch immer sichtbar, aber das Destilliergerät war wieder funktionsfähig, wenn auch nicht in Betrieb.

»Hast du dich niemals gefragt, nach was ich hier eigentlich forsche, Huc?«, begann François, während er den Schlüssel, mit dem er soeben das Schloss geöffnet hatte, tief in seiner Tasche vergrub.

Während des gesamten Weges war Huc schweigsam gewesen. Einerseits, weil die starre Kälte ihren Atem gefrieren ließ, so dass sie, die Kapuzen tief ins Gesicht gezogen und in dicke Schals gewickelt, reiten mussten, und andererseits, weil dies ihm die Möglichkeit gegeben hatte, sich auf die Konfrontation mit François vorzubereiten. Er war erfahren im Umgang mit der Waffe, verstand es zu kämpfen, aber auch, sich zu verteidigen. François war gewieft und intelligent. Huc hatte sich entschieden, ihn an sich herankommen zu lassen.

»Nach diesem berühmten Stein der Weisen, nehme ich an«, antwortete er ohne Umschweife.

»Sicher, sicher. Aber ich suche weitaus mehr als das.«

François ging auf den Kamin zu und entzündete ein Feuer. Die Kälte im Zimmer war fast genauso beißend wie draußen und durch den erloschenen Kamin wehte ein eisiger Wind. Huc ging, ohne zu zögern, die Hände auf dem Rücken verschränkt, auf die Flammen zu, welche die Kohle erhitzten. François benutzte einen eisernen Schürhaken mit hölzernem Griff, um das Feuer in Gang zu setzen. Man konnte ihm regelrecht das Vergnügen ansehen, mit welchem er den Feuerhaken in die dicken Scheite stieß, um sie zu zerkleinern und anschließend dem Flammenmeer zu überlassen.

»Durch den Stein der Weisen erhoffen die Alchemisten, die ewige Jugend zu erlangen und natürlich auch Gold, Gold im Überfluss. Ich jedoch ersehne mir noch mehr. Ich möchte Macht. Eine absolute, uneingeschränkte Macht. Diese unbezwingbare Macht, die man durch nie versiegenden Reichtum und Unvergänglichkeit erreicht. Du kannst dir nicht vorstellen, wie berauschend dieses Gefühl ist, sich auszumalen, dass nichts und niemand gegen dich aufbegehren könnte, dass die Welt sich zu deinen Füßen niederwerfen und dir die Stiefel lecken würde, aus Angst, bei dem kleinsten Anzeichen von Ungehorsam von deinen Absätzen zerquetscht zu werden. Ich verabscheue Ungehorsam. Aber mehr noch den Verrat.«

Erneut machte sich Schweigen breit. Huc blieb reglos stehen. Er war sich nun sicher, dass François alles wusste. Und doch sprach es niemand von beiden aus. Der Schürhaken lag glimmend in der Glut und François starrte ihn noch immer an.

»Du hast mir immer gut gedient, Huc. Manchmal warst du mit dem, was ich getan habe, nicht einverstanden, aber niemals hast du gegen mich aufbegehrt. Sicher, du hast dieses Mädchen geheiratet. Hattest du Angst, dass ich mich an ihr vergreife, oder fühltest du dich deiner Feigheit schuldig, Profos?«

»Zweifelsohne beides. Und doch liebe ich sie«, antwortete Huc direkt.

»Ach ja, die Liebe! Eine dumme, lächerliche Sache«, lachte

François höhnisch. »Die Gründe für deinen Entschluss kümmern mich im Grunde nur wenig. Du warst loyal, allein nur das zählt. Der Durst nach Macht ist genauso wie der Durst nach Wein, dringlich und berauschend. Allein die Vorstellung, nur das kleinste Stück von ihr einbüßen zu müssen, bereitet mir Qualen, als reiße man mir meine Seele heraus. Schau meine Gemahlin an, sie war unterwürfig und respektvoll. Und nun widersetzt sie sich meinem Willen, indem sie sich eines lächerlichen Vorwandes bedient, und im selben Moment werde ich krank. Als wolle das Schicksal mich verhöhnen, mir plötzlich seinen Willen aufzwingen. Stell dir vor, Huc, so viel Zeit, nur zum Nachdenken. Um die Ursache zu finden, warum mir diese Macht plötzlich aus den Händen geglitten ist. Meine Gemahlin ist im Bett reichlich kläglich. Hast du sie wenigstens aufgeweckt?«

»Ich glaube.«

»Gut. Du hast einen guten Ruf. Bereits mein Vater hat das schon erwähnt. War das vor oder nach dem Kind?«

»Danach.«

»Ich bin also der Vater. Das ist gut. Die Ländereien der Chazerons brauchen einen Erben. Ich werde meine Gemahlin verschonen, auch wenn ich davon überzeugt bin, dass sie dich verführt hat. Du hättest es nicht riskiert, bei mir in Ungnade zu fallen, das weiß ich.«

»Und doch bin ich allein dafür verantwortlich.«

»Schluss, Huc, ich habe gesagt, ich werde sie verschonen. Du brauchst sie nicht zu verteidigen. Dich muss ich bestrafen und das bereitet mir Kummer. Ich muss dich töten, weil du mich beleidigt hast, auch wenn du mir gut dienst. Du hast über mich gewacht wie ein Vater, und das bereits zwei Mal. Ich nehme an, dass ich dir mein Leben schulde. Hast du meinen Tod herbeigesehnt, Huc?«

»Ich sehne ihn noch immer herbei!«

François lachte erneut hämisch auf.

»Ich liebe deine Offenheit. Ich kann mich glücklich schätzen, dass du feige bist. An deiner Stelle hätte ich nicht gezögert, wenn ich dir so viel Hass entgegenbringen würde. Ich werde keinen besseren Profos als dich finden. Und doch verdiene ich Entschädigung, das räumst du mir doch gewiss ein. Und selbstverständlich wirst du meine Gemahlin nie wieder anrühren.«

»Natürlich.«

»Liebst du sie?«

»Nein.«

»Ich denke, dass sie dich allerdings liebt. Ich möchte, dass sie von unserem Gespräch nichts erfährt und dass du sie zurückweist. Für eine Frau gibt es nichts Schlimmeres, als von jemandem in seinen Gefühlen getäuscht zu werden. Ihr Unglück wird sie zähmen. So, das hätten wir geregelt. Davon abgesehen, dass auch ich dir nun im Gegenzug das nehmen muss, was dir am meisten bedeutet. Dann habe ich mich auf gleiche Weise gerächt, nicht wahr?«

»Ich besitze nichts Wertvolleres als mein Leben.«

»Aber nicht doch, Huc de la Faye. Du hast dein Leben für sie geopfert.«

Huc fühlte, wie ihn gegen seinen Willen die Wut packte.

»Rührt ja meine Gemahlin nicht an!«, zischte er hinter zusammengebissenen Zähnen.

François stieß ein grausames Lachen aus.

»Dann hatte ich also Recht. Du würdest für sie sterben, nicht wahr? Wie dieser Idiot von Klingenschmied für ihre Schwester. Diese Tatsache allein bereitet mir schon größten Kummer, Profos. Ich werde einen passenden Moment wählen, um sie, wie diese Isabeau, mit Gewalt zu nehmen, auch wenn, das muss ich zugeben, sie nicht wirklich mein Begehren weckt.«

Huc ballte seine Hände zu Fäusten und drehte sich, rasend vor Wut, zu François um. Aber François hatte seine Reaktion vorhergesehen. Er zog den glühend heißen Haken über Hucs Gesicht und überzog es mit einer zischenden Brandwunde.

Huc wich zurück und schrie vor Schmerz und Überraschung auf. François nutzte diesen Moment, um ihm das Eisen gegen die Brust zu stoßen. Huc sackte zusammen und fiel japsend und mit dunklem Blick auf die Knie. François packte ihn am Haarschopf und riss seinen Kopf nach hinten. Er war erstaunlich ruhig.

»Du wirst nicht sterben, Huc de la Faye. Du wirst mir weiterhin dienen, während du dich jeden Tag an diesen Moment erinnerst. Bist du noch einmal ungehorsam, nur ein einziges Mal, wird sie mir gehören, verstanden, und danach werde ich sie brandmarken wie dich, damit sich die gesamte Region daran erinnert.«

Mit einer ruckartigen Bewegung zog er die blutverschmierte Spitze des Schürhakens heraus und warf ihn auf die glühenden Kohlen. Dann ging er, um die Türe zu öffnen.

»Und nun hinaus. Ich besitze nicht deine Nachsicht, Huc de la Faye. Man wird sich um dich in den Wirtschaftsräumen kümmern. Sie wissen alle, warum du bestraft wurdest. Ach ja, das hätte ich fast vergessen, schick mir Romane herauf.«

Huc richtete sich mühsam auf. Dabei hustete er und spuckte Blut. Er krallte sich an der Türzarge fest, gestattete sich noch, seinen Henker mit hasserfülltem Blick anzublitzen, und stieg dann schwankend, eine Hand gegen seine durchbohrte Brust gepresst, die Treppe hinunter.

Madame Clothilde stellte keinerlei Fragen, als sie ihn kommen sah, und Huc verstand den ganzen Sinn der Worte François'. Alle wussten von seiner Affäre mit Antoinette. Und er dachte, er hätte sich diskret verhalten …

François führte eine gute Klinge. Er hatte ihn an der richtigen Stelle getroffen, um ihn außer Gefecht zu setzen, ohne jedoch ein lebenswichtiges Organ zu verletzen. Huc fühlte sich elend. Er hatte seinen Herrn unterschätzt. François hatte es schon seit langem gewusst. Hatte alles gewusst. Er las in ihm, in ihnen allen, wie in einem offenen Buch. Wie niederträchtig musste er doch sein, dass er seit so vielen Jahren mit ihrem Vertrauen spielte! Albérie hatte tausendmal Recht. Er war kein Mensch, nicht einmal ein Tier. Im Gegensatz zu seiner Gemahlin, die mit ihrem gemischten Blut zwar ein Schandmal trug, war er eine Bestie. Eine abscheuliche und widerwärtige Bestie.

Die kleine Romane stieg mit stolzer Miene die Treppen hinauf. Sie war der Liebling des Lehnsherrn und mit ihren siebzehn Jahren gefiel sie sich recht gut in dieser Rolle. Huc hatte dennoch das Gefühl, er würde sie zur Schlachtbank führen. Hoffnungslos müde davon, immer dienen zu müssen, ließ er Clothilde die Wunde behandeln, ohne ein Wort herauszubringen.

Noch am gleichen Abend kehrten sie nach Montguerlhe zurück, als wäre nichts geschehen. Allein das verkrustete Brandmal erinnerte an die Treuepflicht des Profos gegenüber seinem Herrn. Huc war trotz allem bekümmert, als ihn seine Gemahlin in die Arme schloss.

Er hatte nicht den Mut gefunden, ihr von der Drohung François' zu erzählen, und begnügte sich stattdessen damit, sie von seiner Nachsichtigkeit zu überzeugen. Albérie hatte sich verändert. Anders als nach den vielen vergangenen Vollmondnächten, in denen sie ihre Erniedrigung erlebte. Eine Veränderung, die sich in ihrem Blick ausdrückte, in ihren Schultern, die sie nicht mehr nach vorne krümmte, sobald sie ihr Gemahl anschaute. In dieser Nacht schmiegte sie sich nackt an ihn und trotz der Verwundungen, die sie beide trugen, umschlangen sie sich zärtlich, ohne sich jedoch körperlich zu lieben.

Mit einem Mal war ihr bewusst geworden, dass sie schon immer auf diesen Moment gewartet und von ihm geträumt hatte. Es war wie eine Offenbarung, wie die – wenn auch sicherlich dumme – Gewissheit, dass das Tier in ihr auf immer gezähmt worden sei. Zum ersten Mal in ihrem traurigen Leben war sie nichts weiter als eine Frau. Nur eine Frau. Und ihr Gemahl, den sie verloren geglaubt hatte, lächelte und drückte sie an sich.

»Wirst du mir all diese verlorene Zeit verzeihen können?«, fragte sie ihn, seiner Antwort jedoch bereits sicher.

»Auch ich brauchte sie, um dich heute noch mehr zu lieben. Was immer ich hinfort auch tun werde, Albérie, du sollst wissen, dass alles nur für dich und dein Glück geschieht«, versicherte er.

Sie war trunken vor Seligkeit. Die Ihrigen hatten sie verstoßen, aber an diesem Abend hatte das keinerlei Bedeutung mehr. Vielleicht musste das so sein. Die Wölfe waren nicht länger ihre Familie. Loraline hatte noch nie zu ihr gehört und sie verstand ihr Glück. Sie würde Philippus und ihrer Nichte in Zukunft nicht mehr im Wege stehen und gab sich das Versprechen, bis zum Frühling aus ihrem Leben zu verschwinden. Dann würde man von vorne beginnen. Sie hatte es Isabeau versprochen und der Vorfall von heute hatte sie in ihrem Vorhaben bestärkt. Da sie nicht länger befürchten musste, ihren Gemahl an ihre Rivalin zu verlieren, würde Zeit bleiben. François de Chazeron würde sterben, sobald der Frühling einkehrte und sie Philippus aus der Auvergne herausgeführt hätte. Erst dann würde sie frei sein zu lieben, ohne Angst zu haben. Mit einem wohligen Seufzer schlief sie ein. Huc ließ sich bereitwillig davon anstecken und dann ebenfalls in den Schlaf hinübergleiten, während er einen Hustenanfall unterdrückte.

Die Drohung von François schwebte über seinem neuen Glück, aber an diesem Abend kümmerte er sich nicht darum. Er hatte trotz allem einen Sieg davongetragen. In Zukunft müsste er nichts mehr verstecken. François hatte Recht. Um seine Gemahlin zu beschützen, war er zu allem bereit. Sogar zum Töten.

Einige Tage später kehrte François erneut nach Vollore zurück, dieses Mal mit all seinen Koffern. Als Antoinette darauf bestand, auf Montguerlhe bleiben zu wollen, wegen ihres dicker werdenden Bauches, der noch immer nicht beendeten Arbeiten, der fehlenden Heizung sowie des Mangels an Komfort, versuchte er nicht, sie umzustimmen. Er begnügte sich damit, Huc einen Seitenblick zuzuwerfen, der so viel besagte wie, was immer auch geschehen würde, er wäre darüber informiert.

Der Lehnsherr von Vollore hatte seine volle Gesundheit wiedererlangt und damit seinen Stolz, seinen Zynismus, seine Grausamkeit und seine Anrechte. Es war mitten im Winter und trotz des immer näher rückenden Weihnachtsfestes hatte François beschlossen, abzureisen. Um nicht die armen Notleidenden auf Montguerlhe ertragen zu müssen. Um sich in aller Ruhe seinen Experimenten und seinem Destilliergerät widmen zu können. Und alle, ja alle, in der Festung, die sich wie ein Bollwerk zwischen seine Schändlichkeit und ihren Hass schob, atmeten erleichtert auf.

»Verzeiht mir, Madame Antoinette«, beharrte Huc, indem er sich vor ihr tief verbeugte.

Kaum hatte ihr Gemahl das Fallgatter passiert, hatte sie ihm ausrichten lassen, sie würde ihn in ihrem Zimmer erwarten.

Sie war ihm um den Hals gefallen, wollte endlich seine Berührungen wieder spüren, aber auch den Grund für sein hässliches Mal auf der Stirn erfahren. Hinter vorgehaltener Hand tuschelte man etwas von einer Bestrafung. Sie hatte befürchtet, es sei wegen ihr, aber die Tatsache, dass sich ihr Gemahl nicht auch an ihr vergriff, hatte ihre Vermutung widerlegt. Sie hatte nach ihrem Liebhaber schicken lassen. Aber Huc war nicht zu ihr gekommen. Er hatte einen Pagen geschickt, der ihr eine knappe Nachricht überbrachte: »Ich werde Euch treffen, Madame, aber nicht in Euren Gemächern.«

Sie waren nun also allein, wie sie es gewünscht hatte, jedoch im Waffensaal. Dorthin war sie ihm nachgefolgt, sobald sie ihr Mittagsmahl beendet hatte. Sie hatte ihn umschlungen, nachdem sie die Tür verriegelt hatte, doch anstatt des erhofften inbrünstigen Kusses hatte er ihre Stirn mit den Lippen gestreift, indem er elegant ihre Arme von sich löste.

»Wenn ich Euch verzeihen soll, so habe ich das Schlimmste zu befürchten, nicht wahr, mein teurer Huc?«

Sie hatte das Bedürfnis, auf einen Stuhl zu sinken, aber der Saal war von einer trostlosen Leere, wenn man von den hölzernen Gestellen absah, auf denen sich Armbrüste, Pfeile, mit Spitzen gespickte Keulen und andere Waffen aufreihten und jede Wand mit einem traurigen Kriegsgewand schmückten.

»Sprecht, Huc. Eure Gemahlin verbreitet ein Strahlen, das ich an ihr noch nie zuvor gesehen habe, während ich das meinige verloren habe. Warum nur habe ich den Eindruck, dass dies kein Zufall ist?«

»Es würde mir nicht gelingen, Euch zu belügen. Ich liebe Euch, das ist wohl wahr, Ihr könnt dies in meinem Blicke lesen, in meiner Erregung spüren, die Ihr jedem meiner Atemzüge einflößt, und doch liebe ich meine Gemahlin, wie eigenartig Euch das auch erscheinen mag. Mein aufrechtes Herz würde es nicht ertragen, Euch beide zu hintergehen.

Ich muss eine Wahl treffen. Und Ihr, Madame, habt einen Gemahl und dieser Gemahl ist mein Herr.«

»Das hat Euch bisher wenig gestört«, wandte sie verletzt ein.

»Ich wollte an das Glück glauben, dass Ihr mir offenbart habt, Madame. Die Antwort darauf ist dieses Brandmal an meiner Stirn. Ob ich will oder nicht, mein Platz ist nicht bei Euch.«

Antoinette erbleichte.

»Weiß er es?«

»Die Ahnung, Madame, ist verderblicher und gefährlicher als die Gewissheit. Er hat mir in Erinnerung gerufen, wem von beiden ich zu dienen haben, und nicht ohne Grund. Ich fürchte um Euch, meine Geliebte, mehr als um mich. Solange Ihr das Kind im Leibe tragt, wird er das Gerücht ignorieren. Erhärtet es sich, werdet Ihr, sobald Ihr den Erben auf die Welt gebracht habt, in seinen Augen nichts weiter als eine Erinnerung seiner Schande sein.«

»Den Tod werde ich leichter ertragen als Begleiter als die Qual, ohne Euch leben zu müssen.«

»Denkt Ihr, er würde mich verschonen? Meine Familie? Meine Entscheidung steht fest. Ich werde Eurem Gemahl nicht die Argumente für unseren Tod liefern. Ihr werdet ein Kind haben, Madame. Schenkt ihm diese Liebe, von der ich noch heute zehre. Es ist dessen weitaus würdiger. Liebt es so zärtlich wie jenes, das ich niemals haben werde, als sei es das meinige. Und ich werde Euch durch dieses Kind lieben, im Namen dieses Körpers, den Ihr mir geschenkt habt, wodurch es zum Mitwisser unseres Geheimnisses wurde.«

»Ich werde altern müssen, ohne geliebt zu werden. Ihr habt mir so viel gegeben, Huc, so viel gezeigt. Ich werde mich nicht mit der vorgetäuschten Begierde ein desinteressierten Gemahls zufrieden geben.«

»Und doch müsst Ihr es. Es muss sein, meine schöne, meine sanfte, meine zärtliche Antoinette.«

»Ich werde das nicht überleben.«

»Eure Rolle als Mutter wird Euch darüber hinweghelfen. Lasst mich nun gehen. Man darf uns nicht mehr so zusammen sehen, nie mehr.«

»Ich werde dich immer lieben, Huc.«

»Dann akzeptiert die Dinge, wie sie sind.«

Würde loderte in ihr auf und sie hielt ihre Tränen zurück.

»Wäre deine Wahl genauso ausgefallen, wenn François seine Krankheit nicht überlebt hätte?«, fragte sie noch, bereits auf dem Weg zur Türe.

Sie hätte es nicht ertragen, ihm bei seiner Antwort ins Gesicht zu sehen.

»Ich weiß es nicht, Antoinette. Aber ich habe darüber nachgedacht in einem Moment der Unbeschwertheit und des Glücks.«

Sie wollte ihm glauben. Sie redete es sich selbst ein, um sich an etwas Schönem und Wahrem festklammern zu können. Und plötzlich kam ihr ein Gedanke. Wenn ihr Gemahl von ihnen gewusst hatte, dann nur, weil jemand ihn informiert hatte. Sie erinnerte sich an jenen hasserfüllten Blick, den Albérie François zugeworfen hatte.

Wer sonst außer ihr hätte das Geheimnis am besten verraten können, um sich gleichzeitig an ihrer Rivalin und an François selbst rächen zu können? Sie musste ausgehandelt haben, dass Huc dabei nicht wirklich etwas passierte. Wie auch immer, sie hatte erreicht, was sie wollte. Sie hatte Huc de la Faye wieder für sich allein und ihr neues Glück würde diese abscheuliche Tat rechtfertigen. Albérie war schuldig. Sie würde es ihr zurückzahlen, sobald der geeignete Moment gekommen wäre.

Man schrieb den 16. Dezember 1515, als Isabeau sich beflissen mit einem anmutigen Knicks verbeugte, wie Madame Rudégonde angewiesen hatte zu tun, sobald ein Kunde den Laden betrat. Und dieser hier war, bei Gott, der schönste Mann, den sie jemals auf Erden gesehen hatte.

»La Palice! Ihr hier, mein Freund, welch freudige Überraschung!«

Isabeau erhob sich, während Rudégonde voller Entzücken dem Angekommenen entgegeneilte. Der angesprochene Sire schwang mit einer eleganten Geste seinen Hut vom Kopf und verbeugte sich, während die andere Hand auf dem Schwert ruhte, das er an seinem Gürtel trug.

»Spart Euch diesen Bückling, mein Teuerster«, versetzte Rudégonde lachend, »küsst vielmehr diese Wangen, die ich Euch entgegenhalte.«

Er ging mit einem heiteren Lachen auf sie zu und tat wie ihm befohlen, wobei man ihm sein unverhohlenes Vergnügen deutlich anmerkte. Isabeau fühlte, dass sie inmitten dieser Wiedersehensfreude überaus fehl am Platze war, aber ein azurfarbenes Auge, das sie über die Schulter ihrer Dienstherrin anstarrte, ließ sie wie angewurzelt stehen. Der königliche Heerführer musterte sie amüsiert.

Rudégonde ließ von ihrem ehemaligen Liebhaber ab und wies auf sie. Mit gespielt mondänem Ton, aus dem man ihre Freude darüber heraushören konnte, die beiden einander vorzustellen, rief sie aus:

»Isabelle, darf ich Euch den glücklichsten Mann dieses Königreichs vorstellen, Messire Jacques de Chabannes, Lehnsherr von La Palice.«

Isabeau wollte sich schon ein weiteres Mal verbeugen, aber irgendetwas hielt sie davon ab. Vielleicht dies einnehmende, arglose, von Natürlichkeit geprägte Gesicht. La Palice schien auf ihre Gedanken zu antworten, als er bemerkte:

»Madame Isabelle hat mein diskretes Erscheinen an diesem Ort bereits auf die charmanteste Art willkommen geheißen.«

»Aber nicht doch, unverbesserlicher Charmeur«, rügte Rudégonde ihn liebevoll, »habt Ihr etwa vergessen, dass ich die Erste sein will, die von Eurer stattlichen Erscheinung und Eurem Charme profitiert? Ihr werdet mich noch ganz eifersüchtig machen, mein Freund.«

Ohne sich auch nur eine Sekunde lang Gedanken darüber zu machen, dass sich ihre Gehilfin befangen fühlen könnte, fuhr sie fröhlich fort:

»Isabelle ist neu hier und überaus geschickt. Seit Montag ist sie mir in meinem Laden behilflich und ich beglückwünsche mich jeden Tag zu diesem Arrangement. Ich habe es mir zur Gewohnheit gemacht, ihr meine Kunden zu überlassen, aber davon seid Ihr ausgenommen. Ich möchte Euch für mich alleine, mein Teurer!«

La Palice ergriff ihre geschmeidige Hand und küsste sie zärtlich.

»Wie könnte ich mich eines so warmherzigen Wesens nur entledigen, ergebenste Freundin!«

»Nehmt Euch in Acht, Isabelle«, warf ihr Rudégonde heiter zu, indem sie ihren ehemaligen Verehrer mit sich fortzog. »Dieser Schelm hat den Ruf, den Frauen das Herz zu brechen, wie zuvorkommend er auch immer sein mag. Folgt mir also, Messire, und erzählt mir, was Euch nach Paris führt, wo ich doch den König in Mailand weiß.«

»Nichts von Bedeutung, ganz im Gegenteil. Ich habe den angenehmen Auftrag, für einen Maler, in den sich unser verehrter König in Italien vernarrt hat, eine luxuriöse Wohnung auszustatten. Dieser Leonardo da Vinci besitzt ein außergewöhnliches Talent und eine unbändige Phantasie. Er hat einen Automaten konstruiert und ihn anschließend am Hofe von Pavia vorgeführt: ein Löwe hat vor Sire François sein Maul aufgerissen und ihn mit Blütenblättern von Lilien überschüttet; dann fuhren seine Flanken auseinander und schütteten dunkelblaue Blütenkronen aus, die uns in helles Staunen versetzten. Durch welche Magie es ihm gelingen konnte, solch zarte Blütenblätter zu färben, ist eine Frage, die seither auf jedermanns Lippen brennt. Dennoch habe ich Sire François in Verdacht, sich in erster Linie für die Kriegsmaschinerie des Mannes zu interessieren als für diese bukolischen Anwandlungen. Ich selbst, das muss ich eingestehen, bin ebenfalls davon fasziniert. Er gibt vor, nicht nur überdachte Wagen herzustellen, sondern auch praktische und leicht zu befördernde Bombarden, die leichte Projektile abfeuern können und deren Rauch beim Feind die größte Furcht auslöst. Er behauptet, dass zahlreiche seiner Kriegsmaschinerien bereits fertig entworfen sind und nichts weiter als eine finanzielle Unterstützung fehle, damit er ihre Wirksamkeit unter Beweis stellen könne. Ob Ihr es glaubt oder nicht, dieser gute Mann hat sich nichts Geringeres als eine fliegende Maschine ausgedacht, die es dem Menschen ermöglicht, sich wie ein Vogel zu bewegen. Entweder ist dieser Mann verrückt oder er ist ein Genie, und, wahrhaftig, da ich ihn selbst getroffen habe, wette ich, dass unser guter König noch verrückter sein müsste, wenn er sich nicht für solch ein Phänomen interessierte.«

»Bei Gott«, stimmte Rudégonde zu, »angesichts einer solchen Begeisterung bleibt mir nichts weiter übrig, als mich dieser Meinung anzuschließen. Umso mehr, als sie mir die Freude Eures Besuches beschert.«

»Euch einen Besuch zu verwehren, hieße, Eure treue Freundschaft zu verraten. Benötigt Ihr derzeit keinerlei finanzielle Hilfe?«, fügte er hinzu, indem er bedeutsam seinen Ton senkte.

Nicht ausreichend genug jedoch, als dass Isabeau diese Frage nicht gehört hätte. Sie war wieder an ihre Arbeit zurückgekehrt und versuchte, einen Stoff abzumessen, der heute Morgen angekommen war. Aber selbst mit Hilfe eines hölzernen Messstabs brachte sie die Zahlen ständig durcheinander, gegen ihren Willen immer mit halbem Ohr bei der Unterhaltung ihrer Dienstherrin. Zwischen dem Paar und ihr waren nur einige Körpergrößenmesser und ein Wandschirm, der einen angemessenen Abstand markierte.

»Die Geschäfte gehen gut«, antwortete Rudégonde, im gleichen Tonfall, »dennoch, das wisst Ihr, um eine so anspruchsvolle Person wie den König zufrieden zu stellen, muss ich die raffiniertesten und auch seltensten Stoffe finden. Sie kosten ein Vermögen. Allerdings widerstrebt es mir, Euch um eine Gutschrift anzusuchen.«

»Ihr dient mir, indem Ihr dem König dient, Rudégonde. Die Zuneigung, die ich Euch entgegenbringe, geht weit über das Gemeine hinaus. Nehmt und macht auf klügste Weise Gebrauch davon.«

»Messire, Ihr seid in der Tat der galanteste Mann am Hofe. Liebt Ihr mich noch immer ein wenig?«

Isabeau hörte das helle Lachen von Jacques de Chabannes. Sie wandte ihren Kopf zum Wandschirm und erblickte dahinter die Schatten der beiden. Sie sah, wie der Hofmarschall die füllige Gewandschneiderin umarmte und auf ihre Lippen einen züchtigen Kuss hauchte.

»Bezweifelt Ihr das etwa, dumme Frau!?«

Gleich darauf wurde der Wandschirm auf die Seite geschoben und Isabeau wandte, mit geröteten Wangen, ihr Gesicht rasch wieder ihrer Rechnung zu, ohne dass es ihr gelungen wäre, sich an irgendeine Zahl zu erinnern. Ihre Schritte kamen auf sie zu.

»Bleibt Ihr lange?«, fragte Rudégonde noch.

»Ich werde leider schon bald wieder in Begleitung der Königin Claude und der Regentin Louise von Savoyen abreisen. Wir treffen den König um den 13. Januar in Sisteron. Daher wird meine Zeit, die ich Euch widmen kann, recht begrenzt sein, aber glaubt mir, nichts auf der Welt könnte mich davon abbringen, diesen Ort aufzusuchen.«

Er begleitete seine Worte mit einem schelmischen Augenzwinkern in Richtung Isabeau.

Rudégonde lachte und nannte ihn einen Schlingel, während er schnellen Schrittes den Laden verließ. Als sich die Tür, begleitet von einer eisig kalten Schneeböe, wieder schloss, stieß Rudégonde einen Seufzer aus. Ihr Mund war zu einem melancholischen Lächeln verzogen, das über ihr ganzes Gesicht lief.

»Ihr gefallt ihm, Isabelle«, versicherte sie, den Blick auf die Tür geheftet.

Isabeau bemerkte, dass ihre Hände auf dem Stoff zitterten; sie zog sie rasch zurück und schob sie darunter, um sie vor ihrer Dienstherrin zu verstecken. Aber jene hing ihren Gedanken nach, vor Isabeau auf den Ladentisch gestützt.

»Es ist schon eine Ewigkeit her, dass ich in den Augen dieses Ungläubigen solche Funken sprühen sah. Einst war noch ich deren Ursprung, aber das ist lange her, ja, sehr lange. Er bezaubert mich noch immer, aber die Liebe ist verflogen, Isabelle, so ist das Leben. Ich liebe an ihm nichts weiter mehr als die Erinnerung an seine Berührungen. Die Arbeit hat inzwischen seinen Platz eingenommen. Ich verdanke ihm alles und bereue daher nichts. Freundschaft ist oft weitaus wertvoller als der ganze Rest. Er wird bald zurückkommen. Nicht wegen mir. Wegen Euch.«

Sie wandte sich Isabeau zu. Eine weise Zärtlichkeit spiegelte sich in ihren Augen wider. »Fast wie bei einer Mutter«, dachte sie. »Oder sind es etwa die Erinnerungen an vergangene Enttäuschungen?« Isabeau schob diesen Gedanken von sich. Rudégonde war direkt und aufrichtig. Sie fuhr daher auch ohne Umschweife fort:

»Stoßt ihn nicht zurück, wenn er nach Eurem Geschmack ist, Isabelle. Ihr werdet mit ihm große Glücksmomente erleben und das ist, was ich Euch beiden aus ganzem Herzen wünsche.«

»Ich weiß nicht, ob …«, setzte Isabeau an, aber Rudégonde bedeutete ihr mit einer Geste, zu schweigen.

»Papperlapapp, ich will nichts davon wissen, meine Schöne. Vertraut auf meine Erfahrungen. Er wird Euch den Hof machen und Ihr werdet ihm erliegen, denn keine einzige Frau in diesem Land kann sich ihm verwehren. Anderen würde ich raten ›Vorsicht‹, aber nicht Euch, denn ich weiß, ich habe es gesehen: er liebt Euch bereits. Lernt, Euch dies zunutze zu machen, und Ihr werdet so beglückt und geschätzt sein wie ich, vor langer Zeit.«

Die Glocke über der Eingangstür läutete, während ein eisiger Wind sich einen Weg über die Schwelle des Ladens bahnte. Eine pompöse, grotesk gekleidete Frau zeichnete sich in der Türlaibung ab. Rudégonde verzog in Isabeaus Richtung leicht das Gesicht, bevor sie auf die Kundin zueilte.

Isabeau senkte ihren Kopf erneut über ihre Messarbeit. Das Erscheinen der Herzogin von Blois hatte ihre Unterhaltung unterbrochen. Sie war verwirrt. Sie hatte sich nie vorstellen können, jemals einen anderen Mann als Benoît anziehend zu finden. Nicht einmal, dass es ein Leben nach Benoît geben könnte.

Sie hatte von La Palice erzählen hören, seit dem Tag, an dem sie zum ersten Mal ihren Fuß in die Gewandschneiderei gesetzt hatte. Sowohl von Rudégonde als auch von den Mädchen, die, so wusste sie, die ganze Szene durch ihr Guckloch im Hinterzimmer verfolgt hatten. Sie hatte sich La Palice auf vielerlei Arten vorgestellt, jeweils nach Beschreibung der einen oder anderen. Nun hatte sie jedoch feststellen müssen, dass keine ihrer Vorstellungen mit der Wirklichkeit übereinstimmte. Er hatte etwas in ihr angerührt, bereits beim ersten Blickkontakt. Etwas, was sie noch nie zuvor gespürt hatte. Nicht einmal mit Benoît. Vielleicht hatte das etwas mit ihrem neuen Leben zu tun? Sie wusste es nicht, aber musste sich eingestehen, dass sie noch nie so viel Beistand erlebt und sich noch nie so überaus geschätzt und glücklich gefühlt hatte. Bertille und der Abt kümmerten sich um sie in Notre-Dame, Croquemitaine und die Bettler verehrten sie, Rudégonde hatte ihr, als sie ihre Fähigkeiten erkannt hatte, den Empfang im Laden überlassen und das Einkleiden von zwei Kunden. Alles verlief zum Besten, trotz der Kälte eines hinterhältigen Winters, der gefährliche Frostbeulen und Husten zurückließ.

Sie dachte oft an Albérie und Loraline. Vor allem an Loraline. Sie stellte sich vor, dass François de Chazeron nicht mehr lebte und ihre Tochter nur noch den Frühling abwartete, um ein neues Leben zu beginnen. Sie gelobte sich, zu ihnen zurückzukehren, wenn die Kälte vorbei war. Es würde gewiss nicht leicht werden, dem Zorn des jungen Mädchens gegenüberzutreten, aber Isabeau würde ihr alles erklären und vielleicht würde sie verstehen, wie sehr ihre Mutter diese zweite Chance, diese Wiedergeburt, benötigt hatte. Vielleicht wäre es dann an der Zeit, zwischen ihnen wahre Bande zu knüpfen, indem sie Loraline ihr neues Leben und ihre neuen Freunde zeigte.

Isabeau merkte plötzlich, dass sie, über den Stoff gebeugt, lächelte. Eines dieser Lächeln, das einen in friedvollen und ruhigen Stunden überkommt. Und wenn sie genau darüber nachdachte, dann spielte das Interesse von La Palice an ihr eine nicht ganz unbedeutende Rolle dabei …

14

»Jetzt ist es aber genug, Messire, ich sterbe sonst noch vor Lachen!«, bettelte Isabeau flehentlich, indem sie sich mit einem von Spitzen umsäumten Taschentuch über ihre Augen fuhr.

In den Winkeln ihres Mundes, der sich in einem närrischen Lachen über das ganze Gesicht zog, formten feine Falten zwei Grübchen, die gemeinsam im Takt vibrierten.

Messire La Palice, den einen Fuß lässig auf einen Stein postiert, stützte sich elegant auf seine Degenglocke und strahlte ein unverkennbares Vergnügen aus. Isabeau lachte. Und für dieses unbefangene Lachen hätte er alles getan.

»Nicht doch, mein edles Fräulein, Ihr quält mich zutiefst, indem Ihr Euch über meinen Verdruss lustig macht«, beteuerte er, indem er auf ulkige Weise mit seinen Augen rollte.

Isabeau wandte sich von ihm ab und versuchte nicht länger, ihr Glucksen zurückzuhalten, von dem sie noch immer geschüttelt wurde.

Seit einer Woche, seit sie die Gesellschaft von Jacques de Chabannes akzeptiert hatte, spürte sie, wie in ihr das flüchtige Leuchten einer vergangenen Zeit wieder aufblitzte. Nach und nach, mit jedem seiner Besuche im Laden, hatte er ihr Lächeln gezähmt, die Röte, die sich auf ihren Wangen abzeichnete, sobald er seinen sinnlichen Blick nur für einen Moment auf ihrem Mieder verweilen ließ. Isabeau hatte sich umwerben lassen, erschreckt und entzückt, widerstrebend und bereitwillig in einem. Und einfach nur, weil er amüsant und warmherzig, aber vor allem geduldig und respektvoll war.

Bei jedem seiner Besuche überschüttete er sie mit Aufmerksamkeiten, brachte ihr Süßigkeiten mit, bedachte sie mit Komplimenten über ihr Aussehen, ihre Bewegungen, ihre Tatkraft. Rudégonde hatte ihn, der Form halber, ausgeschimpft, ihn darauf hingewiesen, dass er sie, wie immer, vernachlässige und, schlimmer noch, ihre Gehilfin von der Arbeit abhalte, was sich gewiss in den Einnahmen niederschlagen würde. La Palice war in schallendes Gelächter ausgebrochen. Er hatte sie auf ungebührliche Weise umschlungen, ihr einen Kuss auf die Wange gedrückt und dabei zwischen ihre üppigen Brüste ein Geldstück gleiten lassen. Rudégonde blieb jedoch noch immer verärgert, während er seine Geste mit den Worten unterstrich:

»Seht, ich bezahle die Zeit, die ich Euch stehle. Und wenn ich das Geld rechtfertigen muss, dann macht mir davon eine Hose und ein Hemd.«

Rudégonde steckte das Geld ein und nahm seine Maße, wobei sie darauf bestand, Isabeau solle dem Edelmann das Band um die Waden, die Taille und den Hals legen. Rudégonde machte sich über Isabeaus Verlegenheit lustig, die sie ergriff, sobald ihre Finger seine Haut oder sein Hemd berührten:

»Mein Mädchen, Ihr müsst Euch ein wenig sputen, sonst wird uns dieser elegante Herr noch an den Bettelstab bringen! Ihr müsst lernen, Euch von seinen Schmeicheleien abzugrenzen. Sonst werdet Ihr noch schlechte Arbeit machen.«

Sie drückte Isabeaus Finger gegen das Bein von La Palice.

»Hier! Seht, das ist doch kein Hexenwerk! Haltet still, und wenn er Euch ärgert, stecht ihn einfach mit einer Nadel.«

La Palice lachte, verteidigte sich in Richtung der Gewandschneiderin, indem er ihr die Zähne zeigte, und flehte Isabeau an:

»Achtet nicht auf sie, ihr vorlautes Mundwerk ist ebenso groß wie ihr Herz. Dank ihr bin ich, bei Gott, mehr von Nadeln durchbohrt als von Säbelstichen und das sind, da werdet Ihr mir beipflichten, nicht gerade schmeichelhafte Narben ...«

»Schweigt endlich, Messire, oder ich werde auf Eurem Schnabel meinen letzten Saum nähen!«, gab Rudégonde schlagfertig zurück.

Dieser neckende Ton, dieses vertraute Spiel, ließ Isabeau ihre Schweigsamkeit überwinden. Sie entdeckte in sich einen Witz, von dem sie bis zu diesem Moment nichts geahnt hatte. Schließlich hatte sie gemeinsam mit ihnen gelacht, gespottet und auch gelästert, denn am königlichen Hofe kam man einfach nicht umhin, bissige Gerüchte weiterzuerzählen.

Je weiter sie in der Herstellung der bestellten Kleidungsstücke von Jacques de Chabannes voranschritt, desto weiter wagte sich Isabeau aus ihrer Reserviertheit hervor. Mal mit einem nachdrücklichen Wort, einem Blick oder einem Lächeln. Bis sie schließlich ganz in das Spiel eingestiegen war und dem schönen Heeresführer antwortete, ohne zu erröten. Ihre drei Freundinnen im Hinterzimmer kümmerten sich abwechselnd um die anderen Kunden, wenn diese während der Anprobe auftauchten. Sobald der Abend hereinbrach, ließen sie keine Gelegenheit aus, die Veränderungen zu bemerken, die sich nach und nach auf Isabeaus Gesicht abzeichneten. So hatte Françoise sie eines Abends nach Ladenschluss herzlich in die Arme geschlossen und ihr ins Ohr geflüstert:

»Das Glück ist ganz nah, wenn du akzeptierst, die Liebe in den Armen eines anderen neu zu erlernen.«

Isabeau war bleich geworden. Erst nachdem sie ihre

Freundinnen verabschiedet hatte und sich allein in ihrem Zimmer wiederfand, wurde sie sich dieser offensichtlichen Tatsache bewusst. Sie hatte sich inzwischen eingestanden, dass sie Messire La Palice liebte, aber sie hatte noch nie daran gedacht, wie es wohl sein würde, seine Finger auf ihrem Körper zu spüren. Sie wusste, dass ihre Freundinnen ihr Geheimnis für sich behalten hatten; sollte sie sich Rudégonde anvertrauen? War es Zeit, diesen Mann zurückzustoßen? Wollte sie das überhaupt? Sobald sie an die körperliche Liebe dachte, sah sie vor sich Bilder der Gewalt, der Niedertracht, des Schmerzes. Fünfzehn Jahre lang hatte sie sich jeden Tag gebadet, wieder und wieder, um sich von dieser Schmach reinzuwaschen. Seit ihrer Ankunft in Paris hatte sie nicht mehr daran gedacht. Hier war alles so leicht, unbeschwert, alles wärmte ihre Seele, ihr Herz und ihren Körper.

In den herrlichen Kleidern, die sie trug, hatte sie erneut gelernt, sich zu lieben. Sie hatte gespürt, wie ihr Körper, der von den eindringlichen Blicken La Palices bewundernd gemustert wurde, wieder zum Leben erwacht war. Würde es ihr gelingen, wenn die Zeit kam, ihre Narben zu vergessen? Vor allem jene sichtbare, die der Lehnsherr von Vollore mit einem glühenden Eisen in ihre Brust gebrannt hatte?

Sie hatte sich schließlich Lilvia, der Zigeunerin, anvertraut. Und diese hatte ihr beschrieben, wie schön es war, einen geliebten Menschen körperlich zu begehren, wie Berührungen Zweifel vertrieben und Gefühle festigten, und ihr versichert, dass sie das, was sie tief in ihrem Inneren spürte, nicht zu fürchten brauchte.

Isabeau hatte schließlich diese Gedanken aus ihrem Kopf vertrieben und war damit fortgefahren, jeden Tag neu zu erlernen, wie schön es war, zu leben.

Schließlich waren die Unterkleider von La Palice fertig gestellt. Am Vortag war er vorbeigekommen, um sein Paket abzuholen. Er lächelte traurig.

»Es ist leider an der Zeit, den Damen Lebewohl zu sagen. Die Pflicht ruft mich an die Seite meines Königs. Ich reise in zwei Tagen ab und weiß nicht, wie lange ich fortbleiben werde.«

Isabeau hatte gespürt, wie sich ihr Herz mit Kummer füllte. Dennoch hatte sie sich zu einem Lächeln gezwungen und noch vor Rudégonde ausgerufen:

»Ihr werdet uns fehlen, Messire. Kommt nur bald wieder!«

La Palice und Rudégonde hatten sich, ohne dass Isabeau etwas bemerkte, einen verständnisinnigen Blick zugeworfen. Dann entfernte sich die Gewandschneiderin eilenden Schrittes, einen Hustenanfall vortäuschend. La Palice hatte ihre Hand ergriffen, die sich plötzlich blutleer und kalt anfühlte. Sie hatte ihren mandelfarbenen Blick zu ihm erhoben, ohne ihren Kummer darin zu verbergen.

»Meine liebste Isabelle, ich wage es kaum Euch zu gestehen, wie angenehm mir Eure Gegenwart ist. Eure Worte verscheuchen all meine Zweifel. Der ganze morgige Tag bleibt mir noch und ich bitte Euch, gewährt ihn mir. Ich denke, Ihr habt noch nie Paris besichtigt, lasst mich Euch durch die Stadt führen. So würde ich weniger betrübt abreisen, denn mein Herz wäre angefüllt mit Erinnerungen an Euch und an diesen Tag.«

Isabeau hatte gefühlt, wie sie dahinschmolz.

»Ich werde hier zu tun haben, Messire!«

»Ich werde ohne Euch auskommen, Isabelle. Messire de Chabannes hat Recht, Ihr arbeitet, esst und schlaft, nicht mehr. Die Stadt ist schön, ich gebe Euch frei.« – »Nutzt die Zeit!«, hatte Rudégonde in ihrem Rücken hinzugefügt.

Isabeau hätte gerne wie ein Kind freudig in die Hände geklatscht. Stattdessen jedoch begnügte sie sich mit einem »Danke, Madame Rudégonde!«, dem Jacques de Chabannes noch hinzugefügt hatte:

»Ich werde um zehn Uhr hier sein, um Euch abzuholen.«

Dann war er gegangen. Schnell. Vielleicht, damit sie ihre Meinung nicht noch ändern konnte. Doch Rudégonde hätte es ihr niemals erlaubt, das Angebot auszuschlagen, ebenso wenig ihre drei Freundinnen, die sich, sobald die Türe ins Schloss gefallen war, an ihren Hals geworfen und laut in die Hände geklatscht hatten. Isabeau hatte sich also ganz ihrem Glück hingegeben, während ihre Freundinnen bereits lebhaft darüber diskutierten, welches Kleid für diesen außergewöhnlichen Tag passend sei.

»Ohne Haube, Ihr geht ohne Haube aus dem Haus! Wirklich, Isabelle, das gehört sich nicht in der vornehmen Gesellschaft!«, hatte Bertille ausgerufen und sich auf ihren kleinen Beinen vor Isabelle aufgebaut, die es sich in einem Sessel in ihrer Wohnung bequem gemacht hatte.

Isabelle hatte sie verdutzt angeschaut. Wie war es möglich, dass sich die Zwergin Sorgen um Anstandsregeln machte, wo man sich doch am *Cour des Miracles* umso etwas überhaupt nicht kümmerte?

»Aber ich gehöre nicht zur feinen Gesellschaft ...«

»Er schon! Schau, Isabelle, er gefällt dir, du gefällst ihm, das ist eine Tatsache! Er wird dich jedoch noch mehr schätzen, wenn du seine Erwartungen erfüllst, die gewiss nicht zahlreich sein werden. Was willst du für ihn sein, eine Geliebte oder eine Eroberung?«

Isabeau schaute sie mit offenem Mund an. Sie hatte sich diese Frage noch nie gestellt, denn sie hatte entschieden, sich überhaupt keine mehr zu stellen.

»Beim Herrn Jesus der Verkrüppelten!«, hatte Bertille geflucht, indem sie ihre dicken Händchen vor ihren Mund schlug. »Wenn Croquemitaine erfährt, dass ich dich ohne Haube mit dem Heeresführer ausgehen habe lassen, wird er mich töten, selbst wenn er mein Gemahl ist! Ich werde mit dir kommen!«

»Aber …«

»Kein Aber! Ich komme mit dir, bleibe in der Kutsche, wenn nötig, aber es steht außer Frage, dass du bei deinem ersten Rendezvous nicht ohne Haube gehst.«

»Ich bin dreißig Jahre …«, hatte Isabeau schließlich eingewendet.

»Man kann dreißig sein und sich trotzdem wie ein kleines Mädchen benehmen«, hatte Bertille entgegnet.

»Mit dreißig ist ein kleines Mädchen ein reifes Mädchen! Ich werde allein gehen, und wenn Croquemitaine sich Sorgen macht, soll er uns auf diskrete Weise von seinen Bettlern bewachen lassen. Du kannst ihm auch ausrichten, wenn es ihm einfällt, auf dich böse zu sein, werde ich nicht mehr als Patin für euer Kind zur Verfügung stehen, so!«

»Isabelle!«

Die Zwergin rollte mit ihren Augen, wackelte einen Moment lang auf ihren Beinen hin und her und stieß schließlich einen herzzerreißenden Seufzer aus.

»Und Abt Boussart? Was wird Abt Boussart dazu sagen?«

»Nichts, er wird nichts sagen, denn du wirst es ihm nicht erzählen, ganz einfach! Oh, bitte, Bertille. Schau, wie glücklich ich bin. So oft hast du mir wiederholt, dass ich hier nur Freunde habe, dass ich optimistisch in die Zukunft schauen soll, dass das Glück im Vertrauen und dem gemeinsamen Teilen liegt … und ich habe dir schließlich geglaubt. Hilf mir dabei, all das wieder zurückzubekommen, was ich verloren habe. Ohne mich zu verärgern.«

Die Zwergin schmollte noch einen Moment und warf sich

dann schließlich in die ausgebreiteten Arme Isabeaus, indem sie ihren runden Kopf unbefangen an den Bauch ihrer Freundin schmiegte.

»Croquemitaine wird das nicht gerne sehen. Bestimmt nicht«, hatte sie noch gegrummelt. Doch am nächsten Tag spielte sie bereitwillig mit und half Isabeau bei bester Laune, sich zurechtzumachen.

Und so befanden sie sich nun am Ufer der Seine. Über sich einen azurfarbenen Himmel, von dem eine klare Sonne komplizenhaft auf sie herabstrahlte. Die Pferde schritten über Wege, die frei von Schnee waren. Nur die Bäume, die sich entlang des Flusses schlängelten, trugen auf ihren nackten Zweigen noch immer diesen zerbrechlichen Schmuck, der ab und an vor ihren Füßen in kleinen, unauffälligen Klumpen in sich zusammenfiel. Die Kälte war beißend, aber Isabeau kümmerte sich nicht darum. Sie kannte die schneidende Kälte anderer, weitaus traurigerer Winter. Dieser trug den Duft des Frühlings in sich.

Das Ufer war schön anzusehen, belebt von Spaziergängern, Gemüsehändlern, Fährmännern. Eine Weile schlenderten sie schweigend entlang des Flusses. Isabeau sog die Geräusche in sich auf, die Gerüche, die so ganz anders waren als jene, die ihre Kindheit erfüllt hatten. Dies hier war eine andere Welt und Jacques ließ sie in Ruhe alles einatmen, den Hals recken und die Ohren spitzen, während er sich damit begnügte, sie mit fieberndem Blick zu betrachten und ihr eine Geschichte, einen Scherz nach dem anderen zu erzählen, um ihr Lachen zu vernehmen. Vor einem kleinen Karren hielten sie an. Ein alter Mann röstete dort Maroni.

Isabeau erkannte ihn sofort. Sie hatte ihn am *Cour des Miracles* gesehen. Während La Palice eine große Portion Maroni bezahlte, zwinkerte der Mann ihr verstohlen zu. Croquemitaine hatte ihren Rat befolgt und seine Truppe benachrichtigt. Ohne ersichtlichen Grund verspürte sie darüber Freude. Ihr war es zu verdanken, dass sie sich überall in Sicherheit fühlte, wo immer sie auch hinging.

»Das ist, glaube ich, der schönste Tag meines Lebens«, seufzte sie, als sie sich von dem Karren entfernten. Sie angelte in dem Tütchen nach einer heißen Maroni, die Jacques gekauft hatte.

Sie setzten sich auf eine Bank, gegen einen Baum gelehnt, dessen bereifte Zweige über das Wasser hingen.

La Palice begann mit anschaulichen Worten eine weitere Geschichte zu erzählen. Hinter ihnen hallte das Klappern der Pferdehufe auf dem Pflaster wider und ertönte das Ächzen der Kutschenräder. Aber Isabeau hörte nur noch ihr eigenes Lachen. Es schien, als wäre es ihm gelungen, sich einen Weg zu ihrem Körper zu bahnen: von ihren Füßen zu ihren Händen, von ihren Händen zu ihren Augen, von ihren Augen zu ihrem Mund. Als würde in einem fort ihr vom Schicksal beschmutztes Inneres reingewaschen.

Sie erhob sich, um ihre Nase zu putzen, entschlossen, La Palice nicht mehr anzusehen, um Herr über ihr nicht enden wollendes Lachen zu werden. Sie trat an den Fluss. Er folgte ihr und legte seine Hände vorsichtig auf ihre Schultern, wodurch sie sich zu ihm umdrehen musste. Isabeau lachte noch zu ausgelassen, um argwöhnisch zu werden. Und schon fand sie sich in seinen Armen wieder, ohne überhaupt zu begreifen, wie sie dort hingelangt war. Seine warme, streichelnde Stimme umhüllte sie: »Ich liebe Euch, Isabelle!« Kurz darauf gab sie sich in einem Kuss ganz dem Ruf dieses Flüsterns hin. Einem Kuss, der so zärtlich war, dass ihre Füße vergaßen, dass sie den Boden berührten.

Als er sie nach Atem schöpfen ließ, lachte sie nicht mehr, erinnerte sich kaum noch daran, dass sie, in vergangenen Tagen, einen anderen Namen als Isabelle getragen hatte. Sie wollte etwas sagen, aber er hinderte sie mit einem flüchtigen Kuss daran. Er drückte sie noch fester an seine samtene Kleidung:

»Pst«, sagte er, »antworte nicht, antworte nichts! Ich schenke Euch dieses Geständnis, wie Ihr mir das Glück geschenkt habt. Möge es Euch genauso wie mich davontragen und berauschen; die Zeit gehört Euch, Isabelle. Wenn Ihr eines Tages die meine sein solltet, werdet Ihr mir mein Geständnis zurückgeben und ich werde vollkommen sein. Für den Moment lasst Euch Zeit, lasst Euch von mir führen.«

Er umarmte sie erneut, doch dieses Mal hatte sie darauf gehofft. Sie schlang ihre Arme um seinen Hals und ließ sich in diese Umarmung sinken, ohne sich um die Blicke der Vorübergehenden zu kümmern. Dann schob er sie vorsichtig von sich, begnügte sich damit, ihre Hand in der seinen zu betrachten, und zog sie dann hinter sich her. Sie gingen einen Moment schweigsam, fast verlegen über diese neue Intimität, auf das Gespann zu, das am Ende des Quais auf sie wartete.

»Wohin bringt Ihr mich nun?«, fragte Isabeau schließlich, als sie die Stufen erreichten, die in das Innere der Kalesche führten.

»Wo möchtet Ihr hingehen?«, antwortete er mit einer Gegenfrage.

»Ich weiß nicht. Überallhin, nirgends. Ich fühle mich töricht, ich habe nicht …«

Er legte einen Finger auf ihre Lippen und lächelte traurig:

»Möchtet Ihr nach Hause?«

Aber Isabeau verspürte durchaus kein Verlangen, nach Hause zu gehen. Sie gestand es ihm etwas zu hastig:

»Nein, nein, der Tag hat gerade erst begonnen, warum sollte ich nach Hause wollen?«

»Um Euch vor mir zu schützen!«

Sie blieb abrupt auf den Stufen stehen, als der Lakai ihnen gerade den Schlag aufhielt. Sie verlor sich in seinem Blick, wog den Ernst seiner Aussage ab. Er schien bewegt, aber sie war es noch viel mehr.

»Sollte ich das, Messire?«, fragte sie endlich, als er sie bereits mit einer Geste einlud, in die Kalesche zu steigen, um den Weg frei zu machen.

La Palice ließ den Lakai die Türe hinter sich schließen, seinen Platz wieder einnehmen und die Pferde einige Meter anziehen. Das Gespann kam wieder zum Stehen, wartete auf seinen Befehl. Jacques schien von heftigen widersprüchlichen Gefühlen gepeinigt zu werden. Er nahm ihre Hände. Sie saßen einander gegenüber in der Dunkelheit der Kalesche, deren lederne Vorhänge hinuntergelassen waren, um sie vor der Kälte zu schützen. Isabeau war nicht beunruhigt. Sie hatte den Instinkt einer Wölfin, sie wusste, dass er nicht gelogen hatte.

»Ich muss Euch gestehen, Isabelle, auf mir lastet nicht zu Unrecht der Ruf, der mir vorauseilt. Ich bin ein Libertin und ich kann nicht verleugnen, wie sehr ich die Frauen und die Liebe vergöttere. Ohne Zweifel fast ebenso wie den Krieg. Es ist wie eine Art Spiel für mich. Meine Absicht war, ich muss es zugeben, Euch zu verführen, um Euch anschließend in jenen Laken ins Verderben zu stürzen, in denen ich bereits viele Male das Unmögliche versprochen habe. Anschließend wäre ich fortgegangen und Ihr hättet mich vergessen, oder auch nicht. Wie viele andere vor Euch, hättet Ihr mich zunächst geliebt, dann verflucht.«

Isabeau hatte den Eindruck, diese Worte kosteten ihn große Anstrengung, und doch schien ihr alles so natürlich. Sie wusste es und hatte es sogar erwartet, dass er sie zu sich mitnehmen würde. Sie wusste nicht, ob sie dazu das Verlangen verspürte. Sie hatte sich ganz einfach gesagt, dass sie dies im gegebenen Moment abwägen würde. Sie wusste, sie fühlte, dass er sie nicht mit Gewalt nehmen würde. Sie wollte sich ganz einfach nur die Chance geben, andere Gefühle kennen zu lernen als jenes Grauen, das ihre Sinne in Erinnerung zurückbehalten hatten.

»Er ist ein erfahrener Mann«, hatte Rudégonde versichert, »keine Frau, ich selber an erster Stelle, hat jemals größeres Entzücken erfahren als in seinen Armen.«

Isabeau ermutigte ihn jedoch, fortzufahren:

»Sprecht weiter, Messire.«

»Die Wahrheit ist, dass ich Euch nicht anders als die restlichen Frauen sehen wollte. Aber Ihr seid es, Isabelle! Ich wüsste nicht zu sagen, durch welches Wunder, aber Ihr seid es. Würde ich Euch in meinen Armen halten, stolz darauf, Euch erobert zu haben, würde ich mich verfluchen, dies alles eingefädelt zu haben. Wir werden nicht zu mir gehen. Nicht, weil ich es nicht wünschte, sondern weil ich Euch liebe und dies beweisen möchte. Das ist alles.«

Seine Hände waren feucht, sie spürte, dass er sich unwohl fühlte. Sie jedoch nicht. Im Gegenteil.

»Eure Offenheit macht Euch alle Ehre, Messire. Umso mehr, als ich Euer Geständnis ernst nehme. Ich müsste lügen, würde ich nicht zugeben, dass ich Euch dieselben Empfindungen entgegenbringe. Nun ist es an mir, Euch etwas zu gestehen. Möge es zeigen, wie groß das Vertrauen ist, das ich in Euch habe. Ich erwarte nichts von Euch und gleichzeitig doch alles. Ihr habt mich wieder zum Leben erweckt. Und dafür bin ich auf immer die Eurige.«

»Ihr habt keinen ...«

»Schweigt, Messire de La Palice. Dies ist ein überaus schwieriges Geständnis für eine Frau, und noch viel schwieriger gegenüber einem Mann, wie Ihr einer seid. Ohne diese Dunkelheit wüsste ich nicht einmal, ob ich dazu fähig wäre, Euch meine Verletzung zu beichten. Ich habe vor diesem Tag keinen anderen Mann gekannt. Ich bin am Tag meiner Hochzeit zur Witwe geworden durch jenen, der mich vergewaltigt und erniedrigt hat.«

Sie spürte, wie er vor Wut raste, und fühlte, wie er ihre Finger, die er nicht losgelassen hatte, noch fester umschloss. Sie fuhr fort, aber dieses Mal verspürte sie keinerlei Schmerz bei ihren Worten und den Bildern der Erinnerung:

»Ich habe die Liebe nur in Form von Brutalität und Schlägen eines Mannes kennen gelernt, der mich meines Glückes und meines Lebens beraubt hat. Das war vor fünfzehn Jahren. Meine Trauerzeit ist nun vorüber. Dank Euch bekam ich in den letzten Wochen das Gefühl, ich hätte meine Vergangenheit nun endlich hinter mir gelassen. Sie quält mich nicht mehr. Ihr bietet mir an, mich zu respektieren, Messire, das ist weitaus mehr, als ich zu wünschen wagte. Ich weiß nicht, ob ich heute imstande gewesen wäre, die fleischlichen Wonnen mit Euch zu kosten, aber Ihr sollt wissen, dass ich zugestimmt hätte, es zu versuchen. Denn ich liebe Euch, wie ich niemals zuvor geliebt habe.«

Sie neigte sich zu ihm und schmiegte ihr Gesicht an seine Brust. Er hielt sie so einige Sekunden an sich gedrückt und suchte dann mit seinen Lippen ihre Stirn, ließ seine Finger über ihren Hals, unter den Hermelinkragen gleiten und küsste schließlich ihren Mund mit einer Leidenschaft, die in ihnen beiden entfacht war.

Dann löste er sich ein weiteres Mal aus der Umarmung.

»Ich werde so bald als möglich zurückkehren, liebste Isabelle. Ich werde Euch die Liebe neu lehren. Ich werde Eure Grenzen akzeptieren und Ihr werdet mir die meinigen aufzeigen. Bei Gott, ich schwöre, ich werde nicht innehalten, bis ich das wieder gutgemacht habe, was dieser Wahnsinnige zerstört hat. Aber zunächst muss ich seinen Namen wissen. Wer immer es auch sein mag, er ist ein toter Mann.«

»Sorgt Euch nicht länger um ihn. Das Schicksal hat mich gerächt. Ich habe es Euch gesagt, Messire. Ab nun bin ich frei, frei, Euch zu lieben.«

Er brach in ein freudiges Lachen aus und bedeckte dann mit zarten Küssen dieses Gesicht, das im Dunkeln lächelte. Von einer plötzlichen Idee gepackt, rief er dem Lakaien munter zu:

»Zum königlichen Palast.«

Isabeau riss ihren Mund vor Überraschung weit auf:

»Aber …«

»Kennt Ihr die Königin Claude, Isabelle?«

»Nein, ich …«

»Sie ist die Gemahlin unseres Königs Franz. Sie verwaltet das Königreich, solange er weg ist und in Italien einige Fehden austrägt. Der Stadtpalast ist derzeit ein wenig trist, der gesamte Hofstaat ringt sich um den König, aber es wäre mir ein großes Vergnügen, wenn man Euch dort an meinem Arm sehen würde. Ihr werdet gewiss die Verachtung einiger meiner ehemaligen Maitressen aushalten müssen, aber das darf Euch nicht schrecken. Ich möchte Euch nicht verstecken, Ihr macht mich glücklich.«

»Ich bin mir nicht sicher, ob ich bereit bin, diese Menschen zu treffen, Messire«, wandte Isabeau ein, der dieser Einfall ein wenig Angst machte.

»An meiner Seite habt Ihr nichts zu befürchten, glaubt mir. Habt Vertrauen.«

»Einverstanden, wenn Ihr befindet, dass es richtig ist.«

»Ich kann zwischen den Zeilen lesen, Isabelle. Ich weiß, was sich hinter einer *jus primae noctis* verbirgt. Wenn Ihr an meinem Arm erscheint, wird niemand mehr nach dem Geheimnis Eurer Herkunft suchen, und Euer fehlender Adelstitel wird bedeutungslos sein, wenn ich Euch dem König so vorstelle, wie ich Euch sehe.«

Isabeau nickte schweigend. Sie war von seiner Geste gerührt, denn sie wusste ihre Bedeutung zu schätzen. Als er seine Arme zärtlich um ihre Schultern schlang, lehnte sie ihren Kopf gegen den seinen.

Ja, nun war sie sich sicher. Ihre Vergangenheit war abgeschlossen!

15

Es schien, als hielte der Winter an der Schwelle des langen Ganges, der vom Wald zum unterirdischen Saal führte, seinen Atem an. Es war eine sanfte, warme, abgeschirmte Welt, weit entfernt von der Schroffheit der anhaltenden Windböen, die Schnee oder Regen herbeitrugen.

Die Wölfe verließen nur abends ihren Unterschlupf, um sich nah an die Fährten der Rehe und Hirsche heranzuwagen. Doch kehrten sie oft mit leerem Magen zurück.

»Ich habe noch nie einen solch strengen Winter erlebt«, beteuerte Loraline. Sie war zusammen mit Cythar auf der Jagd gewesen und mit einer reichlich mageren Ausbeute von einigen toten Vögeln, die aufgefädelt an ihrem Gürtel hingen, zurückgekehrt.

Sie fand sie oft erfroren am Fuße eines Baumes, ebenso wie kleine, dürre Nagetiere, die dem Hungertod erlegen waren. Immer teilten die beiden dann ihre Mahlzeit mit den Tieren.

Philippus war entzückt von dem Schauspiel. Jeden Tag dem gleichen Ritual folgend, rief Loraline die Wölfe mit einem speziellen Ton herbei, wartete ab, bis sie sich in einem Kreis um sie geschart hatten, und teilte dann jedem seine Portion aus, ohne dass sie sich darum stritten oder einer unter ihnen mehr eingefordert hätte. Sie beherrschte das Rudel und für Philippus hatte das etwas Magisches an sich.

Sobald er sich wieder hatte bewegen können, wenn auch noch mit Hilfe einer Krücke, hatte er begonnen, den unterirdischen Saal zu ergründen, der noch weitläufiger war, als er ihm zunächst erschienen war. Zu einem einzigen Teil der Höhle hatte ihm Cythar allerdings den Zutritt versperrt, indem sie sich ihm knurrend in den Weg gestellt hatte. Und Philippus hatte sich gefügt. Im Übrigen hatte er selbst Loraline in dieses Eck noch nie vordringen sehen.

»Meine Mutter und meine Großmutter ruhen hinter diesen Steinen«, hatte sie ihm anvertraut, nachdem sie das Gebaren von Cythar bemerkt hatte. »Auch mir gestattet er es nicht, in das Totenzimmer einzutreten. Als ob sie sich als Wächter ihrer sterblichen Überreste verstehe. Ich respektiere ihren Willen. Wenn mir meine Mutter sehr fehlt, zünde ich eine Kerze an und lasse ihren Rauch in den Himmel steigen. So erreicht sie ein wenig von meiner Liebe. Halte dich von ihren Gräbern fern, Cythar würde dir nichts antun, dessen bin ich mir sicher, aber es wäre unnütz, ihr zu trotzen.«

Philippus hatte dies akzeptiert, wie auch sie es zuvor akzeptiert hatte.

Er lebte so nun bereits drei Monate, glücklicher als je zuvor. Und verliebter. Sie hatten nie wieder von der grauen Wölfin gesprochen. Sie war auch nicht wieder aufgetaucht. Was Loraline schmerzlich berührte, denn zum ersten Mal hatte sie ihr Treffen bei Vollmond versäumt. Philippus hatte sie auf seine Weise getröstet, indem er sie liebte. Und so lernten sie jeweils von dem anderen.

Seine Wunden verheilten, dank der Salben, die sie ihm auftrug, und verschiedener Gemische, die sie ihm zu trinken gab. Von Zeit zu Zeit hatte er den Eindruck, sie verfüge über ein unermessliches Wissen, im Vergleich zu seinen eigenen Kenntnissen. Das, was sie war und was sie darstellte, gab seiner Suche einen konkreten Sinn, einer Suche, deren einzige Wahrheit in der Liebe bestand.

In den ersten Tagen hatte er sich gefragt, wie die Zeit nur

vergehen würde, ohne dass er sich ständig nach dem Tageslicht sehnte oder nach all den anderen Dingen, die zuvor seinen Alltag ausgemacht hatten. Doch schon bald war er dahinter gekommen, dass ihm fünf Monde nicht ausreichen würden, um das ganze Ausmaß der wunderlichen Kenntnisse der jungen Frau zu erkennen.

Und dann kam jener Januarmorgen des Jahres 1516. Ein Morgen wie jeder andere. Philippus reckte sich wohlig auf seinem Lager, wobei er wie an jedem Tag darauf achtete, sich vorsichtig zu bewegen, um Loraline nicht zu wecken, denn er wachte immer vor ihr auf. An jenem Morgen vermisste er jedoch ihren Körper an seiner Seite. Er richtete sich auf. Cythar schlief ruhig am Fuße des Strohsackes. Philippus spitzte die Ohren. Ein entfernter, hohler Husten, dem kurz darauf ein krampfartiges Würgen folgte, hallte in der Stille wider. Loraline erbrach sich. Er erhob sich, zündete eine Fackel an und folgte dem Geräusch, das aus einem Schacht drang, der zu seiner Rechten abging. Er wusste genau, wohin er führte: zu einer Art Becken, an dessen Grund ein kleines Bächlein verlief. Sie benutzten es als Latrine. Stromaufwärts, nicht weit davon entfernt, befand sich ein zweites Becken, in dem man ein Sitzbad nehmen konnte. Es war eine dieser Kuriositäten der Natur, die Philippus vom ersten Tag an schätzen gelernt hatte. Das Wasser war zum Trinken nicht geeignet, aber als Badewasser erfüllte es wunderbar seinen Zweck und er konnte sich nur an wenige Orte erinnern, die eine solche Behaglichkeit ausströmten.

Loraline kniete gekrümmt über dem schmalen Wasserlauf, ihr Körper wurde von Krämpfen geschüttelt. Mit einer Hand hielt sie ihre langen, schwarzen Haare zurück, die Finger der anderen krallte sie in einen Stein zu ihrer Rechten, um sich abzustützen.

Philippus spürte noch immer ein Ziehen in seinem Oberschenkel und seinem Knie. Aber er hatte seine Beweglichkeit wiedergefunden, auch wenn er noch immer etwas hinkte. Als er seinen Schritt beschleunigte, um zu ihr zu eilen, durchzuckte seinen Körper ein heimtückischer, stechender Schmerz. Er versuchte ihn zu ignorieren und biss sich auf die Lippen. Philippus berührte die Schulter von Loraline, als sie sich gerade in einem erneuten Krampf über das Loch krümmte. Er wollte sich neben ihr hinknien, aber diese Art von Bewegung beherrschte sein Bein noch sehr schlecht. Er begnügte sich also damit, zu warten, bis sie ihren Atem wiedergefunden hatte, wobei er ihr über den Nacken und die Schulterblätter strich, um ihr so gut wie möglich beizustehen.

»Es ist nichts«, stammelte sie schließlich, indem sie sich aufrichtete. »Überhaupt nichts.«

Aber Philippus war besorgt. Er konnte sich noch allzu gut an das Leiden von François de Chazeron erinnern.

»Hast du irgendwelche Arzneimittel deiner Mutter probiert?«, fragte er, als sich Loraline wieder aufrichtete, nachdem sie etwas von dem sauberen und frischen Wasser herausgeschöpft hatte, um sich damit das Gesicht zu säubern.

»Nein«, antwortete sie lächelnd. »Ich fühle mich nur ein wenig müde, etwas aufgebläht, um genau zu sein. Sei unbesorgt, Liebster.«

Aber Philippus' Blick war bereits an der leichten Rundung des Bauches hängen geblieben. Jenem Bauch, der sich ihm so viele Male dargeboten und dem er so oft gehuldigt hatte. Und schnell hatte er sich alles zusammengereimt. Drei Monate, seit drei Monaten liebten sie sich in einer absoluten Unbekümmertheit. Wie töricht von ihm!

Er nahm zärtlich ihre Hände und befahl mit trockener Kehle:

»Ich muss dich untersuchen. Jetzt gleich.«

»Wirst du dir dann auch wirklich keine Sorgen mehr machen?«, fragte sie arglos.

»Ja, wenn du mir alles gesagt hast!«

»Was hätte ich vor dir zu verbergen, Philippus?«, stieß sie lachend hervor.

Ihr Gesicht nahm langsam wieder Farbe an und ihre Augen begannen schon wieder zu leuchten. Da verstand Philippus, dass sie noch nie etwas von den unumstößlichen Gesetzen des Gebärens gehört hatte. Sie ließ sich zurück in die Höhle führen und legte sich auf den Strohsack nieder. Als er ihre Schenkel auseinander spreizte, gluckste sie vor Vergnügen, aber er begnügte sich mit einem schnellen, medizinischen Griff.

»Schon fertig? Es war trotzdem sehr angenehm«, seufzte sie.

Aber Philippus stand der Sinn nicht nach Scherzen. Er setzte sich an ihre Seite, hin- und hergeworfen zwischen dem Gefühl der Freude und einer panischen Angst:

»Du bekommst ein Kind, Loraline.«

Sie öffnete den Mund, ohne dass sich ein Laut daraus gelöst hätte. Vor Überraschung war das Lächeln in ihrem Gesicht erstarrt. Eine lange Stille folgte, dann blinzelte Loraline, als ob der Traum, der sie soeben erfasst hatte, sie plötzlich wieder in die Wirklichkeit zurückholte.

»Du meinst, dass ich da in meinem Bauch einen kleinen Philippus habe?«, murmelte sie.

Er nickte. Da warf sie sich ihm an den Hals und brach in Schluchzen aus.

»Oh, Philippus, ich bin glücklich, so glücklich!«

Und als er seine Arme um sie schloss, wurde ihm plötzlich klar, dass auch er sich glücklich fühlte.

»Jetzt kann ich nicht mehr ohne dich fortgehen.«

Er hatte einige Tage gewartet, bevor er ihr seine Entscheidung mitteilte, die Zeit, die sie brauchte, um sich an die Vorstellung zu gewöhnen, ein Kind zu bekommen. Sie war wie verwandelt, lachte in einem fort, streckte ihren Bauch nach vorne, ging von einem Wolf zum anderen, um deren Pfoten darauf zu legen und ihnen zu versichern, dass sie schon bald ein Kind hätten, das sie umhegen könnten. Sie war rührend, entwaffnend, aber Philippus würde hart bleiben.

Die Situation hatte sich geändert. Er würde die graue Wölfin mit seinen eigenen Händen töten, wenn es nötig wäre. Er war zu allem bereit. Er hatte mehrere schlaflose Nächte damit verbracht, sich zu fragen, was er letztendlich nach Ablauf der vorgegebenen fünf Monate getan hätte. Nun wusste er es. Er hätte Loraline nicht verlassen. Das, was er für sie empfand, war mehr als Liebe. In ihr vereinten sich all die Momente seiner Suche nach dem Unmöglichen, Unnatürlichen, Unfassbaren. Als habe sein Leben einen undurchsichtigen Faden aus einzelnen Hinweisen gespannt, die nur ein einziges Ziel verfolgten: ihn zu ihr zu führen.

Loraline hatte vorgegeben, nichts gehört zu haben. Sie spielte weiterhin mit Cythar. Er wiederholte seinen Satz ein wenig lauter, bereit, seine Stimme noch mehr und noch mehr zu erheben, bis sie sich schließlich nicht mehr taub stellen konnte.

»Jetzt kann ich nicht mehr ohne dich fortgehen.«

Aber es hätte eines weiteren Males nicht bedürft. Sie warf den Stock, den sie in der Hand hielt, fort und forderte Cythar auf, ihn zu holen. Sie saß auf dem gestampften Boden, ihm zu Füßen wie einer ihrer Wölfe, und richtete auf Philippus ihre großen, grünen Augen, getrübt von dieser Wahrheit, der sie sich nun nicht mehr verschließen konnte.

»Wir haben darüber bereits gesprochen. Ich kann nicht.«

Er wollte ihr mit fester Stimme antworten, doch wusste er, dass ihm das nicht gelingen würde.

»Das war vorher. Bevor du unser Kind im Leibe trugst.«

Er hatte mit zärtlicher Stimme gesprochen. Er wollte sie nicht vor den Kopf stoßen. Er wollte sich gerne neben sie auf den Boden setzen, aber er konnte es nicht. Er war noch immer nicht gänzlich Herr über seine Bewegungen und ihre Geschmeidigkeit fehlte ihm auf grausame Weise. Er musste sich mit seiner unbequemen Stellung abfinden, so auf diesem Hocker und gegen den grob gehauenen Tisch gelehnt. Sie warf ihm einen überheblichen Blick zu, der ihn in Unbehagen versetzte. Aber Loraline machte sich nichts aus Anstandsregeln, so etwas war ihr völlig fremd.

»Ich bin immer noch eine Wolfsfrau. Und dieses kleine Wesen wird hier leben, Philippus.«

Sie breitete die Arme aus, indem sie mit einer Geste um sich herum, auf die Höhle und ihre Bewohner wies.

»Sie sind meine Familie und das ist mein Haus. Stelphar hat Recht. Hier ist mein Platz.«

»Nein, das ist es, was man dir glauben machen will. Aber das ist falsch. Ich bitte dich nicht darum, das alles zu verleugnen, ich liebe dich für das, was du bist, aber du verdienst es, die Welt zu sehen, ihre Schönheit, ihren Reichtum, all das, was dir fehlt.«

Sie brach in ein trauriges Lachen aus.

»Du glaubst, dass mir der Reichtum fehlt, Philippus? Und dennoch könnte ich dir, wenn ich wollte, diese Welt bieten, die dich so anzieht. In den Dingen der Liebe bin ich gewiss ein wenig einfältig, doch nicht in jenen des Hasses und der Verbitterung. In deiner Welt überwiegt die Hässlichkeit, nicht die Schönheit. Das weiß ich. Ich habe es in den Augen meiner Mutter und Großmutter gesehen. Hier bin ich in Sicherheit, mit ihnen. Bleibe! Ich könnte Stelphar überreden«, beendete sie in einem Atemzug.

Philippus spürte, wie seine Beine zu zittern begannen. An die Möglichkeit, zu bleiben, hatte er nicht gedacht. Nicht ernsthaft. Sie befanden sich in einem zeitlosen Raum, abgeschnitten von der Außenwelt. Für den Moment genügte ihm das, denn er fühlte sich noch kränklich und Loraline füllte ihn aus. Aber er wusste, dass er sich nicht mit diesem zurückgezogenen Leben begnügen würde. Außerdem gab es da auch noch seinen Vater, der für ihn wichtig war und der auf ihn zählte. All die derzeitigen und zukünftigen Kranken wären ihm dankbar für sein wertvolles Wissen. Er konnte einen großen Beitrag für die Menschheit leisten. Das wusste er. Er könnte dies Leben mit Loraline teilen, indem sie eine richtige Familie gründen und ihr einen Namen geben würden. Einen richtigen Namen in einer Welt, die sie respektieren würde, die es verstand, ihr zuzuhören, wenn sie ihr etwas von ihrem Wissen über die Anatomie der Tiere vermittelte. Er konnte das alles nicht einfach so beiseite lassen, er konnte nicht einfach auf dieses phantastische Leben verzichten, das auf sie wartete. Und auf ihre Kinder.

Er versuchte, ihr all das zu erklären, aber seine Worte schienen ihm selbst leer, wie herausgerissen aus seinem eigenen Gedankengang. Er verstand schließlich, dass seine Erklärungsversuche für sie keinerlei Inhalt besaßen. Sie erhob sich. Ihr Gesicht war zunehmend regloser geworden, je mehr er sich in haltlose Rechtfertigungen verstrickte.

»Komm mit«, sagte sie. »Ich werde dir etwas zeigen.«

Sie gingen schweigend, vom schwachen Licht der Laterne beleuchtet, die Loraline fest in der Hand hielt. Philippus respektierte ihre Schweigsamkeit, während sie in das tiefste Innere der Erde vordrangen. Ihre Schritte hallten regelmäßig auf dem felsigen Boden wider und wurden nur vom Schaben der Krallen von Cythar, der ihnen folgte, unterbrochen.

»Die Wölfe sind nicht unsterblich. Sie sind bereits alt. Was bleibt dir, wenn sie einmal nicht mehr sind?«, hatte er ungeschickt gemurmelt, während er ihrem Schritt folgte.

Als Antwort hatte sie die Zähne aufeinander gebissen und ihre Hände zu Fäusten geballt. Einen Moment lang dachte er bei sich, sie würde ihn vielleicht irgendwo zurücklassen oder einsperren, aber er verscheuchte diesen Gedanken sofort aus seinem Kopf. Er vertraute ihr, denn sie liebte ihn. Wirklich.

Eine Zeit lang roch die Luft nach scharfem Sulfid und doch hatten sie keine Mühe zu atmen; der Schmerz in seinem Bein, das er mit Hilfe einer Krücke entlastete, war nur kaum merklich. An manchen Stellen musste er den Kopf einziehen oder sich zwischen zwei Felswänden seitlich durchzwängen. Doch er hätte darauf schwören können, dass dieser unterirdische Gang, genauso wie die anderen von Montguerlhe, von Menschenhand gehauen worden war.

Schließlich endete ihr Weg in einer Sackgasse.

»Warte hier«, sagte sie mit strenger Stimme.

Er rührte sich nicht vom Fleck, hielt aber Cythar am Hals zurück, als erseiner Herrin folgen wollte. Der Wolf setzte sich und lehnte sich gegen seine Wade. Zusammen mit dem Tier würde er auf alle Fälle den Rückweg finden. Ein weiches Licht tauchte allmählich hinter einem Felsen auf, der eine Öffnung in der Wand verdeckte und den er zur Seite gleiten gehört hatte.

Endlich erschien Loraline wieder und bedeutete ihm mit einer Geste zu kommen. Er ließ Cythar los, ohne auf das Büschel Fell zu achten, das in seiner Hand zurückgeblieben war, und ging auf die Schwelle zu. Was er in diesem kleinen Zimmer vorfand, ließ ihm den Atem stocken: eine Flut von Gold. Große Tonkrüge, angefüllt mit wertvollen Münzen und Steinen, waren übereinander gestapelt. Noch nie hatte er so viel Gold gesehen. Noch nie. Auf jedem der Krüge prangte ein eingraviertes Wappen.

»Wie du sehen kannst«, erklärte Loraline mit Bitterkeit, »könnte ich mir dort draußen all das kaufen, was ich hier nicht habe. Alles, ja, außer dem Glück, das du mir schenkst.«

Ihre Stimme hatte bei diesen letzten Worten zu zittern begonnen. Er merkte, dass sie ihre Tränen zurückhielt.

Philippus hatte auf einmal Angst, dies sei die Beute eines geschickten Diebstahls, doch gleichzeitig sagte er sich, dass die junge Frau Jahrhunderte dazu gebraucht hätte, einen solchen Schatz anzusammeln.

»Erzähl mir«, forderte er sie schließlich auf, indem er aus einem Krug eine Hand voll Münzen fischte, die er durch seine Finger rieseln ließ.

»Welche Bedeutung hat das? Alles, was mir ermöglicht, dich zu verstehen und dadurch mehr zu lieben, ist von Bedeutung.«

»Das ist eine lange Geschichte, Philippus!«

Um sein verletztes Bein ein wenig auszuruhen, setzte er sich auf einen Haufen Goldmünzen, der unter seinem Gewicht nachgab. Einige Geldstücke rollten gegen die Krüge, wo sie klingend zum Liegen kamen.

Loraline lehnte sich gegen die Felswand, von der Feuchtigkeit troff. Sie kannte den Ort gut und hatte sich daher vorsorglich einen dicken, mit Pelz gefütterten Mantel über ihre Schultern geworfen, bevor sie hinabgestiegen waren.

»Als ich Kind war, habe ich des Öfteren gesehen, wie meine Mutter diesen Schacht benutzt hat, aber es war mir immer verboten, sie dabei zu begleiten. Wenn sie zurückkam, hatte sie immer einen Barren eines gelben, kalten Metalls dabei, den sie Tante Albérie übergab. Da meine Ohren alles aufschnappten, verstand ich schließlich mit der Zeit, dass der

Abt von Moutier, Antoine de Colonges, meiner Tante Geldstücke im Tausch gegen diese Barren gab. Von diesem Geld konnte sie meiner Mutter und Großmutter Nahrungsmittel besorgen, wenn der Winter besonders streng war. Er ist niemals hierher gekommen. Ich weiß, dass ein unterirdischer Gang zur Abtei führt, aber es ist mir nicht gelungen, ihn zu finden. Du wärst fassungslos über das Labyrinth, das sich in den Bergen versteckt.«

»Warum hat deine Mutter Gold gegen Geldstücke eingetauscht, wenn doch dieser Saal hier …?«

Er beendete seinen Satz nicht. Der offensichtliche Grund sprang ihm plötzlich ins Auge. Loraline griff seine Frage auf:

»Diese hier sind zu alt. Sie zu benutzen hätte die Gefahr in sich geborgen, eine Legende zum Leben zu erwecken. Hunderte von Menschen wären herbeigeeilt, um die Erde zu durchwühlen. Ich habe das erst später verstanden. Kurz bevor sie gestorben ist, hat meine Mutter mich hierher geführt und mir alles erzählt: 1369 brach Karl V. den Vertrag von Brétigny, indem er Eduard III., König von England, den gesamten Südwesten sowie einen Teil des Nordens von Frankreich überließ. Der Hundertjährige Krieg fegte über das Land und der König von Frankreich nahm nach und nach alle französischen Städte ein, die dem Feind zugesprochen worden waren. Zu diesem Zeitpunkt traf der Lehnsherr von Thiers auf eine Gruppe fliehender Engländer, die hocherfreut darüber waren, ihn aufknöpfen zu können. Im Tausch gegen sein Leben bot er ihnen und ihren Familien Zuflucht in der unbezwingbaren Festung Montguerlhe. So ließen sie sich dort nieder, hatten jedoch keinerlei Vertrauen in diesen Lehnsherrn, der sie genauso gut jeden Moment an die Franzosen ausliefern konnte. Sie errichteten innerhalb des Schlosses Mauerstücke, die Gänge hinter sich bargen. Über Jahre hinweg entwickelten sie ein raffiniertes Labyrinth aus unterirdischen Gängen. Zahlreiche ihrer Landsmänner kamen herbei, um ihren Besitz dort zu verstecken oder zumindest das, was sie auf ihrer Flucht hatten retten können. Mehrere Klingenschmiede arbeiteten heimlich für sie in dem großen, unterirdischen Saal und wurden dafür reichlich entlohnt. Sie bekamen, was sie sich wünschten, und die Waffen, die sie herstellten, dienten den Engländern im unerbittlichen Krieg mit Frankreich.

Und dann kam es, wie es kommen musste. Der Lehnsherr von Thiers hatte bemerkt, dass einige namhafte Klingenschmiede Reichtum angesammelt hatten. Er versuchte, einen von ihnen zum Sprechen zu bringen, aber dieser starb unter der Folter, bevor er noch sein Geheimnis preisgeben konnte. Die anderen bekamen es mit der Angst zu tun und suchten, zusammen mit ihren Familien, Schutz unter englischer Flagge. Hermand de Montreval, eben jener Lehnsherr von Thiers, erzürnte sich darüber und verlangte von ihnen Gold im Tausch gegen sein Schweigen. Das, was er bekam, schien ihm jedoch nicht ausreichend genug. Er fand einen Komplizen und stellte sicher, dass seinen Gästen Gift verabreicht wurde. Gäste, die umso unerwünschter geworden waren, als er sich selbst zu einem Verräter der französischen Krone gemacht hatte, indem er ihnen Unterschlupf gewährte. Als kein Engländer mehr lebend in Montguerlhe aufzufinden war, stellte er das ganze Schloss auf den Kopf, doch umsonst. Er war schließlich davon überzeugt, dass das gesamte Gold für die Herstellung von Schwertern verbraucht worden war. Aber auch keiner der Klingenschmiede, der seine Theorie hätte bestätigen können, war noch am Leben. Er vergrub heimlich die Leichen und zerstörte alle Dokumente, die ihn in Gefahr gebracht hätten.«

»Wenn niemand davon wusste, wie konnte dann deine Familie …?«, begann Philippus.

»Eine Frau, eine Wäscherin, arbeitete im Schloss Montguerlhe. Sie wollte einen Stapel Bettlaken in einer kleinen Kammer verstauen und überraschte dabei einen Mann, wie er sich gerade in einen der Gänge zwängte. Der Zufall wollte es, dass sie in jener traurigen Nacht nicht auf Montguerlhe war, sondern am Bett ihrer kranken Mutter wachte. Zwei Tage später erfuhr sie, dass im Schloss eine Epidemie ausgebrochen war. Erschrocken lief sie zum Abt von Moutier, damit er sie untersuche. Doch stattdessen stellte er ihr zahlreiche Fragen und nahm ihr das Versprechen ab, niemandem jemals davon zu erzählen, dass sie auf Montguerlhe gearbeitet habe. Sie begriff, dass sich etwas Schreckliches zugetragen haben musste, und um nicht mit dieser Sache in Verbindung gebracht zu werden, versicherte sie, dass sie nichts über das Treiben der Gäste wusste. Diese Frau war meine Urahnin. Einige Zeit später verbreitete sich das Gerücht, dass alle an dieser seltsamen Krankheit gestorben waren, und viele Monate lang hallten auf Montguerlhe die Schritte jener wider, die verzweifelt nach dem Gold suchten. Im Jahr darauf ließ sie sich von dem neuen Verwalter im Schloss anstellen und konnte unauffällig den ihr bekannten Mechanismus betätigen. Und nach zahllosen Nachforschungen entdeckte meine Urahnin dann schließlich den Schatz. In allen Legenden steckt ein wahrer Kern, Philippus. Aber dieses Gold gehört genauso wie die Wölfe den Bergen. Könntest du mir zusichern, dass ich in deiner Welt Platz hätte, der wichtiger wäre als meiner hier?«

»Gold ist zu nichts nütze, wenn man es nicht ausgeben kann!«, entgegnete Philippus, um die Frage zu umgehen.

»Ich habe hier alles, was ich mir wünsche. Bevor ich dich kennen lernte, war in mir eine große Leere; wenn du dich dazu entschließt, zu gehen, wird das Kind diese Lücke ausfüllen.«

»Mir bleiben zwei Monate, dich zu überzeugen, denn was immer auch du darüber denkst, Loraline de Chazeron«, sie zuckte zusammen, »ich denke, das, was dir weiterhin, nach mir, für dein Kind fehlen wird, ist ein Name. Jenen seines Vaters, jenen, den ich euch beiden neben meinem Titel geben könnte, wenn ich auch arm bin. Und die Liebe, die ich dir entgegenbringe, hat in meinen Augen weit mehr Wert als all die falschen Gründe, die verhindern sollen, dass du die Welt da draußen kennen lernst.«

Einen Augenblick lang glaubte er, sie würde in Schluchzen ausbrechen, aber es geschah nichts dergleichen. Ihr Blick wurde hart in Erinnerung an die Verletzung, die er wissentlich aufgebrochen hatte. Dann entspannte sich ihr Gesicht und ihr Lächeln erschien wieder:

»Abgemacht«, sagte sie, »wir haben beide zwei Monde, um über unser Schicksal zu entscheiden. Stelphar wird dich dann an die Tore der Stadt begleiten und du reist nach Hause, um deine Angelegenheiten zu regeln. Dann kommst du zurück und hilfst mir dabei, das Kind auf die Welt zu bringen. Danach reden wir erneut über all das. Unsere Entscheidungen werden sich während dieser Zeit gefestigt haben. Bist du damit einverstanden, Philippus?«

»Ich bin einverstanden.«

Sie neigte sich zu ihm hinüber, wobei sie einige Geldstücke ins Rollen brachte, und hielt ihm ihre Lippen zum Kuss hin. Betört von ihrem natürlichen Moschusgeruch, umschlang er sie, um sie an sich zu ziehen. Der Geldberg unter ihm kam ins Rutschen und beide stürzten ineinander geschlungen nach hinten, rollten gegen einen Tonkrug, der daraufhin umfiel und seinen schimmernden Inhalt über sie ergoss. Lange blieben sie so verschlungen liegen und lachten schallend, befreiten sich so mit einem Mal von dieser flüchtigen Angst vor dem Unbekannten, das sie an den Scheidepunkt führte.

»Ich liebe dich, Loraline«, sagte Philippus schließlich, indem er ihre langen Haare zersauste, die von Geldstücken bedeckt waren.

»Ich liebe dich auch. Auf dass du mich niemals vergessen mögest!«

In weiter Ferne, in der kleinen Stadt Saint-Rémy-de-Provence, suchte Michel de Nostre-Dame, nervös auf seinen Lippen kauend, das Geburtshoroskop seines Freundes ab, das er vor sich ausgebreitet hatte. Er konnte noch so oft von vorne anfangen, seit Monaten tauchte das gleiche flüchtige Bild vor seinen Augen auf: das seines Freundes, heulend zwischen Wölfen, eingeschlossen in einem Wald aus Flammen.

16

»Erzähl mir von deiner Mutter …«, hatte Philippus sie aufgefordert. Ihm war auf einmal bewusst geworden, dass sie es war, welche die Seele der Höhle ausmachte, der Grund, warum Loraline an diesem Ort so tief verwurzelt war. Während der vergangenen fünf Monde hatte er nicht wirklich versucht, Isabeau kennen zu lernen, und plötzlich war ihm dies unerlässlich erschienen.

»Mein Bild von ihr hat sich im Laufe meines Heranwachsens immer wieder verändert«, hatte Loraline ihm geantwortet. »Ich erinnere mich nur wenig an körperlichen Kontakt mit ihr. Erst später habe ich erfahren, dass nicht sie mich gestillt hat, sondern eine Wölfin. Eine Wölfin, die kurz zuvor Junge bekommen hatte. Tatsächlich sind Cythar und ich nur einige Stunden nacheinander auf die Welt gekommen, was gewiss der Grund dafür ist, das wir uns einander so nah fühlen. Wir sind mit derselben Milch aufgewachsen, schliefen aneinander geschmiegt. Ich bin mit ihm aufgewachsen, in seiner Geborgenheit groß geworden. Während dieser Zeit weinte meine Mutter sehr oft, ich habe flüchtige Erinnerungen an eine zusammengekrümmte Frau mit zersausten Haaren, die ihre Tage damit verbrachte, sich zu waschen und ihren Körper mit Schaum abzureiben. Manchmal bis sie blutete. Meine Urgroßmutter kümmerte sich um mich. Sie lebte mit uns zusammen und ich kenne die Wärme ihrer Arme besser als die meiner Mutter.

Dann begann Mutter nach und nach mit mir zu sprechen, meistens in einem harten Ton, aber ich hatte den Eindruck, dass sie zumindest von mir Kenntnis genommen hatte. Ich lief mit ihr und unserer Großmutter gemeinsam durch die Wälder, um Beeren, Heilkräuter und Pilze zu sammeln. Sie warnte mich vor den giftigen. Wenn ich mich verletzte und weinte, kam sie schnell herbeigeeilt. War die Wunde nur oberflächlich, ließ sie von mir ab, indem sie sich über mich lustig machte und mir sagte, ich solle lernen, im Stillen zu leiden.

Allerdings erinnere ich mich genau an ein Erlebnis, als ich etwa vier oder fünf Jahre alt war. Ich war in einem Dornengestrüpp hängen geblieben und hatte mir beim Sturz das Bein gebrochen. Sie hörte mich aufheulen. Ich konnte mich nicht aufrichten. Ihr Gesicht war aschfahl. Sie lief um mich herum und schlug dabei immer wieder die Hände vor ihr Gesicht. Dann beruhigte sie sich, hob mich auf ihre Arme und trug mich zurück zur Höhle. Ich glaube, dies war der Moment, in dem sie sich veränderte. Ich hörte auf zu weinen. Ich hatte meine Arme um ihren Hals geschlungen und konnte ihr Herz wie eine Trommel in ihrer Brust schlagen hören. Großmutter war nicht da. Schweigend versorgte sie mich. Ich verspürte Schmerzen, als sie meine Knochen wieder an ihren richtigen Platz brachte, aber ich war wie eingeschläfert von ihrer Wärme, diesem Versuch der Zärtlichkeit. Ich schrie nicht.

›Gut so, meine Tochter, du bist wirklich tapfer‹, sagte sie, wobei sie traurig lächelte. Es war das erste Mal, dass sie mich ›meine Tochter‹ nannte.

Ich war noch zu klein, um zu verstehen, was sich in ihrem Kopf und ihrem Leben abgespielt hatte. Meine ganze Welt bestand im Wesentlichen nur aus diesem Saal. Ich wusste nichts von draußen, noch viel weniger, dass es andere Menschen, andere Lebensarten gab. Und dennoch hatte sich etwas verändert. Mutter stieß mich nicht mehr zurück, wenn ich auf ihren Schoß kroch oder ihre Hand ergriff. Das geschah alles nach und nach. Ich glaube, ich habe sie im Laufe von Monaten gezähmt. Sie lächelte öfters und manchmal brach sie sogar zusammen mit Großmutter in Gelächter aus.

Eines Tages bin ich ihr in ein anderes Zimmer nachgefolgt, obwohl sie mir das verboten hatte. Der Anblick, der sich mir bot, ließ mich erstarren. Ich schrie, als ich den Raum betrat. Ich hatte vorher noch nie eine Leiche gesehen. Es war die eines kleinen Jungen: ein erbärmlich zerfleddertes Etwas. Mutter tauchte auf, ein Messer in der Hand. Sie war über und über mit Blut verschmiert. Ich wich zurück und stieß dabei gegen meine Großmutter. Noch einmal schrie ich, aber ihre Stimme beruhigte mich, während sie mich in die Arme schloss. Mutter kam auf mich zu, nachdem sie das Messer neben den Toten auf den Tisch gelegt hatte.

›Ich habe ihn in den Bergen gefunden‹, sagte sie. ›Aber weder die Wölfe noch ich haben ihn so zugerichtet, Loraline. Ich will nicht länger, dass du allein spazieren gehst, hörst du? Es gibt eine Art Teufel in den oberen Welten, einen sehr bösen Mann. Er war es, der den Jungen getötet und in Stücke gerissen hat. Wenn er erfährt, dass es dich gibt, wird er auch dich töten. Und nun komm, du brauchst keine Angst vor den Toten zu haben. Sie lehren uns viele Dinge, die den Lebenden helfen.‹

Als Mutter mit ihrer blutigen Hand die meinige ergriff, zog ich sie nicht zurück. Sie nahm erneut das Messer und öffnete die leblose Brust. Als sie dem aufgeschlitzten Körper ein Organ nach dem anderen entnahm, wich ich ein wenig zurück, aber ich hatte keine Angst mehr. Sie schien von ihren Entdeckungen abwechselnd überrascht und verwundert zu sein. Schließlich schlief ich in einer Ecke des Zimmers ein.

Am nächsten Morgen wachte ich auf meinem Strohsack auf. Meine Mutter weinte an der Brust von Großmutter.

›Er wird dafür bezahlen, Isabeau, glaube mir. François de Chazeron wird dafür bezahlen.‹

Zum ersten Mal hörte ich diesen Namen, aber ich verstand sofort, dass er das Monster der oberen Welten war. Niemals hätte ich in diesem Moment geahnt, dass er auch mein Vater ist.

Mutter verbrachte Tage über diesem toten Körper, schrieb ihre Entdeckungen auf Pergament nieder, denen sie Skizzen beifügte. Ich hatte bereits ähnliche Zeichnungen in einem Heft gesehen, das von Hanfbändern zusammengehalten wurde. Mutter hatte auf der ersten Seite einen Wolf gemalt. Großmutter erklärte mir, dass der Körper der Mutter von Cythar der erste gewesen sei, den Mutter geöffnet und untersucht hatte. Sie wollte die Wölfe verstehen, um sie heilen zu können, wenn sie krank oder verletzt waren. Dank dieses Wissens hatte sie auch mein gebrochenes Bein versorgen können. Ich war sehr stolz auf sie. In darauf folgenden Jahren fertigte sie immer wieder Skizzen von Blumen und Pflanzen an und stellte verschiedenste Arten von Salben und Mixturen her.

Eines Morgens brachte Großmutter Tante Albérie mit. Mutter und sie hielten sich lange in den Armen. Dann sprachen sie sehr leise miteinander, aber ich konnte mehrere Male den Namen François de Chazeron heraushören. Albérie sagte, dass Huc de la Faye sie beschützen würde. Das beruhigte mich. Wenn sich jemand gegen das Monster zur Wehr setzte, dann hätte ich nichts zu befürchten. Tante Albérie kam uns oft besuchen. Mutter lachte viel. Manchmal zog sie mich an sich und spielte mit mir und den Wölfen gemeinsam. Tante Albérie schaute sie dann immer mit ernster Miene an.

Dann starb Großmutter und Mutter schloss das Totenzimmer. Sie und Albérie schluchzten lange Zeit. Ich nicht. ›Du brauchst keine Angst vor den Toten zu haben‹, hatte Mutter gesagt, also hatte ich auch keine Angst. Trauer entsteht erst mit dem Gedanken, dass eine Person nie wieder zurückkehrt. Aber für mich hatte Sterben noch keine Bedeutung. Wenn Großmutter mir fehlte, fragte ich, wann sie wieder zurückkäme. Tante Albérie erklärte mit einige Monate später alles. In diesem Moment begann ich, den Schmerz zu fühlen.

Damals veränderte sich Mutter ein weiteres Mal. Tante Albérie weinte viel bei jedem ihrer Besuche und hatte violette Ringe unter den Augen. Eines Tages fragte ich sie, ob das Monster der oberen Welten ihr auch etwas zu Leide getan habe. Ihr Blick wurde hart und sie forderte mich auf, meine Haare hochzuhalten. Sie fuhr mit ihren Fingern über das Fellbüschel, das sich dort gebildet hatte, und fing an höhnisch zu lachen, bevor sie mir antwortete:

›Das Monster ist in mir, Loraline, in uns!‹

Ich wich zurück und rannte fort, um mich zu verstecken. Mutter fuhr ihre Schwester wütend an:

›Niemals, hörst du! Niemals vor der Kleinen!‹

›Eines Tages muss sie sowieso erfahren, wer sie ist‹, antwortete Tante Albérie.

Ich hielt mir meine Ohren zu. Plötzlich überkam mich eine furchtbare Angst, ohne dass ich mir erklären konnte, wovor. Als hätte ich eine grauenhafte Vorahnung. Da schritt Cythar ein und stellte sich knurrend und winselnd zwischen sie. Sie verstummten und drehten sich zu mir herüber. Verängstigt hatte ich hinter einem Felsen Zuflucht gesucht. Mutter kam auf mich zu, nahm mir die Hände von den Ohren und beruhigte mich:

›Tante Albérie ist etwas eigenartig‹, murmelte sie, ›aber sie würde dir niemals etwas zu Leide tun.‹

Zu jener Zeit begannen auch Stelphars Besuche. Mutter

sagte mir, dass sie nun in jeder Vollmondnacht kommen und über uns wachen würde, so hätten wir nichts zu fürchten.

Die Zeit verging. Mutter durchstöberte weiterhin die Natur, um ihre Geheimnisse zu ergründen, als hänge ihr Leben davon ab. Sie widmete ihre ganze Zeit, ihre ganze Energie dieser Beschäftigung. Ich erfuhr, dass sie weitere Leichen in den Bergen gefunden hatte, aber sie brachte sie nicht mehr in die Höhle. Nach jeder ihrer schaurigen Entdeckungen schloss sie sich in ihr Refugium ein und verbot mir, es zu betreten. Ich hörte sie in ihren Albträumen weinen, manchmal sogar schreien. Nach und nach begriff ich, dass das Monster ihr Leid zugefügt hatte, ihr und Benoît, von dem sie im Beisein von Tante Albérie oft sprach.

In der letzten Zeit wurde sie eigenartig. Ich glaube, sie fühlte, dass sie sterben würde. Sie zog sich zurück, und wenn ich mich ihr näherte, wandte sie den Kopf ab und floh schließlich immer, um irgendwelche Arbeiten zu erledigen. Dann sprach sie eines Morgens diesen furchtbaren Satz aus, kurz bevor sie starb. Mein ganzes Leben kam ins Wanken, denn plötzlich, als ich keine Mutter mehr hatte, war das Monster der oberen Welt zu meinem Vater geworden.«

Philippus hatte sie in die Arme genommen. Ein weiteres Mal hatten sie sich innig geliebt, trotz ihres runder werdenden Bauches.

Der April hatte die ersten Knospen geöffnet und die Luft war vom Duft wilder Blumen erfüllt, die von einer frühlingshaften Wärme aus ihrem Schlaf geweckt worden waren. Der Winter schien vergessen zu sein und auf den Feldern und in den Wäldern spross erneut das Leben. Stelphar erschien in einer Vollmondnacht. Philippus wollte aufbegehren, aber Loralines Blick hielt ihn zurück. Es widerstrebte ihm, sie in ihrem Zustand alleine zu lassen.

»Tante Albérie wird sich um mich kümmern. Komm im Juni wieder und dann bringen wir das Kind auf die Welt, gemeinsam. Geh nun!«

Sie küssten sich lange, aber Loraline begleitete ihn nicht in den unterirdischen Gang. Die graue Wölfin schritt voran, Cythar bildete den Schluss. Zwischen ihnen ging Philippus und mit jedem seiner Schritte spürte er, wie er ein Stück seines Lebens hinter sich ließ.

Sie brachen hinter dem Altar einer Kirche ins Freie. Gemeinsam stiegen sie heraus. Philippus prägte sich den Namen, der auf dem steinernen Giebeldreieck geschrieben stand, genau ein: Saint-Jehan-du-Passet. Die Kirche lag auf einer Anhöhe. Im Mondlicht erkannte er einen Maulesel, der an einem Baum festgebunden war und auf ihn wartete. Ledertaschen hingen auf beiden Seiten seines Rückens herab. In einer der beiden fand er Nahrungsmittel, in der anderen Gold. Er wandte sich der großen, grauen Wölfin zu und blickte ihr fest in die Augen:

»Ich glaube nicht an Werwölfe, Stelphar, und doch weiß ich, wer du bist. Allein der Tod wird mich davon abhalten, zurückzukommen, um meine Frau und mein Kind zu holen.«

Er entfernte eine der Ledertaschen und warf sie der reglos dastehenden Wölfin vor die Füße:

»Heute Abend werde ich wegen dir der ärmste aller Pilger sein und alles Gold der Welt könnte daran nichts ändern. Wir werden uns sehr bald wiedersehen.«

Er stieg auf den Esel und trieb ihn an, ohne sich noch einmal umzudrehen. Er hörte noch, wie das Heulen von Cythar ihn begleitete. Wie Philippus, weinte auch er.

Philippus gönnte sich kaum eine Rast. Sein Bein schmerzte am Abend, wenn er sich niederlegte. Da er das Gold nicht behalten hatte, vermied er die Herbergen und hielt nur an den Hospizen an, wo er sich als ein Pilger ausgab, auf dem Rückweg von Compostela. Sein Bart und seine Haare waren gesprossen, so dass er einem etwas wunderlichen Eremiten glich, dem die christliche Nächstenliebe nichts verwehren konnte.

Es drängte ihn, so schnell als möglich zu seiner Familie in die Schweiz zurückzukehren. Er wusste nicht, ob sein Vater von seinem Verschwinden unterrichtet worden war, und er sorgte sich plötzlich darum, ob er wohl gesund, ob er nicht zu sehr beunruhigt sei. Er sorgte sich um ihn, um zu vermeiden, sich um sie zu sorgen. Er redete sich ein, dass er alles regeln würde, damit sie sich niederlassen könnten. Um ihr ein Nest zu schaffen, in dem das Kind voller Glückseligkeit aufwuchs. Diese Gewissheit vertrieb seine Melancholie, ja erfüllte ihn in bestimmten Momenten sogar mit Glück; selbst wenn sich seine Finger am Morgen, beim Erwachen, verzweifelt im Leeren festkrallten und sein Körper noch immer erfüllt war von der Sinnenlust vergangener Umarmungen.

Isabeau zitterte. Von Kopf bis Fuß. Intervallartig. Eine Folge von Schauern. Unkontrollierbar und ärgerlich.

Dabei hatte sie sich darauf vorbereitet. Hatte jeden einzelnen Tag gezählt, seit Jacques fortgegangen war. Hatte seine Briefe verschlungen.

Messire de La Palice erzählte ihr viel vom Hofe und vom König, dem er nahe stand. Er erzählte ihr von seiner Reise, dem Wiedersehen zwischen Franz, seiner Gemahlin und seiner Mutter, von der Stadt Marseille, in der sie einige Tage verweilten und in der sie mit einer ausgiebigen Orangenschlacht empfangen wurden, an der Franz und sein Hofstaat mit Begeisterung teilgenommen hatten. Dann hatten sie die Galeerenflotte besichtigt, bevor sie überrascht ein seltsames Tier mit einem Horn auf der Stirn bestaunten, dessen Rücken von einem dicken Panzer, wie ihn Schildkröten tragen, bedeckt war und das man *Rhenoceron* nannte. Das Tier, ein Geschenk Manuels von Portugal für Papst Leo X., machte Zwischenhalt in Marseille, um schließlich nach Rom weitertransportiert zu werden.

Isabeau saugte jeden einzelnen Buchstaben in sich auf. Sie las ihren Freundinnen einige Passagen vor, ausgenommen jener, in denen Jacques sie mit Huldigungen überschüttete und ihr versicherte, dass er sich in Liebe nach ihr verzehre wie nach keiner anderen Frau je zuvor. Sie hatte erlebt, wie sie ihm von Tag zu Tag näher gekommen war, ohne dabei jedoch ihre Arbeit zu vernachlässigen, der sie mit größtem Einsatz und zur vollsten Zufriedenheit Rudégondes nachgekommen war; ebenso wenig vernachlässigte sie ihre Freunde, um die sie sich sorgte und deren Zuneigung für sie Geborgenheit und Ruhe bedeutete.

In dieser Atmosphäre war es ihr schließlich gelungen, sich leicht und gelöst zu fühlen. Sie hatte sich wieder so weit gefestigt, dass sie sogar auf die Kammer in Notre-Dame verzichtete, um eine kleine Wohnung direkt neben dem Laden, in der Rue de la Lingerie anzumieten. Bertille hatte darauf bestanden, weiterhin in ihren Diensten zu stehen, und Isabeau entlohnte sie dafür reichlich. Das Gold, das sie von Montguerlhe mitgebracht hatte, garantierte ihr über ihr Gehalt hinaus ein gutes Auskommen. Sie hatte vorgegeben, dies Geld von ihrer Witwenschaft zurückbehalten zu haben. La Palice hatte eine königliche Sondergenehmigung für sie erreicht, damit sie in Zukunft als Gewandschneiderin arbeiten konnte. Da sie ausnahmslos Sympathien weckte, hätte niemand auch nur erahnen können, dass sich hinter dieser liebenswürdigen Dame ein Naturkind verbarg, das fünfzehn Jahre lang zwischen Wölfen ihr Leben verbracht hatte.

Die Tür des Ladens wurde mit Schwung aufgerissen und

ein frühlingshafter Wind drang ins Innere. Jacques de Chabannes erschien mit munterer Miene auf der Schwelle. Isabeau fühlte, wie sie dahinschmolz. Sie machte vor ihm einen Knicks, aus dem sie, seine dargebotene Hand fassend, sich wieder erhob. Mit lustvollem Mund und brennendem Blick wisperte er über ihre Handfläche:

»Eure Abwesenheit, Madame, war mir ein andauernder und tiefer Schmerz. Das Leben schien aus meinem Körper gewichen zu sein. Und so bin ich, des Sterbens müde, nun zurückgekehrt.«

Sie wäre ihm gerne um den Hals gefallen, hielt sich jedoch zurück; mit den schöneren Tagen besuchten auch die Kunden wieder regelmäßiger den Laden und im Augenblick waren zwei hübsche Frauen zugegen. La Palice grüßte sie höflich. Isabeau spürte, wie sie über sein geringes Interesse ihnen gegenüber verärgert waren, und ihr Stolz wurde geweckt. Gehörten sie etwa auch zu seinen zahlreichen, früheren Geliebten? Würde sie nicht vielleicht Gefahr laufen, wenn sie ihren Gefühlen nachgab, irgendwann einen ähnlichen Platz wie sie einzunehmen, wo sie doch gerade dabei war, erneut die Lust am Lieben zu entdecken? Diese Frauen hier waren verheiratet, es gehörte zum guten Ton, einen Geliebten zu haben. Im Übrigen wusste ganz Paris um das Naturell des Königs, der die ausschweifendste Form der Libertinage tolerierte, um sein eigenes Verhalten dadurch zu rechtfertigen.

Isabeau war Witwe, was ihr einen gewissen Respekt einbrachte. Sogar weitaus mehr, als man Madame Rudégonde entgegenbrachte, die von vielen als Kurtisane bezeichnet wurde, auch wenn man sich bei ihr einkleiden ging. Aber würde sie mit der Situation zurechtkommen, ihren Rang zu verlieren und ein weiteres Mal verlassen zu werden?

Zu Hause angekommen, nachdem sie einem Rendezvous für den nächsten Tag zugestimmt hatte, waren ihre Erinnerungen erneut zurückgekehrt. Und mit ihnen die Fragen und die Zweifel. Bertille rieb ihr den Rücken ab, während sie versuchte, ihr Zittern mit Hilfe eines Bades aus Melisse und Minze zu vertreiben.

»Was mich betrifft, so glaube ich, dass du Angst hast, Isa«, bestätigte die Zwergin, die bereits seit langem die ganze Wahrheit über ihre Vergangenheit wusste. »Morgen wirst du dich in seiner Bettstatt wiederfinden und das erschreckt dich, weil du nicht weißt, wie du auf seine Zärtlichkeiten reagieren wirst. Aber du brauchst die Liebe nicht fürchten, Isa! Er liebt dich, ich habe es in seinen Augen gesehen. Zudem hat Lilvia aus der Asche deine Zukunft gelesen. Ihr werdet gemeinsam glücklich sein, bis der Tod euch scheidet.«

»Eben, Bertille. Wann wird der Tod mir ein weiteres Mal den Mann nehmen, den ich liebe?«

»Lilvia weiß es nicht, aber sie sieht dich an seiner Seite altern. Das muss dir genügen, um dich zu beruhigen. Einmal müssen wir alle gehen, Isa. Man darf nicht vergessen zu leben aus Angst vor dem Sterben oder aus Furcht, das zu verlieren, was man liebt. Das ist dumm, und du bist nicht dumm.«

»Du hast Recht, Bertille, tausendmal Recht. Er ist so zuvorkommend, so aufmerksam.«

»Dann spiel kein falsches Spiel mit ihm.«

Bertille war gerade dabei, sie abzutrocknen, als dumpfe Stöße von der Eingangstür widerhallten.

»Was gibt es denn zu dieser späten Stunde«, empörte sich Bertille und stieg die Holztreppe hinab ins Erdgeschoss, indem sie immer vier Stufen auf einmal nahm.

Isabeau, bereits gelassener, rieb gerade ihre Arme, auf denen zarte Tröpfchen hinabrannen, fertig trocken, als Bertille erneut erschien, schweißgebadet vom Treppensteigen. Sie war in heller Aufregung und knetete ihre Hände.

»Das Kind«, stieß sie zitternd hervor, »es kommt, es kommt, ich muss hingehen. Lilvia erwartet mich.«

Isabeau spürte, wie ihr Herz einen Sprung machte und sich all ihre Befürchtungen in Luft auflösten. Lilvia würde ein Kind bekommen!

»Hilf mir, mich anzukleiden«, rief sie fröhlich aus. »Ich begleite dich.«

Einen Augenblick später eilten sie die Rue de la Lingerie entlang, um den *Cour des Miracles* zu erreichen. Croquemitaine lief im unterirdischen Saal der Kirche im Kreis herum, seine Fingernägel bereits bis aufs Fleisch abgenagt. Isabeau stand Lilvia die ganze Nacht über hilfreich zur Seite. Sie wandte ihr gesamtes Wissen an, um durch gezielte Massagen und Salben, die sie speziell für diese Gelegenheit angefertigt hatte, ihre Schmerzen zu lindern. Bertille fasste die Hand der Zigeunerin und litt im selben Moment wie sie. Es schien, als würden sie gemeinsam gebären. Am Morgen, als das Kind schrie, küssten sich die beiden Mütter und schlossen sich zärtlich in die Arme. Es war ein gesunder Junge, den Kopf bereits von Haaren bedeckt und von normaler Körpergröße. Sie einigten sich auf den Namen François-Constant.

Als man Croquemitaine erlaubte, das Zimmer zu betreten, das lange Zeit von Schreien erfüllt gewesen war, weinte er. Und Isabeau spürte schmerzvoll, wie sehr sie dieses Glück eines Vaters vermisst hatte, der zum ersten Mal sein Kind in den Armen hält.

Im Laufe des Vormittags verließ Isabeau sie, nachdem sie versprochen hatte, schon am nächsten Tag für die Taufe des Kleinen, dessen Patin sie war, wieder zurückzukommen. Am heutigen Tage hatte sie einige Dinge zu erledigen. Die Geburt dieses Kindes hatte ihre letzten Zweifel, ihre letzten Ängste vertrieben. Es war nicht zu spät, um noch einmal neu zu beginnen. Ganz von vorne. Auch mit ihrer Rolle als Mutter.

Als die Kalesche von Jacques de Chabannes am Abend des 13. Aprils 1516 vor ihrer Tür hielt, war sie bereit, herausgeputzt, frisiert und frisch parfümiert. Jacques küsste sie leidenschaftlich und sie erwiderte diesen Kuss mit derselben Inbrunst.

»Ich habe Euch vermisst, Messire«, flüsterte sie auf seine Lippen.

»Ich liebe Euch, Isabelle«, antwortete er in einem Hauch.

Er umschlang sie zärtlich, indem er sie an sich zog, und Isabeau konnte an ihrem Bauch das Ausmaß seiner Begierde erahnen.

»Erinnert Ihr Euch an das Gespräch, das wir vor Eurer Abreise hatten?«, wisperte sie dicht an seinem Ohr.

»Ich erinnere mich …«

»Ich glaube, ich war noch nie so bereit …«

»Seid Ihr Euch dessen tatsächlich gewiss? Ich gebe Euch alle Zeit, die Ihr benötigt!«

»Schickt Euren Wagen zurück, Messire, man wird uns bei mir nicht stören.«

Er schob sie von sich, maß ihr Lächeln und ihre Entschlusskraft und ging dann für einige Sekunden hinaus, um seinen Lakaien zu entlassen. Als er wieder bei ihr war, verschloss Isabeau den Riegel hinter ihm.

»Nun seid Ihr mein Gefangener, Messire«, beteuerte sie scherzend.

»Lebenslänglich. Möge Gott mich niemals in einen schrecklicheren Kerker sperren.«

Er zog sie erneut an sich.

»Ihr zittert.«

»Ihr werdet dies letzte Aufbäumen der Furcht zu besiegen wissen.«

»Um der Liebe willen, die ich für Euch empfinde, werde ich jeden Feind besiegen, der versuchen wird, Euch von Eurem Glück abzuhalten.«

»Dann entdeckt mich neu«, murmelte sie, als sie seinen Mund in ihrem Nacken spürte.

Er antwortete nicht, aber seine geübten Hände lockerten bereits die Schnüre, die ihr Mieder zusammenhielten, ohne dass sie bemerkt hätte, wie er sich aus der Umarmung löste. Kurz darauf stand sie nackt im dämmrigen, von dicken Vorhängen abgedämpften Licht, die sie von der Straße abgrenzten. Sie sah in seinem Blick, dass sie schön war, und während er sie so in seinen Armen die Treppe zu ihrem Zimmer hinauftrug, fühlte sie sich erneut zum Leben erweckt, als habe Isabeau nie existiert und als bliebe von ihr nur diese neue Isa übrig. Diese Isa, die wahrhaftig und endgültig schön geworden war.

Philippus erreichte im Laufe des Monats Mai 1516 die Schweiz. Er war erfreut festzustellen, dass man sich über sein Schweigen keinerlei Sorgen gemacht hatte, denn auf beiden Seiten der Alpen hatte ein strenger Winter geherrscht. Er erfuhr vieles, was er noch nicht wusste: dass König Franz von Frankreich einen Vertrag unterzeichnet hatte, der der Schweiz in allen Frankreich betreffenden Konflikten Neutralität zusicherte, und dass die Politik der beiden Staaten ihr Handelsbündnis endgültig besiegelt hatte. Es hatte zahlreiche Kranke gegeben und man beglückwünschte ihn zu seiner Promotion. Er erzählte von seinen verschiedenen Reisen, glücklich darüber, wieder in einem richtigen Haus, vor einem prasselnden Feuer zu sitzen und sich der köstlichen Küche der Magd unter dem wohlwollenden Blick seines Vaters hingeben zu können. Dann sprach er von ihr, erzählte, dass sie die Tochter eines Klingenschmiedes aus Thiers und einer

Büglerin sei und die schönste, die liebenswerteste Frau. Dass er hoffnungslos verliebt wäre und sie heiraten wolle, denn er hatte die Kühnheit gehabt, sie zu überreden ihn zu lieben und dadurch auf schändliche Weise entehrt.

Sein Vater zuckte zurück:

»Wenn das so ist, warum begleitet sie dich dann nicht?«

»Ich habe sie in den Händen ihrer sorgenden Familie zurückgelassen, um alles Nötige zu regeln und Euch die Neuigkeit zu überbringen. Sie ist schon in einem fortgeschrittenen Monat und wollte keine Fehlgeburt riskieren. Ich werde so schnell wie möglich wieder zurückkehren und sie dort heiraten.«

»Was bietet der Vater als Mitgift?«, fragte er.

Philippus sog tief Luft ein und blickte hinab auf seinen Teller.

»Sie ist leider Waise und sehr arm. Die einzige Mitgift wird dieses Kind sein, aber ich nehme sie so, wie sie ist, und will keine andere.«

Seufzend fand sich der Vater damit ab und lächelte seinem Sohn zu. Das war gewiss nicht das, was er sich für ihn erhofft hatte, aber er war gerecht und großmütig. Er wusste, dass nichts von größerem Wert war als eine aufrichtige und gegenseitige Liebe.

Sie beendeten ihr Mahl in heiterer Stimmung und darüber vergaß Philippus schnell seine Lüge. Das Wesentliche waren seine Gefühle.

»Warum hast du sie nicht geheiratet, bevor du nach Hause gekommen bist?«, fragte ihn sein Vater etwas später, nachdem sie gemeinsam einen Likör getrunken hatten.

»Sie ist von edler Seele, mein Vater. Sie wollte Euer Einverständnis, aus Angst, Euch zu missfallen, und hat es hingenommen, nun den Blicken trotzen zu müssen, gegen mein Versprechen, sie zu ehelichen.«

»Das ist in der Tat ein Grund. Wenn du mir noch einen weiteren nennen willst, so sollst du wissen, dass ich bereit bin, ihn zu hören.«

Philippus schluckte. Sein Vater lächelte ihn wissend an. Dennoch versicherte er:

»Das ist der einzige, den ich kenne, mein Vater.«

»Dann bleiben wir dabei. Du sollst jedoch wissen, dass ich dir meinen Segen nicht verwehre, selbst wenn dir noch etwas einfällt, was du mir sagen willst. Gute Nacht, mein Sohn.«

»Gute Nacht, Vater.«

Philippus blieb allein mit seinen Vorsätzen zurück. Er wusste, dass er seinem Vater vertrauen konnte, aber dieses Geheimnis gehörte Loraline. Er schämte sich nicht für das, was sie war, nein, er sagte sich nur, dass sie besser leben würde, wenn niemand von ihren Verletzungen erfuhr.

In dieser Nacht schlief er schlecht. Das Bett war weich, warm und bequem. Er hatte von dieser Matratze aus dicker Wolle und dieser Bettdecke, die nach seiner Kindheit roch, zwei lange Jahre geträumt, ebenso von den Gerüchen seiner Heimatstadt und dem regelmäßigen Atem seines Hundes, der seine Rückkehr mit freudigem Gebell gefeiert hatte. Plötzlich erkannte er, dass all das keinerlei Bedeutung mehr hatte. Sein Körper hatte sich an den notdürftigen Strohsack gewöhnt, an den Geruch von trockenen Gräsern, die am Morgen auf der weichen Haut von Loraline den Duft von Heu zurückließen. Nachdem er sich hundertmal in diesem zu weichen Bett hin und her gewälzt hatte, schlief er schließlich am Boden ein, eingewickelt in eine Decke, sein Gesicht zwischen den Pfoten des alten Hundes, der nicht von seiner Seite weichen wollte.

Einen Monat arbeitete er eifrig an der Seite seines Vaters. Dieser hatte ihm einen Teil seiner Patienten abgetreten, damit er sich einen Namen machte und die Kranken sich von seinen Fähigkeiten überzeugen und seine Verdienste kundtun konnten. Er wusste, dass dies nicht ausreichen würde, dass er sich selber etwas aufbauen müsste und am Anfang nur wenige Patienten kommen würden. Aber er hatte eine große Chance: sein Vater war bekannt, gewürdigt und geschätzt.

Endlich fand er in der benachbarten Villa ein komfortables Haus. Zu seinem großen Glück gewährte man ihm ein Darlehen, mit Hilfe dessen er sich dort niederlassen konnte.

Je näher er jedoch dem Ziel kam, das er sich gesetzt hatte, desto schlechter schlief er. Die Menschenmengen in den Straßen und der Lärm verursachten ihm Kopfschmerzen, das Geschnatter der Patienten störte ihn. Er erwischte sich gegen seinen Willen dabei, dass er, sobald es möglich war, in den nahen Wald floh und auf jedes kleine Geräusch achtete, in der geheimen Hoffnung, sich von Angesicht zu Angesicht mit einem Wolf wiederzufinden. Jedes Mal, wenn er von seinem Zimmer aus ein Heulen vernahm, spitzte er die Ohren und eilte zum offenen Fenster, um die wilden Düfte der Nacht tief in seine Lungen einzuatmen. Er konnte sich, so oft er wollte, die besten Gründe der Welt aufzählen, die sein Vorhaben rechtfertigten, er konnte dennoch die unauslöschlichen Spuren nicht leugnen, die diese fünf Monate der Abgeschiedenheit in ihm zurückgelassen hatten.

Ab und an stellte er sich vor, wie Loraline die Dinge sehen und wie sie im Lärm der Stadt verzweifelt nach dem regelmäßigen Atem der Wölfe, einer Hymne auf die Stille, suchen würde. Und dieser Gedanke wollte ihm nicht mehr aus dem Sinn gehen.

»Sie wird sich daran gewöhnen, wird vergessen!«, redete er sich dann mit ganzer Kraft ein, indem er entschieden das Fenster schloss, um es sich in seinem Bett bequem zu machen. Doch je weiter die Zeit voranschritt, desto stärker verzehrte er sich nach all dem, was er zurückgewiesen hatte. Er stellte sich diese Frau, seine Frau, vor, wie sie in den Salons von mageren und leblosen Damen Tee trank, mit abwesendem Blick und voller Reue, die schließlich den ganzen Raum einnehmen würde. Und er wurde von Tag zu Tag unsicherer.

Als er befand, genug Ordnung in sein Leben gebracht zu haben, um es gemeinsam mit ihr beginnen zu können, ging er erneut auf Reisen, mit festen Vorsätzen und der geheimen Hoffnung, sie würde sich weigern, mit ihm zu gehen, und es schaffen, ihn vom Bleiben zu überzeugen. Dort unten. An ihrer Seite. In dem Wissen, dass weder sie noch er jemals an ihrem Platz wären.

17

Chazeron ist gestern nach Montguerlhe zurückgekehrt, aus Sorge um seine Gemahlin, die er bisher allein gelassen hatte. Die Geburt des Kindes steht kurz bevor, Loraline, wir müssen handeln. Noch heute«, bekräftigte Albérie, indem sie nervös mit den Fingern auf den Tisch trommelte.

»Mein Bauch ist schon so dick, Tante, ich weiß nicht, ob ich …«, log Loraline, obwohl sie wusste, dass ihre Tante nicht darauf hereinfallen würde.

»Es ist deine letzte Chance, deine Mutter zu rächen. Philippus wird bald schon zurück sein, er hat es dir versprochen und ich weiß, dass er sein Wort halten wird. Du sehnst dich nach ihm, das sehe ich wohl.«

Loraline hatte in der Tat seit Philippus fortgegangen war seine Abwesenheit nie richtig wahrhaben wollen. Gegen ihren Willen lauschte sie nach seinen Schritten, spitzte die Ohren jedes Mal, wenn Cythar die seinen aufstellte. Sie streichelte ihren runden, verheißungsvollen Bauch. Aber die viele Zeit lastete schwer auf ihr. Umso mehr, als zwei alte Wölfe kurz nach dem Winter gestorben waren. Sie hatten ihre letzten Kräfte dabei verbraucht, gegen Kälte und Nahrungsmangel anzukämpfen. Sie wusste, dass Philippus Recht hatte. Cythar war nicht unsterblich. Das Rudel, das er beschützte, kannte ihn, aber was wäre mit den anderen, die dazukämen, wenn sich die drei verbleibenden Weibchen paarten? Sie wusste nicht, ob ihr Kind dann noch immer in Sicherheit wäre. Dazu kam noch, dass sie die Wahrheit nicht verleugnen konnte. War es dieses Leben, das sie ihrem Kind wünschte? Oder jenes, von dem ihre Mutter und ihre Großmutter geträumt hatten?

»Er wird wollen, dass ich mit ihm gehe.«

»Er ist aufrichtig und großmütig. Du tätest recht daran, mit ihm zu gehen. Es ist an der Zeit, dass die Dinge wieder in Ordnung kommen, Loraline. Du hast es verdient, glücklich zu sein, und das Kind, das du im Leibe trägst, auch. Aber immer wenn du es in deinen Armen wiegst, wirst du an deine Mutter denken, an den misslungenen Versuch der Rache, an die Kinder, die François de Chazeron weiterhin opfern wird, um dadurch den Stein der Weisen zu finden. Das Schuldgefühl wird dich altern lassen. In dir wird immer ein Stück fehlen, wenn er weiterlebt. Du weißt, dass ich Recht habe. Dieses bösartige Wesen muss vernichtet werden. Erst dann wirst du wirklich frei sein.«

Loraline wandte ihren Blick ab. Ja, sie wusste das alles. Aber würde Philippus es verstehen können, sie immer noch lieben, wenn sie bis zum Äußersten gehen würde?

»Er hat dich trotz alledem geliebt, er wird dich auch weiterhin lieben, weil du das Andenken an deine Mutter nicht verraten hast«, versicherte Albérie, als habe sie Loralines Gedanken gelesen. »Antoinette hat es abgelehnt, für die Niederkunft nach Vollore zurückzukehren. Der Geburtstermin ist in einer Woche, vielleicht früher, nach dem bevorstehenden Vollmond zu urteilen. Bruder Etienne hat ihr bis dahin Bettruhe verordnet, und obgleich François in Wut ausgebrochen ist, hat sie sich seinen Anordnungen mit größter Bestimmtheit widersetzt. Er hat sich nun entschieden zu bleiben, um sich zu vergewissern, dass seine Gemahlin seinen Sohn auf die Welt bringt. Wir haben nur wenig Zeit, Loraline. Du gibst ihm zwei Dosen, eine wird nicht ausreichen, denn er dürfte bereits ein wenig unempfindlich gegen das Mittel sein. Die erste Dosis wird sein Wohlbefinden beeinträchtigen, die zweite ihm dann gnadenlos innerhalb von maximal vierundzwanzig Stunden ein Ende setzen. Antoinette wird ihr Kind auf die Welt bringen, anschließend zu ihrer Familie zurückkehren und somit wird endlich wieder Ruhe in dieser Gegend einkehren, zum Wohle aller. Du wirst mit dem Mann fortgehen, den du liebst, und dein Kind wird zweifelsohne den besten Vater der Welt haben.«

»Und du, Tante Albérie?«

»Ich werde meinen Frieden gefunden haben. Ich werde vom Geheimnis, das auf mir lastet, erlöst sein, denn du könntest mich in aller Öffentlichkeit besuchen kommen. Du wirst einen ehrenwerten Namen tragen und niemand wird daran denken, dich zu verleumden. Huc und ich werden glücklich sein. Ich werde zwar keine Nachkommen haben, aber das ist besser so.«

»Warum sagst du das? Du wärst eine gute Mutter ...«

Albérie zögerte einen Moment lang, dann antwortete sie entschieden:

»Deine Mutter hat es immer abgelehnt, dass du die Wahrheit erfährst, gewiss, um dich zu behüten. Dennoch kann ich mir kaum vorstellen, dass du niemals selbst dahinter gekommen bist. Wenn du fort bist, werde ich über die Wölfe wachen.«

Albérie fasste die schwieligen und heißen Hände ihrer Nichte. Plötzlich lag diese Last nicht länger schwer auf ihr, sie wusste, dass sie sich mit diesem Geständnis unendlich erleichtern würde.

»Ihr Blut fließt in meinen Adern, Loraline. Immer bei Vollmond.«

»Stelphar«, murmelte die junge Frau, indem sie ihre Augen weit aufriss.

»Ja, Stelphar. Wir sind eins. Und sehr lange Zeit war mir

diese Tatsache verhasst, bis mich mein Gemahl das alles vergessen lassen konnte.«

»Ich wusste es ... ich habe es immer gewusst, ohne es glauben zu können. Weil eure Augen so ähnlich waren, so außergewöhnlich. Wenn ich Montguerlhe verlasse, wird Stelphar die anderen Wölfe dann nicht auch verlassen?«

»Sie sind Teil meiner Familie, genauso wie du. Du kannst ein neues Kapitel beginnen.«

Loraline war ergriffen. Die Möglichkeit, Cythar und die anderen zu verlassen, war ihr wie eine unüberwindliche Mauer erschienen; dank dieser Offenbarung sah sie diese Mauer nun wie ein Kartenhaus in sich zusammenstürzen. Und plötzlich überkam sie ein Gedanke:

»Diese kaum menschlichen Embryonen, die Mutter aufbewahrte, waren sie ...?«

»Nein, die Vorstellung, mich mit einem Wolf zu paaren, war mir ebenso unerträglich wie der Kontakt zu einem Mann. Deine Mutter wusste jedoch, wie sehr diese Verwünschung auf meinen Schultern lastete. Sie hat sich dafür aufgeopfert, an die Quelle dieses Geheimnisses zu gelangen. Eine Frau, ganz und gar menschlich, wird von einem Wolf, in einer Vollmondnacht, geschwängert. Sieben Mal. Sie hat sich sieben Mal diesem Experiment unterzogen, bevor sie es endgültig aufgab. Keines der Embryonen war lebensfähig. Sie hat sie seziert, in ihren Gehirnen nach der Erklärung unserer Abstammung, dem Geheimnis dieser Verwandlung geforscht, immer in der Hoffnung, ein Gegenmittel zu finden. Alles was sie aus ihren Versuchen gewonnen hat, ist dieses Gift. Vielleicht trägt es den Schlüssel in sich? Diese Substanz, die von den Embryonen abgesondert wurde, konnte weder bei den Wölfen noch bei den Menschen nachgewiesen werden, die sie untersucht hat. Sie hat schließlich aufgegeben. Ohne Zweifel, weil sie endlich eine absolute Waffe gegen François de Chazeron entdeckt hatte. Natürlich dachten wir beide daran, François mit dem Gift zu töten, indem wir es ihm verabreichen. Aber wir hofften auch, vielleicht einer Verwandlung beiwohnen zu können, wenn sie auch nur teilweise stattgefunden hätte. Wir benötigten ein Versuchsobjekt, um es zu testen, um vielleicht zu begreifen: niemand war dafür besser geeignet als er. Die einzige Möglichkeit, die mir jetzt noch bleibt, ist, keine Kinder zu bekommen. Nach mir wird diese Mischrasse ausgestorben sein und das ist besser so.«

»Nein, Tante, ich werde das Werk meiner Mutter an der Seite meines Gemahls fortführen. Wir werden dieses Gift destillieren, weitere Fälle von Werwölfen auf der ganzen Welt suchen und dich retten.«

Albérie wurde von Rührung ergriffen angesichts des fiebernden Blickes ihrer Nichte.

»Heile mich von meinen Erinnerungen, damit sie mir meinen Frieden lassen. Das ist mir inzwischen zum Wichtigsten geworden.«

»In Ordnung. Diese Nacht. Ich werde diese und die darauf folgende Nacht gehen.«

»Gut.«

»Und Huc?«

»Er ist heute Morgen für eine Woche fortgegangen. François hat ihn mit einer Mission zum Herzog von Bourbon gesandt. Er hat mir nicht mehr darüber verraten, als dass François de Chazeron einen vertrauensvollen Kurier benötigte. Dieses Mal wird er uns nicht behindern. Wenn er zurückkommt, wird bereits alles vorüber sein. Niemand hat mehr in diesem Zimmer geschlafen, seit François' Krankenlager darin aufgeschlagen wurde. Man wird glauben, dass sich das Übel dort noch immer aufgehalten habe, und es ohne Zweifel für immer zumauern. So entstehen Legenden. Vielleicht wirst du sie eines Tages deinem Kind erzählen?«

Albérie strich mit ihrem Finger über die kleinen Erhebungen, die stoßweise aus der gewaltigen Rundung von Loralines Taille hervortraten. Dann kamen sie auf andere Dinge zu sprechen, etwa den Vornamen des Kindes, bis Albérie sich schließlich von ihrer Nichte verabschiedete. Sie musste zurückkehren, um das Essen vorzubereiten und unter die Suppe das passende Schlafmittel zu mischen.

Als Albérie in ihr Zimmer zurückkam, fühlte sie sich unbeschwert. Seit einigen Monaten lebte sie eine romantische Ehe an der Seite eines aufmerksamen Gemahls. Huc hatte von der Schlossherrin Abstand genommen und sie konnte aus den leidenschaftlichen Zärtlichkeiten, gegen die sie sich nun nicht mehr wehrte, herausspüren, dass er sein Abenteuer nicht vermisste. François de Chazeron konnte verschwinden, doch Huc würde weiterhin ihr Gemahl bleiben.

Albérie hatte beschlossen, das Kind von Antoinette zu verschonen. Sie sah darin eine Art Entschädigung dafür, dass sie den Mann, den sie liebte, wieder zurückbekommen hatte und den Lehnsherrn von Vollore bestrafen konnte. Die eigentliche Wahrheit, die sie sich nicht eingestehen wollte, bestand jedoch in ihrer Hoffnung, Antoinette durch die Schwangerschaft auf immer von ihrem Begehren abbringen zu können. Denn sie wusste genau, dass, selbst wenn Huc de la Faye Antoinette nicht mehr liebte, die Sache umgekehrt durchaus anders aussah.

Von ihrer Schwester erhielt sie nur gute Nachrichten, dank Antoine de Colonges, der mit Abt Boussart in engem Briefkontakt stand. Albérie hatte darauf bestanden, ihr nicht das Mindeste mitzuteilen, was das neue Glück Isabeaus stören könnte. Der Tod François de Chazerons hatte sich ganz einfach verzögert. Sobald alles vorbei wäre, würde sie ihrer Schwester von dem wundervollen Leben erzählen, das Loraline erwartete.

Alles wäre perfekt.

An diesem 30. Juni 1516 erwachte François de Chazeron mit dem Gefühl, ein unbarmherziges Maul durchwühle seinen Bauch, um ihn auszunehmen. Er erkannte diesen beißenden Schmerz sofort. Ihm blieb gerade noch Zeit, sich auf die Seite zu drehen, und schon erbrach er sich auf die Holzdielen neben seinem Bett.

Er wollte schon nach Hilfe rufen, hielt aber dann doch inne. Die wahnwitzigen Vermutungen kreisten in seinem schmerzenden Kopf. Er erinnerte sich, wie er die Stufen bis zu seinem Zimmer hinaufgestiegen war, ohne dass er ein ständiges Gähnen hatte unterdrücken können. Seine Gemahlin war bereits eingeschlafen. Ihr leerer Teller stand auf ihrem Nachttisch. Die gesamte Dienerschaft war ihm am Abend recht schläfrig vorgekommen, so dass er sich gefragt hatte, was seine Gemahlin wohl an diesem Ort noch hielte, nachdem sich Huc de la Faye doch nun für sie nicht mehr interessierte. Versuchte sie womöglich, ihn allein durch ihre Präsenz zurückzuerobern? Er hatte sich versprochen, Ordnung in die ganze Sache zu bringen, indem er sie in sein Bett zurückzitieren würde, sobald sie aus dem Wochenbett aufgestanden war. Dann war er auf sein Lager gesunken und hatte gerade noch die nötige Kraft aufgebracht, sich zu entkleiden.

All das erinnerte ihn mit einem abscheulichen Beigeschmack an bereits Erlebtes. Bis zu dieser scheußlichen Gallenflüssigkeit, die von Blut durchzogen war. Trotz des Schwindels und des Schmerzes, unter dem er sich krümmte, brachte er die Kraft auf, sich in seinem Bett aufzurichten.

Er hatte Huc mit dem Auftrag fortgeschickt, ihm das vom Herzog von Bourbon zuerkannte Darlehen abzuholen, damit die Taufe mit einer großen Festlichkeit begangen werden konnte. Des Weiteren sollte er sich noch einmal versichern, dass der König selbst an diesem Fest teilnehmen würde. Er wusste, dass Franz I. mit seinen Feldzügen in Italien sehr beschäftigt war, aber er wollte daran glauben, dass Bourbon ihn schon überreden würde. Huc konnte mit dieser ganzen Sache hier also nichts zu tun haben. Seine Gemahlin hatte über seine Rückkehr wenig erfreut gewirkt, aber ihr Zustand verbot ihr jegliche Machenschaften. Es konnte also nur diese Albérie gewesen sein. Dennoch zögerte er, sie dafür verantwortlich zu machen. Es wollte ihm nicht gelingen zu glauben, dass sie gefährlich war. Sie hätte bereits tausendmal Gelegenheit dazu gehabt, sich an ihm zu rächen; auch sie hatte nicht mehr Mut aufbringen können als ihr Gemahl. Hinzu kam, dass er, dank der Liebe, die Huc de la Faye ihr entgegenbrachte, auf die Treue und Loyalität seines Profos zählen konnte und damit auch auf dessen Einfluss auf Albérie.

Chazeron drehte sich ein weiteres Mal auf die Seite, um sich mit rasendem Herzen und die Hände auf seinen Bauch gepresst erneut zu erbrechen. Und wenn das alles nur Zufall war? Wenn dies Zimmer mit Hilfe von Substanzen vergiftet worden war, die dieser Dieb von Hohenheim hier ausgelegt hatte …

Als er sich wieder aufrichtete, blieb sein Blick am Feuer des Kamins haften. Bei seiner Ankunft hatte man einige Zweige verbrannt, um die Feuchtigkeit aus dem Zimmer zu vertreiben, die der Winter in dem unbeheizten Zimmer zurückgelassen hatte. Er erinnerte sich, dass das Feuer am Vorabend gerade am Erlöschen war, als er zu Bett ging. Er zwang sich, aufzustehen und zur Feuerstelle zu treten, in der Hoffnung, noch ein wenig Glut vorzufinden, die seine Schmerzen mit ihrer Wärme etwas mildern würde.

Er ergriff den Schürhaken und stocherte im grauen Staub herum, ohne auch nur das kleinste rötliche Schimmern zu entdecken. Er wollte sich schon wieder abwenden, als eine ungewöhnliche Form seine Aufmerksamkeit auf sich zog. Er neigte sich zu der breiten Öffnung hinab und machte einen

Schritt in das Innere des Kamins. Der Abdruck eines zierlichen Fußes zeichnete sich in der Asche ab. An seiner Seite lag ein kleiner Flakon, gefüllt mit einer bernsteinfarbenen Flüssigkeit.

Loraline nannte sich eine dumme Gans, als sie entdeckte, dass sie das Gift verloren hatte. Ihr dicker Bauch behinderte sie in ihren Bewegungen und die Enge des Ganges hatte sie mehr als einmal dazu gezwungen, sich dicht gegen die Wand zu drücken. Sie hatte in der Tat ordentlich zugenommen und die unterirdischen Gänge von Montguerlhe waren nicht gerade für eine schwangere Frau konzipiert, geschweige denn ihre geheimen Zugänge. Der Flakon konnte überall liegen, so sehr hatte sie, an bestimmten Stellen, darauf geachtet, ihren Bauch vor den Unebenheiten der Mauer zu schützen. Zum Glück hatte sie noch genug von dieser Flüssigkeit, um die ganze Region zu vergiften.

Sie nahm von einem Regal jene Flasche, die mit einem Totenkopf verziert war, und füllte, mit Hilfe eines Trichters, etwas in einen neuen Flakon um. »Heute Nacht wird er die letzte Dosis bekommen. Dann werde ich frei sein«, dachte sie.

Sie ging also an diesem herrlichen Sommertag ihren Beschäftigungen nach, ohne im Geringsten beunruhigt zu sein. Philippus würde schon bald wieder zurück sein. Es war nur noch eine Frage von Tagen, von Stunden vielleicht.

Als sie den Mechanismus betätigte, um die Wand zu öffnen, verzerrte sich ihr Gesicht schmerzvoll unter den Fußtritten ihres Kindes. Sie fühlte, wie es in ihrem Bauch langsam absank, sich in die richtige Stellung brachte. Es kam ihr reichlich früh vor. Der siebte Monat ihrer Schwangerschaft war noch kaum zu Ende. Zweifelsohne missfielen ihm diese langen Märsche durch die feuchten Schächte. Sie streichelte zärtlich ihren Bauch, während sie in das dunkle Zimmer eindrang.

Für gewöhnlich blieben die Vorhänge geöffnet und das fahle Mondlicht breitete sich im Zimmer aus; anders als sonst, waren sie heute jedoch zugezogen, vermutlich um dadurch die Kopfschmerzen des Kranken etwas zu lindern. Sie steuerte auf das Bett zu, sobald sich ihre Augen an die Dunkelheit gewöhnt hatten, denn sie ließ stets ihre Laterne auf der obersten Stufe, direkt vor dem Gang stehen.

François schlief wie gewohnt auf dem Rücken. Sie zog die Phiole hervor und beugte sich über ihn. Als sie gerade ihren Inhalt in seinen halb offenen Mund gießen wollte, wurde sie von einem eisernen Griff daran gehindert. Sie schrie vor Überraschung auf. Mit weit geöffneten Augen blickte sie der Lehnsherr von Vollore an. Sie versuchte, sich von dem festen Griff zu befreien, der ihren Arm umklammerte, doch fast gleichzeitig stach die Spitze einer Lanze zwischen ihre Schulterblätter, während sie hinter sich das Klicken eines Feuersteins vernahm.

Kurz darauf war sie von drei Wachsoldaten umringt, die sich auf beiden Seiten des Kamins versteckt hatten und alle drei eine Waffe auf sie richteten. Mehr noch als diese Männer flößte ihr jedoch der im Schein der Laterne aufflackernde Blick von François de Chazeron Furcht ein. Er war fahl, die Augen vor Erstaunen weit aufgerissen.

»Ihr!«, stieß er in einem Ton hervor, als entgleite ihm plötzlich jegliche Realität.

Loraline wusste nicht, was sie antworten sollte. Sie stand ihrem Vater, den das Schicksal ihr auferlegt hatte, gegenüber, diesem verhassten, diesem bestialischen Vater, und sie dachte an nichts anderes als an das Kind in ihrem Bauch: würde es ihr gelingen, es vor diesem Wahnsinnigen zu retten?

Ihr Blick fiel auf den zersprungenen Flakon, der ihr entglitten war, als François ihre Hand gepackt hatte. Die Flüssigkeit hatte sich über den Boden ergossen und rann entlang der schmalen Rillen des Holzbodens. Es war nun nicht mehr von Bedeutung, dass die Mixtur verloren war. Denn alles war verloren.

»Nehmt sie mit«, befahl François de Chazeron. »Werft sie in ein Verlies! Nein, bindet sie an Ketten fest! Und dass niemand etwas davon erfährt, verstanden! Raguel, postiere dich vor das Zimmer von Madame Albérie und achte darauf, dass sie es nicht verlässt. Wenn sie nachfragt, sag ihr, ich sei krank und möchte sicherstellen, dass sich die Krankheit nicht ausbreitet. Das Gleiche gilt für meine Gemahlin und ihre Zofen.«

Fast hätte Loraline ihre Tante verteidigt, doch dann hielt sie sich zurück. Es war besser, ihn im Glauben zu lassen, sie wisse nichts von der Existenz ihrer Nichte. Recht unbeweglich durch ihren Bauch, ließ sie sich abführen, ohne Widerstand zu leisten.

»Philippus wird bald kommen«, sagte sie sich, um sich zu beruhigen. »Gemeinsam mit Tante Albérie wird er einen Weg finden, uns zu retten.«

Als sich die Tür des Verlieses öffnete, wusste sie bereits, wen der Schein der Fackeln zu ihr führen würde. François de Chazeron wartete, bis sich der eiserne Türflügel hinter ihm geschlossen hatte, und ging dann auf seine Gefangene zu. Er trug seinen Arm in einer Binde und ein rötlicher Fleck zeichnete sich auf einem dicken Verband ab. Sein Gesicht war verzerrt und wächsern, doch er schien entschlossen.

Als er sich ihr bis auf wenige Schritte genähert hatte, enthüllte er, was er in der Hand trug: einen Goldbarren, den Loraline am Vortag in die Höhle gebracht hatte. Sie wurde von einer unsinnigen Furcht gepackt. Er hatte natürlich den Gang gefunden und ihr Geheimnis entdeckt. Wenn er lebendig wieder zurückkehren konnte, dann zweifellos nur, weil er und seine Männer die Wölfe getötet hatten. Fast wäre sie in Tränen ausgebrochen. Aber sie wollte sich nichts anmerken lassen. Nichts.

Chazeron umkreiste sie einen Moment lang schweigend, kontrollierte mit seiner unverletzten Hand die Verankerung der Kette in der Mauer, wagte sich jedoch nicht an das Eisenband, das man um ihren Hals geschlossen hatte. Er betrachtete sie lange prüfend und setzte sich schließlich auf einen Stein, der genau wie das restliche eiskalte und düstere Verlies feucht war. »Das ist eigenartig, weißt du«, begann er mit ruhiger Stimme, »ich hätte niemals gedacht, dass du diese Nacht überlebt haben könntest, und dennoch hätte ich es ahnen müssen. Du bist nicht menschlich, Isabeau!«

Loraline zuckte zurück. Er verwechselte sie mit ihrer Mutter. Es stimmte, dass sie sich so ähnlich wie Zwillinge sahen. Sie wollte ihm schon widersprechen, hielt sich jedoch zurück. Es bliebe immer noch genug Zeit. Sie ließ ihn fortfahren.

»Ich erinnere mich an diesen Exorzisten, den Guillaume de Montboissier, ehemaliger Abt von Moutier, herbeigerufen hatte. Den und andere. In der Tat habe ich monatelang an diese sich wiederholenden Szenen gedacht. Montboissier wollte beweisen, dass ich für meine Versuche Knaben töte. Als ob er etwas davon verstehen würde! Ich habe sie nicht aus Vergnügen vernichtet, sondern um der Wissenschaft zu dienen. Um das höchste Ziel zu erreichen, das Geheimnis der ewigen Jugend. Der Abt war ein Dummkopf. Er dachte, er könne mich mit diesen blassen Kreaturen in die Enge treiben, die er herbeikommen ließ, um Untersuchungen anzustellen. Ihre Anwesenheit führte allein dazu, mich zu verärgern. Ich musste sie, einen nach dem anderen, unschädlich machen und ihre Leichen so zurechtmachen, dass es aussah, als wäre dies das Werk eines Wolfes gewesen. Tatsächlich hatte ich, jedes Mal, wenn ich über einen dieser Priester hergefallen bin, das Gefühl, der Blick einer Wölfin würde auf mir ruhen. Ich habe sie sogar entdeckt. Ich verstand nicht, warum sie mich nicht angriff, und dachte schließlich, sie würde den Geruch des Blutes lieben, den ich verbreitete, und nur darauf warten, dass ich verschwand, um sich auf den Toten zu stürzen. Als ich ein Büschel ihres Fells auf der letzten Leiche entdeckte, begann ich zu zweifeln, denn lange, menschliche Haare waren darin verwoben. Ich ließ Huc de la Faye und Abt Guillaume an die Legende eines Werwolfes glauben. Sie würde von mir ablenken und amüsierte mich im Grunde, bis ich dich zwischen die Finger bekam und diese grauen Wolfshaare auf meinem Wams wiederfand. Du hättest mich töten sollen, Isabeau, als du mir dabei zusahst, wie ich die Körper meiner Opfer in Stücke riss. Du wärst verschont geblieben, wenn du es getan hättest, doch anders als ich es zunächst geglaubt hatte, mochtest du das Blut nicht. Es muss unbequem sein, ein Gewissen zu haben, wenn man im Körper eines Tieres steckt. Nicht nur, dass du deine Chance verspielt hast, du hast mich auch noch von jeglichem Verdacht reingewaschen. An deiner Stelle hätte ich keine Bedenken gehabt. Aber vielleicht habe ich dir letztendlich ja einen Dienst erwiesen, indem ich dich gezwungen habe, dich zu deinesgleichen zu gesellen, dich in den Bau zu verkriechen, zu den anderen Wölfen. Und daher verstehe ich nicht, was dich dazu veranlasst hat, mich sechzehn Jahre später töten zu wollen. Das macht keinen Sinn. Höchstens, wenn du glaubst, ich hätte das Ziel erreicht!«

Er hielt einen Moment inne und strich zärtlich mit einem Finger über den Goldbarren. Loraline schwieg, verdutzt und gleichzeitig fasziniert von dieser eigenartigen Vertraulichkeit. Als spüre sie plötzlich in sich den Atem ihrer Mutter.

François sah sie nicht an. Er schien in Gedanken den inneren Zusammenhang einer Logik nachzuvollziehen, die weit über ihre Person hinausging. Trotz ihrer bestehenden, verborgenen Angst war sie neugierig zu erfahren, was der Wahnsinn dieses Mannes wohl ersonnen haben mochte. Als er erneut das Wort ergriff, meinte sie, aus seiner Stimme sowohl Bewunderung als auch Neid ihr gegenüber herauszuhören:

»Jahrelang habe ich danach gesucht, mit Hilfe von Mitteln, die deine bei weitem überschritten, und doch hast du ihn vor mir gefunden. Der Stein der Weisen kann nur einen Herrn haben, behaupten die Alchemisten. Wie, wodurch ist es dir nur gelungen ...? Das ist wider die Natur, wider jede Logik. Du bist eine Frau. Unrein, denn ich habe dich mit Gewalt genommen, unrein allein durch dein Geschlecht, von Geburt an. Also wie? Ist der Teufel dein Vater, wenn du eine halbe Wölfin bist? Ist das das Geheimnis, ein Geheimnis, das sich meiner Kenntnis entzieht, der Kenntnis aller? Findet die Verwandlung der Metalle durch die Verwandlung des Körpers statt? Ich will die Antworten darauf, Isabeau, ich will wissen, wo dieser Stein ist, welche Form er hat, welche Konsistenz, welche Farbe, welche Energie. Ich will diesen Stein der Weisen, mit dem du dieses Gold gewonnen und dank dessen du das Aussehen einer jungen Frau hast. Das gleiche Aussehen wie damals. Ich habe ihn in der Höhle nicht gefunden, aber vielleicht habe ich nicht an der richtigen Stelle gesucht, vielleicht trägst du ihn an dir? In dir?«

Für einen Augenblick huschte ein seltsamer Schauer über sein Gesicht, während er ihre runden Formen musterte. Loraline spürte, wie eine dumpfe Furcht gegen ihre Schläfen hämmerte. Sie konnte nicht umhin, ihre Arme über ihrem Bauch zu verschränken und zu stammeln:

»Es ist nicht, wie Ihr denkt. Ich erwarte ein Kind.«

François zog seine Mundwinkel abschätzig hinunter.

»Einen dieser erbärmlichen Gnome, die du in Glasbehältern aufbewahrst? Haben sie dir dabei geholfen, ihn zu schaffen?«

Loraline wollte antworten, aber er ließ ihr nicht die Zeit dazu. Er fuhr bereits fort, gepackt von einer heftigen Erregung. Er trat mit den Füßen auf, während er sie umkreiste.

»Ja, natürlich! Es liegt auf der Hand. Es ist mir nicht gelungen, aus diesen reinen Knaben, die ich aufgeschlitzt habe, das Alkahest zu extrahieren, weil sie nicht die richtigen waren. Ich hätte diese Mutanten dazu gebraucht, nicht wahr? Jetzt erscheint alles so offensichtlich. Du hast es gefunden, nachdem du dich ein weiteres Mal hast schwängern lassen … Nein, das kann nicht sein … Meine ersten Anfälle – warst du das oder dieser Arzt? Oder war er etwa dein Komplize? Dies hier ist nicht der Goldbarren, den er mir gestohlen hat, nein, ich würde ihn auf Grund seiner seltsamen Form unter Tausenden wiedererkennen. Und doch hatte der Arzt Zugang zu den unterirdischen Gängen. Du musst ihn also gezwungenermaßen gekannt haben. Vielleicht war er dein Geliebter? Ja, natürlich, die Wölfe werden die Vitalität einer jungen Frau nicht ausreichend befriedigt haben. Also bist du von ihm schwanger. Warum aber hast du ihn in diesem Fall den Wölfen geopfert? Gab es eine Eifersuchtsszene?«

Er lachte hämisch auf.

»Die charmanten Bestien werden den Gedanken nicht ertragen haben, dass du ihnen untreu wirst.«

Schließlich blieb er stehen, um sich nach Atem ringend an die Wand zu lehnen:

»Also, fassen wir zusammen. Du triffst auf irgendeine Weise diesen Scharlatan, du versuchst mit ihm gemeinsam deine Wünsche zu verwirklichen: das Gold zurückzuholen, das der Teufel in meinen Öfen geschmiedet hat, um den wahren Goldgehalt zu überprüfen. Ihr erfüllt eure Arbeit, befriedigt euch aneinander, macht euch vielleicht irgendwelche märchenhafte Träume, aber die Wölfe vernichten den Eindringling, so dass du ein weiteres Mal nach Rache schreist. Ja, so wird es gewesen sein! Wo ist er, Isabeau? Wo ist der Stein der Weisen?«

Loraline schwieg. Mit geschlossenen Augenlidern versuchte sie, an nichts anderes als an das Kind zu denken. Immer wieder, um es zu beschützen. François de Chazeron war wahnsinnig, dessen war sie sich sicher. Gegen diese Art von Wahnsinn besaß sie kein Mittel. Wie konnte sie nur Zeit gewinnen? Sie wusste es nicht.

Mit zuckersüßer Stimme versuchte er, sie aus ihrem Schweigen herauszulocken. Sie spürte, wie er auf sie zukam. Als sie ihre Augen öffnete, hockte er sich vor ihr nieder, einen heuchlerischen Ausdruck von Komplizenschaft in seinem Blick: »Ich hasse dich nicht, Isabeau. Im Grunde ähneln wir einander, du und ich. Gib mir das, nach was ich verlange, und ihr werdet frei sein, du und das Kind. Niemand weiß, dass du lebst. Ich lasse dir das Gold und du müsstest nicht länger im Verborgenen leben, könntest dich damit irgendwo niederlassen, um deinen Kleinen aufzuziehen. Ich würde dir sogar, wenn du es wünschst, ein Empfehlungsschreiben ausstellen, mit dem du bei einigen Lehnsherrn, die bei Hofe in Gnade stehen, vorsprechen könntest.«

Was hätte sie in diesem Augenblick dafür gegeben, an sein Versprechen glauben zu können! Aber Loraline wusste zu gut, dass er niemals einen lebenden Zeugen zulassen würde. Zudem hatte sie ihm nichts anzubieten. Außer …

Ein flüchtiger, wahnsinniger Gedanke fuhr ihr durch den Kopf. Aber war François nicht genauso wahnsinnig?

»Ihr redet von Gift, doch es handelt sich dabei um etwas anderes!«, begann sie.

Chazeron riss seine Augen vor Überraschung weit auf. Loraline fuhr fort. Sie hatte nichts mehr zu verlieren:

»Diese Substanz wurde den Embryonen entnommen. Man findet sie weder im Menschen noch in den Wölfen. Sie ist das Geheimnis der Verwandlung.«

Sie wusste, dass dies zur Hälfte eine Lüge war. Dass ihre Mutter zumindest von dieser Annahme ausging. Die Augen und der Mund von Chazeron wurden zu runden Scheiben. Sie hatte den Eindruck, als erahne sie hinter diesen Augenhöhlen seine Gedanken. Schließlich verzog er seine Mundwinkel nach unten:

»Dieses Gift hätte mich um ein Haar getötet!«, ließ er wie ein Urteil auf sie niedersausen.

Aber Loraline nahm ihren Gedanken wieder auf:

»Es hat Euch nicht getötet. Ich wollte nur ausprobieren, ob es die Verwandlung eines Menschen auslösen kann. Das war meine Rache. Euch dabei zuzusehen, wie Ihr Euch langsam in einen Wolf verwandelt und damit meine Hypothese bestätigt.«

»Ich verstehe ...«

Er erhob sich und wandte ihr seinen Rücken zu. Loraline dachte an die Flüssigkeit, die sich über den Boden ergossen hatte. Es war noch etwas übrig geblieben. Wenn sie ihm diesen Rest nur irgendwie verabreichen könnte!

»In der Höhle«, sagte sie. »Eine Phiole aus blauem Glas. Die Mixtur darf dem Licht nicht ausgesetzt werden. Ich weiß, warum die Verwandlung nicht stattgefunden hat«, fügte sie hinzu. »Es funktioniert nur bei Vollmond.«

»Das Alkahest ist also flüssig«, brummte er vor sich hin.

Loraline fühlte, wie ihr Herz wild zu pochen begann.

»Einverstanden. In drei Tagen ist wieder Vollmond. Dann werden wir sehen, ob du die Wahrheit gesagt hast. Noch eine Sache: Was wissen deine Schwester und Huc von deinen Machenschaften?«

Loraline zwang sich zur Ruhe.

»Nichts«, versicherte sie. »Albérie denkt, ich sei tot. Es war besser so, zu ihrer eigenen Sicherheit.«

»Umso besser. Für sie wie für dich.«

Bei seinen letzten Worten stieg er bereits die drei von Feuchtigkeit triefenden Stufen hinauf, die zur Tür des Verlieses führten, hämmerte gegen die Holztür und verschwand in dem Durchgang, den man ihm öffnete. Kaum war Loraline wieder allein, als Tränen in ihr hochstiegen.

Mit ein wenig Glück würde er die Grabhöhle und die zwei Toten nicht finden, das Gift verschlucken und an furchtbaren Schmerzen zugrunde gehen.

Aber es wollte ihr nicht gelingen, daran wirklich zu glauben.

»Die Irren sind vermessen«, dachte sie. »Sie strengen sogar noch ihren Geist an, um nicht zu sterben. Ach was! Einen Trumpf habe ich noch zum Ausspielen: die Wahrheit.«

Aber irgendetwas sagte ihr, dass er gewiss nicht geneigt sein würde, diese Wahrheit hinzunehmen. Sie fuhr zärtlich über ihren Bauch, um die Schläge des Kindes zu mildern. Es war bereits abgesunken. Sie fühlte, wie es auf ihre Blase drückte. Sie suchte sich, so gut es ging, eine bequeme Stellung und zwang sich dazu, die letzten Fetzen der Bilder, die noch immer vor ihrem inneren Auge vorüberzogen, zu verjagen. Sie konnte für ihre vierbeinigen Gefährten nun nichts mehr tun. Es würde ihr nichts helfen, immer wieder an ihren Kummer zu denken. Chazeron glaubte, Philippus sei tot. Er war ihre letzte Chance. Sie brachte ihre ganze Energie auf, um an ihn zu denken. Nur an ihn. Wie ein Gebet. Ein Hilferuf. Und sie hoffte mit all ihrer Kraft, er würde sie hören.

18

Als Philippus den Anfang der Gänge erreichte, die zum unterirdischen Saal hin immer breiter wurden, begriff er sofort, dass etwas nicht stimmte.

Lichter flackerten auf beiden Seiten des Saales, Stimmen und Gelächter hallten wider. Sein Blut geriet in Wallung, aber er verbot sich, zu fliehen. Er wagte sich im Schutze des dunklen Schachtes so weit als möglich heran, bis er zu einer Spalte im Felsen gelangte, durch die er mit einem Blick das ganze Ausmaß des Schreckens überschauen konnte.

Vier Männer durchwühlten jeden einzelnen Winkel der Höhle, stiegen dabei über die leblosen Körper der Wölfe und schlitzten Strohmatratzen auf. Philippus wollte aufspringen, schreien, aber der Anblick François de Chazerons, über die Schriften Isabeaus gebeugt, ließ ihn innehalten. Er sah, wie er und seine Helfer Glasbehälter, Phiolen und Aufzeichnungen an sich nahmen und dann in dem Gang verschwanden, der zu seinem Zimmer führte.

Als das Echo ihrer Schritte verhallt war, betrat er den verwüsteten Saal. Er durchsuchte ebenfalls den Raum, um sich zu vergewissern, dass nirgendwo Loralines Leiche aufzufinden war, schloss einigen Tieren die Augen, deren Körper bereits von Totenstarre erfasst waren, und ließ sich schließlich auf den Boden niedersinken, wo er erschüttert zu weinen begann. Und da sah er plötzlich Cythar. Das Tier hatte hinter einem Felsen Zuflucht gesucht und starrte ihn mit seinen verängstigten und schmerzvollen Augen an. Mit einem Satz war Philippus bei ihm. An seiner Flanke klaffte eine große Wunde, die seinen Hinterlauf ebenfalls stark in Mitleidenschaft gezogen hatte. Cythar hatte bereits viel Blut verloren und sich wahrscheinlich zum Sterben niedergelegt. Philippus streichelte seine Stirn und ließ ihn seine ausgestreckte Hand abschlecken. Sein medizinischer Instinkt verdrängte die Angst. Er beruhigte der Wolf und durchsuchte noch einmal die restlichen Sachen in der Höhle, um etwas zu finden, mit dem er seinen alten Freund behandeln konnte. In einer kleinen Schale brachte er ihm frisches Wasser und machte sich dann mit vorsichtigen, präzisen Bewegungen an die Behandlung, so als wäre es ein Kind. Wie er es bei Loraline die langen Monate über gesehen hatte.

Dann wartete er. Das Tier war schwach, aber wenn es bis zum Morgen durchhalten würde, wäre es gerettet. Mit ihrer Hilfe würde er Loraline vielleicht wiederfinden. Wo immer sie auch war. Einen Moment war er versucht, sich sofort auf die Suche nach ihr zu machen, aber das Risiko, sich im unterirdischen Labyrinth zu verirren, war zu groß. Wenn er nützlich sein und etwas ausrichten wollte, musste er warten. Warten und hoffen.

Eine raue Zunge auf seiner Wange weckte ihn. Er fühlte sich wie gerädert und steif vor Kälte. Das Feuer, das Loraline in der Mitte des Raumes unermüdlich unterhalten hatte, war offensichtlich seit langem schon kalt und ein unangenehmes Summen von Fliegen erinnerte daran, dass es keinen Ort gab, wo leblose Körper vor Räubern geschützt wären. Cythar stand dicht neben ihm. Philippus erkannte, dass er recht daran getan hatte, ihn dort liegen zu lassen, in der sicheren Annahme, die Wachsoldaten würden nicht wieder zurückkommen, nachdem sie das, was für sie von Interesse war, mitgenommen hatten. Der Wolf war wieder zu Kräften gelangt. Er fuhr ihm mit der Zunge über seine Bartstoppeln und Philippus war von dieser Vertrautheit gerührt. Er schaute nach der Wunde. Cythar würde noch lange humpeln, aber er war außer Lebensgefahr. Er stand auf und reckte seinen steifen Körper.

»Wir müssen sie finden. Führe mich«, bat er das Tier, das mit dem Schwanz wedelte.

Ohne zu zögern, ging Cythar auf die Grabhöhle zu, die Chazerons bewaffnete Männer schamlos geöffnet hatten. Philippus spürte, wie sein Bauch sich verkrampfte, doch er folgte dem Tier weiterhin. Auf der Schwelle blieb er stehen:

»Ihr!«, entfuhr es ihm.

Die Augen gerötet und das Gesicht überströmt von Tränen, kauerte Albérie inmitten der geschändeten Gräber. Cythar ging auf sie zu und leckte ihre Hände.

»Braver Cythar. Ich wusste, dass du dich retten würdest.«

»Aber wohl nicht dank Eurer Hilfe!«, bemerkte Philippus mit harter Stimme.

Einen Moment lang maßen sie sich schweigend mit ihren Blicken, dann fragte er:

»Wo ist sie?«

Albérie bedeutete ihm, näher zu kommen. Sie war schwach.

»Gefangene von Chazeron, in einem seiner Verliese. Schließen wir Frieden, Philippus, ja? Es ist an der Zeit, die Zwietracht zu begraben.«

Wie gern hätte er ihr all seine Wut, seine Verbitterung ins Gesicht geschleudert, aber sie hatte Recht. Nun zählte nur noch Loraline. Er ging auf sie zu und setzte sich neben sie.

»Wie ist das passiert?«, fragte er.

»Ihr würdet das nicht verstehen. Ich selbst verstehe es nicht. Wir müssen das Kind retten, Philippus.«

»Wir müssen sie beide retten«, versicherte er.

Eine kurze Stille trat ein. Dann ergriff Albérie das Wort. Sie hatte eine Hand voll kleiner Kiesel vom Boden aufgenommen, die sie gleichförmig von einer Hand in die andere rieseln ließ. Das half ihr beim Nachdenken. Das monotone Geräusch machte Philippus nervös, aber er beherrschte sich. Dieser Ort hatte etwas Seltsames an sich, auch wenn er nicht zu sagen vermochte, was genau dies Gefühl auslöste. Er brannte darauf, etwas zu unternehmen, aber er wusste weder wie noch wo anfangen.

»Chazeron glaubt, er halte mich in meinem Zimmer fest«, verkündete Albérie. »Als ich den Wachtposten vor meiner Tür entdeckte, der mir mitteilte, dass alle Schlossbewohner wegen der möglichen Ansteckungsgefahr durch François' Krankheit ihre Zimmer nicht verlassen dürften, begriff ich sofort, dass etwas schief gelaufen war. Ich habe meine Türe verriegelt und bin hierher geeilt.«

»Wir müssen sie befreien. Sofort«, befahl er.

»Sie würden uns dabei erwischen. Wir müssen warten, glaubt mir. Heute Nacht.«

»Ich habe keine Lust zu warten, Albérie! Ich werde auch alleine gehen, wenn es sein muss.«

»Seid nicht töricht! Ihr würdet Euch verirren. Er wird ihr nichts zu Leide tun.«

»Wie könnt Ihr Euch dessen so sicher sein?«

Sie drehte sich zu ihm und blickte ihn mit ihrem von Sorgen gezeichneten Gesicht an.

»Ich bin mir nicht sicher, Messire, aber ich will es glauben, denn wir haben keine andere Wahl.«

»Kann uns Euer Gemahl nicht helfen?«

»Er wird erst wieder in einigen Tagen zurück sein. Ich weiß nicht, wo genau er sich im Auftrag des Lehnsherrn aufhält.«

»Wir stehen ihm also allein gegenüber?«

»Ja.«

»Gibt es einen Zugang zum Verlies?«

»Ja, die Engländer hatten ihn für den Fall vorgesehen, dass man sie gefangen nehmen würde, aber man muss auch diesen Durchgang von den Bergen aus öffnen und ich weiß nicht, ob der Mechanismus noch funktioniert.«

»Prüfen wir es nach!«

»Ihr seid aufbrausend, starrsinnig und töricht«, warf Albérie ihm an den Kopf. »Wollt Ihr das Risiko eingehen, ihn unter den Augen eines Wachtpostens oder Chazerons selber zu betätigen? Heute Nacht, habe ich gesagt.«

Philippus senkte den Kopf. Trotz seiner quälenden Unruhe musste er sich eingestehen, dass sie Recht hatte. Und doch wollte er sich irgendwie betätigen. Er ging auf das Grab zu. Albérie richtete sich augenblicklich auf.

»Was macht Ihr?«

»Man muss sie wieder bedecken.«

Albérie packte ihn fest am Arm und hielt ihn zurück.

»Nein. Wenn er zurückkommt und den Ort verändert vorfindet, wird er sofort alles begreifen und uns ebenfalls verfolgen. Nichts darf angerührt werden. Versteht Ihr? Nichts. Gehen wir fort von hier. Bis heute Nacht müsst Ihr Euch zusammen mit Cythar verstecken. Kommt.«

Ohne ihm eine andere Wahl zu lassen, zog sie ihn mit sich. Obwohl er ihre Gründe verstand, ließ Philippus doch das Gefühl nicht los, Albérie wolle verhindern, dass er sich zu nah an die Gräber heranwagte. Eigenartig jedoch war, dass Cythar, anders als sonst, ihn direkt dorthin geführt hatte. Aber vielleicht war das Tier auch nur erschöpft gewesen.

Er ließ sich durch einen kleinen, kniehohen Schacht zu einem anderen Saal führen, der weniger weitläufig und an der Decke mit Stalaktiten verziert war.

»Ich komme Euch holen«, versicherte sie ihm, indem sie mit dem Finger auf einen Vorrat an Fleisch und getrocknetem Obst zeigte, das auf einer Horde neben einem Fass ausgebreitet lag. »Sammelt Eure Kräfte und tut nichts Unüberlegtes. Er könnte jeden Moment zurückkommen. Jeden Moment!«

»Was werdet Ihr machen?«

»Mich seinem Befehl beugen und so tun, als sei nichts geschehen. Ihn fragen, wie es Antoinette geht, und ihm das Gefühl geben, ich würde nichts über diese Existenz meiner Nichte wissen. So gelingt es mir vielleicht, einige Hinweise auf seine Absichten mitzubekommen. Ich werde alles tun, Philippus. Alles, was in meiner Macht steht, um sie zu retten. Das müsst Ihr mir glauben.«

»Ich glaube Euch.«

Sie blickten sich eine Weile an, dieses Mal ohne Feindseligkeit. In Zukunft würden sie das gleiche Ziel verfolgen. Kurz darauf war er mit Cythar allein.

Das Fass war mit frischem Wasser gefüllt und Philippus begriff, dass diese Reserve für einen Notfall zusammengetragen worden war, denn in einem Winkel befanden sich auch etwa zwanzig Goldbarren neben ein paar Bekleidungsstücken und Gewändern für Männer und Frauen. Von dieser Höhle aus führten zwei ebenerdige Schächte in entgegengesetzter Richtung ab. Wie jener, der ihn hierher geführt hatte, konnte ein Mensch gerade mal auf allen vieren durch sie hindurchkriechen.

Er kümmerte sich um Cythar, gab ihr zu essen und zu trinken, so viel sie wollte, und streckte sich schließlich auf einer alten Strohmatratze aus. Er fiel in einen von Albträumen angefüllten Schlaf, nachdem er sich eingeredet hatte, dass er nur ausgeschlafen nützlich sein würde.

So verging dieser lange, trübe Tag. Albérie stellte bei ihrer Rückkehr fest, dass der Wachtposten vor ihrer Tür entfernt worden war, und so ging sie ihrer Arbeit wie gewohnt nach. Der Lehnsherr von Vollore ließ sich nicht blicken und hatte einen Soldaten angewiesen, ihm sein Mahl aufs Zimmer zu bringen. Auf die Fragen Antoinettes antwortete Albérie, dass sie nicht wisse, an welchen Beschwerden ihr Gemahl leide, aber riet ihr davon ab, ihm wegen einer möglichen Ansteckung einen Besuch abzustatten.

Was das betraf, zeigte Antoinette jedoch von sich aus keinerlei Absichten. Allein der Gedanke, François im Hause zu wissen, genügte, Widerwillen in ihr auszulösen. Außerdem schmerzte ihr Bauch. Die Niederkunft rückte immer näher, was Albérie nur noch mehr beunruhigte. Die Geburt würde wahrscheinlich mit Vollmond zusammenfallen und aufgrund ihres Wissens im Umgang mit Heilkräutern und ihrer Erfahrung als Hebamme würde sie Antoinette zur Seite stehen müssen. Was, wenn sie spürte, wie sich ihr eigener Körper zu verwandeln begann? Sie schob den Gedanken von sich. Sie würde eine Lösung finden. Sie würde zum richtigen Moment für alles eine passende Lösung finden.

»Es ist Zeit, lasst uns gehen!«

Philippus ließ sich nicht zweimal bitten. Cythar bildete entschlossen die Vorhut, als sie den Gang hinabliefen, der nach Montguerlhe führte. Sie bogen mehrere Male ab, kamen in immer engere Schächte, geführt vom unbeirrbaren Instinkt und Gespür Cythars, wenn Albéries Erinnerungen sie im Stich ließen. Schließlich krochen sie auf allen vieren dem Tier hinterher, das ab und an eine schmerzvolle Klage ausstieß. Ihre Handflächen und Knie waren von den Steinen zerschunden.

Einen Moment lang fragte sich Philippus, wie sie wieder

zurückkommen würden, wenn der Schacht versperrt wäre. Doch weigerte er sich, Gedanken an eine solche Situation zuzulassen. Nach einigen Metern kamen sie an einen Felsboden und Albérie fuhr mit einem Arm durch die Pfoten von Cythar, um den Mechanismus zu betätigen. Nach minutenlangen, hartnäckigen Versuchen, bei denen Albérie nach Atem ringend herumhantierte, gab er schließlich nach und ein Schwall verbrauchter Luft strömte ihnen entgegen.

Cythar sprang aus dem Gang und lief in die Dunkelheit hinein. Nachdem sich Philippus ebenfalls aus dem Schacht herausgezwängt hatte, hörte er zu seiner Beruhigung die Stimme Loralines vom anderen Ende des Verlieses.

»Du bist da, du bist da, Cythar.«

»Wir sind auch da«, hörte er sich sagen, während er Albérie hinterhereilte, trotz seiner schmerzenden Glieder, trotz allem.

Und kurz darauf lagen sich alle drei in den Armen. Mit der Innigkeit, die man demjenigen entgegenbringt, der die gleichen Ängste teilt.

Philippus stemmte seine Beine in den Boden und zog, noch einmal und noch einmal, bis seine Handflächen rot und aufgerissen waren. Trotz seiner ganzen Anstrengung verursachte er doch nichts weiter als Kratzer und Schrammen an Loralines Hals bei dem Versuch, das Eisenband zu lockern. Schließlich ließ er sich, nach Atem ringend, zu Boden fallen.

»Es ist umsonst, Philippus. Ich habe selbst bereits alles versucht. Das Schloss ist alt, aber wirkungsvoll.«

»Ihr müssen den Schlüssel finden, Albérie«, tobte Philippus. Mit der Faust schlug er gegen einen Stein.

Im sterbenden Schein einer Kerze wechselten Loraline und ihre Tante einen verzagten Blick. Philippus weigerte sich zu sehen, zu begreifen.

»Ich werde es versuchen, aber das wird nicht genügen.«

»Bitte, Tante«, unterbrach sie Loraline. »Lass uns alleine und tu dein Bestes.«

Albérie nickte. Bevor sie in den Gang zurückkroch, sagte sie zu Philippus gewandt:

»Cythar wird Euch zurückführen.«

»Komm zu mir, mein zärtlicher Geliebter«, flüsterte Loraline und streckte ihm ihre eisigen Hände entgegen.

Er kauerte sich nieder und drückte sich an sie. Er umschlang schützend ihren gespannten Bauch und überdeckte ihn mit Küssen.

»Jede Stunde, jeden Augenblick habe ich mich danach gesehnt. Hundertmal habe ich mir diese Umarmung vorgestellt, Loraline. Welcher Irrsinn, welche Unvernunft, welcher Unsinn hat uns so weit voneinander entfernt. Ich habe meine Träume um eine strahlende Loraline geschaffen und finde dich hier, gedemütigt und erstarrt in der Dunkelheit wieder. Ich werde nicht ohne dich zurückgehen. Dieses Mal nicht.«

Es gelang ihr, die Tränen zurückzuhalten, die allgegenwärtige Angst zu verjagen. Sie hatte begriffen, als sie ihr von der Enge des Ganges berichtet hatten. Sie hatte verstanden, dass ihre einzige Hoffnung im Versprechen von François de Chazeron lag. Sie fuhr zärtlich mit der Hand durch Philippus' dichtes Haar. Auch in dieser Situation begehrte sie ihn. Sie hatte ihn immer begehrt.

»Ich liebe dich, Philippus. Ich habe dich geliebt, seit ich dir das erste Mal in die Augen sah, und werde dich weiterhin lieben, bis ich dich zum letzten Mal anschaue. Ich habe nie daran gezweifelt, dass du zurückkommen wirst. Niemals. Horch. Hör unser Kind an deinem Ohr. Du musst mir helfen, es zu retten, Philippus.«

»Ich werde euch beide retten. Albérie wird mit dem Schlüssel zurückkommen …«

»Nein! Nein! Es geht nicht, Philippus. Der Schacht ist zu schmal für meinen Bauch. Ich bitte dich. Öffne die Augen und billige die Dinge, wie sie sind. Du kannst mich nicht retten. Nicht auf diese Weise.«

Er hob den Kopf mit rasendem Blick angesichts dieser Wahrheit, die er verneinen wollte, immer wieder.

»Dann werde ich Hilfe holen. Dieser Abt von Moutier wird mich unterstützen. Er wird dich befreien. Wenn er sich weigert, werde ich diese Türe einrammen und jeden Wachtposten, der sich mir in den Weg stellt, niederschlagen. Besser noch: Ich werde in das Zimmer von Chazeron eindringen und ihn bedrohen, bis er einwilligt, dir deine Freiheit zurückzugeben. Alles ist möglich, alles! Denn nichts bereitet mir größere Angst, als dich hier allein, diesem Mann ausgeliefert zurückzulassen.«

»Was immer du auch tun wirst, er wird dich töten. Dich genauso wie Albérie. Ich erinnere mich an die Worte meiner Mutter, die sie in ihren Albträumen immer von neuem wiederholte: ›Sich ihm widersetzen heißt sterben.‹ Ich habe keine Angst zu sterben, Philippus, ich habe Angst um dieses Kind. Um unser Kind. Was wird mit ihm geschehen, wenn ihr gefasst werdet? Ich will nicht, dass es für alles büßen muss. Solange es in mir ist, ist es gefährdet, verstehst du? Uns bleibt nicht viel Zeit. Bei Vollmond wird Chazeron entdecken, dass ich ihn belogen habe, was den Stein der Weisen betrifft. Er wird die Wahrheit nicht hinnehmen. Wir müssen vorher handeln. Heute Nacht.«

Philippus schluckte. Sie hatte Recht. Alle Lösungen, die ihm einfielen, benötigten Zeit. Und sie hatten keine.

Schließlich fügte er sich. »Was soll ich tun, Liebste?«, fragte er.

»Ich muss dieses Kind auf die Welt bringen, Philippus, aber das wird nicht ausreichen, um es zu beschützen.

Chazeron ist wahnsinnig genug, um sich vorzustellen, dass dieses kleine Wesen der Schlüssel des Geheimnisses, das er aufdecken will, sein könnte. Findet er das Kind an meiner Seite, wird er Himmel und Hölle in Bewegung setzen, verstehst du? Die einzige Möglichkeit, wie wir genug Zeit gewinnen, um mich hier herauszuholen, ist, ihm beim nächsten Vollmond einen Säugling als Opfer zu überlassen.«

»Das ist unmöglich.«

»Hör zu, Philippus. Antoinettes Geburtstermin steht bevor. Albérie und du, ihr wisst allzu gut, wie man Wehen auslösen kann. Tut es. Sobald unsere Kinder auf der Welt sind, tauscht ihr sie aus. Unter seinem Dach wird unser Kleiner am besten vor Chazerons Irrsinn geschützt sein. In spätestens zwei Wochen werde ich ausreichend an Gewicht verloren haben, um durch den Gang hindurchzupassen, wenn ihr den Schlüssel ausfindig gemacht habt. Es wird nicht schwierig sein, unser Kind dann wieder zurückzuholen. Niemand wird etwas ahnen. Hab Vertrauen, Philippus. Es ist die einzige Chance, uns beide zu retten. Es wird mehr als einen Monat zu früh auf die Welt kommen und Milch und Wärme benötigen, wenn wir wollen, dass es überlebt. Antoinette de Chazeron wird ihm das alles geben können.«

Philippus legte seine Stirn in Falten. Die Vorstellung, einen Säugling zu opfern, verursachte ihm Abscheu, aber im Augenblick hatte er keine andere Wahl.

»Ich werde bald wieder zurück sein«, versicherte er und küsste Loraline voll Inbrunst.

»Geh und sei vorsichtig«, gab sie ihm mit auf den Weg, während er bereits auf allen vieren hinter Cythar im Schacht verschwand.

Als sich der steinerne Zugang hinter ihm schloss, fühlte Loraline, wie in ihr eine neue Kraft wuchs. Wenn sie nicht länger um das Kind bangen musste, dann, so war ihr Entschluss, würde sie die Wahrheit in Angriff nehmen.

Bei Morgengrauen zeigte die von Philippus und Albérie herbeigebrachte Mixtur Wirkung. Die ersten Wehen verbanden die beiden Frauen mit demselben Schicksal.

Als Chazeron erfuhr, dass die Niederkunft seiner Gemahlin kurz bevorstand, verlor er das Interesse an seinem Opfer, umso mehr, als er den wertvollen Flakon gefunden hatte und entschlossen war, die Flüssigkeit tags darauf bei Vollmond zu testen. Seine Gefangene war ihm gleichgültig geworden, so sehr hoffte er, einen Sohn zu bekommen. Ohne weiteres nahm er hin, dass Albérie seiner Gemahlin während der Geburt als Einzige zur Seite stand. Sie durch ihre Rolle als Geburtshelferin eingesperrt zu sehen, diente im Grunde nur allzu gut seinen Interessen. Nach der Neunuhrmesse schloss er sich in sein Zimmer ein und gönnte sich eine Ruhepause, denn die Nacht zuvor war unruhig gewesen und er wurde zeitweise noch immer von Magenkrämpfen heimgesucht, die ihn zum Erbrechen brachten.

Philippus hingegen blieb bei Loraline und versuchte, es im Verlies für sie ein wenig angenehmer zu machen. Zur sechsten Tagesstunde hatte ihr ein Wachsoldat eine Schale Suppe und frisches Wasser gebracht und Philippus hatte sich in einen dunklen Winkel gekauert, auch wenn ihm die Lust eher danach gestanden war, sich auf ihn zu stürzen und ihn zu erschlagen. Aber Loraline wäre nicht mehr in der Lage gewesen, mit ihm zu fliehen. Sie hatte ihren ganzen Mut zusammengenommen und ein entspanntes Gesicht aufgesetzt, hatte gefragt, ob man ihr nicht das Eisenband vom Hals entfernen könne, um es ihr etwas bequemer zu machen. Aber der Mann hatte sich aus Vorsicht hinter einer Mauer aus Schweigen verschanzt und verschloss sofort wieder das Verlies, ohne sich ihr genähert zu haben. Chazeron musste von ihr wie von einer Hexe gesprochen haben und die alten Ängste und der Aberglaube blieben hartnäckig in den Köpfen der einfachen Menschen bestehen.

Philippus hatte aus seinem Versteck heraus bemerken können, dass er keinerlei Schlüsselbund bei sich trug. Er beglückwünschte sich zu seinem Entschluss, Cythar am anderen Ende des Schachtes zurückgelassen zu haben, denn das Tier hätte gewiss geknurrt und ihn damit verraten.

So blieben sie zusammen, einander näher, als sie es jemals gewesen waren. Loraline schrie nicht, brachte ihren ganzen Mut auf, um keinen Alarm auszulösen. Sie erinnerte sich an die Wölfinnen und hechelte wie sie. Wenn der Schmerz zu groß wurde, biss sie fest in den breiten Ledergürtel, den Philippus von seiner Taille gelöst hatte. Noch nie hatte er eine solch tapfere, starke Frau gesehen. Er hatte wunde Hände vom Massieren ihres Bauches und ihres Kreuzes, schmerzende Augen vom Suchen nach der kleinsten Träne in der Dunkelheit. Er gestand sich ein, dass er sie schön fand, trotz ihres schmerzverzerrten Gesichts. Und sie war es in der Tat, wie sie, Sklavin eines gestohlenen Lebens, presste, stöhnte, ihren Hals an diesem Eisenband rieb, um diesem Wesen Leben zu geben, das man ihr verboten hatte zu besitzen.

Als es so weit war, richtete sie sich auf, spreizte die Beine und stellte sich, die Knie angewinkelt, auf ihre Füße. Sie schob ihr kurzes Unterkleid bis zur Taille nach oben und hielt es mit ihren Händen, die sie mit ihrer ganzen Kraft zu Fäusten ballte, so dass die Gelenke weiß hervorsprangen. Philippus ließ sie gewähren. Er wusste, dass die Frauen von ihrem Instinkt geleitet wurden und keine Medizin jemals dieses geheime Band zwischen Mutter und Kind würde ersetzen können. Es wäre dumm gewesen, diese Stellung gegen eine andere einzutauschen. Alles, was er tat, war, seine Hände auf ihrem gespreizten Geschlecht zu verschränken und die Niederkunft zu lenken. Er hatte das bereits mehrere Male getan, jedes Mal unter erschwerten Bedingungen, aus Zufall. Niemals zuvor hatte er jedoch Ähnliches empfunden, einen derartigen Stolz verspürt.

Er wusste, dass das Neugeborene eine Totgeburt sein oder nur für einige Sekunden leben könnte, aber für diesen einzigartigen Moment hätte er sein Leben gegeben.

Sie kam auf die Welt, während sich in ihrem Rücken die Felstür öffnete, und fiel in einem Schwall von Blut in die Hände von Philippus. Zitternd schnitt er die Nabelschnur durch, wickelte sie zwischen seine Finger, wie er es in Ägypten gelernt hatte, und überließ das Neugeborene Loraline. Das kleine Mädchen atmete nicht. Loraline überlegte nicht lange, hätte nicht einmal zu sagen gewusst, was sie zu dieser Geste trieb, doch öffnete sie mit ihren Fingern den Mund des Neugeborenen und heftete ihr Gesicht auf das seine. Sie blies mit ihrer ganzen verbliebenen Kraft ihren Atem in sie hinein. Kurz darauf hustete und schrie das Kind.

»Ich muss zurück! Schnell!«, drängte Albérie, indem sie ihr das Bündel reichte, das sie mitgebracht hatte. Schmerzbewegt nahm Philippus die Kleine aus den Armen der Mutter.

»Die Wachen werden kommen, Liebste.«

»So denn«, versicherte Loraline und nahm das Kind einer anderen in die Arme.

Der Sohn von François de Chazeron war gesund und pausbäckig und schnappte gierig nach der angeschwollenen Brust, aber Loraline achtete nicht im Geringsten darauf. Sie ließ sich nahe der Mauer auf die Erde sinken, mit ihren Gedanken bei Albérie, die zum Zimmer von Antoinette hetzte. Würde ihr Betrug misslingen, wären sie verloren.

Als ein Wachtposten erschien und mit einer Fackel den Raum ausleuchtete, entfuhr ihm ein entsetzter Aufschrei, und er schloss in aller Eile das Verlies wieder. Wenn sich die Hexe mit einem Wolf gepaart hatte, war es gut möglich, dass dieser Gnom ihm seine Seele raubte, um sie Satan anzubieten. Er bekreuzigte sich mehrmals und verkroch sich in eine Ecke, um von dort aus zitternd die Türe zu bewachen und auf seine baldige Ablösung zu hoffen.

Antoinette schlief mit geöffnetem Mund, das Gesicht verzerrt, trotz des Schlafmittels, das Albérie ihr verabreicht hatte, sobald das Kind das Licht der Welt erblickt hatte. Die Dosis war so stark gewesen, dass sie sofort in den Schlaf gesunken war, ohne dass ihr Zeit geblieben wäre, sich zu erkundigen, ob es ein Junge oder ein Mädchen war.

Albérie wickelte das Kleine in Tücher und bettete es an die Brust von Antoinette, wobei sie darauf achtete, dass es die erhärtete Brustwarze fand. Das Kind war rosig und zart. Albérie schüttelte den Kopf, während sie bei sich dachte, dass es gewiss nicht überleben würde. Wenige Frühgeburten wurden mehr als eine Woche alt. Trotzdem presste sie immer wieder die Brust der Schlossherrin, damit Milch in den kleinen Mund spritzte. Das Kind weigerte sich mehrere Male, als spüre es, dass es nicht bei seiner Mutter war. Dann schließlich schloss es seine Lippen und begann zu saugen, eingehüllt in die Wärme der Tücher.

Erst da ließ sich Albérie in einen Sessel fallen. Sie war müde. Müde von diesen nicht enden wollenden Kämpfen zwischen Gut und Böse, um das Überleben und um ihr Leben. Sie dachte an ihre Schwester, die für August ihr Kommen angekündigt hatte. Isabeau wollte Loraline die Wahrheit enthüllen, sie nach Paris mitnehmen, sie ihrem Geliebten, diesem La Palice, vorstellen, der sie mit Wohltaten überhäufte und sich mit ihr an seinem Arm am Hofe zeigte. Albérie dachte daran, was sie dagegen von diesen wenig ruhmreichen Tagen ihrer

Schwester berichten konnte. Isabeau kehrte in dem Glauben zurück, dass Chazeron seit langem schon tot sei.

Albérie seufzte ermattet. Warum war alles, was sie sich ausgedacht hatten, schief gelaufen? Waren sie etwa verdammt, dass sich das Böse so unerbittlich an sie geheftet hatte?

Erschöpft davon, gegen Schatten ankämpfen zu müssen, schlief sie ebenfalls ein, indem sie mit all ihrer Kraft darauf hoffte, Huc würde all dem fernbleiben. Bis alles ein gutes Ende gefunden hätte.

19

Mit Abscheu wandte François de Chazeron sich ab. »Ein Mädchen!«, entfuhr es ihm, als sei diese offensichtliche Tatsache schon eine Beleidigung. »Da sieht man, was Ihr im Stande seid, mir zu geben, meine Gemahlin! Es brächte mir mehr Befriedigung, einen meiner Bastarde zu adoptieren, als Euch ein weiteres Mal zu besteigen.«

Antoinette drückte ihre kleine Antoinette-Marie noch fester an sich. Sie war so schwächlich gewesen, dass Antoinette geglaubt hatte, sie sei tot, als sie am späten Morgen des 2. Juli 1516 schließlich aufgewacht war. Wie immer es auch sein mochte, sie war zu allem bereit, um ihre Tochter vor der Wut ihres Gemahls zu beschützen, der die Türschwelle mit der Hoffnung auf einen Nachfolger übertreten hatte.

»Tut, was immer Ihr für gut befindet, mein Gemahl«, bemerkte sie, ohne ihren Blick zu senken.

»Geht zum Teufel, Ihr und das Kind!«, tobte er, während er das Zimmer verließ.

Die Tür fiel mit dem Lärm seiner Schritte ins Schloss und ließ das kleine Mädchen aufschrecken. Es begann zu weinen. Antoinette wiegte es lange, während sie dazu sang. Nach und nach beruhigte sich Antoinette-Marie und schlief endlich wieder ein.

Loraline hatte trotz ihrer Erschöpfung kaum geschlafen. Philippus war zurückgekehrt und hatte ihr verkündet, dass alles zum Besten stehe, dass ihre Tochter die Brust und die Wärme von Antoinette angenommen habe, dass Albérie keiner Menschenseele auf den Gängen des Schlosses begegnet sei und die Schlossherrin nichts bemerkt habe. All das hatte sie beruhigt und dennoch erzitterte sie, sobald die gierigen Lippen des Neugeborenen ihre Haut berührten. Sie spürte, wie seine Lebenskraft in der Kälte des Verlieses nach und nach schwand. Der kleine Junge weinte oft und Loraline wollte es nicht gelingen, ihn vor der feuchten und ungesunden Kälte zu schützen. Sie konnte nicht umhin, sich vorzustellen, ihr Leben hinge an jenem des Kindes. Ihr Leben und das ihrer Tochter. Ihr Leben und jenes von Philippus.

Sie wartete auf Chazeron. Sie wartete auf ihn den ganzen Tag hindurch. Aber er kam nicht.

In der darauf folgenden Nacht, als der Vollmond sich einen Weg durch die Sterne hindurch gebahnt hatte, entfernte sich Albérie von der Seite Antoinettes, »um sich etwas auszuruhen«, wie sie vorgab. Und schrie dann, auf dem nahen Felsen, ihren Hass hinaus.

François war in den Burgfried von Vollore zurückgekehrt und hantierte an seinem Destillierkolben, rief Satan und seine Helfershelfer an, wagte alle möglichen Mixturen – doch umsonst. Schließlich gestand er sich ein, dass man ihn betrogen haben musste. Noch bevor der Morgen dämmerte, mischte sich sein Wutschrei unter jenen der grauen Wölfin.

Philippus verließ Loraline erst, als er Cythar gegen den Stein schaben hörte. Sie waren aneinander gelehnt eingenickt, erschöpft von gegenseitigen Schwüren, von unmöglichen und unerreichbaren Träumen, die sie dennoch beruhigten. Er hatte das Kind, das nicht das seine war, sorgsam warm gehalten und dabei den Himmel angefleht, es möge lange genug am Leben bleiben, um ihren Machenschaften ausreichend zu dienen. Er hätte sich für diesen schändlichen Gedanken hassen müssen, doch stattdessen besänftigte er ihn. Er verspürte keine Schuldgefühle, kein Bedauern. Loraline lächelte trotz ihrer Angst. Sie lächelte vor Glück über seine Anwesenheit, sie lächelte, weil sie ihre Tochter in Sicherheit wusste. Alles andere war nicht von Bedeutung. Er verließ sie mit dem Gefühl, er würde sie nie wieder sehen, zwang sich aber, seine Tränen zurückzuhalten. Sie küssten sich lange. Er prägte sich ihre letzten Worte genau in seinem Gedächtnis ein:

»Was immer auch geschehen mag, Philippus, vergiss niemals, wie sehr ich dich liebe.«

Dann schloss er hinter sich den Durchgang. Am Ende des Schachtes, sobald er sich sitzend gegen den Stein lehnen konnte, ließ er sich gegen Cythar fallen. Wie der Wolf, wartete auch er.

Nach außen schien François de Chazeron ruhig, aber in seinen Augen flackerte ein heimtückisches Leuchten, das kaum mehr von menschlicher Natur schien. Loraline drückte das Neugeborene, das gierig saugte, noch enger an sich. Der Gedanke, ihrem schändlichen Vater den Anblick ihrer nackten Brust zu gewähren, erfüllte sie mit Abscheu.

Er hatte noch kein Wort gesagt, seit er in das Verlies zurückgekommen war. Seine Hände auf dem Rücken verschränkt und zu Fäusten geballt, lehnte er an der Mauer. Er strahlte eine unheilverkündende Überlegenheit aus. Zwei Minuten verstrichen so, vielleicht fünf. Loraline hätte es nicht zu sagen gewusst.

Sie hatte jegliches Zeitgefühl verloren. Und sogar ihre Angst vor ihm. Dann begann er bedächtig zu sprechen. Wie auch das erste Mal, als sie hier an diesem Ort aufeinander getroffen waren. Sie wusste, dass diese unpersönliche Kälte schlimmer war als sein Zorn. Doch all das erreichte sie nicht mehr. Es war ihr gleichgültig. Alles, was er ihr nehmen konnte, war dieses Kind, ihr Halbbruder, für den sie nicht mehr empfand als für den Vater.

»Was hast du dir von dieser Lüge erhofft, Isabeau? Diesen Gnom auf die Welt bringen zu können? Mich mit dieser Szenerie weich zu stimmen? Ich hatte dich für weniger dumm gehalten. Ich wäre bereit gewesen, dir deine Freiheit zurückzugeben, weißt du das? Was nützt dir das ganze Gold und sein Geheimnis im Grab? Was nützt dir die ewige Jugend, wenn ich dieses Kind vor deinen Augen ausnehme, bevor ich deine Eingeweide aufschlitze? Es sei denn, das Alkahest verleiht dir die Unsterblichkeit. Glaubst du, unsterblich zu sein, Isabeau? Vielleicht stimmt das, aber ich bin mir sicher, dass mein Schwert dem ein Ende setzen könnte. Du bist schön und begehrenswert. Ich hätte größtes Vergnügen daran, dich zu foltern, meinen Männern auszuliefern, deine Schmerzen auszukosten. Lange Zeit. Du weißt, dass ich dir nichts vormache. Warum also widersetzt du dich mir? Ich werde letztendlich das Geheimnis, das du verbirgst, aus dir herausreißen. Ja, ich glaube, ich würde es dir gerne herausreißen, wie einen schmerzenden Dorn aus der Hand. Und doch gebe ich dir zuerst noch eine weitere Chance. Deine letzte. Ich will die Wahrheit.«

»Sie wird Euch nicht gefallen«, entfuhr es Loraline, die seinem Blick standhielt.

Er ging auf sie zu, hockte sich dicht vor diesem Gesicht nieder, das sich ein weiteres Mal mit diesen einfachen Worten erdreistete, ihm zu widersprechen.

»Überlass es mir, das zu beurteilen«, wisperte er mit übel riechendem Atem.

Loraline wandte den Kopf ab. Dieser Atem, aus dem der üble Geruch des Giftes herauszuspüren war, verursachte ihr

Übelkeit. Dieses Gift, das er in einem letzten Versuch in der vergangenen Nacht hätte schlucken sollen.

Er nahm einige Schritte Abstand. Das Kind hatte zu weinen begonnen und Loraline wiegte es sanft. Sie brachte es nicht über sich, es zu opfern, trotz ihres gestrigen Entschlusses. Nachdem Philippus sie verlassen hatte, hatte sie ihren Plan geändert. Sie riskierte es:

»Der Stein der Weisen ist nichts als Schein und Trug. Ich bin nicht Isabeau.«

Er brach in schallendes Gelächter aus.

»Sieh einer an! Und wer bist du dann?«, verhöhnte er sie.

Ein weiteres Mal hielt sie seinem Blick stand, ohne zu blinzeln. Sie konnte nicht mehr zurück.

»Ihre Tochter. Eure Tochter, François de Chazeron.«

Er wog das, was sie ihm soeben offenbart hatte, einen Moment lang ab. Dann brach er erneut in Gelächter aus.

»Gut. Das will ich vorläufig hinnehmen. Sagen wir, du bist das Kind von Isabeau. In diesem Fall: beweise es. Führe mir deine Mutter vor.«

»Sie ist letztes Jahr gestorben.«

»Du lügst.«

»Nein. Wenn Ihr die Höhle durchsucht habt, müsst Ihr auf zwei Gräber gestoßen sein. Jenes meiner Mutter und das meiner Großmutter.«

Chazeron runzelte die Stirn. Dann verzog ein unmerkliches Lächeln seine schmalen Lippen. Ein grausames Lächeln.

»Zwei Gräber, das stimmt, aber eines der beiden war leer. Und ich weiß auch warum.«

Loraline fühlte, wie sie plötzlich nach Atem ringen musste. Das zweite Grab konnte nicht leer sein. Sie selbst hatte ihre Mutter in das Leichentuch gewickelt. Dann, als sie gerade mit einer Schaufel Erde das Gesicht ihrer Mutter bedecken wollte, hatte sie Albérie aus dem Totenzimmer geschickt. »Ich werde es fertig machen. Warte nebenan auf mich. Geh.« Sie hatte gezögert, dann schmerzerfüllt und erschöpft eingewilligt, den Raum zu verlassen.

»Leer«, wiederholte sie in dem Versuch, diesem Wort einen Inhalt zu geben.

»Du bist schlauer, als ich dachte, Isabeau. Sie hätte funktionieren können, diese Inszenierung. Aber du kennst mich schlecht. Ich habe jeden Winkel in der Erde abgesucht, um den Stein der Weisen zu finden. Ich habe keine Angst vor den Toten und sehe in der Grabschändung keine Sünde.«

Loraline begann zu zittern. Nicht vor Angst und auch nicht vor Kälte. Etwas in ihrem Inneren stürzte in sich zusammen. Sie wusste nicht warum, sie wusste nicht wie, aber man hatte sie belogen: Ihre Mutter war nicht tot. Sie hatte sie verlassen. Zurückgelassen mit ihrer Rache. Wenn das wirklich so war, dann hatte ihre Mutter sie nie geliebt. Sie hatte sich ihrer nur bedient, um François de Chazeron zu vernichten. Ihre Mutter hatte sie geopfert, weil sie sie hasste, genau wie ihren Erzeuger. Plötzlich hatte nichts mehr einen Sinn.

Gegen ihren Willen spürte sie, wie ein Schluchzen ihren Hals hinaufkroch. »Nicht weinen. Nicht vor ihm weinen. Aber was macht das schon?« Sie schloss ihre Augen und ließ sich von ihren Tränen übermannen.

Chazeron rührte sich nicht. Einen Moment lang fragte er sich, ob sie vielleicht die Wahrheit sagte, ob sie seine Tochter sein könnte. Sie dürfte etwa sechzehn oder siebzehn Jahre alt sein. Das kam hin. Aber nichts an dieser jungen Frau erinnerte ihn an sich selbst, jeder einzelne Zug glich Isabeau. Nie hatte er das Gesicht dieses Augenblicks vergessen, als er sich an ihr berauschte. Niemals hatte er eine solch zarte und liebliche Frau gesehen, nie eine andere so sehr begehrt. Noch heute hätte er Vergnügen daran gefunden, sie zu nehmen, wenn er nicht gewusst hätte, dass sie durch die Geburt eine klaffende Wunde trug. Er stellte sich einen Moment lang Fragen. Aber nur einen Moment. Der Stein der Weisen, das Gold, die ewige Jugend – er war schon wieder bei seinem Traum.

Er wollte nicht länger warten. Er ging auf sie zu und packte sie an ihren Haaren, zwang sie so, ihren Kopf zu heben.

»Schluss! Es wird dir nicht gelingen, mich gnädig zu stimmen, Isabeau.«

Er spuckte ihr ins Gesicht.

»Du enttäuschst mich. Ich habe dich nicht so wehleidig in Erinnerung.«

Er zog seine Klinge und richtete sie auf den Rücken des Kindes.

»Hör auf zu heulen oder ich durchbohre deinen Sohn!«

Loraline schniefte. Widersprüchliche Gedanken wirbelten in ihrem Kopf durcheinander. Müsste sie hinfort überhaupt noch Gewissensbisse haben? Sie wollte sterben, aber auch leben. Sterben, weil sie hintergangen worden war, leben, um sich zu rächen – wie ihre Mutter vor ihr.

Sie hatte Blut der Chazerons in ihren Adern. Dieses Blut, das sie von sich wies, verabscheute, ließ sie so weit aufbegehren, dass sie ihre verlorene Würde wiederfand. Sie wischte entschlossen mit der Hand über ihre Nase. Ihre Tränen machten ihrer Wut Platz.

»Du hattest Recht, François de Chazeron. Der Stein der Weisen war in mir. Ich habe ihn in mir aufgenommen, um dieses Kind auf die Welt zu bringen. Es ist nicht wie die anderen. Es ist das Alkahest.«

François de Chazeron riss seine Augen mit einer nicht zu übersehenden Freude weit auf. Loraline hatte in ihrer Stimme die Überzeugungskraft, die nur Ausnahmesituationen hervorbringen können. Sie spielte ihre letzte Karte aus, die

Karte, die sie gewinnen oder verlieren ließ. Aber es war ihr einerlei.

»Die Flüssigkeit, die ich dir beschrieben habe, hat mir dazu gedient. Ich musste nur das Herz eines Wolfes mit meinem eigenen Blut vermischen und dieses Extrakt hinzufügen. So erhielt ich eine Masse, die bei Berührung Eisen in Gold verwandelte. Ich besitze einen großen Berg Gold, Chazeron. Aber du weißt, es ist niemals genug. Daher habe ich dieses Kind geschaffen. Es ist noch zu jung. Sobald es herangereift sein wird, wird unter seinen Händen jedoch das Gold hervorquellen, sobald sie ein Metall berühren. Er wird nur seine Finger auf eine Wunde halten müssen, um sie zu schließen, und einige Tropfen seines Blutes wirken wie ein Jungbrunnen. Hättest du mich nicht eingesperrt, wäre ich mit dem Kind und dem Schatz geflohen. Ich hätte mir das Leben erkauft, das du mir geraubt hast.«

Sie musterte ihn mit einem grausamen Lächeln. Er ließ ihre Haare los und ging fasziniert einen Schritt zurück.

»Ja. Ja«, wiederholte er, von höchster Erregung gepackt.

Er durchmaß mit großen Schritten das Verlies, hielt ab und an inne, um das Kind, das eingeschlafen war, mit neugierigem und irrem Blick anzustarren. Loraline fragte sich, wie er auch nur eine Sekunde lang dieses geschmacklose Märchen glauben konnte. Aber im Grunde war ihr das gleich. Ohne Zweifel war sie genauso irrsinnig wie er, sich eine solche Geschichte auszudenken. Wie immer es auch sein mochte, sie war nun dazu entschlossen, diesen Weg bis zum Ende zu gehen.

»Gib mir meine Freiheit zurück, Chazeron. Du kannst mir das Kind entreißen, aber er braucht mich, um zu überleben. Muttermilch allein genügt ihm nicht.«

»Nicht, bevor ich mich vergewissert habe, ob du die Wahrheit über das Gold gesagt hast.«

»Ich werde dich hinführen.«

Chazeron lachte höhnisch auf.

»Damit ich mich in den Gängen verirre? Glaub nicht, ich sei töricht, Isabeau. Du würdest mich mit Sicherheit eher in den Tod führen als in den Reichtum. Und anschließend fliehen. Ich werde Pergament herbeibringen lassen. Und du wirst mir den Weg aufzeichnen. Wenn ich deine Aussagen überprüft habe, werde ich dir dein Leben schenken. Du und dieses wertvolle Kind, ihr werdet meine Gäste sein.«

Er wandte sich von ihr ab und pochte gegen die Tür. Sie schloss sich hinter ihm. Der Atem des schlafenden Säuglings ging nur schwach. Sie zog ihre Beine an den Körper heran und schlang die Schöße ihres Hemdes eng um ihn. Er würde nicht mehr lange leben, das spürte sie. Chazeron musste, koste es, was es wolle, das Gold finden und sie befreien, bevor er sterben würde. Wenn sie hier erst einmal heraus war, würde sie schon eine Möglichkeit finden, ihm zu entkommen.

Einige Minuten später war er wieder zurück. Sie zeichnete den Weg auf, der ihn nicht zum Schatz der Engländer führen würde, sondern zu jenem Saal, in dem sie die unbrauchbaren Münzen zu Barren umgeschmolzen hatte, mit dem Ziel, sie mitzunehmen und sich und Philippus so ein Vermögen zu sichern. Es lagen dort etwa hundert dieser Barren herum. Genug jedenfalls, um ihre Geschichte glaubhaft wirken zu lassen.

Chazeron hörte ihren Ratschlägen zu, verweilte bei den Fallen, auf die sie ihn hinwies, und machte sich dann gierig daran, ihre Worte zu überprüfen.

Kurze Zeit später wurde ihr anstelle der Brühe, die man ihr tags zuvor gebracht hatte, ein halbes Huhn mit Gemüse sowie eine Nachspeise serviert. Loraline schloss daraus, dass Chazeron viel am Leben des Kindes lag. Sie bat noch einmal darum, dass ihr das Eisenband vom Hals abgenommen würde, aber ihre Anfrage blieb ohne Wirkung. François de Chazeron misstraute ihr nach wie vor. Sie aß mit großem Appetit, obwohl eine dumpfe Wut, gemischt mit Trauer, ihre Gedanken nur um eine einzige Frage kreisen ließen: Wo war ihre Mutter?

Cythar knurrte in der Dunkelheit und Philippus erwachte mit steifen Gliedern, obgleich er sich in seinen Umhang eingehüllt hatte. Er war, gegen einen Stein gelehnt, eingeschlafen, unfähig, sich zu entschließen, seine Stellung aufzugeben. Am Eingang des letzten Schachtes trennten ihn nur vier Ellen von Loraline. Vier Ellen. So nah und doch waren sie voneinander weiter entfernt als jemals zuvor.

Er wollte sich erheben, aber seine Gelenke waren steif von der Kälte. Nur sein Herz hatte schneller zu schlagen begonnen. Albérie erschien und Cythar hieß sie freudig willkommen.

»Wie geht es ihr?«, fragte sie, nachdem sie Philippus mit einem Kopfnicken begrüßt hatte.

»Sie ist beruhigt und gleichzeitig in Sorge. Wie geht es unserer Tochter?«

»Antoinette nennt sie Antoinette-Marie. Sie hält am Leben fest. Ich habe gerade gesehen, wie Chazeron zusammen mit vier Wachsoldaten in seinem Zimmer verschwunden ist. Er hatte einen alten Schrankkoffer bei sich.«

Philippus spürte, wie ihm der Atem stockte.

»Glaubt Ihr …«, begann er.

»Dass Loraline tot darin liegt? Ich weiß es nicht. Ich bin gekommen, um mich vom Gegenteil zu überzeugen. Wir riskieren nichts, wenn wir sie jetzt besuchen, denn er ist fortgegangen.«

Philippus hob zustimmend sein Kinn und verschwand sogleich auf allen vieren im Gang. Einen Augenblick später berichtete ihnen Loraline in allen Einzelheiten von dem Handel, den sie mit François abgeschlossen hatte, verschwieg jedoch, was sie über Isabeau herausgefunden hatte. Es war nicht der passende Moment, mit ihrer Tante abzurechnen. François würde bald zurückkommen.

»Bald schon werden wir frei sein, mein Liebster. Es gibt genug unterirdische Gänge in den beiden Schlössern, mit Hilfe derer ich jederzeit fliehen kann. Tante Albérie passt solange auf unsere Tochter auf. Bleib nicht in den Gängen. Sobald François das Gold entdeckt hat, wird er sie alle genau unter die Lupe nehmen, in der Hoffnung, irgendwo noch mehr davon zu finden. Haltet euch fern von hier. Lasst mir nur den Durchgang offen. Wenn er sich letztendlich doch dazu entschließt, mich in diesem Verlies verkümmern zu lassen, werde ich aushandeln, dass er mich losbindet. Habt Vertrauen. Ich werde zurückkommen, Philippus. Ich gebe dir mein Versprechen.«

Er nickte, bestärkt durch ihre eigene Überzeugung, bestärkt durch ihre Fähigkeit sich anzupassen, zu überleben. Nein, sie war nicht wie die anderen und dieser Unterschied bekräftigte ihn in seiner Liebe zu ihr. Er nahm eine Goldkette von seinem Hals, an deren Ende ein fein ziseliertes Kreuz hing, und legte es ihr unter dem Eisenband um.

»Sie gehörte meiner Mutter. Sie wollte, dass ich sie meiner Braut schenke. Sie ist gestorben, bevor sie dieses Glück erleben durfte. Ich möchte, dass du sie von nun an trägst.«

Loraline hielt ihren Schmerz zurück bei dem Gedanken an ihre eigene Mutter. Dank Philippus würde sie bald eine richtige Familie haben.

»Ich werde sie niemals ablegen, mein Geliebter. Niemals. Geht nun. Wenn er euch hier findet … Ich wage nicht, mir vorzustellen, was dann passieren würde.«

Sie schaute ihnen nach, wie sie verschwanden, und drückte

wünsche: einen Nachfolger, der Metall in Gold verwandeln kann. Ich könnte meine Gemahlin verstoßen und dich zu meiner Frau nehmen, aber ich habe kein Vertrauen in dich.

Außerdem, wie sollte ich den anderen erklären, dass du fünfzehn Jahre lang überlebt hast, ohne dass dabei irgendwelche Teufeleien mit am Werk waren. Du hast mir erklärt, wie man auf der Basis von Alkahest Gold erhält.« Er zog die Phiole hervor. »Das genügt mir für den Moment. Ich kann es erwarten, bis dieses Kind in das entsprechende Alter kommt und mir schließlich gibt, wonach ich verlange. Ich werde es dir nehmen müssen, Isabeau. Ich werde es an die Brust meiner Gemahlin legen, zusammen mit meiner Tochter. Ich habe große Angst, dass du nun für mich nicht weiter von Nutzen sein wirst.«

Loraline spürte, wie ihr Herz zu rasen begann.

»Ihr habt mir Euer Wort gegeben!«, bestand sie auf die Einhaltung der vorab festgelegten Regeln.

»Es steht nicht in meiner Macht, Tote auferstehen zu lassen, und für alle anderen bist du tot, Isabeau. Gib mir das Kind. Ich werde darauf achten, dass es lebt.«

Sie wich so weit zurück, wie es die Kette erlaubte, während er entschlossen auf sie zuging. Sie wusste, dass es ihr unmöglich war, ihrem Schicksal zu entgehen, aber eine Stimme in ihr wehrte sich standhaft dagegen, das Unausweichliche zu billigen und nicht selbst von dem Recht Gebrauch zu machen, sich ihrerseits zu rächen.

»Sei nicht töricht«, flüsterte er, als fände er Gefallen an diesem Spiel. »Du entkommst mir nicht, Isabeau. Ich bin der Lehnsherr, dein oberster Herr. Du gehörst mir. Du hast schon immer mir gehört. Heute wie gestern.«

In diesem Augenblick blieb sie stehen und streckte ihm das Kind entgegen, während sie in ein verzweifeltes Lachen ausbrach:

»Es ist zu spät. Ihr habt keinen Nachfolger mehr, Messire.«

Er griff nach dem Kind, erblickte seine weißen Lippen und seine leeren Augen. Er schüttelte es, als wolle er die Wirklichkeit nicht wahrhaben. Dann begann er zu toben:

»Du hast mich hintergangen, ein weiteres Mal!«

Eine Ohrfeige fegte mit Gewalt über Loralines Gesicht und ließ ihren Kopf gegen die Mauer hinter ihr krachen. Er ergriff sie an ihren wirren, aufgelösten Haaren, rasend vor Zorn, während das Kind mit einem dumpfen Aufprall zu Boden fiel.

»Nein, oh nein, das ist nicht das Ende. Ich bin mir sicher, dass es noch eine Lösung gibt, Isabeau.«

Er hielt den Flakon mit dem Gift vor ihre Augen und entkorkte ihn mit gierigen Fingern. Loraline versuchte, diesen Körper zurückzustoßen, der sich an sie presste, um sie daran zu hindern, sich zu wehren. Sie wollte ihren Kopf abwenden, aber ungeachtet der Schläge, die sie ihm in die Rippen und den Rücken verpasste, packte er ihren Kiefer und zwang sie, ihren Mund zu öffnen.

»Trink. Trink schon!«

Loraline spürrte, wie die Flüssigkeit brennend ihre Kehle hinabrann, während er ihren Kopf weiter nach hinten hielt. Tränen stiegen ihr in die Augen, aber sie hatte bereits aufgegeben. Es war zu spät. Er hatte genug Gift in sie gegossen, um sie zu töten. Sie war besiegt. Nun blieb ihr nur noch die Hoffnung, dass es schnell ging.

Sie schloss die Augen. Chazeron warf den Flakon zu Boden und zerriss mit einem Ruck den Ausschnitt ihres Bliauds, wodurch ihre Schultern und ihre Brust entblößt wurden.

»Sterben. Schnell!«, dachte sie, während ihr Körper sie bereits verbrannte.

Sie stellte sich vor, dass ihre Mutter Ähnliches bei sich gedacht haben musste, als er über sie herfiel.

Er ergriff ihre Brüste mit seinen Händen und grunzte:

»Vielleicht wirst du sterben, vielleicht nicht! Du bist eine halbe Wölfin, alles ist möglich. Wir werden warten, meine Schöne. Wie damals. Ich bin sicher, dass du das gemocht hast!«

Er fuhr mit seinen Lippen zwischen ihre Brüste, während kalter Angstschweiß sie erstarren ließ. Der Schmerz in ihr wurde stärker, ließ ihre Gedanken wie in einem Sog kreisen, der sie von den perversen und wahnsinnigen Gelüsten dieses Mannes fortriss.

Und plötzlich ließ er sie los und rückte verstört von ihr ab.

»Das Brandmal«, entfuhr es ihm, als begreife er mit einem Schlag, »du trägst kein Brandmal!«

Nun erinnerte er sich wieder. Das Wappen der Chazerons. Das Siegel der Begierde, das er seinen Opfern auf die linke Brust aufdrückte, bevor er sie nahm. Nicht nur, dass er so seine Lust steigerte, er umging auch das Risiko, einen seiner eigenen Bastarde zu opfern, indem er das Dekolleté der Mutter wiedererkannte, wenn er Knaben zum Zwecke seiner Experimente entführte. Er vergaß die Gesichter der jungen Mädchen schnell, an denen er sich befriedigte, gleichgültig ob sie einwilligten oder nicht.

»Du bist nicht Isabeau!«, erkannte er mit einem Mal, bleich wie ein Leichentuch.

Loraline hob mühsam den Kopf, den sie nur noch schwer halten konnte. Sie brachte noch die Kraft für ein grausames Lachen auf:

»Ihr wolltet es nicht wahrhaben, mein Vater! Aber das ist nun gleichgültig. Ihr habt mich soeben von Euch erlöst!«

»Nein, nein«, tobte er und wich gleichzeitig zurück.

Die Vorstellung, gerade seine eigene Tochter ermordet zu

haben, ließ ihn erzittern. Nicht wegen der Schändlichkeit seiner Tat, sondern weil er gerade törichterweise an ihr jene wertvolle Flüssigkeit vergeudet hatte, nach der er sein Leben lang gesucht hatte. Für nichts. Sie war zu menschlich, als dass sich irgendeine Wirkung zeigen würde.

In einem letzten Aufbäumen war in ihm ein erneuter Gedanke aufgeblitzt. Er trat noch einmal auf sie zu und fragte sie, indem er sie schüttelte:

»Deine Mutter! Sag mir, wo deine Mutter ist!«

Aber Loraline antwortete nicht. Was hätte sie darauf antworten können? Sie hatte das Gefühl, ihr Körper würde sich spalten, während dort, an ihrem Nacken, wo das Büschel mit dem grauen Wolfshaar prangte, der stechende Schmerz einer Brandwunde sie durchbohrte.

Chazeron rückte von ihr ab. Loraline lag im Sterben und allein ihr Atem löste in ihm Übelkeit aus. Er hämmerte gegen die Tür und ließ sein Opfer zurück, indem er den Wachen den Befehl gab, unter keinen Umständen das Verlies zu betreten.

Loraline ließ sich auf ihre Knie fallen. Sie hatte das merkwürdige Gefühl, dass der Schmerz dadurch etwas nachlassen würde, selbst wenn das absurd war. Heftige Krämpfe schüttelten sie, so dass sie sich mehrere Male übergeben musste. Aber was sie eigentlich plagte, war das Gefühl, dass eine unsichtbare Hand jeden einzelnen ihrer Knochen brach, um sie neu zusammenzusetzen.

Und da kam er plötzlich. Cythar. Angetrieben von jenem, den Tieren so eigenen, wunderbaren Instinkt, hatte er den Stein ganz zur Seite geschoben. Er näherte sich heulend und leckte ihr mit der Zunge über ihr Gesicht.

Loraline rollte sich wie ein Fötus um den Wolf. Während er seinen wilden Kopf an ihren Hals schmiegte, erblickte sie einen Schlüsselbund im Staub. Sie streckte eine zitternde Hand danach aus, während sie bei sich dachte, dass Chazeron ihn verloren haben musste, als er sie angegriffen hatte. Ihr Stolz verlieh ihr noch einmal so viel Kraft, dass sie einen Schlüssel nach dem anderen in das Schloss ihres Eisenbandes einzuführen versuchte, bis sie sich befreit hatte. Dann ließ sie sich auf den Boden gleiten, mit der Gewissheit, dass dieser Tod nur ein Anfang war.

20

Am 3. August 1516 ließ sich Isabeau zum Abt von Moutier führen, gleich nachdem sie, die weite Kapuze ihres seidenen Umhangs tief ins Gesicht gezogen, aus der Kutsche gestiegen war. Sie war alleine gekommen, hatte ihren Geliebten im Gefolge des viel beschäftigten Königs von Frankreich zurückgelassen. Sie wollte ihn in das alles hier nicht hineinziehen. Erst nachdem sie ihre Tochter gesehen hatte. Erst nachdem sie Loraline um Verzeihung gebeten hatte. Als sie an der Kirche Saint-Jehan-du-Passet vorbeikamen, wollte sie schon direkt in die Höhle hinabsteigen, hatte sich dann jedoch daran erinnert, dass Antoine de Colonges als Schlichter beim Aufeinandertreffen der drei Frauen zugegen sein wollte. Allein Bertille folgte ihr im Rhythmus ihrer kleinen Beinchen.

Isabeau musste lächeln, als sie das Zimmer des Abtes betrat. Nichts hatte sich verändert. Sie jedoch war jemand anders geworden. Einige Augenblicke später trat Antoine de Colonges ein und riss seine Augen vor Überraschung weit auf.

»Isabeau, bei Gott dem Allmächtigen, seid Ihr es wirklich?«

»Ich glaube ja, Hochwürden, und das ist Bertille, die ich im Dienste des Abtes Boussart kennen gelernt habe und die nun weiterhin für mich tätig ist.«

Der Abt ging auf sie zu und küsste sie väterlich auf die Stirn.

»Eure Briefe haben mir davon berichtet, mein Kind, aber

ich hätte es nicht geglaubt, wenn ich es nicht mit meinen eigenen Augen sehen würde. Ihr seht blendend aus.«

»Ich kann von Euch nicht das Gleiche behaupten, Hochwürden. Ihr wirkt so müde, so entkräfte, so abgemagert.«

»Leider«, stieß er hervor. »Der vergangene Winter war eine harte Probe für mein fortschreitendes Alter, und dann auch noch …«

Er stieß einen herzzerreißenden Seufzer aus, bevor er aus seiner Erinnerung ein freundliches Lächeln schöpfte:

»Ihr müsst großen Hunger haben. Ich werde Euch etwas zu essen herrichten lassen. Ihr wisst, dass wir für durchreisende Gäste immer ein Dach über dem Kopf und etwas zu essen bereithalten. Niemand wird Euch irgendwelche Fragen stellen. Die Regeln des Ordens sind strikt.«

»Sehr gut, Hochwürden. Das heißt, ohne Eure Gastfreundschaft zurückweisen zu wollen, läge es mir sehr am Herzen, so bald als möglich die Sache zu klären, die mich hierher führte.«

»Ja, ja«, versicherte er. »Ich werde Albérie Bescheid geben.«

»Ich könnte alleine hingehen«, wandte Isabeau ein, indem sie einen Schritt auf den Durchgang zu machte, den sie das letzte Mal benutzt hatte, um zu fliehen.

Der Abt von Moutier hielt sie mit einem Aufschrei zurück:

»Nein!«

Isabeau schaute ihn verwirrt an. Auf der Stirn des Abtes begannen sich Schweißperlen zu bilden. Er ergriff ihren Arm und fügte etwas ruhiger hinzu:

»Es wäre zu schade, wenn Eure Kleidung durch den Schmutz der unterirdischen Gänge in Mitleidenschaft gezogen würde. Esst etwas und ruht Euch aus, so lange, bis Eure Schwester bei Euch ist. Dann werden wir alles Weitere regeln.«

»Einverstanden, Hochwürden! Ihr wart mir gegenüber immer sehr zuvorkommend.«

Sie ließ sich in das Refektorium geleiten. Dennoch hatte sie ein ungutes Gefühl, dessen Ursache sie nicht zu benennen wusste. Sie schob es auf die Strapazen der Reise und ihre Furcht, ihrer Tochter gegenüberzutreten, und dachte nur noch daran, zu neuen Kräften zu gelangen. In der Tat hatte sie großen Hunger.

Antoine hatte Isabeau wieder in sein Zimmer zurückgeführt und nun lagen sich die zwei Schwestern lange in den Armen, bevor sie sich gegenseitig genau betrachteten. Albérie hatte dicke Ringe unter den Augen und setzte nur ein schwaches Lächeln auf, während sie ihrer älteren Schwester Komplimente über ihren Teint, ihre Haare und ihre Kleidung machte.

Isabeau spürte, wie ihr Unbehagen wuchs, bis es schließlich aus ihr herausbrach:

»Was verbergt ihr beide vor mir?«

Eine bleierne Stille breitete sich im Zimmer aus. Keiner von beiden wollte beginnen. Isabeau ließ ihre Faust auf den Schreibtisch niedersausen und Albérie erzitterte.

»Soll ich selbst nach Vollore gehen, um die Wahrheit herauszufinden?«

»Das ist nicht nötig, Schwester. Setz dich, ich werde dir alles erzählen.«

Antoine de Colonges schob Stühle heran, deren Schaben am Boden die Stille durchbrach. Isabeau vernahm das rasende Trommeln ihres Herzens. Sie wollte schon fragen, wo ihre Tochter sei, wagte es jedoch nicht. Es war alles so absurd.

Albérie räusperte sich, während sie Bertille Zeit ließ, sich neben Isabeau auf den nackten Boden niederzusetzen. Diese legte ihre kleine Hand in die ihrige, um sie spüren zu lassen, dass sie ihr beistand.

Albérie erzählte ihr vom Winter, ihrem ersten, missglückten Versuch, François de Chazeron zu töten. Von Hucs Einschreiten, seiner Liaison mit Antoinette und dem Kind, das sie in ihrem Leibe trug. Von der Entscheidung François', sich bis zum Frühling auf Vollore zurückzuziehen, und dem zweiten Versuch von Loraline, ihn umzubringen, wobei sie bewusst vergaß, Philippus zu erwähnen und das Kind, das Loraline erwartete. Es war schon mehr als genug, ihrer Schwester die Machtlosigkeit einzugestehen. Isabeau zitterte, während sie Bertilles Händchen immer fester drückte. Sie schwieg jedoch.

Albérie erzählte weiter: von dem Handel, den François mit Loraline eingegangen war – ihr Leben im Tausch gegen das Gold. Was anschließend geschehen war, wusste sie nicht. In der darauf folgenden Nacht, nachdem sich François de Chazeron aschfahl in sein Zimmer eingeschlossen hatte, war sie in das Verlies gegangen. Es war leer. Der Durchgang war offen und die Kette baumelte lose gegen die Wand. Das Hemd von Loraline war gevierteilt, von den Zähnen eines Wolfes in Fetzen gerissen. Sie hatte am Boden den leeren Flakon und das tote Kind gefunden, dessen Herkunft sie noch einmal verschwieg. Das alles war genau vor einem Monat passiert. Seitdem wartete sie, hoffte sie, aber wagte nicht zu glauben, dass Loraline noch immer am Leben war. Cythar war in dieser Nacht verschwunden und trotz all ihrer Anstrengungen hatte sie nirgends eine Spur, weder von ihm noch von Loraline, ausfindig gemacht.

Isabeau bedeckte ihr Gesicht mit ihren Händen und begann zu schluchzen. Albérie und der Abt tauschten einen machtlosen Blick. Auch er wusste nichts von Philippus, der sich vor kurzem entschlossen hatte, einfach abzureisen. Genau in diesem Moment packte er in einer Herberge in Thiers seine Sachen, seinem Schicksal ergeben und besiegt. Albérie hatte alles Mögliche ins Auge gefasst, damit er seine Tochter zurückbekommen konnte, so wie er es verlangt hatte. Aber auch wenn Antoinette-Marie überlebt hatte, war sie doch noch immer schwächlich und zart. Ihr eine andere Amme zu geben, wäre für sie möglicherweise folgenschwer gewesen. Philippus hatte es schließlich aufgegeben.

Huc war zwei Tage nach dieser düsteren Julinacht zurückgekehrt. François hatte seinem Bericht gelauscht und ihm dann eröffnet, dass er das Darlehen, das man ihm zugebilligt hatte, nun nicht mehr benötigte. Albérie war gezwungen gewesen, auf die Fragen ihres Gemahls etwas zu erwidern. Sie hatte sich jedoch damit begnügt, ihm mitzuteilen, Loraline sei an der Abwesenheit ihrer Mutter in der Einsamkeit verzweifelt und habe plötzlich das Verlangen verspürt, sich an Chazeron doch noch zu rächen. François habe sie gefangen genommen und getötet. Huc hatte getobt, aber Albérie hatte ihn beruhigen können. Es wäre für sie beide besser, wenn François niemals etwas von ihrer Komplizenschaft erfahren würde. Er hatte sich dieser Tatsache gebeugt. Zu genau erinnerte er sich an die Drohung seines Lehnsherrn. Seine bestialische Tat bewies, dass er vor nichts zurückschrecken würde, um seine Macht zu erhalten.

An diesem Tag hatte Huc begonnen zu trinken. Er fühlte sich schuldig. Zu feige, zu sehr Sklave. Selbst das Kind, das er für Antoinettes Tochter hielt, hatte ihn nicht aufheitern können. Es erinnerte ihn nur ein weiteres Mal daran, wie nutzlos er war.

In der Vollmondnacht, die Isabeaus Ankunft im Kloster vorausgegangen war, hatte Albérie, wie vom Teufel gejagt, die umliegenden Wälder durchkämmt. Was sie betraf, so hatte sie nur eine Erklärung für das Verschwinden von Loraline: Sie musste sich in eine Wölfin verwandelt haben. Aber sie hatte nichts gefunden, was ihre Vermutung bestätigt hätte.

Chazeron war nicht mehr in das Verlies zurückgekehrt. Den Soldaten war angeordnet worden, nicht länger vor der Tür Wache zu halten und, unter Androhung der Todesstrafe, niemanden, nicht einmal Huc, etwas von diesem Abenteuer zu erzahlen.

Albérie hatte schließlich Vernunft angenommen. Alle Anzeichen deuteten darauf hin, dass Loraline in einem unterirdischen Verlies in aller Stille gestorben war.

Philippus wollte ebenfalls das Verlies in Augenschein nehmen, aber Albérie hatte ihn davon abbringen können. Chazeron suchte jeden einzelnen Winkel der unterirdischen Gänge ab, um weitere Verstecke zu finden, wo er sich Gold oder das Alkahest erhoffte. Es war vorbei. Philippus musste den Gedanken aufgeben, eines Tages jene Frau wiederzusehen, die er liebte, ebenso wie er, für den Moment, seine Tochter aufgeben musste. Bis sie groß genug war, um zu reisen und zu verstehen. Er wusste, dass dies die einzige Möglichkeit war, sie vor François de Chazeron zu bewahren. Durch eine Entführung würde er sie sicherlich nur verlieren, denn der Zorn dieses Mannes würde ihn überallhin verfolgen. Niedergedrückt vom Schmerz, verbrachte er seine Nächte in Tavernen und verprasste die wenigen Münzen, die ihm geblieben waren. Er verschuldete sich im Glücksspiel mit dem Gedanken, er müsse nur sein Haus und seine Träume verkaufen, um seine Schulden zurückzuzahlen, und das hatte nun seinen Sinn verloren.

Isabeau fuhr am darauf folgenden Tag ab, nachdem sie eine schlaflose Nacht damit verbracht hatte, Bertille dabei zuzusehen, wie sie neben ihr auf einer Strohmatratze im Schlaf schnarchte.

»Ich werfe dir nichts vor«, hatte sie versichert, bevor sie ihre Schwester verlassen hatte. »Du hast alles getan, was du konntest. Mir selbst mach ich Vorwürfe. Ich hätte das alles verhindern können, wäre ich früher zurückgekommen. Ich hätte es tun müssen. Ein weiteres Mal hat der Lehnsherr von Vollore mir meine Nächte und mein Leben gestohlen. Halte dich von ihm fern oder er wird auch dich zerstören. Und wenn dir das alles eines Tages eine zu große Last wird, dann komm zu mir.«

Sie hatten sich noch enger umarmt als bei ihrem Wiedersehen, in der Überzeugung, dass sie beide ihrem Feind erst dann gewachsen seien, wenn sie zu seinesgleichen werden würden.

Am frühen Morgen waren Isabeaus Tränen versiegt. Sie dachte an La Palice, daran, wie sie sich zum ersten Mal geliebt hatten. Daran, wie er auf ihrer Brust das Mal ihrer Unterwerfung entdeckt hatte. Er hatte sich alle erdenkliche Mühe gegeben, die Narben ihrer Seele verheilen zu lassen, indem er sie seine Zärtlichkeit spüren ließ. Heute schmerzte sie dieses Brandmal, denn der eigentliche Sinn ihres Lebens war mit Loraline verschwunden. Sie fragte sich, ob sie das Recht hatte, seine Geliebte zu bleiben. Eine leise Stimme schrie »Ja« in ihr. Ja, um mächtiger zu werden, als François de Chazeron es jemals sein würde. Ja, um zu vergessen. Für immer.

Philippus war bereits bei Morgengrauen aufgestanden. Wie ein Dieb bereit abzureisen, bevor die Wucherer noch an seine Türe klopfen konnten. Seit einer Woche hatte er Albérie nicht mehr gesehen, seine Tochter seit ihrer Geburt. Er hatte sich gesagt, dass mit jedem einzelnen Tag sein Schmerz und seine Hoffnung schwinden würden. Doch er fühlte, dass es ihm bislang nicht gelungen war. Es war an der Zeit, wieder auf Reisen zu gehen, sich in den Dienst der Menschen zu begeben und das umfangreiche Wissen, das Loraline ihm zurückgelassen hatte, einzusetzen. Dann würde er zurückkommen. Wenn François de Chazeron keinen Verdacht mehr schöpfen würde, wenn er vergessen hätte, dass unterirdische Gänge unter seinen Füßen ein endloses Labyrinth ausbreiteten. Dann würde er seine Tochter holen. Er hatte es Loraline versprochen, er hatte es sich selbst versprochen. Er würde zurückkommen.

Er stieg auf Zehenspitzen hinunter in den weiträumigen Saal der Herberge, denn er wusste, dass der Wirt eine Rechnung von ihm einfordern würde, die er nicht bezahlen konnte. Dann holte er leise seinen Esel aus dem Stall und schwang sich schweren Herzens auf seinen Rücken.

Einen Augenblick zögerte er, welche Richtung er einschlagen sollte. Er hätte gerne seinem Freund Michel de Nostre-Dame einen Besuch abgestattet, doch dann verwarf er diesen Plan wieder. Der Knabe hatte ihn gewarnt, daran erinnerte er sich nun. Er hatte ihm davon abgeraten, nach Thiers zu reiten. Was könnte er ihm schon erzählen, ohne ihn durch seinen Bericht zu beschuldigen, nicht energischer darauf bestanden zu haben, seine Route zu ändern? Auf Michel wartete eine große Zukunft, das spürte er. Er wollte nichts verderben. Er würde später einmal zu ihm zurückkehren, wenn sein Kummer verstummt wäre. Wenn er wieder an seiner Seite lachen konnte. Er würde ihm Marie vorstellen.

Mit einem kurzen Hieb seiner Hacken dirigierte er seinen Esel auf die Hauptstraße zu. Kurz vor der Gabelung, die ihn in die Schweiz führen würde, musste er an den Straßenrand ausweichen, um ein Pferdegespann im Galopp überholen zu lassen. Die Vorhänge der Kalesche, die sie hinter sich herzogen, waren heruntergelassen. Traurig lächelnd dachte er, dass es auf dieser Erde wenigstens einen Menschen gab, der sich ebenso wie er offenbar danach sehnte, diesen Ort zu verlassen. Dann senkte er seinen Blick auf die Zügel, um nicht zurückzuschauen.

Auf dem Gipfel einer Anhöhe stand ein Wolf, eingehüllt in einen blitzenden grauen Pelz, und beobachtete, wie sich der Weg dieser beiden Schicksale trennte. Als sie nur noch ein Punkt am Horizont waren, schleckte Cythar mit einer rauen, tröstenden Zunge über sein Maul und brachte dabei ein kleines goldenes Kreuz, das an einer Kette um seinen Hals hing, zum Schwingen.

Erst dann begann der Wolf zu heulen.

Widmung

Allen geschlagenen, vergewaltigten und erniedrigten Frauen, zu jeder Zeit und an jedem Ort.

All jenen, für die anders zu sein eine Bürde darstellt.

All jenen, die von Gerechtigkeit, Freiheit und Liebe träumen.

All jenen Frauen und Männern schließlich, die dafür kämpfen, dass die Hoffnung niemals stirbt.